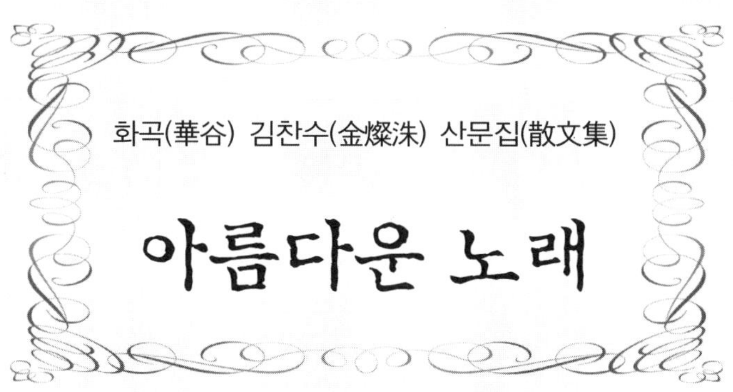

明文堂

서문(序文)

"이번 겨울엔 눈이 많이도 내렸다. 산과 들, 그리고 강변(江邊)과 호반(湖畔)에는 자연 신비의 경치가 아름다움을 연모하는 세상 사람들을 탄성케 했다. 내륙의 춘천을 뼁 둘러싼 겹겹의 산맥 자락에는 내린 눈들이 쌓이다 못해 흡사 산 아래로 흘러 내려 벌판의 눈과 연이어져 파도 같이 넘실거리는 하얀 물결이 되어 동화 속에서 달리는 방울 달린 썰매를 불러내는 듯한 행복의 느낌마저 마음속으로 일었다. 그리고 이 신비의 현상은 하루는 눈꽃 또 하루는 서리꽃이 되어 너댓 번도 더 넘게 밤기운 타고 나타났다.

눈꽃은 뽀얀 새벽부터 하염없이 기다릴 님을 맞으러 발그레한 금강송 대궁 솔잎가지 꼭대기부터 살포시 얹혀져 송이송이 하얀 시루떡 같은 포근한 모습을 연상케 하였다.

이는 바로 이 땅의 순박한 백의민족의 평화를 기다리는 소박한 미소처럼 보였고, 피어 오른 상고대는 호수의 맑은 물에 잠긴 굵은 수양버들까지 치 뻗쳐 늘어진 가지에 얹혀져 샹들리에 같은 투명한 유리알처럼 영롱하고 귀한 모습으로 수줍게 단장하고 세상품 안으로 새치롬하게 다가서는 선경의 소양강 처녀 같은 모습인 듯했다.

나는 이 한겨울 강둑에서 "평화! 여기에 이런 평화가 있구나!" 하는 겨울 찬미 노래 소리 한가운데 서 있는 듯했다."

위의 글은 요즈음 제가 창조주 하느님의 품에 안겨 세상을 보고 노래한 글입니다.

저는 여태껏 자연의 신비로움과 인간사에 얽힌 아름다움을 간혹 느꼈으나 이 모든 현상을 문장으로 남겨 예찬해 보지를 못하고 한평생을 지냈다고 해도 과언이 아닙니다.

이제 늦깎이가 된 저는 공직의 정년을 마치고 난 뒤에 어쩔 수 없지만 세상을 다시 보게 되었습니다. 그런데 평생 자연사랑, 나라사랑, 이웃사랑, 가정사랑에 얽힌 저의 삶이 새삼스럽게 달리 표현될 수도 없었고, 고정된 관념의 틀 안에서 메아리 되어 나오는 저의 모든 상념이 세월의 소용돌이 속에 나뒹굴며 부딪치어 엄청난 방황의 길을 걷게 되기도 했습니다.

이제 마음을 다시 추슬러 하느님께서 저에게 쥐어 주신 모든 영광을 감사와 찬미의 노래로 되돌려 드리고자 합니다. 때로는 고요하게 묵상하며 때로는 뉘우치면서 때로는 아직도 남은 진리에로의 길로 향하고자 하는 격정적인 표현의 노래로 세상 지내는 가지가지를 살펴보고자 합니다.

이번 저의 산문집은 그간 세상을 본 저의 단상이 되겠습니다. 여기에는 추억의 이야기를 수필(隨筆)

형식으로 쓴 글이 있고, 세상 흐르는 모습을 저의 시
각으로 보고 느낀 바를 시론(時論)의 형식을 빌려 쓴
저의 바램이 수록되었습니다.

　제가 평상시 글을 쓰는데 평상의 생활 속에서 저
를 깊이 일깨워주시는 수필가 일파(一坡) 김두수(金
斗洙) 선생님과 석정(石丁) 김용진(金龍振) 선생님
이 두 분 선배님, 그리고 모든 문우님들께도 깊은 감
사의 말씀을 드립니다.

　이 책을 내기까지 모든 것을 일일이 마련하면서
저를 기리어 주신 명문당(明文堂) 김동구(金東求) 사
장님께 머리 숙여 고맙고 감사한 마음을 드리오며,
아울러 편집 과정과 여러 부문의 기술적인 세밀한
제작과정을 담당해 주신 양승웅(梁承雄) 부장님과
이명숙(李明淑)님께도 깊은 감사의 마음을 드립니
다.

2010년 3월 7일
화곡(華谷) 김찬수(金燦洙)

1부

－수필(隨筆)－

삭풍은 나무 끝에 불고

1. 육사(陸史) 이원록(李源祿) 선생의 "광야(曠野)" 시(詩) 감상

광야(曠野)

이 활(李活)

까마득한 날에
하늘이 처음 열리고
어데 닭 우는 소리 들렸으랴

모든 산맥(山脈)들이
바다를 연모(戀慕)해 휘달릴 때도
차마 이곳을 범(犯)하던 못하였으리라

끊임없는 광음(光陰)을
부지런한 계절(季節)이 피여선 지고
큰 강물이 비로소 길을 열었다

지금 눈 내리고
매화향기(梅花香氣) 홀로 아득하니
내 여기 가난한 노래의 씨를 뿌려라

다시 천고(千古)의 뒤에
백마(白馬) 타고 오는 초인(超人)이 있어
이 광야(曠野)에서 목 놓아 부르게 하리라

육사 이원록 선생은 1905년 경상북도 안동 도산면 낙동강 상류 퇴계선생의 도산서원이 있는 곳에서 6,7 마장 떨어진 원촌(遠村)이란 아름다운 마을에서 태어났다.

조부에게서 한학을 배웠고 대구 교남(嶠南)학교(현 대륜 중 고)에서 수학하였고 중국 북경대학 사회과를 졸업하여 신문기자로도 있었으며, 사회운동에 참여한 뒤 소설을 쓰다가 30세가 지난 후부터 시를 쓰기 시작하였다.

이때의 필명이 이활(李活)이다.

1926년 베이징 사관학교에 입학, 1927년 귀국했으나 장진홍(張鎭弘)의 대구지점 폭파의거에 연루되어 대구 형무소에서 3년의 옥고를 치르는 등 저항으로 일관하였고, 이때의 감방번호가 64번이었는데 선생은 일본 간수들이 조석으로 64하고 부르는 인칭대명사를 스스로 육사(陸史)로 고쳐 아호(雅號)로 썼다고 한다. 선생의 깊은 마음 가운데 잃어버린 조국의 그리움이 어떠 했겠는가를 가히 짐작하고도 남는다.

이러한 실제 경험에서 일제 폭악은 선생으로 하여금 날로 조국과 민족에 대하여 애정을 불타게 했고 그로 인해 문학청년이 아니었던 선생은 삼십 고개를 넘어서 본격적으로 비로소 시를 쓰시기 시작하였으니, 관인대도하신 성품의 소유자이면서 선생의 조국에 대한 열정과 의욕은 '광야'와 같은 장쾌한 시를 읊지 않을 수 없었으리라.

마을에서 아동들을 가르치는 선비 이활 선생은 독립 자금을 남모르게 준비하여 홀연 몇 달간 집을 비웠다는데, 아무도 선생의 흔적을 모르는 사이 선생은 만주 벌판에 나타나셔서 조국을 잃고

일제에 항거하는 독립투사들의 활동자금을 준비하여서 건네었다
고 하니, 지금의 나라를 위한답시고 공직에 버젓이 앉아 뒷주머니
만 챙기면서 부정을 저지르고도 숨기는 일만 일삼는 얼굴에 철판
을 깔고 이상하게 모양을 떠는 운동권 좌파 무리들과는 감히 견줄
수 없는 고결한 대열에 의연히 자리한 분이라 여겨진다.

　낮에는 왜경의 날카로운 눈초리를 피하고 밤에는 되놈들이 설
치는 우리 간도 땅에서, 마적들이 횡행하던 횡포를 피해가면서 기
아와 추위와 외로움을 겪으면서 당시 나라 잃은 슬픔을 안고 만주
로 건너가 근근이 삶을 이어가면서도 조국의 광복을 위해 불철주
야 애쓰는 우리 동포들을 찾아다니는 육사 선생의 그윽한 정성을
생각하면, 나는 선생의 시를 읽거나 1957년 열일곱 살 때 피난 생
활 고학생으로 새벽길 동아일보 신문배달을 나갈 때, 부산항의 매
서운 새벽 바닷바람을 맞고 부둣가 길을 가면서 어둑한 무서움을
이겨내느라 소리 내어 암송할 때도 잠시 걸음을 멈추고 두 주먹을
불끈 쥐고 그 숭고한 나라 사랑에 몸을 부르르 떨곤 하였다.

　‘까마득한 날에
　하늘이 처음 열리고
　어데 닭 우는 소리 들렸으랴’

　그 광활한 만주 벌판에 홀로 서서 광활하고 끝없는 지평선 저
너머로 넘어가다 지쳐 멈춰선 듯한 희뿌연 태양을 바라다보며 태
초의 하느님의 우주 창조의 섭리를 생각하는 선생님의 모습.

　‘모든 산맥들이
　바다를 연모해 휘달릴 때도

차마 이곳을 범하던 못하였으리라'

만주 벌판 광활한 우리 땅의 천지창조를 그리시는 육사 이원록 선생님!

이 엄숙한 대지 위를 조국의 독립을 마음속으로 지니고 세찬 바람에 먹구름 보다 더 짙은 구름 같은 산맥들이 바다를 향해 서슴없이 내 달리는 그 산맥과 같은 기상, 그 휘달리는 산맥 기상도 감히 넘보지 못하는 우리의 강토, 우리 백의민족의 형성의 바탕, 누가 이 땅을 소중하지 않다고 하리오. 누가 감히 넘보려 하는가! 하는 이활 선생님.

'끊임없는 광음을
부지런한 계절이 피어선지고
큰 강물이 비로소 길을 열었다.'

우주의 역사는 천천히 흘러 대지를 덮고 대지에 안긴 우리 조상들은 점차로 아름다운 그리고 기상에 넘치는 노래를 불렀다.

정의가 폭포수처럼 쏟아져 내려 강물처럼 흐르듯 우리 한민족 조상들의 순박한 미풍양속은 드넓혀 가고 이 강산 곳곳마다 스며들며 펼쳐져 나간다.

'지금 눈 내리고
매화향기 홀로 아득하니
내 여기 가난한 노래의 씨를 뿌려라'

선생님이 서 있는 그곳 그리고 대한의 온 강산.
하얀 눈으로 덮혔지만 쓸쓸하고 외로운 조국의 시련이 벌판에

차가운 기운으로 꽃핌 하는 우리 백의민족의 고결한 혼에 선생의
외로운 마음은 나라 잃은 슬픔을 불러도 불러도 끊을 수 없는 조
국 광복의 복받치는 애국 항일 기상을 대한 우리의 동포의 마음에
깊이 심고 일으켜 내어,

　'다시 천고의 뒤에
　백마 타고 오는 초인이 있어
　이 광야에서 목 놓아 부르게 하리라'

　훗날 광복의 그날이 오면 한반도의 내 땅 안의 모든 동포와 만
주 벌판의 우리 땅 간도 땅에 숨어서 독립의 의지를 불태우던 우
리 민족들 앞에서 저주 받을 일본을 꺾어버린 승리의 기쁨을 안고
당신 스스로가 개선장군이 되어 모든 개선장군이 된 백의민족들
과 더불어 육사 선생은, 내 여기 이 벌판에서 그립고도 그리운 우
리 민족의 독립의 현실 앞에서 모든 설움 다 덮어가면서 이겨 낸
우리 자유 대한 내 나라가 드디어 독립되었구나! 라는 기쁘고도
기쁜 사실에 다 같이 뛰쳐나가 양손을 높이 쳐들어 광활한 벌판을
내다보고 목이 터지라고 외치면서 지금의 분노를 날려 보내고 커
다란 감격의 기쁨을 향유하리라, 예견하시던 우리의 백마(白馬)
타고 오는 초인(超人). 개선장군 육사 선생. 선생은 이러한 마음으
로 광야를 썼으리라 나름대로 생각해 본다.
　선생은 신조선사(新朝鮮社) 인문사(人文社)에 근무하였다 1941
년 폐가 나빠지자 성모병원(聖母病院)에 입원하였고, 1942년 북
경으로 갔다가 독립운동에 관련된 혐의로 일본 영사관 형사에게
체포되어, 북경 감옥에서 39세의 젊은 나이로 해방되기 바로 전

해 1944년에 대한의 독립의 기쁨을 보지도 못하고 사랑하는 동포들을 뒤로 남겨두고 안타깝게도 한 많은 이 세상을 떠나갔다.

나는 묵상해 본다.

나라를 다시 찾은 우리들은 선열들 앞에서 공명정대하고 우리 자유 대한민국의 영원한 내일의 영화를 위하여 명명백백하게 한 점의 부끄러움 없이 내 한 몸을 헐어 진정으로 나라를 사랑하고 백성을 내 몸같이 사랑하고 이웃에 참 기쁨을 주는 봉사 행위를 하고 있는가.

병역의무를 기피하기 위하여 스스로 자기 몸을 자해하고 심지어 생손가락까지 잘라내고, 호적을 바꾸어 남의 조상을 제 조상으로 위장하여 국회의원까지 당선되어 가면서 나라 정치를 하겠다는 음흉하기가 귀신같은 자들의 아래에서 펼쳐지는 이 꼴사나운 통치 작태를 우리 국민들은 언제 까지 인내하고 감수 해야만 하는가.

지난 오천 년의 우리의 역사를 저들 마음대로 임의로 바꾼다고 우주 역사가 하루아침에 달라지는 것이 아닐진대, 이런 부정한 자들이 판치는 세상이 오려고 선열들은 그 귀중한 목숨을 희생 하셨던 것인가.

내 지금의 이 행동이 선열들에게 과연 욕됨이 없는가?

2. 춘천 에티오피아의 집 추억

춘천 공지천 에티오피아의 집 추억

화곡 (2006. 9. 14)

1971년 폭염의 한여름이었습니다. 제가 강원대학교 사범대에서 강습을 받았을 때의 일입니다. 수강생들 모두는 같은 길을 가는 공통점으로 서로가 의기가 투합 되어 하루 강의가 끝난 뒤에는 곧장 귀가를 하지 않고, 우르르 한 뭉치로 몰려다니면서 아름다운 춘천의 명소를 찾곤 하였지요.

어느 날 공지천의 오후 풍경을 두고 그때 우리 일행 중 해외여행을 자주 한다는 한 분의 말을 빌리자면, '굳이 외국 여행 중 소문난 명소에다 비하랴!' 라고 감탄을 했을 정도였으니까요.

공지천과 의암호가 닿은 곳에 자리한 찻집인 에티오피아의 집이 있습니다. 에티오피아의 집의 넓은 유리 창문으로 내다보면 왼편 다리 너머엔 공지천이 있는데 겨울만 되면 이 호수는 춘천시민의 노천 빙상장이었고, 연례행사로 전국 빙상 경기를 하는 유명한 곳이었습니다.

맞은편 멀리서부터 이어지는 삼악산 북녘의 긴 산맥들은 춘천 댐 방향으로 뻗쳐 점점 험난한 산맥이 되어 중서부에서는 가장 높은 화악산에 다다르게 되지요. 깎아지른 바위산, 삼악산 아래의 푸르고 잔잔한 의암호는 가히 내륙의 제일의 도시 춘천의 모습을 그대로 안고 도는 정경이었고요. 그리고 호수 가운데의 섬들 붕어

섬, 중도, 상중도, 위도(고슴도치 섬) 등 조용히 미끌리는 배 자락에 화들짝 놀란 물 새떼들의 비상이 볼만했습니다.

우리 모두는 차를 주문하는 것도 잊고 호수 앞에 전개되는 경치에 넋을 잃고 너도나도 입에서 탄성이 튀어 나왔습니다.

몇 분이 지나 모두들 자리를 하고 차를 시켜 마시며 담소하고 있는 중이었는데 어럽쇼… 이건 웬일입니까? 갑자기 놀라운 일이 벌어졌습니다. 일행 중 K대학 음악과 출신의 A라는 분이 갑자기 카운터에 앉아 있는 마담 앞으로 성큼성큼 다가가더니, 오른 팔을 카운터에 올려놓고 마담에게 목례를 하더니만 창밖을 내다보면서 누가 주문도 하지 않고 시키지도 않았는데도 테너 연주를 하는 것이었습니다.

저는 노래를 듣기는 좋아했지만 바로 옆에서 우리 일행 중 한사람이 즉흥적으로 너무 멋있게 노래연주를 하는 경우는 처음 경험했습니다.

에티오피아 찻집 안은 음악연주 준비도 안 된 상태인데 갑자기 음악 발표회 같은 홀이 된 것이지요. '라트라비아타에서의 축배의 노래' 그것도 소프라노가 빠진 솔로로… 우리 일행은 갑자기 놀라 넋을 잃은 상태였고 그 노래가 다 끝나자 여기저기서 앵콜! 앵콜! 하면서 박수를 치면서 아우성이었습니다.

두 번째 곡은 우리 가곡 '사공의 노래'… 두둥실 두리 둥실 배 떠나간다… 달 맞으러 강릉 가는 배…의 기상이 의암호에 떨어져 넘실거리듯 하는데, 제 생각에 그날 그 자리에 있던 사람들치고 놀라지 않은 사람이 없었을 것입니다. 그것도 기쁜 마음으로 놀라게 됐으니…

조금 있다가 더 놀란 것은 우리 일행 열댓 명 정도하고 다른 손님하고 합하여 30여 명이 넘었던 것으로 기억하는데, 카운터의 우아한 마담의 지시를 받고 차 나르는 젊은 여성이 커다란 목소리로 '오늘 찻값은 주인께서 내시겠다고 하니 그리 아십시오…'

품위 있게 보이는 중년이 넘은 주인 마담은 아무 말도 하지 않고 입가에 약간의 미소만을 머금고 우리 일행을 바라보았습니다.

또 한 번 왁자지껄 감사하다고 치는 박수! 노래 연주에 대한 박수!… 테너 A씨 덕분에 우리 일행의 그 해의 무더위는 이렇게 시원하게 의암호에 녹아 내렸습니다. 행복한 하루였습니다.

35년이 지난 지금도 차편으로 다리를 오가다 그 에티오피아의 집을 찾아갈 때면 그때의 강습 동기생 A씨의 테너 여운과 음악을 사랑하는 통이 크신(?) 마담의 잔잔한 미소가 머릿속에서 아른 거립니다.

모두들 지금은 무얼 하시는지.

3. 선덕여왕(善德女王 ? ~ 647)

신라 제27대 왕으로 632년부터 647년 까지 16년간 재위한 우리나라 신라시대의 여왕이다.

성은 김(金), 휘(諱)는 덕만(德曼)이고, 호는 성조황고(聖祖皇姑)이다.

진평왕의 맏딸이고 어머니는 마야부인(摩耶夫人) 김씨인데 진평왕이 후사가 없자 '백성들의 옹립'으로 왕이 되었다.

634년 연호를 인평(仁平)으로 고치고 분황사를 창건하였다. 김유신, 김춘추, 알천 등의 보필로 선정을 베풀었다. 첨성대 황룡사 9층 탑을 건립하고 불교를 도입하였다.

어릴 때 중국에서 가져온 모란(牧丹)씨와 그 꽃그림을 보고 나비가 없음을 들어 '꽃은 아름다우나 향기가 없을 것이라' 고 예측한 일화는, 여왕의 총기를 말할 때 지금까지도 후세인의 입으로 전해오는 아름다운 이야기가 되었고, 국경에 난데없는 무리들이 쳐들어왔을 때 그 쳐들어온 지명을 듣고 방어군에 명하여 물리친 지혜는 여왕으로서 치적의 아름다운 모습으로 후대에 전해진다.

고구려, 백제 당나라에 둘러싸여 핍박을 받는 국제 정세에서 현신들의 보필로 후일 삼국통일 위업을 이룰 수 있는 초석을 세워 놓은 의지와 아름답고 덕성스러운 품위를 갖춘 우리나라 대표적 여왕이다.

우리나라뿐만 아니라 지난 역사 속에는 세계 도처에서 남존여비 사상이 아주 지배적이었다. 그 뿌리가 깊고 또 제도적으로 그런 인식을 갖게 하여 여성들이 세상을 보는 눈을 강제로 막아 놓고는 남성들 중심의 세상 판을 짜내려왔다. 한스럽고도 통탄할 지난 인간 역사였다.

이제 세상은 달라졌다. 그럼에도 무슨 당인가 소속되어 대선을 꿈꾸는 전 서울 시장 같은 인사까지도 아직도 공개석상에서 '우리나라에서는 아직 여성이 대통령이 되는 것은 시기상조라고 본다'라고 언급한 적이 있다. 그가 남성임을 내세우는 것이 된다. 아마 그가 시장 재임 시 '이회창보다 노무현이 더 인간적이다'라고 공언한 그 시기의 그의 소신 발표였다.

나라를 통치하려는데 몇 개의 공인된 종교를 들먹이고 그에 편승 하려 들고 하니, 백성을 보는 눈이 이렇게 시작하기 전부터 여성을 폄훼하고 다른 종교를 폄하하고 하는 잣대로 대통령이 되면 그 통치가 어떠할 것인가?

하물며 6·3사태 이후 줄곧 그는 야당 울타리에서 운동권의 중추역할을 하면서 대한민국을 뒤엎으려는 행위로 인해 지금은 국민들 모두가 넌더리를 내며 저주하는 좌파(빨갱이) 범민련, 범청학련, 한총련, 전교조 등 그들이 하는 짓을 은근슬쩍 나무라지 않는 발언을 하고 있다.

이렇게 우리나라 일국을 통치하려는 뜻을 가지고 있으면서 고래로부터 내려오는 인습을 내세워 성을 들먹여가면서 백성을 구분하는 편협된 잣대로 말하였고, 이 현재 시국에 운동권 발언을 서슴지 않고 있다.

사실 지금까지 우리나라 좌파 운동권이 내세우는 그들 식의 민주투쟁이란 대한민국 안에서 공산화 운동을 뜻한다는 것을 그들 스스로 공개하고 자백하여 다 드러났는데도 말이다.

노무현의 '우리는 좌파 신자유주의자'라고 호언한 말이 바로 그것이다. 이들이 내세우는 민주화 운동의 이력은 우리 백성들이 대한민국의 영구 발전을 위해 염원하는 그런 민주주의가 아님을 이젠 삼척동자들까지도 다 안다.

그런데 전 서울시장은 노무현 대통령을 두둔하면서 노무현을 따르는 무리들의 언사를 습관적으로 서슴없이 비스름하게 내놓는다. 즉 좌파 의미가 내포된 발언을 숨기지 못하고 한다는게 바로 이것이다. 2002년 부패추방 개혁을 기치로 내세우는 운동권 무리들에게 우리 국민들은 크게 당하고 말았다.

이제 또 분명치 않는 발언만 일삼는 무리들에 혹하여 이 나라 대한민국의 정체성을 완전히 말아먹기를 원하는, 그리고 김일성 이후의 그 음흉한 추종자들 그늘에서, 또 핵무기 공갈까지 가중하여 우리 국민들 자존심까지 다 깔아뭉개진 현실 앞에서 속터지는 꼴을 다시 체험 하겠다는, 스스로 마른 짚단 지고 불구덩이로 뛰어 들어가는 우매한 우리 국민들은 한 사람도 없을 것이라 나는 단정한다.

대한민국은 국제관계의 신뢰를 다시 회복하고 우리 실력으로 이북을 내리누르고 핵무기 엄포에 굴치 않고 당당한 자세로 자유민주주의 토대를 자랑삼으면서 세계 속에서 우뚝해야 된다는 것이 나의 소신이다.

여권의 지위 향상을 위해 그동안 일선에 나서서 외친 운동가들에게 권한다. 수백까지 여성 인권의 신장을 위해 남녀평등을 주장해 재판까지 해 가면서 애써가며 내세우는 방법보다 명쾌한 방법을 택하는 현명함이 필요한 기회가 왔다고 본다. 마음 고생까지 해 가면서 애쓸 필요는 하나도 없다.

신라 때 백성들이 선덕여왕을 기뻐 뽑듯이 이 나라 우리 국민들의 손으로 스스로 여성 대통령을 뽑게하면 모두 다 해결된다. 절호의 좋은 기회가 온 것이다. 해결책이 너무 명쾌하고 간결하다.

이런 기회는 지금까지 천여 년이 넘도록 없다가 나타난 것이다.

국민들 대다수가 지지하는 이 좋은 기회에 남녀평등권 해결책이 제도적 보장을 받으면서 이렇게 쉽게 해결하는 방법 말고 또 무엇이 있단 말인가!

이런 점에서 나는 역사상 가장 훌륭하리라 예상되는 백성들이 또 한 번 뽑은 제 2의 선덕여왕(善德女王)의 출현을 간절한 마음으로 기대하고 있다.

그리고 이 쾌거는 우리 대한민국 국민들과 이 나라가 정신적으로 선진 문명국이 되었다는, 인공위성의 수백 배 위력이 있는 신호탄을 세계만방에 쏘아 올리는 것이 된다.

4. 부모의 자녀교육

내가 1980년 5월 중순 경 서울 개포동 동네 앞산 대모산을 등산할 때였습니다. 불국사 위쪽으로 오르는데 갑자기 사람들이 웅성대더니만 산불이 났다고 야단들이었습니다. 뛰쳐 올라가 보니 산불이 한창 번지고 있는 중이었습니다. 지체할 것도 없이 우리 일행 모두는 나뭇가지를 꺾어 번지는 불을 끄기 시작하였습니다.

먼저 온 분들도 많았었는데 모두들 열심히 불을 끄느라 정신이 없을 지경이었습니다.

불을 끄는 사람들의 온몸은 땀으로 범벅이었고 연기로 눈을 잘 뜰 수도 없었고, 주변 전체가 산소 부족으로 어지러워서 헛구역질을 하는 사람도 있었습니다. 머리가 띵하고 모두들 가쁜 숨을 몰아쉬면서도 불 끄는 일을 멈추지 않았습니다.

모두들 한참 법석을 떨며 이러는 중에 산길을 내려가던 40세가 좀 넘었을까 짐작되는 남자분이 급히 뛰어 올라와 산불을 끄는 우리들을 보더니만, 갑자기 아래쪽을 향해 "여보! 그 물통 가져와요!" 하고 다급하게 소리를 지르며 급히 뛰어 내려가 그분의 부인인 듯한 이가 가져 오는 물통을 받아들더니, 초등학교 5학년 쯤 되어 보이는 아들이 지켜 보는 앞에서 뚜껑을 열고 번지는 불길 위에다가 약수 물을 황급히 마구 들이붓는 것입니다. 우리들 모두는 그렇게 합세하여 있는 힘을 다하여 산불을 껐습니다. 한참만에 다행히 불은 꺼지고 모두들 안도의 숨을 내 쉬며 땀을 닦았습니다.

그런데 나는 그 이후에도 지금까지 그 물통 사연이 가끔 생각이 납니다. 그 물은 한참 떨어진 구룡산 남쪽 기슭의 약수터에서 받아오는 것일 터인데… 나도 경험했지만 날씨가 오랜 동안의 가뭄 뒤라, 또옥 또옥 떨어지는 물을 줄을 서서 받느라 시간도 꽤나 걸렸던 물일 것이었습니다. 그런데 아들이 보는 앞에서 정성을 들여 받아온 약수를 아까운 생각도 들었겠지만 지체하지 않고 한꺼번에 몽땅 들어붓다니… 생각해 보니 오늘의 우리 강토 울창한 숲들은 그렇게 지켜진 것이라 여겨집니다.

그 아버지와 어머니가 아들에게 몸소 보여준 가정교육의 훌륭한 장면이 세월이 훨씬 지난 지금에도 잊혀지지를 않습니다.

5. 설악산(雪嶽山) 기행(紀行)

2005년 6월 4일 오전 10시 30분, 내 아내와 나는 막내 여동생 내외와 함께 한계령에서 출발하여 설악산 등산을 시작하였다.

새벽부터 안개구름이 산을 뒤덮어 지척을 분간할 수 없더니 날이 밝으면서 구름은 서서히 산맥 허리를 가로 질러 서편으로 흐르는데, 초여름 기운이 도는 골짜기 골짜기마다 아직도 신록의 병풍이 산록 곳곳에 덮어져 있고, 가파른 기슭을 오르다 잠시 쉬면서 왼편 동남쪽으로 내다보는 시야엔 남설악 점봉산의 우뚝함이 언뜻 언뜻 건너다보이고, 귀때기 청봉과 끝청의 갈림길 이정표 앞에 머물러 숨을 고르는 등산객들의 희망찬 구도의 표정엔 싱그런 설악의 모습이 담겨져 있는 듯하였다.

드디어 서편으로 서서히 떠오르는 귀때기 청봉. 멀리 북쪽 하늘을 안정감 있는 자세로 자리 잡고 앉아 아래로 백담사 오세암의 고요한 정경을 내려다보는 듯하고, 오른편 남서쪽 건너편의 가리봉과 주걱봉은 '나도 여기 있노라' 하며 설악의 한 식구임을 아침부터 턱을 쳐들고 뽐내고 있었다.

끝청으로 이어지는 길고 긴 능선 따라 오가는 등산객들의 경쾌한 발걸음은 내려다보이는 용아장성의 기상을 등에 업었고, 새 소식을 건네며 밝은 인사로 휙휙 스쳐지나는 걸음걸이엔 희망들이 솟구치는 듯했다.

여기 오르면 끝청인가, 다음 지나면 끝청인가, 오를 때마다 헤이기도 많이 헤이었지만 곧 잊어버리고 다시 헷갈리고, 늘어진 걸음으로 좌우 숲속을 들여다보니 즐비한 고산 식물 속에 설악의 산채 진수가 뒤덮여 있었다.

산채 금지! 사실은 행장이 무거워 나물을 뜯을 수도 없었다. 미리 준비한 된장에 싱싱한 참나물, 곰취, 모시대, 곤드레, 몇 잎을 뜯어 쌈으로 점심 반찬을 하니, 신선들의 음식을 여기 와서 우리도 맛보는가, 각자 한마디씩 거들며 기뻤고 산나물의 맛에 취해가며 우리의 휴식은 감탄의 연속이었다.

끝청에서 중청까지 1.2km, 40분 소요되는 발걸음 언저리에 철쭉 연분홍의 자태가 고고하고 중청 거의 다 온 곳에서 왼쪽 서녘 하늘을 보니, 백두대간의 설악 긴 능선에서 일몰의 하루 정리함이 진홍에 감색되어 저리도 어여쁜가! 바쁜 대피소에로의 걸음이지만 지팡이 짚고 외가평 뒷산 서녘 산맥 허리로 떨어지는 저 순간의 아름다움 속에 순간 나는 빠져들었다.

예약된 중청 산장에 들어서니 오후 8시 10분, 먼저 도착해 짐을 푼 국토 순례객의 지친 듯한 모습들은 내 자신이 되었고, 저녁 요기 후 곧 잠을 청하니 빼곡하게 아래 위칸에 누운 이들이, 그래도 아쉬운 듯 야호 고함소리를 못다 외쳐 사뭇 아쉬워 밤새도록 외쳐대렴인지, 각자 레퍼토리로 불어대는 잠꼬대, 다양한 코 고는 연주 소리는 모두들의 단잠을 뒤흔들어 깨웠다, 깊이 잠들었다 밤새도록 반복하여 서로를 시달리게 하였고, 그래도 새벽의 선잠은 그대로 대청봉 일출 보기로 이어져 05시 03분에 떠오르는 일출을 보려고 모두들 간밤의 피곤은 어디로 갔는지, 산장에서 0.6km 떨어진 정상에 단숨에 거뜬히 올라, 밤잠도 자지를 않고 그곳 추운 곳에서 밤을 새우면서 기다렸는지 먼저 오른 많은 산악인들과 동해를 보며 이제나저제나 10분 정도 기다리는데 '이게 웬일인가!' 바로 가슴 앞에서 진분홍으로 짙게 물드는 바다 끝 위로 우리 대한민국의 '동해의 일출'

'대한의 민족기상은 저 일출에 힘입어 용솟음쳐 오르는 것이리라'

코앞으로 스쳐 왼쪽에서 오른쪽으로 옅게 그리고 간혹 짙게 오른쪽으로 스쳐 지나는 연한 흰 구름 사이로 우주의 태양은 짙은 감색으로 좌우로 흔들리며 다가왔고, 보다 짙은 흰 구름이 스쳐 지나가면 홀연 태양은 쪽빛 같은 푸르름으로 우리 앞에서 저만치 멀어져 가고 흔들렸다 이글거리며 똥그랗게 커지고, 흔들렸다 좌우로 요동치는 일출의 형상은 태초의 장관이 바로 이와 같았으리라 여겨지는 천지창조의 형상을 그대로 연상해봄이었다.
약속을 한 것도 아닌데 남녀노소 모두들 숙연해지고… 아마 이 나라의 안위를 기원하는 기도의 마음가짐도 지녔으리라…
중청 대피소에 내려 아침을 해 먹고 북동쪽으로 수년 전 지나온 내설악, 외설악의 가름능선 공룡능선을 바라보고 용아장성 아래 봉정암, 멀리 북동쪽으로 건너다보이는 달마봉 위쪽 울산바위 기슭 계조암에 어린 내 아버님의 심으신 뜻을 회상해 보았다. 가파른 소청으로 내려오면서 화채봉을 건너보니 6.25 때의 나라 지킴의 젊은 함성은 어디로 가고, 동해에서 밤낮 사흘을 쏘아 올리던 함포들의 터지는 폭음 소리는 이 골짜기 저 골짜기에 흔적도 없이 잦아들어 숨겨져 있는 듯했다.

바로 내일이 현충일,
님들이여! 지금 내 조국은 몸살을 앓고 있습니다.
송구합니다.
우리 모두가 대한민국의 앞날을 걱정하면서 정신을 똑바
로 차려가고 있습니다.
평안히 계시옵소서.

희운각 대피소 지나 무너미 고개에서 왼쪽으로 공룡능선, 우리
는 천불동을 택하였다.

천당폭포, 양폭, 오연폭포, 귀면암, 비선대의 절경은 설악의 자
랑일 뿐 아니라 우리 대한민국의 자랑스런 기상이라 저항령 골짜
기에서 내리쏟은 개울 위 바윗돌 하나하나에 통일의 염원이 간절
히 안겨져 있는 듯, 바위 개울의 깨끗함이 백의민족의 얼이 천사
같은 흰 빛나는 모습으로 비추어지고 신흥사 경내 좌불의 알듯알
듯한 미소는 흔들리지 않는 민족의 진리 기상을 기리는 듯하였다.
다 내려와 온 가족이 기다리는 도문 숙소에 도착하니, 2005년
6월 5일 오후 4시 정각. 설악에 안겨 잠자고 이어져 걸은 우리들
의 산행은 행복하였다.

6. 6.25 때 있었던 일

6.25 때 저는 동해 중부 전선의 한 시골 농촌 마을에 살았습니다.

옆집에 친척 아저씨 네가 사셨는데 공산주의 학정을 피해 아저씨의 친형님이 남쪽으로 내려갔다는 이유로 인민재판을 받던 중 억울하게 몽둥이로 온 몸을 맞아 상처가 대단하였습니다.

특히 한쪽 다리를 잘 못 쓰며 질질 끌고 다녔습니다.

얼마후 국방군이 들어와 마을에 주둔할 때 아저씨더러 다리가 왜 그러냐고 물으니, 아저씨는 손가락으로 북쪽을 가리키면서 저주스런 목소리로 "아, 인민군 놈들이 이렇게 하였다."라고 큰 소리로 말했습니다.

얼마 후 인민군이 내려와 같은 질문을 하니까 이번엔 남쪽 하늘을 가리키면서 "아, 국방군 놈들이 들어와서 이렇게 하였다."라고 큰 소리로 대답하였습니다.

당시 어린 나였지만 아저씨의 그 일관되지 않은 모습이 몹시 우스웠습니다. 청소년 때까지도 그랬습니다.

이제 자식들을 다 키우고 손녀딸을 안고 달래며 그때 일을 다시 생각해 봅니다.

자식들과 아내를 거느리고 농사만 지으며 착하고 순박하게 사셨던 일자무식의 아저씨가 아저씨 나름의 삶의 방식으로 전쟁 와중에서 가정을 지키며 어려운 세상을 헤쳐 나가셨던 그 모습…

말 한번 잘못하면 당장 어떤 위급한 일이 일어날지 모르던 그때였으니까요.

자기들만의 정치적 야욕을 가지고 백성들을 향해 잘살게 해준다고 꼬드겨 선한 백성들은 이제나저제나 하다가 결국 빈 깡통만 차고 거지 신세가 되게 한 이 땅의 현실…

전쟁으로 억울하게 희생된 분들과 그 가족들이 슬퍼하고 몸살을 앓고 있는 것을 지금도 우리는 방방곡곡에서 보고 있습니다.

살아있으면 90세가 훨씬 넘었을 아저씨가 당시 가족을 지키시기 위한 처세 방법을 이제야 진정으로 이해하며 그분의 영혼을 위해 하느님께 기도드립니다.

요즈음 일부 집단은 그들만의 영달을 위하여 겉으로는 그럴듯한 교묘한 언변으로 백성들을 위한다고 하면서, 새삼스럽게 다 지나간 유익하지도 않은 일들을 들추어 이웃 간에 싸움을 부추겨 서로를 반목하게 만들고 세상을 혼란에 빠뜨리고 있는데, 야심차게 정치(?)한다며 다 깨진 꽹과리 소리만 요란스럽게 내는 분들.

옳은 지도자의 행태가 아닙니다.

더 이상 백성들의 순수한 가정을 분열시키고 파괴하는 난처한 술수들은 버렸으면 합니다.

그런 방법으로는 통일과 평화는 오지 않습니다.

진정으로 모든 백성들을 서로 위하는 마음을 갖도록 하는데 역량을 보여주기를 바랍니다.

평화는 나를 버리고 타인을 위할 때만 찾아지는 것 아니겠습니까? 분열이 없어야 되는 것이지요.

그 끔찍했던 8·15 광복 직후의 혼란과 6.25 같은 동란의 슬픔이 다시는 없고 진정한 평화가 이 땅에 가득하기를 기원합니다.

7. 천사 같은 아기 시인

94년 봄 어느 날 대치동 은마 아파트 11동 살 때의 이야기입니다. 주일 오후 성당엘 급히 갈 일이 있어 11동 1호, 2호 줄 앞을 지날 때였습니다. 보도블록 위에서 갑자기 어린 아이가 말을 걸어와 저는 걸음을 멈추었습니다.

"아저씨! 하늘에서 꽃 비가 내려와요"

"?...!"

유심히 내려다보니 땅바닥에 두 다리 펴고 털썩 앉은 5살이 좀 넘었을까 하는 어린 사내아이가, 3살쯤 되어 보이는 어린 여동생 머리에, 길바닥에 가득 떨어져 흩어진 화단의 홍매화 꽃을 고사리 같은 두 손으로 소복이 모아 뿌려주면서 급히 지나가는 저를 쳐다보고 건네는 말이었습니다.

"꽃 비?"

"하늘에서 내려와?"

하도 기특한 말을 하는 그 인형 같은 어린이가 갑자기 제 눈에는 천사로 보였습니다. 티없이 어울려 노는 어린 두 남매… 따사로운 봄 날씨… 지나가는 아저씨에게 꽃 비가 하늘에서 내려온다고 천진스럽게 쳐다보며 어른스럽게 말을 건네는 해맑은 일굴 표정…

"아가야! 정말 꽃 비가 많이도 내리는구나…"

성당에 가서도 그 어린 두 남매의 앙증스럽고 평화스런 정경에 제 마음은 하루종일 기쁨으로 가득하였습니다.

저는 그날 이후 그들이 제 마음속에 천사 같은 아기 시인으로 자리 매김 되었습니다. 하느님께서 어린 천사 시인을 통해 세파에 시달려 굳어질 대로 굳어진 저의 마음을 이렇게도 아름답게 풀어 주시는구나… 너무도 행복했던 94년의 봄철 어느 날 한때였습니다.

8. 스승의 날

우리나라 백 년의 앞날을 내다보면서 묵묵히 교육일선에서 동량재들을 지도하시는 선생님들께 삼가 존경의 마음과 노고에 감사하는 뜻을 올립니다.

스승의 날을 교사 스스로 만든 것도 아닌데 작금의 현실은 우리들의 진정한 스승을 흔들어대는 민족성으로 전락하고 있어 이 어처구니없는 현실에 땅을 치고 한탄합니다.

꽃도 가꾸어야 아름다운 꽃이 피고 미물도 위해주어야 그 실체가 돋보이는데, 하물며 나라의 동량재를 지도하는 이 땅의 스승들을 위로하고 격려해주는 풍토를 만들 생각은 추호도 없고 아무 때나 무원칙 논리로 나무꼭대기에 올라가라고 강제로 다그쳐 놓고, 그것도 모자라 마구 흔들어대면서 이 땅에는 진정한 스승이 없다, 우리의 장래는 암울하다,라고 깽판 치는 자들이 정치논리로 결론을 내리고 마는 이 현실에 분노의 마음을 가지며 슬픔의 벼랑으로 떨어지는 느낌을 가집니다.

사랑하옵고 존경하옵는 이 땅의 모든 선생님들이시여.

님들의 고뇌 속에 많은 이들이 함께 마음 아파하며 님들이 지금 허탈한 지경에 계시지만, 우리 모두가 새삼 위로의 말씀으로 나라의 앞날을 상기시켜 드리오며, 이를 내세우며 다시 한 번 고결하신 마음을 붙들어 모셔 드리고자 합니다.

지금의 상심이 나라 발전의 과정이고 지금의 분노가 내일의 우리 동량재들의 영광으로 이어진다면, 님들은 또한 마음 가라 앉히시고 다시 두 주먹을 불끈 쥐시고 뒷날의 보람을 위해 일어서시리라 감히 기원합니다.

존경하옵는 이 땅의 스승이시여 '스승의 날'을 맞아 불초 소생이 감사와 위로의 말씀을 올립니다.

9. 제자의 편지

선생님 안녕하셔요?

저는 동덕여고 1학년 류민영이에요. 선생님께선 제가 누군 인지 모르시지요? 3학년 2반 복도 쪽으로 중간쯤에 제 책상이 있었고요, 수학 공부 잘하는 박진숙의 짝꿍이랍니다.

저는 지금 수학 시간인데 선생님 생각이 났습니다. 약간 졸림이 있는데 봄이라서 그런가 보아요. 선생님 저는 선생님을 잊지 못합니다. 아마 영원토록 말이에요.

선생님은 수업 중엔 엄격하셔서 무서우실 땐 우리 모두가 벌벌 떨었지만 복도에서 마주쳐 지나실 때, 저희가 인사드리면 언제나 손을 들어주시며 환하게 웃으시고, 같이 인사하시며 지나치셨지요.

어느 날 수학 시간, 평소에 선생님이 설명 하실 때 선생님 눈에서 불이 납니다. 저희들 모두는 다른 생각에 빠질 수가 없었습니다.

그런데 그러신 선생님 시간에 저는 짝꿍하고 지금 한창 인기 있는 ○○○의 노래 가사를 쪽지에 적어 놓고 숨어서 킥킥대며 몰래 웃고 있었는데 선생님에게 들키고 말았습니다.

선생님께서 갑자기 말씀을 멈추시고 저희에게 뚜벅뚜벅 걸어오셨습니다. 교실 분위기는 갑자기 긴장했었지요.

제 곁에 오신 선생님께서 손바닥을 펴내 놓으시며 조용하신 목소리로 내놔! 하시며 무서운 눈빛으로 말씀 하셨습니다. 순간 저희들은 아이고 들켰구나, 이제 큰일이다, 생각하면서 겁에 질려 한참 망설이고 있다가 꼬깃 꼬깃하게 접은 유행가 가사 쪽지를 선생님 손에 넘겨 드렸지요.

그 이후의 수업 시간은 어떻게 지나갔는지 기억이 나지 않았습니다. 선생님에게 들켰다는 생각에 마음속으로 쥐구멍이라도 있으면 숨고 싶은 마음 졸이는 시간이었습니다.

방과 후 청소 시간, 선생님은 교무실로 저희 둘을 부르셨지요. 그리고 아무 말씀도 하지 않으시고 책상 서랍에서 저희들의 그 쪽지를 천천히 꺼내 도로 저의 손에 쥐여 주시며 "수업 시간에 원리에 대한 내용 설명을 소홀히 들으면 다음 시간에 힘들어!" 말씀하신 뒤, 어서 집에 가라고 하셨습니다.

저희 둘은 크게 야단 맞을 거라 생각하고 가슴을 졸였는데 그냥 가라고 하였습니다. 교무실 밖으로 나와서 짝꿍과 함께 종이쪽지를 몰래 펼쳐 보았습니다. 선생님이 손수 쓰신 말씀이 적혀 있었습니다. "민영아! 가사의 두 번째 줄이 잘못 되었더구나" 그러신 다음 정확한 가사를 선생님께서 친히 빨간색 볼펜으로 그 아래에 적어 놓으셨더군요.

선생님! 그 이후부터 저는 수학 시간을 제일 좋아합니다. 고등학교에 와서도 수학 공부를 제일 열심히 합니다. 성적도 아주 좋아졌어요. 졸업한 지 얼마 되지 않았는데 모교가 그리워집니다.

친구들과 같이 시간을 내어 학교엘 한번 찾아가 선생님을 찾아뵙겠습니다.

그럼 만나뵈올 때까지 안녕히 계세요.

1976년 5월 선생님이 사랑하는 제자 민영 올림

10. 전포수의 사냥개 이야기

할머님과 부모님이 들려 준 동화 같은 이야기

전포수는 1935년경에 함경북도 일대에서 가장 유명한 사냥꾼이었다고 한다. 전포수가 살던 마을이 함경북도(咸鏡北道) 종성군(鍾城郡) 행영면(行營面) 영리(營里)인데, 그 마을의 53번지가 내가 출생한 곳이기도 하다. 조선조 세종 때 절재(節齋) 김종서(金宗瑞) 장군(일명 호랑 대신)이 6진을 개척할 때 진영(오늘로 말하면 사령부)에 친자리가 있었던 동네라고 한다. 그래서인지 나는 그곳에서 출생하였다는 자긍심이 지금까지도 대단한 편이다.

1941년에 그곳에서 나서 5살 될 때까지 거기서 살았으니 꽤 오래 산 곳이지만 나에게는 그때의 희미한 기억이 간혹 있을 정도이지 많은 기억이 뚜렷하게 있을 리 만무하다. 그때의 일들은 대개 할머니와 부모님이 들려주신 옛날이야기일 뿐이다. 단지 네 살 때서부터 서너가지의 어렴풋한 기억이 나는 정도인데 그것도 그렇게 뚜렷하지는 않다.

다만 전포수에 관한 이야기는 내가 말귀를 알아들을 때부터 나이 40세가 다될 때까지 할머니에게 수도 없이 많이도 들은 이야기이고, 오래 전에 돌아가신 아버지가 가끔 들려 주셨고, 지금 생존해 계시는 기억력 좋기로 소문난 어머니의 경험담 이야기이니, 이 일화는 내 마음속에서 영원히 간직 될 수밖에 없는 아름다운 이야기이다.

전포수의 집은 영리(營里)의 우리 집으로부터 바로 한집 건너에 있었다. 내가 태어나던 해 당시 전포수는 30세가 갓 넘었고 미모가 뛰어난 부인과 8살, 6살 난 두 아들 형제를 두었는데, 특이한 것은 만주 벌판에서 구해 왔다는 호개(胡犬)라는 새까만 색의 사냥견이 전포수 가족과 한방에서 침식을 같이 한다는 것이었다.

그 호개의 크기는 말만 하다고 했지만 아버지께서 말씀하기를, 커다란 망아지 정도는 실이 된다고 했으니까 대략 짐작할 수 가 있고 그 집 아들들이 어린 나를 등에 태울 정도였다고 하니 꽤나 큰 사냥견이라고 짐작 된다.

내가 태어나기 전, 전포수 댁을 처음 알았을 당시 어머니는 갓 스물도 안 된 새색시였었는데, 전포수가 부인과 두 아들 앞에서 자기가 기르는 사냥개를 가리키면서 "이 개를 누가 달라고 하면, 내 아들들을 주면 주었지, 개는 절대로 줄 수 없다"라고 말하는 바람에 너무 어처구니가 없었고, 한편으로는 듣는 순간 가슴이 철렁 내려앉고 또 섬뜩한 느낌마저 가졌었다고 하였다.

당시에 어떻게나 그 개가 유명한지 함경북도 일판엔 전포수만큼이나 호개 이야기가 널리 퍼져 소문난 이야깃거리였다고 한다. 표범, 곰, 멧돼지류의 맹수만 눈에 띄면 사생결단을 하고 용맹스럽게 대들어 해 치우고, 노루나 토끼 같이 약한 짐승이나 동네 개들을 보면 거들떠보지도 않는 순하디 순한 양과 같았다 하니, 그 용맹성과 호개의 기질을 알만하다.

이웃의 어린 내가 겁도 없이 호개를 붙잡고 털가죽을 잡아당기고 귀 통을 때려 주어도 그저 눈만 끔벅거리며 양쪽 귀를 뒤로 제치고 얻어맞기나 하고 순하게 있었다고 한다.

전포수는 마음이 아주 순하고 붙임성이 있고, 또 사냥을 할 때면 비호 같이 이 산 저 산을 치닫는데 보통 사람들은 따를 수 없는 지혜와 용력의 소유자라고 했다. 이름난 전포수가 유명한 호개를 데리고 함경북도 북방 백두산 두만강 유역을 누비며 골짜기 골짜기마다 휘파람 소리로 엄동설한의 쨍하는 공기를 날카롭게 가르는 모습은, 지난날 우리의 옛역사 속에서 이 지역에서 맹활약하던 선조들의 삶을 다시 한 번 상상해 보게도 한다.

전포수는 계절이 바뀔 때마다 산짐승과 날짐승의 이동 경로와 그 짐승들의 특징들을 너무나 잘 알아 포수로서의 전문성이 남달랐다고 한다. 한번 사냥을 나가면 사격술이 너무 정확해 빈손으로 오는 일이 없고, 사냥해온 꿩이나 짐승들은 반드시 먼 지역일 때는 그 지역 사람들과 산짐승 고기를 같이 나누는 기쁨의 시간을 가졌고, 우리 동네 사람들과 함께 잔치를 하여 나누어 먹었다고 한다. 이렇게 이웃뿐만 아니라 멀리 백두산 근처 주민들까지 전포수 덕에 일 년 사이에 몇 차례씩이나 호강을 하였다고 한다.

어느 해 눈이 많이 오는 겨울에 있었던 일이다. 자정이 조금 지났을 때다. 호개가(개의 이름을 잊어버렸음) 마당으로 뛰어나가려해서 전포수는 개가 오줌을 누려 하는 줄 알고 문을 열어주었다. 한참 있어도 나갔던 개가 문밖에서 기척을 내지 않아 이제나 들어오나 저제나 들어오나 하고 기다리다 선잠이 들었는데, 새벽녘에 잠을 깨어 보니 그때까지 호개가 옆에 없었다.

갑자기 불길한 예감이 들어 소스라쳐 일어나 부리나케 사냥채비를 하고 밖으로 나와 두만강 중류 쪽으로 가는 상삼봉이라는 산을 향해 새벽 공기를 가르며 치달아 뛰어가면서 손가락을 입술에

다 대고 휘파람 소리를 연달아 길게 내며 호개를 불렀다. 산과 들 온 천지는 고요하고 호개가 뛰어가며 남긴 발자국마저도 새로 내린 눈으로 덮여 희미해지다가 없어지고 호개가 짖어대는 기척은 사방 어디에서도 전혀 들을 수도 없어 초조한 마음으로 세 시간 가까이 이 골짜기 저 골짜기를 헤맸다고 한다. 웬만하면 멀리서도 휘파람 소리를 들으면 컹컹대고 짖어대는데 그날은 도통 반응이 없었다고 한다.

먼동이 터올 무렵 드디어 저 멀리서 어렴풋이 호개가 짖어대는 소리가 컹컹 하고 났다. 전포수는 소리 나는 그쪽 방향으로 산 중턱까지 정신없이 치달려 올라가 보니까, 호개가 더 기세 등등하게 큰 소리로 연신 사납게 짖어대면서 아름드리 소나무 주변을 뱅뱅 돌며 주인이 왔는데도 주인에게로 껑충 뛰어 오르면서 반기지도 않고, 앞발로 땅을 긁으면서 나무 꼭대기를 쳐다보며 경계하는 목소리로 짖어대다가는, 또 주인 보고 낑낑거리고 나무 꼭대기 쳐다보고 번갈아가며 짖어댔다.

전포수가 그때 호개를 보니 개 얼굴은 온통 통통 부어 눈이 가려 안보일 정도로 말이 아니었고 어깨며 옆구리 할 것 없이 흘린 피가 대단하더라는 것이다.

얼마나 나무 밑둥 주변을 양 앞발로 팠는지 실이 한 자 정도는 삥 둘러 파져 있을 정도였고 자세히 살펴 고목나무 꼭대기 여기저기를 살펴보니, 나무 저 높은 끝쪽 큰 가지에 눈빛이 새파랗게 된 표범 한 마리가 웅크리고 숨어서 경계하는 눈빛으로 아래를 내려다보고 있더란 것이다. 전포수는 신속하게 표범을 겨냥하였고 한 방에 표범은 아래로 떨어져 내려 털석 하고 떨어지는 순간, 호개는 사정없이 달려가 떨어진 표범의 목 줄기를 물고 한참 흔들어 대니 드디어 표범은 숨이 끊어졌다고 한다.

상황 추리는 이러했다. 산속에 먹을 것을 찾지 못한 표범이 야 밤에 동네로 내려와 집짐승을 잡아먹으려 했다. 마침 전포수의 집 앞에서 방안에 있는 호개의 감각에 들켜 도망을 치게 되었다.

끈질기게 쫓아간 호개가 표범에게 덤벼 몇 차례 싸움이 붙었는 데 오히려 표범이 호개에게 당하지 못하고 기진해서 더는 견디지 못하고 쫓기고 쫓기다가 산중턱 나무 꼭대기 높은 곳에 도망쳐 올 라가니, 기세등등한 전포수의 사냥개 호개는 나무를 눕히고 표범 을 떨어트리려고 마구 밑둥이를 돌아가면서 파가며 새벽이 되도 록 밑에서 경계를 늦추지 않고 지키면서 망을 보는 중에 전포수가 다다른 것이었다.

일반적으로 개들이 주인이 있을 때만 더욱 사납고 주인의 위세 를 의지하여 용맹을 떨치는데 이 호개는 예외였다고 한다.

그때 잡은 표범을 마을까지 옮겨 왔는데 그 포범의 등 위에 태 어난 지 백일 된 나의 형을 앉히고 어머니가 양손으로 붙들고 찍 은 사진이 아직 남아있다.

또 한 번은 어느 늦가을 철 호개를 데리고 사냥하는 도중 커다 란 곰을 만났다. 전포수의 사냥 순서는 호개가 먼저 곰이나 멧돼 지와 싸우다 휘파람을 길게 불면 싸우던 호개가 옆으로 비켜서서 도망치듯 거리를 띄워놓을 때, 전포수는 전광석화같이 총으로 맹 수를 사격하고 쓰러지는 맹수를 확인하는 즉시 뒤따라 다시 호개 가 달려들어 맹수의 목줄을 물고 한참 흔들어 대면 사냥은 끝나는 것이라 하였다.

그런데 그날은 호개가 전포수 사격과 거의 동시에 곰에게 달려들다 총알이 곰의 가슴께를 스치고 잇달아 그 너머 호개의 앞다리 위 어깨를 거의 동시에 맞히는 일이 벌어졌다.

호개를 아무리 뒤적거려보아도 숨만 조금씩 내쉴 뿐이지 죽은 것이나 마찬가지이었다고 했다. 당황한 전포수는 아무 정신이 없어 직감적으로 호개가 죽어간다고 판단했다고 했다. 호개는 점점 늘어져 눈까지 감았고 전포수는 너무 슬프고 절망하여 반 미친 사람이 되어 총이고 뭐고 다 팽개치고 엉엉 울면서 집으로 내려왔는데 어떻게 내려왔는지도 몰랐었다고 하였다.

집에 내려와 대성통곡을 하니, 온 가족이 사연을 알고 같이 울고 하여 영리 사람들이 사람 세상 떠났을 때처럼 술렁댔다고 한다.

밤새도록 통곡한 다음날 아침, 전포수는 쟁기를 가지고 이웃들과 함께 호개를 세상 떠난 사람 염하듯이 삼베 필까지 준비하고 장례를 치르러 산으로 올라가는데, 일행이 보니 저 멀리서 팔을 내저으며 손을 흔들며 급하게 걸어오는 한 노인이 있었다고 한다. 그는 전포수가 사냥을 오갈 때마다 들렀다 쉬어가는 주막집 주인이었다.

노인은 화급하게 전포수를 향해 "아! 이 사람아! 자네가 정신이 있는가! 그래 그렇게 아픈 호개를 놔두고 어딜 갔다 오는가?" 하고 책망하면서 말을 잇는데, 노인이 한밤중에 주막 밖에서 이상한 소리의 기척이 있어 나가보니 평소 잘 알고 있는 호개가 거의 쓰러지듯이 낑낑대면서 주막으로 기어들어오더라는 것이다.

주막 주인은 어떻게 된 영문인지도 생각할 겨를도 없이 온몸이 피투성이가 된 호개를 따뜻한 물로 씻기고 고약을 발라주고 물도 먹여주며 밤새도록 간호하다, 날이 밝아 지금 전포수 집으로 급히 내려오는 길이라고 하였다.

이 말을 듣고 기운이 난 전포수가 쏜살 같이 앞서 달려가 보니, 호개는 주막집 안방 아랫목에서 이불에 덮인 채로 누워 있었다. 전포수는 주인이 온 것을 보고 다 지친 모습으로 반갑다고 겨우 꼬리만 흔드는 호개를 보고 너무 감격하여 와락 달려들어 호개를 안고, 어린 아이처럼 엉엉 소리를 내며 울어대니 호개도 고통중이면서 낑낑대며 주인 얼굴을 겨우 핥으며 반가워서 눈물을 흘리더라는 것이다.

뒷날 전포수가 이때의 상황을 말할 때는 얘기할 때마다 흥분하면서 말했다고 한다. 그는 감회를 말하면서 세상에 태어나서 그렇게 기쁘기는 처음이라 하였다. 그 뒤 호개는 다 나았지만 앞다리를 조금씩 절뚝거렸다고 하였다. 전포수는 호개가 다시 다칠까 안쓰러워서 사냥개 조수격인 작은 호개만 데리고 사냥을 나갔었는데, 그럴 때마다 하루 종일 밥도 먹지 않고 울어대는 바람에 얼마 뒤엔 그 호개도 예전처럼 데리고 다녔고 호개는 예전보다 더 용감하게 앞장서서 사냥을 한다고 자랑을 하였다고 했다.

1945년 8월 15일 우리나라는 일본이 패망하여 해방이 되었고, 우리 집 온 가족이 살던 객지 함경도를 떠나, 고향인 강원도 양양군 강현면 복골로 내려온 뒤부터는 전포수와 호개에 얽힌 그 이후의 이야기를 다시는 듣지 못하였다.

하지만 지금까지도 가끔 사람과 동물에 얽힌 아름다운 일화를 들을 때마다 나는 할머님과 부모님이 들려주셨던 전포수와 호개의 아름답고도 역동적인 일화를 떠올리며 추억에 젖곤 한다.

11. 오봉산

오신 님을 붙잡아 헤어지지 않으려
봉우리 봉우리마다 이야기꽃 지니고
산새도 쉬며 돌아 고운님과 벗이 되네!

　오봉산에 올랐습니다. 건너가는 콧구멍 다리(세월교) 오른쪽으로 피어오르는 소양강 물안개 안으로 한가로이 노니는 물오리의 평화스러움을 보며, 많이도 굽이쳐 휘돌며 오른 배후령 위 휴게소에 주차하고 곧바로 등산을 시작하였습니다.

　제일봉, 나한봉… 제삼봉, 문수봉(오봉산의 정상 : 779m)에서 사방을 내려다보니 화천 간동면은 면 전체가 온통 흰 구름으로 낮게 덮이어 고을 모습이 보이지 않았고, 백색의 바다를 안고 있는 주변의 높고 낮은 산들만 구름바다의 위용을 감싸고, 골짜기 골짜기 모두의 형상은 돛배의 정박을 기다리는 아늑한 작은 포구 같았습니다. 바로 선경이 이런 곳이 아닌가 하였습니다.

　제사봉과 제오봉을 내려올 때는 굵은 쇠줄에 매달려 내려오는데 간담이 서늘하면서도 그 상쾌함이란… 하산하여 들린 새로 단장한 청평사 경내에서 흘러나오는 스님의 불공 소리에 세상의 찌든 때가 가득히 쌓인 나의 지친 마음을 엄숙히 하였고, 구성폭포의 맑은 물 내리쏟는 자태는 세상의 걱정을 모두 씻어내리는 시원함이 있었습니다.

　배 터에서 기다리는데 석양의 수면 위로 튀어오르는 잔고기들

의 군무도 볼만 하였고, 부모 따라 놀이 온 어린 두 아기들이 호수
로 내던지는 돌팔매질이 참으로 한가로웠습니다.

떠나는 뱃머리에 놀란 새끼 오리들이 물 저쪽으로 쫓겨가며 재
바르게 날갯짓할 때 길게 그리는 잔잔한 물살은 동화속의 이야기
같았습니다. 오봉산과 청평사, 그리고 소양호, 이는 내 사랑의 정
원이며, 지친 나를 포근히 쉬어가게 하는 또 다른 이상향, 바로 그
런 곳이었습니다.

어제 12월 17일 입산 금지가 이틀 전에 풀린 오봉산에 제 아내
와 등산하였습니다. 무릎 고통 때문에 그 좋아하는 등산을 2년 동
안 못하던 아내가 용기를 내었습니다. 좀 힘들었지만 무사히 등산
을 마쳤습니다. 즐거운 등산이었습니다.

12. 오신혜 선생님

그리워 뵙고 싶은 오신혜(吳信惠) 선생님께!

선생님께선 수업시간에 저희들에게 말씀해주셨습니다.
선생님은 1913년 함경북도 성진에서 출생하신 분이십니다. 함
경도 영생여고를 졸업하셨고, 이화여전 문과를 중퇴하셨습니다.

제가 선생님을 처음 만나뵙게 된 건 6.25 동란 뒤 그 혼란스럽고 배고프고 가난한 피난 시절 부산에서였습니다.

제가 다니던 학교는 부산시 보수산 서쪽 중턱의 청구 중학교 였는데 그때 선생님은 우리 학교의 국어 선생님이셨습니다.

우리 학교는 서울의 무학여고가 부산에 피난 와 임시로 자리잡았던 곳인데, 수복 후 무학여고는 서울 고향으로 올라가고 남은 그 자리에 문교부에 인가도 받지 않은 사립학교가 문을 열어서 다녔던 학교였습니다.

교사(校舍)는 양철 지붕이었고, 얇은 나무판자로 막은 교실 벽은 그저 강한 바람이나 막을 정도라고나 할까 그저 그렇고, 교실은 흙바닥에 낮게 말뚝 몇 개 박아 두꺼운 판자 올려놓아 못을 박으면 의자요, 그 앞에 좀 긴 말뚝 몇 개 박고 두터운 판자 깔면 책상인 것이 고작인 그런 학교였습다.

수업 중 한 학생이 급하게 용변 볼 일이 있어 나갈라 치면, 교실 중앙쪽의 학생들 네다섯 명도 덩달아 일어나서 길을 내주어야만 했습니다. 흡사 흥부전 읽는 꼴인 셈이지요. 한 학급의 인원 수도 일정하지가 않아 30명 될 때도 있고 40명 될 때도 있었습니다. 한 학년이 1개 학급으로 여중·고, 남중·고 하여 12개 학급이었으니까 지금으로 치면 작은 학교이지만, 당시는 산비탈에 드문드문 한 공간에 학생들이 마구 설쳐서 제법 왁자지껄 하였던 기억이 납니다.

1955년도엔 제일 송도에 있는 피난민 학교인 함남 중학교 학생들과 합쳐져 2개 학급으로 편성되었던 것으로 기억됩니다. 선생님들이 계시는 교무실도 꽤나 멀어 땡땡땡 하고 시작종을 친 뒤 한참 있어야 선생님께서 교실에 들어 오셨습니다.

어느 봄날 3학년 국어 시간 때였습니다. 교과서에 '아카시아'라는 시를 공부할 때인데 오신혜 선생님께서 이 시에 대한 배경 설명을 하시던 중 갑자기 눈물을 흘리셨습니다. 처음엔 잘 몰랐는데 눈물 흘리시는 정도가 대단하셨습니다. 안경 안으로 눈물을 조금씩 닦으시던 선생님께서 시간이 좀 지나니까 아예 안경을 벗고 우시는 것이었습니다. 멀뚱멀뚱 앉아있던 개구쟁이 들인 우리도 여러 가지 반응을 보였습니다. 좀 뒤에 앉은 덜렁대는 친구들은 킥킥대고 웃기도 하고, 선생님들이 지으시며 우는 표정은 처음 보는 장면이라 고개를 두리번거리며 어색해 하는 친구도 있었는데, 저는 그때 기억으로 처음엔 왜 슬픈지 영문도 모르고 옆에 있는 다정한 친구와 마주보며 같이 저절로 눈물이 나서 손잔등으로 눈물을 몰래 훔치며 선생님을 쳐다보았습니다.

한참 지난 뒤에야 마음을 진정하신 선생님은 이렇게 말씀하셨습니다. '아이고 부끄러워라!' '내가 여러분들 앞에서 눈물을 흘리다니. 참으로 죄송합니다!' 하시면서 눈물을 흘리신 이유를 말씀하셨습니다.

선생님께서 어린 시절 입학하기도 어려운 명문 학교에 시험을 치셨는데 떡 하니 합격하셔서 어른들께서 너무 좋아하셨는데, 특히 선생님 어머니께서 좋아하셨다고 하셨습니다. 귀여운 딸이 학교에서 공부하는 모습도 보고 싶으셨고 딸을 가르치시는 선생님들도 뵙고 싶어하셨고…

그러던 5월 말 즈음인가 화창한 어느 날 학교를 개방하는 행사가 있었는데 학부모들이 깨끗한 옷을 차려입고 내방할 때인데, 여

학생 급우들은 공부에는 신경 쓰지 않고 이층 교실에서 자기들 어머니, 아버지가 이제나저제나 어디 즈음 오시는가, 창밖을 흘끔흘끔 내다보느라 평소의 공부 분위기가 아니었다고 말씀하셨습니다.

마침 종이 울리자 시간 맞추어 부모님들께서 오시는 교문 밖으로 모두들 와 하며 달려나가며 마중하였다. 마침 학교 교정에 한창 핀 아카시아 나무 꽃이 바람에 흩날리는 통에 그 향기가 교정 안팎 전체를 가득 채웠는데, 기뻐하시며 들어오시는 어머니와 손을 잡고 학교 이곳저곳을 안내하시던 그때가 떠올라 그만 눈물을 흘리셨다고 하시며, 지금은 통일되기 전엔 다시 못 뵐 그리운 어머님 얼굴을 생각하니 저절로 눈물이 난다 하시며 감정에 복바쳐 아까보다 더 어깨를 들먹이며 눈물 흘리시고 띄엄띄엄 흐느끼시며 말씀하시는 말미에 '얼른 통일이 되어 여러분들도 북에 두고 온 보고 싶은 분들을 하루빨리 뵙게 되도록 하기 위하여 더 열심히 공부합시다.' 라고 말씀하시니, 대부분 피난민 자녀들인 교실 안은 할아버지, 할머니 생각, 부모님 생각, 일가친척 생각, 친구들 생각, 즐겁게 뛰놀던 고향 뒷동산 생각들이 났던지 갑자기 아까보다 더 숙연해지더니만 모두 눈만 껌벅거리다가 갑자기 한 친구가 훌쩍거리니 이 친구 울고, 저 친구 우는 바람에 교실은 온통 울음바다가 되어 킥킥대던 개구쟁이 녀석들도 아예 엉엉 소리내어 콧물까지 흘려가며 울던 모습들이 생각납니다.

이제 저는 선생님께 편지를 올립니다. 보고 싶은 선생님! 그때 저희들은 선생님 가르치심을 명심하고 열심히 공부하여 사회에서 각자의 역할을 잘들 하고 있습니다. 몇몇 친구들은 선생님을 본받고자 학교 교사도 되었고 또 교감도 하였고 교장도 하였고 교육장도 한 친구도 있습니다.

　선생님은 저희들을 사랑으로 가르치셨지요. 한번은 수업 중 뒷좌석의 친구들이 갑자기 싸움이 나서 서로가 주먹질을 하였는데 놀라신 선생님께서 교탁에서 아이고 아이고 하시고 쩔쩔매시며 양손을 앞으로 올리시며 이쪽 보시고 저쪽 보시며 어서 말려요! 어서 말려요! 하시면서 발을 동동 구르시다가 급우들이 말려 싸움이 그치자 선생님께서 직접 달려가셔서 손수건으로 학생이 흘린 코피를 닦아 주시던 기억도 납니다.

　선생님이 수업 하시러 저 멀리서 교실로 오실 땐 철부지 제 친구들이 숨어서 큰 소리로 오시네! 오시네! 하고 짓궂게 놀려 드렸고, 수업 마치시고 오솔길 따라 교무실로 멀찌감치 내려가실 땐 선생님 뒤편에 대고 가시네! 가시네! 하며 소리 지르고는 좋아라고 뺑소니치던 저희들을 끔찍이나 사랑하시던 선생님, 저와 교육장 했던 제 친구 어깨를 토닥여 주시며 시조를 매일 쓰는 습관을 가져보는 게 어떠냐고 제안하시던 선생님! 개구쟁이 한 친구가 출석 호명할 땐 뒷좌석에서 크게 네! 하고 대답하곤, 수업 중 뒷문으로 몰래 살며시 밖으로 빠져나가 교실 위 양철 지붕에 큰 돌을 마구 던져 꽈당당 하는 소리가 요란할 때 한참 놀라셨다가 이게 '무슨 소리에요?' 하시자, 엉뚱한 급우 한 놈이 '아마 비가 오려고 천둥 치나 봅니다' 하자, 저희들은 와! 하고 소리 내어 웃었고, 선생님께선 화창하고 맑은 하늘을 내다보시며 '그래요?' 하고 조용히 말씀하시면서 수업을 진행하셨던 생각도 납니다.

　선생님께서는 1939년에 문장(文章)지에서 '수양버들' 이라는 시조로 추천을 받으셨고, 1940년 시조 '진달래꽃' 으로 동아일보 신춘문예에 당선되셨기도 하셨지요. 지금도 선생님의 시조를 읽을 때 마음이 소년처럼 되고 사물을 아름답게 대하는 마음이 생깁니다.

1966년 동아일보에 실린 '김치찌개'라는 시조를 읽었습니다. 김치찌개가 '보글보글' 끓는 형상을 '복(福)을 복(福)을' 하고 묘사하신 것을 보고는, 한복을 곱게 입으시고 동그스름하신 얼굴에 머리를 곱게 빗으신 선생님, 오른 팔로 교과서와 출석부를 가슴에 안으시고 고개를 약간 숙이시고 항상 상념에 잠겨계시는 듯 한 모습이 떠올라, 뵙고 싶은 생각이 제 가슴에 가득했었습니다.

1967년엔 제가 군 제대하고 학교 다닐 때인데 충무로 입구 일본 서적 취급점 문향서점 안에서 책을 고르시다가, 그 옆에 서 있는 저를 알아보시고 제 이름도 잊지 않으시고 반가이 저를 부르셨을 때 그날 저녁 집에 돌아온 저는 밤잠을 설칠 정도로 감격했습니다.

며칠 후 선생님이 계시는 후암동 쪽에 있는 어느 교회 지하실처럼 되어 있는 방에서 사시는 선생님을 찾아뵙고 선생님께서 하시는 말씀을 많이도 듣고 또 저도 선생님에게 저의 지난 이야기도 많이 해 드렸던 기억이 납니다.

그 이후 연락이 뚝 끊어져 이제 저는 제자 구실도 못하고 이렇게 선생님! 선생님! 하고 마음속으로 부르기만 합니다. 이제 선생님께서 계신 곳을 안다면 불원천리하고 달려갈 터인데 답답하기만 합니다.

내년엔 93세가 되실 선생님! 이제 저도 부끄럽게도 온통 흰머리인 제자 되었지만 앞으로도 선생님을 평생 잊지 못합니다.

그리우신 선생님, 뵙고 싶습니다. 즐거우신 성탄 맞으시길 바라오며 선생님께서 평안하시길 주님께 기도드립니다. 안녕히 계십시오.

2004년 12월 21일 제자 김찬수 올림.

13. 머일 이모할머니의 한(恨)

1992년에 양양에 사시던 머일 이모할머니께서 94세의 일생을 마치시고 돌아가셨다. 머일 이모할머니는 1979년에 세상을 떠나신 내 할머니의 막내 여동생이시다.

홍천에서 구룡령 넘어 미천골로 내려갈라치면 서림이라는 곳이 있는데 그곳이 친정이시다.

어리신 나이에 양양 광정리의 산 쪽으로 한 5리쯤 가면 머일(시골 지명)이라는 곳에 있는 윤씨네 댁으로 시집을 가셨다. 이모할아버지께서는 키가 아주 크시고 호걸 같은 풍모를 지니신 분으로 기억한다.

자녀를 다섯 분 두셨는데 맨 위로 석춘 아주머니, 석순, 석빈 아저씨, 명자 아재, 석금 아저씨이시다. 명자 아재는 나보다 한 살 아래이고 석금 아저씨는 나보다 일곱 살인가 아래인데, 그 막내 두 분은 나와 같이 큰 셈이다.

1947년 38이북 인공치하에서 있었던 일이다. 지금 그곳은 6.25 때 대한민국 국군이 진격하여 수복지역이 된 뒤, 휴전 이후 대한민국 우리나라 행정구역으로 되어 있다.

6.25 전 인공 정권 중학교 3학년 때 석빈 아저씨와 몇몇 친구가 서로 짜고 38선 넘어 남쪽으로 몰래 숨어서 넘어간 일이 있었다. 그때 광정리 쪽은 38선이 가까워 마음만 먹으면 얼마든지 숨어서 왕복할 수 있는 그런 곳이었다.

이유는 공산주의 김일성 우상 숭배가 본격적으로 시작될 때인데, 담임선생이 너무 심하게 학생들을 몰아치는 바람에 담임선생의 인격에 대해 반발하는 행동이었다고 한다.

모두들 내려간 것까지는 좋았는데 대한민국 국방군 경비 초소에 들키고 말아 모두들 한 곳에 모여 있게 되었는데 국방군이 이들을 보고 내려온 사유를 자세히 말하라고 하니, 어린 학생들이 담임선생님이 너무 못살게 굴어 기분 나빠서 내려왔다고 하니, 국방군이 어린 소년들을 설득하기를, 너희들은 한참 공부할 나이이고, 또 부모와 떨어져서는 살지 못하는 나이라고 하면서, 어서 다시 넘어가서 열심히 공부하고 어른들 말씀을 잘 들으라고 당부를 하고 잘 설득하는 바람에 순진한 그들은 다시 몰래 넘어왔다고 한다.

그런데 얼마 있지 않아 이 사실을 담임선생님이 어떻게 알았는지, 그때의 학생들을 모두 호출하고 족쳐 대는 바람에 이들은 일시에 사상범으로 몰려 조사를 받게 되었고, 학생들 가족까지 모두 조사하게 되었는데 몇몇의 학생들의 형들도 억울하게도 사상범으로 몰아, 함경북도 아오지 탄광으로 징역을 보내게 되니, 부모들과 친척들은 갑자기 벼락을 맞은 꼴이 되어 이 지역은 슬픔으로 가득하였다.

석순 큰 아저씨도 동생 때문에 같은 벼락을 맞듯이 쇠사슬 차고 아오지 탄광으로 가게 되니 이모할머님과 할아버지는 식음을 전폐하고 그 이후 슬픔 속에서 인생을 사시게 되었다.

몇 번인가 수도 없이 면회를 갔지만 면회를 시켜주지 않아 헛걸음하고 돌아와 아들들에게 주려고 가지고 간 미숫가루가 든 보따리를 땅에다 내동댕이 치며 주저앉아 땅을 치고 통곡을 하는 할머니를 여러 번 보았다.

6.25 동란 중 미군의 폭격으로 아오지 탄광에서 석빈 아저씨와 한 친구 분이 감옥을 탈출하였는데, 같이 탈출하여 어디에서 만나자고 약속한 곳에 먼저 온 친구 분이 한동안 기다렸지만 오지를 않아 석빈 아저씨를 뒤로하고 그 아저씨만 고향에 돌아온 사건이 있었다. 고향에서는 잔치가 벌어졌고 그 일가친척들은 좋아라 하였지만, 이모할머니는 아들이 오지 않아 또 한 번 더 큰 슬픔에 잠기셨다. 혹시나 하며 그 탈출 때까지의 아들 얘기를 더 들으시려고 고향에 온 그 아저씨 집을 한동안 출퇴근 하듯이 하였고, 나중에는 수양아들로 삼고 지내셨지만 그러나 할머니의 한이 그것으로 풀리시랴…

돌아가시기 1년 전에 나는 양양 읍내에 사시는 이모할머니를 찾아뵈었다. 허리가 꼿꼿하시고 안광이 빛나시기는 여전하셨다. 그러나 가끔 찾아뵈었지만 안방에 저와 같이 앉으시면 그때마다 으레 공산당 놈들에게 죽임을 당하셨을 지도 모르는 아저씨들 말씀으로 말문을 여신다. 하도 많이 들어 다음에 무슨 말씀을 하실지 내가 다 알고 있을 정도였다.

말씀하실 때 그냥 하시는 게 아니셨다. 할머니의 그 연약하시고 가냘프신, 앙상하신 팔의 옷소매를 걷어붙이시고 내 앞에서 방바닥을 손에 멍이 들도록 내리치시면서 '내 이놈! 김일성 이놈! 내 그놈의 살을 씹어 먹어도 시원찮은 놈! 그놈의 살이 내 앞에 있으면 씹어 찢어버리고 말 테야! 하시며, 입에 거품을 물어가시며 말씀하실 땐 처절하기 짝이 없으셨다. 팔목이 시뻘겋게 되신다. 또 방바닥을 내리치시면서 절규하실 때 나는 그때마다 눈물이 나서 할머니 앞에서 주먹을 불끈 쥐어 가며, 같이 울며 흐르는 눈물을 닦지도 않고 할머니 말씀을 듣곤 하였다.

'김일성 이놈 뒈지는 꼴을 보고 난 뒤 나도 눈을 감아야 할 텐데!' 하시던 이모할머니께서 김일성 죽기 전 조금이나마 한도 풀어보지 못하시고 두 아들을 천국에서나 만나시려고 이모할머님은 저 세상으로 먼저가셨다.

장례식 날 서울서 내려온 이모할머니의 큰언니의 맏손자인 나는 대성통곡을 하였다. 이모할머니가 생전에 땅을 치신 것처럼 나도 땅을 치며 관을 붙들고 통곡하였다. 너무 슬퍼서 실신할 정도였었다. 지금도 이 글을 쓰는 동안 눈물이 앞을 가려 자판을 잘 볼 수가 없다.

그리고 나는 독백한다. 이모할머니! 고이 잠드소서. 아재들이 고통을 당하시는 그런 김일성 통치 방식으로 우리나라가 절대로 되지를 않을 것입니다!

14. 아름다운 노래

유승재(俞勝在) (아오스팅) 원장의 인생사랑 이야기

기계(杞溪) 유씨(俞氏) 집안에 유승재(俞勝在, 1940－1999)라는 사람이 있다. 선친께서는 세브란스 병원 내과의사였고 그는 치과 전문 의사였다.

내가 그를 처음 만난 건 6.25 동란 이후 세월이 조금 지난 1958년 봄, 부산 피난시절 고등학교 2학년 때였다.

유 원장이 다니던 학교에 전학을 간 나는 교실 여러 급우들 앞에서 담임선생님의 소개 후 유 원장 옆 자리로 배정을 받았다. 첫인상이 도수 높은 안경을 썼고 웃는 얼굴이었다. 오른쪽 위 입 언저리 부분에 송곳 덧니가 났는데 웃을 때마다 덧니가 보였고, 점차 시간이 지나면서 보니까 익살스럽고 개구지기가 말이 아닐 정도였다.

육군 대위 출신의 체격이 크신 KIS 영어 선생님한테 수업 중 떠든다고 지적을 받아 교단 앞으로 불려나가 슬리퍼로 목덜미를 맞아 얼굴과 목덜미가 벌겋게 되지를 않나, 수업이 끝나자마자 밖으로 나가 평행봉에 매달려 기운차게 운동을 한 뒤 상체와 팔의 이두박근 근육 알통을 자랑하지 않나, 교실에 들어오면 이 친구 저 친구 만나는 대로 팔씨름을 하자고 덤비질 않나…

한번은 나에게 팔씨름 도전을 하였는데 팔씨름을 한 결과 그가 몇 번을 지니까 얼굴이 벌겋게 되더니 고개를 갸우뚱하고 나를 순간적으로 매섭게 노려보더니만, 그 다음날 등교하자마자 팔씨름을 다시 하자고 덤벼서 내가 또 이기니까 이상하다고 하면서, 어제 집에 가서 아령을 열심히 했는데 진다… 하면서 고개를 갸우뚱하기도 했다.

그 이후에도 여러 날 매일 아침 등교하자마자 팔씨름 도전을 받아 나중엔 귀찮을 지경이었다. 알고 보니 매일 구포에 있는 집에 가면 아령 운동부터 한다고 했다. 친구한테 팔씨름을 이기려고… 참 어처구니없었던 학생 때의 순수함이다. 갑자기 운동을 더 한다고 힘이 늘어나는 것도 아님을 알면서도… 학과 공부하는 건 또 어떻게 됐는지 모르지만… 한 일주일 뒤 하도 귀찮아 내가 일부러 못 견디는 척하고 져주니까 그때서야 만족한 듯 그 이후 나에게는 다시는 팔씨름 도전을 하지 않았던 기억이 난다.

교실에서 급우들 앞에서 노래를 불렀던 적이 있었는데 그는 아주 음치여서 급우들이 모두 재미있게 웃었지만 그는 조금도 개의치 않았다. 지금도 그때의 친구들을 가끔 만나 말하지만 '그는 모든 면에서 승부욕이 강한 사나이였다' 라고 말하는 데는 이구동성이다. 어른이 되어서도 바둑 실력도 1급 정도(아마 6단 실력)이고 고스톱, 마작 등 못하는 게 없었는데 절제력도 강했지만 한번 대들면 지고는 못 견디는 성격이었다.

가을이 되어 친구는 서울로 이사를 갔다. 고향으로 간 셈이다. 구포라는 곳에서 병원을 운영 하시던 아버지가 병원 정리를 하셨기 때문이란다. 우리는 그렇게 헤어져 소식을 모르고 지냈는데 총명한 그가 진면목을 발휘했다. 소식을 들으니 1년여를 열심히 공부하여 서울대 치과 대학에 합격한 것이다.

1962년 서울 충무로 입구에서 여러 친구들과 어울려 한번 만나고, 한 10여 년간 서로 자기 일에 몰두하느라고 소식이 뜸하다가 1972년부터 우리는 다시 만나기 시작하였다. 그 사이 서로가 많이도 변하였다. 세월이 지나간 것이다. 그는 의사가 되고 나는 교사가 되었다.

조선일보사 사원으로 근무하는 미모가 뛰어나고 실력으로도 재원인 SSY라는 분이 그의 배우자가 되었다. 청계천 4가 아세아 극장 뒤편 5가 광장시장 포목점 남쪽 도로변 2층 건물에서 동민치과 의원을 운영하였는데 퇴근 시 나도 가끔 들렸다 집에 가곤 하였다.

치료 받는 사람이 많아서 항시 눈코 뜰새 없이 바쁜 그의 모습이 떠오른다. 한번은 그의 집에 간 적이 있었다. 동대문 스케이트장 옆에 있는 자그마한 아파트인데 나는 깜짝 놀랐다.

집이 너무 협소하여 문간부터 드나드는 사람들이 서로 옆으로 비켜서서 겨우 지나칠 정도의 13평 규모보다 작아 보이는 집이었다. 세간살이를 이고 산다는 말이 있듯이 흡사 그러한 느낌을 받았다. 시쳇(時體)말로 땟국이 쫄쫄 흐르는 형국이었다.

그에게는 다섯 형제자매가 있었다. 위로 누님 두 분 그리고 가운데가 내 친구, 바로 아래가 남동생, 막내가 여동생인데 내 친구가 맏이로 가장 역할을 하는 것이었다. 몇 년이 그러하였다. 의술이 너무 좋고 또 사람이 활달하고 신뢰감 주는 운영을 하여서인지 병원도 번창하고 치료 받으러 병원을 찾는 이들이 너무 많았다.

당시의 의사들은 돈을 잘 벌어 잘 산다고 하는데 잠실 주공 아파트 3단지 15평에서 전세를 살고 있는 나보다도 외형상으로는 못한듯하다니… 어느 날 토요일 나는 비로소 모든 의문이 풀리기 시작하였다.

그가 모든 이에게 비밀로 하던 일이 나에게 발각된 셈이다. 간호사에게 무거운 치료 가방을 들게 하고 본인도 쳐 들기도 어려운 치료 가방 (그 속에 온갖 철제로 만든 치료 기구가 가득 들었음)을 들고 창신동 빈민촌으로 무료 진료를 나가는 모습을 보았다.

한두 번이 아니고 그가 세상을 떠날 때까지니까 춘천 지역에서 군의관 대민 봉사 시절까지 따지면 30년도 훨씬 넘는 나날이었다.

옛날 동대문 창신동 달동네, 경기도 원당의 음성 나환우촌, 세곡동, 내곡동의 빈민 비닐하우스촌, 동대문 경찰서에서 안내하는 행려자들이 모여있는 집, 면목동 달동네, 천호동 시립 양로원, 전곡 양로원 등 그 외에도 그만이 알고 세상에 말하지 않고 마음속에 간직한 동네가 부지기수이다.

후일담이었지만 동대문 창신동에 무료 진료 봉사를 나갈 때 돌팔이 의사 행각을 하는 사람이라 모함하는 자들이 있어 동대문 경찰서에 붙들려가 조사를 받은 일도 있었는데, 이것이 인연이 되어 경찰서 직원들이 치료를 받는 지정 치과의원이 되기도 하였다. 그리고 일과 마친 뒤에 문을 닫고 밤늦게까지 불을 켜고 낮에는 다른 사람의 이목 때문에 못 오고 밤에 숨어서 치료 받으러 오는 사람을 위해 애쓰는 유 원장을, 양재동 로터리로 이사 간 동민치과를 지나치며 여러 번 쳐다보기도 하였다.

이것 말고도 이루 다 말할 수 없는 곳에 그의 조용히 숨어 걷는 발걸음이 있었다. 빈민촌에 치료 하러 갈 땐 그냥 가는 게 아니었다. 철 따라 과일 상자도 여러 상자 사 가기도 하고 통조림통을 차 뒤 트렁크에 가득 담아가기도 한다. 치료를 끝내고는 그 동네 대표자에게 또는 가장에게 또는 당사자들에게 꼭 금일봉을 건네주는 것이다. 나는 처음 *그저* 몇만 원이겠지 했는데 그게 아니었다. 그 당시로도 어마어마한 금액이었음을 알았다. 올 때는 그저 허허하고 소탈하고 명랑하게 웃고 온다. 소주 한 잔도 야단스럽게 하지 않는다. 툇마루에 걸쳐 앉아 돼지 삼겹살 구운 안주 몇 점이면 족하다.

경기도 원당의 음성 나환우촌에 우리 몇이 짐을 지고 갔을 때 주인집에서 손님 대접한다고 통닭과 맥주와 포도를 상에 차려 내놓았다. 유 원장과 나는 감사로운 마음으로 통닭을 먹고 맥주도 마시며 즐거워하니, 처음엔 주인집 모든 식구들이 긴장하고 쳐다보다가 곧 얼굴 표정이 풀어져 안심하는 모습을 본 일도 있었다.

같이 간 다른 두 친구는 금방 먹고 왔다며 먹기를 사양하였는데, 알고 보니 음식을 권하는 주인의 양쪽 눈에서 눈곱이 고름 같이 몹시 끼었고 내미는 손이 오랜 병마 끝에 다 낳았다지만 거칠고 꺼끌거리기가 아주 심한 바람에 웬만한 비위로는 음식 먹기가 거북할 지경인 것은 사실이었다. 유 원장은 이런 정황에 아랑곳하지 않았다.

간호사가 다른 일이 있을 때 가끔 나는 유 원장이 나를 조용히 불러 주어서 무료 진료 봉사를 나갈 때, 그 묵직한 가방을 들고 나가는 조수 노릇을 한 영광스런 때가 더러 있었다.

내곡동에 있는 불우 시설이 있는 곳엔 유 원장이 오는 주일날이면, 40여 명이 넘는 식구들이 옷을 깨끗이 입고 유 원장을 맞기 위하여 예의를 갖추고 있는 모습들을 보기도 했다.

20살이 넘었는데도 정신연령은 7살 밖에 되지 않는 아주 체구가 큰 청년이, 어린아이처럼 마구 울며 이빨 치료를 거부할 때 그보다 체구가 작은 유 원장이 어린애 달래 듯하는 그 자상하고 사랑 넘치는 모습이란!

나는 이런 의술을 행하는 내 친구를 너무나 존경하는 마음이 생길 때가 많았다. 이 사람이 가족과 시간 가져야 할 날에 자기 돈 써가며 시간 뺏겨가며 하루종일 다니는 모습을 볼 때 어찌 존경하는 마음이 생기지 않겠는가.

어떤 때는 날씨가 너무 추워서 유 원장 자신이 감기가 들어 매우 고통스러워하면서도 반드시 무료 진료는 계속하였다.

1999년 겨울 1월 하순 토요일 새벽, 아픈 몸을 일으켜 무료 진료 준비를 하고 있었다. 가족들이 모두 다 말리는데 그는 의연히 일어섰다. 아픈 사람들과 약속해 놓은 일이라며 현관까지 나가다가 갑자기 쓰러졌다.

급히 현대 중앙 아산병원으로 옮겼으나 영영 일어나지 못하였다. 평소에는 아픔을 털며 익살을 피워가며 그의 주특기 인사로 아무 사람이나, 아무 때나 가리지 않고 만날 때마다 '새해 복 많이 받으세요' 하고 인사하며 잘도 일어났는데…

이제 2월 4일이면 그가 세상을 떠난 6주기이다.

그는 지금 일산 후곡 마을 서북쪽 동패리에 영원한 안식을 취하고 있다. 하느님께서는 당신을 대신하여 고통스러운 이들이 흘리는 눈물을 씻어주던 유승재 아오스딩의 영혼을 하늘나라에서 토닥여 주시며, 참으로 네가 불렀던 세상에서의 노래는 너무나 아름답고 예쁜 노래였노라 칭찬해 주실 것이다.

79년도인가, 그는 조선일보에서 주관하는 청룡 봉사상 인상(仁賞)으로 세상에 알려졌고, 그의 이름이 세상에서 기림을 받았다.

그가 세상을 떠났을 때 서울의 모든 TV와 모든 신문에서 '한국의 슈바이처가 잠들다' 라고 애도하였다.

서울 강남 양재동 성당에서의 장례 미사는 신부님 네 분이 미사 집전을 하셨다. 하느님 나라에 가는 아오스딩의 영혼을 위한 미사인데도 세상에서의 이별을 안타까워 하는 모든 이들의 표현이 눈물로 장례식장을 채웠다. 부인 송 테레사 자매가 관을 붙들고 '자기가 그렇게 아프면서도 진료를 나가면서 나는 괜찮대! 나는 괜찮대!' 하며 애통하게 목 놓아 안타까운 애절한 독백을 부르짖을 땐 더욱 영결식장이 울음바다가 되었다.

그가 무료 진료 나갈 때 유 원장을 그림자처럼 따라다니던 많은 간호사들이 여기저기서 어깨를 들먹이면서 목을 놓아 이별을 안타까워하면서 울었다. 이들이 진정한 이웃에 봉사하고 나라를 사랑하는 사람들이라 생각했다. 진료를 받고 기쁨을 찾은 지체 불편한 이들과 노인 어린이 할 것 없이 모두가 목을 놓아 울었다.

나는 그렇게 많은 조문객들이 애도하는 모습을 보기는 처음이었다. 그가 생전에 성당의 부부끼리 모이는 행사(M . E)에서 서로 소개하는 시간에 자기 부인의 어깨를 감싸 안으면서 '제가 이 세상에서 제일 사랑하는 아내 송 테레사를 소개합니다.' 라고 천천히 또박또박 말하면서 자기 부인 내세움을 부끄러워하던 친구 유승재가 오늘따라 더욱 생각이 난다.

두 아들도 훌륭히 성장하였고 감동할 일은 큰아들이 의대 다른 과를 택하지 않고 아버지처럼 평생을 봉사하며 살겠다고 서울대

치의대를 지원해 지금은 군의관으로 열심히 근무한다는 사실이다.

3대가 인술로 자신을 헐어 세상을 아름답게 채우고 있는 가문인 것이다. 나는 지금 이 글을 쓰지만 겸손한 그와, 지금도 이 세상에서 겸손하고 또 아름답게 사시는 테레사 자매님과 훌륭한 두 아들에게 조금이나마 누가 될까 조심스럽다.

나는 과거 내 친구에게 어린애 같은 장난 놀이인 육체적인 팔 씨름에는 이 세상에서 이긴 적이 있지만 하늘나라에 보화를 쌓는, 세상에서 마음을 다하는 사랑 쌓기 시합(?)에는 한 번도 앞 서지를 못하였다. 또 이는 승부 걸어가며 앞설 수도 없는 영혼의 영역이었기에 그러하였다.

옆에서 존경하는 마음으로 바라만 보아도 행복했을 뿐이었다. 더 더욱 그가 불렀던 노래는 세상에서의 어떤 노래와도 비교할 수 없는, 그의 하느님 앞에서 아름다운 인생 삶의 숭고한 노래를 온몸으로 불러 드렸다고 생각하기에 오늘 지금 이 시간에도 간절한 마음으로 하루종일 그가 남긴 사랑의 노래를 듣고 싶다.

15. 천당 가기는 다 틀렸다

강원도 춘천은 호반의 도시로도 유명하지만 골짜기마다 흘러내리는 벽계수도 가히 전국에서 제일이 아닌가 생각해 본다.

나는 1989년 봄부터 생수는 춘천의 용왕샘에서 받아다가 마신다. 그때 서울 대치동에서 살던 내가 지금까지도 계속하니 가히 극성이라 하겠다.

1995년도 여름 어느 날 해가 서산으로 뉘엿뉘엿 넘어갈 때 있었던 일이다. 춘천댐에서 오다가 왼쪽으로 용왕샘에서 커다란 물통 3개에 물을 가득 담아 뒤 트렁크에 싣고 춘천 시내 쪽으로 갈 때의 일이다.

근래에 새로 생긴 신매리로 넘어가는 신매 대교자리 삼거리에서 빨간 정지 신호를 받고 기다리는데, 갑자기 내 뒤에서 요란스런 경적소리가 났다. 뒤를 돌아다보니, 검은색 RV차량을 모는 운전자가 한적한 곳에서 청신호를 기다리는 나를 향해 어서 비키라는 경적인 듯한 의미의 신호를 신경질적으로 계속해서 울렸다.

그러나 어떻게 하랴. 시골 신호등이 복잡한 도시 것보다 오래 걸리는 것을… 경적을 울리던 운전자가 기다리기가 답답했는지 성격이 급해서였는지 청신호가 떨어지지도 않은 상황에서 내차 옆 조수석의 열린 문을 하고 앉은 아내 쪽으로 나를 향하여 들여다보며 다짜고짜로 육두문자를 냅다 외쳐대며 욕지거리를 하고는 '웅' 소리를 요란스레 내면서 추월해서 꽁지 빠지라고 내달려 질주해갔다. 내가 들어도 참으로 걸쭉한 욕이었다. 한 40세 가까울까 하는 젊은이였다. 나이가 나보다 한 15년 정도는 아래…?

처음에는 얼떨결에 귀에 들어온 거창한 욕설이었으나 멍하니 있다가 가만히 생각하니 생각할수록 울화가 치 뻗치기 시작하였다. 분김에 당장 쫓아가려는데 아~! 이 느림보 신호등이 도통 열릴 줄 모르네! 쏜살같이 꽁무니를 보이면서 사라지는 못된 사람의 차를 응시하면서 씩씩 거리는데, 마침내 청신호등이 열렸다. 그러나 내 마음속에서 그 성능 좋은 차를 쫓아가기는 너무나 거리가 멀었다는 느낌이 들었다. 그때 내 차는 너무 고물에 가까운 차였었기 때문이다.

화가 상투 끝까지 나서 아무 말도 하지를 못하고 계속 씩씩거리기만 하였다. 그때의 심정은 '종로에서 혼나고 한강 가서 눈 흘긴다' 라는 속담 말처럼 오히려 옆에 앉은 아내의 기색에 신경질을 내고 싶은 심정만 가득한 채로 한 300m 정도 더 나아갔을 때이다.

전방 오른쪽을 보니 갑자기 으슥한 구석 나무 밑에서 경찰차가 번쩍번쩍하면서 RV차량 한 대를 세워 놓고 딱지를 끊는 장면을 보게 되었다.

천천히 지나면서 보니 조금 전 나에게 까닭 없이 욕바가지를 퍼붓던 바로 그 사나운 젊은이였다. 신호 위반으로 걸린 것이다. 어떻게 된 일인지 운전석에서 내려서 근무 경찰 두 사람 앞에서 뒤통수를 긁적거려가면서 비굴하게 연신 굽실거리는 모습이었다.

순간 그곳을 지나치는 나의 마음은 통쾌하기가 짝이 없었다. 동시에 그 교통경찰의 근무 태도가 참으로 아주 성실하고 멋지게 보였다. 세상에 그렇게 기분 좋아 보기는 난생 처음이었다.

그날 밤 늦게 집에 올 때까지는 물론, 잠자리에 들 때에도, 아침 밥 먹을 때도 출근하여 교단에 섰을 때도, 교회에 가서 미사 중 기도를 드릴 때도 분심이 생겨 그때의 일만 머리에 떠오르는데 고소하기가 견줄 것이 없었다.

일주일간 그럴 줄 알았는데 10년이 지난 지금도 정도는 약해졌지만 그 모퉁이를 지날 때면 여전히 그 고소한 여운이 아직도 남아 있는 것을 보니…

이르시되 ‘남을 입곱번 씩 일흔 번도 더 용서하고 남 잘못되는 것을 같이 마음 아파하라’ 하셨는데, 어이쿠! 이거 큰일이 났다. 천당 가기는 다 틀렸다.

16. 아기는 사랑의 부산물이 아니다

제가 2000년 J 중학교에 근무할 때였습니다.

화창한 5월 구의동 어린이 대공원에서 백일장 사생대회가 있었습니다. 새벽부터 날씨가 좋은 예감을 보이더니만 그날은 너무나 좋은 5월의 한날이었습니다. 일찍 서둘러 행사장 근처 배당받은 장소로 출근하여 건널목에서 교통지도도 하고 집결지 정문에서 담임선생님들이 학급의 출석 파악 지도하느라 애쓰는 동안, 뒤쪽에 서서 기다리면서 소풍 나온 기분으로 들떠 있는 학생들의 밝고 활짝 웃는 표정으로 목소리 높여 '안녕하셔요!' 하는 인사도 수없이 받으면서 아름다운 그날의 하루는 시작되었습니다.

정문을 들어서니 길 양옆으로 피어 있는 공원의 꽃들이 우리를 보고 웃기 시작하였습니다. 점점 그 아름다움은 더해갔지요. 거기에 재잘대는 학생들까지 티 없고 해맑은 웃음이 꽃피니 공원 안은 그야말로 웃음의 동산이었습니다. 집결지에서 글 제목이 나무기둥 여기저기에 매달리면서 학생들은 삼삼오오 흩어져 자리를 정하고, 각기 열심히 그림을 그리기도 하고 글짓기도 하면서 대회의 분위기는 무르익어갔습니다. 교사들도 흩어져 공원을 순회하면서 학생들의 안전지도를 열심히 하고 있었습니다.

저도 선생님 세 분과 같이 순회 지도를 하였습니다. 한 곳을 지나는데 참으로 아름다운 꽃밭을 보았습니다. 공원 원예사들이 잘 가꾸어 놓은 장미꽃이 그야말로 장관이었습니다. 형형색색으로 깨끗하게 피어있는 장미꽃의 아름다움! 그냥 지나치기엔 너무 아까워 모두들 멍하니 꽃의 신비에 팔려 있을 때였습니다.

그런데 꽃을 보다가 저는 갑자기 등 뒤에서 더 아름다운 소리를 들었습니다. 하나 둘, 하나 둘 하면서 외치며 줄을 지어 걸어오는 아가들이었습니다.

6살쯤 되었을까 하는 아가들! 어느 유치원에서 온 모양입니다. 보모들은 사이사이에서 인도하고 엄마들은 보따리를 들고 뒤따르고… 노란 모자, 노란 유치원복, 그야말로 노란 병아리들의 행진이었습니다. 두 줄로 서서 고사리 같은 손을 서로 잡고 하나, 둘 하면서 외치며 걸어가는데 걸어가다가 서로 한눈팔아 가며 장난도 하고 어떤 아가가 발길로 옆의 짝 여자 아가를 차니까, 그 여자 어린이는 왜앵! 하고 울면서 한 손으로 제 눈물을 훔치고 또 한 손으론 저를 발길로 찬 사내 아기 손을 놓지지 않고 꼭 붙들고 가면서 모두는 하나 둘 하나 둘…

넋을 놓고 아가들을 바라보는 저를 우리 일행 중 키가 아주 크신 선생님이 갑자기 불렀습니다. '선생님! 뭘 그렇게 정신없이 보십니까? 이 꽃을 보셔야지요!' 하였습니다. 저는 한참 있다가 대답하였습니다. '선생님! 제가 지금 아름다운 장미꽃을 보다가 그 아름다운 마음으로 장미꽃 보다 비교도 안 되는 세상에서 가장 아름다운 꽃을 보고 있습니다.' '저 천사의 아름다움이 움직이고 있습니다. 아장거리며 걸어갑니다.' 다른 선생님들이 말했습니다. '아마 선생님이 손자 보실 연세가 되셔서 그렇지요 뭐!' 하였습니다. 그날 저는 유난히도 그 어린 천사들의 행진이 눈에 아름거렸고 세월이 지나 손녀딸을 안고 있는 지금 이 순간까지도 마찬가지입니다.

오늘 아침 뉴스를 보니 여기가 우리들이 사는 세상인가 하여 슬퍼졌습니다. 사실은 어제도 그제도 마찬가지 느낌을 가졌습니다. 어린이가 마구 희생되어 가고 있는 세상! 사람의 목숨을 초개 같이 여기는 오늘의 현실에 눈물이 나고 분노하는 마음이 생깁니다. 잘 살고 행복하게 산다는 것이 무엇인지도 모르고 저질러지는 이 슬픈 현상…

사람은 창조주의 섭리로 비로소 존재한다고 저는 믿고 있습니다. 사람 마음대로 만들고 없애고 하는 것이 절대로 아니라고 생각합니다. 새로 태어나 이 세상에서 그 초롱초롱한 눈으로 세상을 꾸밈없이 바라보는 아기의 마음은 아름다움의 극치입니다. 세상의 그 어떤 아름다움이 이에 당하겠는가? 바로 이것이 창조주의 아름다운 마음이라 생각합니다.

아기는 창조주가 인간에게 주신 최고의 선물이라고 생각합니다. 그러기에 우리 모두는 그 아름다움을 온전히 꽃피우고 오래오래 보존케 하여 태어난 의미를 아름답게 펴게 하기 위하여 서로 희생하고 서로 사랑하고 서로 위하고 남을 소중히 여기고 공경하며 우리 모두가 한데 어울려 세상의 삶의 무게 속으로 뛰어드는 것이라 생각합니다.

생명의 존재를 경시하고 때로는 무시하는 행위를 하는 사람들은 이웃을 진정으로 사랑할 줄도 모르고 사랑하는 방법을 배우지 못하였거나 서로 위하는 배움의 기회를 놓쳤거나, 배움을 외면하며 자라서 사랑의 아름다움을 보고 자란 경험이 없는 사람이 되었다고 생각합니다.

자기가 필요할 때만 사랑하고 아름답고 소중하다고 하는 극히 이기적인 삶을 살아가는 사람들이라고 생각합니다. 이런 사람들은 이웃의 진정한 아픔을 모르고 함께할 줄도 모르고 남을 지배하고 군림하는 것만이 정의로움이라고 착각하는 사람들이라 생각합니다.

그런 사람들을 위하여 교육이 있고 종교가 있고 도덕 윤리 규범이 있고 법이 있는 것이라 생각합니다. 그런데 그런 이기주의자들은 이를 외면하는 행위만 합니다. 그들은 그들의 이상을 위하여 착하디착한 백성들을 선동하여 허구헌날 편 가르기만 시도하고 그 편 가르기 가운데 들어앉아서 어부지리만 취해가며 그들의 새로운 영화로움에로의 또 다른 계급의 아성만 쌓고 있습니다.

그 예가 전쟁에 희생되어 아깝게도 젊음을 꽃피우지도 못하고 사랑하는 부모님과 처자식과 가족을 만나지도 못하고 그 아까운 생명을 잃게 하고 우리들의 자식들을 국립묘지에 묻혀놓고 기념 행사만 하고 외면하다가 무슨 일이 있으면 시도때도없이 무리지 어 우르르 몰려다니며 꼴사나운 세력 과시만 하면서, 순진한 이웃 에게 아픔을 씌워 놓고서 세계 도처에서 영화를 누리는 무리들을 우리들은 감각 없이 그저 보고만 있습니다.

평화의 수단은 사랑입니다. 평화는 우리 인류 모두가 풍토를 만 들고 거름을 주고 가꿀 때만 이루어진다고 생각합니다. 지금 우리 나라에는 나라를 위한다는 분들이 모여 어제도 오늘도 목청 높여 외치기만 합니다. 자기들만이 옳다고… 남 앞에 옳은 주장, 큰 주 장을 하여 성공하려면 모든 이들이 공감하는 모범의 모습을 지니 고 실천하는 이들이 나서야 한다고 생각합니다. 무슨 재주 하나 있다고 겸손하지 못하게 윗자리만을 탐하고 군침을 흘려서야 어 떻게 되겠습니까?

이 세상이 자신의 이익만을 위해서 사는 세상이 아닐진대… 남 을 무시하고 자신만을 위하는 거기에는 수단과 방법을 가리지 않 고 자기의 이익을 도모하려고 서로 모함하고 밀어내고 꼭대기만 치달으려는 볼썽 사나운 모습만 안방 TV에까지 버젓이 나오게 되 는 현실만 이어지게 됩니다. 고귀한 생명이 경시되어 도처에 직접 살인이 일어나고 괘씸한 집단들의 집단 이기주의에 휘말려 간접 살인(서로 분열시키며 남을 밀어내고 미워하게 만드는 행위) 이 도처에서 일어나고 우리 삶 속 구석구석에 파고들려 하고 있는 현실이라 생각합니다.

이런 도덕 경시, 질서 파괴의 모습을 보며 우리가 사랑하는 어린 새싹들이 여과 없이 받아드리게 될 때 어떤 일이 일어나지 않겠습니까? 그래서 집단 강간이니 집단 수험부정과 같은 일들이 서슴없이 벌어져도 며칠만 지나가면 언제 그랬느냐고 금새 다 잊고 마는 우리들 삶이라니…

어린이는 어른들의 재현입니다. 이런 모든 행위가 우리의 사랑하는 어린이에게 고작 보여주는 모범 행위라면, 세상 사람들은 수신제가(修身齊家) 할 필요도 없이 그저 남을 멸망시키려는 그런 못된 방법만 연구하고 익히게 되고 말 것입니다. 그런 일이 가정과 사회와 국가간에 횡행할 때, 인간의 삶의 목적이 무엇인가 생각해 보면 허무하다는 생각 이외에는 다시 생각할 수 없는 오늘의 현실입니다. 이런 세상은 악귀들의 세상이라 생각됩니다.

저는 외치고 간절히 호소하고 싶습니다. '나라의 지도자라고 자처하는 모든 분들이여, 저급한 수단들을 동원하여 이기려고만 하지 마십시오. 지금 당장 서로 사랑하는 모범을 우리 사랑하는 어린 새싹과 청소년에게 보여주십시오, 이것이 가장 크고 소중한 개혁입니다! 그리고 파헤치기보다 서로 끌어안고 토닥여 주는 모습을 보여주십시오 그러면 모든 백성이 서로 용서합니다. 반드시 용서하는 풍토가 조성됩니다. 그 용서의 위력은 대단해서 질풍같이 삽시간에 엄습해와서 훈풍으로 우리나라를 감싸며 평화의 문을 열게 합니다.

과거 정리합네, 무엇합네, 하면서 세상을 혼란에 빠뜨리지 마십시오. 그렇게 하지 않아도 순수한 우리 백성들은 사랑의 모범만 본다면 모두 즐겨 따르며 이웃을 사랑하고 사회를 사랑하고 국가를 사랑하고 세계를 사랑하고 우주를 창조한 분의 사랑의 마음으로 다가갈 것입니다' 라고요.

17. "여보, 당신은 여기 와서 드시구랴"

"여보, 당신은 여기 와서 드시구랴!"

"…???…"

어젯밤 8시 즈음 어머님(스텔라)께서 감기가 걸린 저와 큰손자 내외를 위해 먹골배에 꿀 대추, 은행 알 등 여러 약재를 넣어 손수 끓여 만드신 배즙을 그릇에 떠 놓으시며 제가 앉을 자리를 향해 다정하신 목소리로 나직이 하시는 독백의 말씀에 서재 문지방에 서 있던 저는 갑자기 눈물이 왈칵 쏟아져 잠시 책상에 되돌아와 창밖의 밤하늘을 멍하니 쳐다보았습니다.

보고 싶은 아버님(프란체스코)이 이 세상을 떠나신 지가 벌써 17년 5개월, 예전에 가끔 어머님이 친구 분들과 지방에 여행 가셨다가 며칠 만에 돌아오신다고 전화 연락이 오면, 시간이 없으시다고 촌각도 아끼시며 서재에서 원고만 쓰시던 분이 갑자기 서두르시며 어머님이 손수 뜨개질해 드린 회색 방울 털모자를 쓰시고 양

털 장갑을 끼시고는, 85번 버스 정류장에 부리나케 내려가셔서 추운 겨울 한밤중인데도 오랜 시간 홀로 서서 떨으시며 코끝이 벌겋게 되시면서도 이제나저제나 하며 마중 나가 기다리시던 아버님.

이제 여든 셋이 넘으신 어머니가 육순이 넘은 아들 먹으라고 감기에 좋다는 배즙을 그릇에 담아놓으시다, 아버님이 천식으로 고생하실 때 배즙을 자주 해 드리시며 안쓰러워하셨던 생각이 나셨던지, 무의식적으로 아들 자리를 당신의 남편 자리로 착각하시고 혼잣소리로 말씀하시는 사랑이 가득 담기신 순간의 정경…

아버님, 어머니께 서울 장충동 베네딕또 수도원에 2박 3일 M.E 주말을 다녀오시라고 권유 해 드렸더니, 한참 있다가 주말 마치실 때 마중 나간 큰아들 우리 내외를 감격적으로 포옹하시면서 '알렉산델아, 애기(마리아 고레띠)야! 고맙다! 나는 이 세상에서 여태껏 이렇게 아름답고 또 다른 세상이 있는 줄은 정말 몰랐다' 하면서 매우 감격해 치하해 주시면서 주님을 찬미하시던 아버님! 어머님은, 이제 걸음도 잘 걷지 못하시고 외출도 잘 못하시면서도 지금도 이렇게 한결 같으신 마음으로 이 세상에서 아버님을 제일 사랑하시며 그리워하십니다.

18. 장자 못 낚시 추억 ①

1966년 늦봄부터 나는 주말이면 가끔 동네 민물낚시 하는 분을 따라가 낚시 분위기 익히기에 열을 올렸다. 당시 청량리역 앞 로터리에서 시조사 중량교 방향으로 30m 정도 걸어 올라가면 금곡행 165번, 덕소행 166번 버스 정류장 앞에 많은 낚시점이 길게도 자리 잡고 있었다.

그 해 여름 어느 날 엄청난 비가 와서 한강 물이 크게 불은 며칠 뒤, 나는 한 낚시점에 들렀는데 주인이 망우리 너머 교문리에서 토평 쪽으로 걸어가면 장자 못이라는 곳이 있는데 그 곳엔 가끔 한강 물이 넘쳐 그때마다 강고기가 호수로 쏟아져들어 낚시하는 재미가 여간 아니라고 소개를 해주었다.

귀가 솔깃한 나는 낚시를 하는데 기본으로 필요한 도구를 사고 (그때 용작이라는 좋은 대 낚시를 처음 구입했었음) 그 이튿날 새벽 나는 혼자서 덕소행 첫 버스를 타고 교문리에서 내려 그곳에서 한 30분 가량 시골 마을을 지나고 논둑길을 따라 걸어 장자 못 낚시터에 도착하였다.

어둑어둑한 이른 새벽 논 둑을 걸어 못으로 가는 도중 나의 발걸음에 놀란 개구리들이 여기저기에서 첨벙첨벙거리며 논 한가운데로 놀래 뛰어 달아나는 정경이라든지, 벼 포기에 묻은 이슬이 무릎 아래 바짓가랑이를 적셔와 새벽부터 시원해지는 느낌이라던지의 모든 경험이 낚시 망태기를 어깨에 메고 고기 살림 바구니를 한 손에 들고 고요한 농사 뜰 벌판을 홀로 사색하며 걷는, 나로 하여금 도회의 복잡한 모습을 멀리 두고 새롭게 겪는 그야말로 잊을 수 없는 상큼한 추억이 되었었다.

한강 방향을 앞으로 하고 왼쪽으로 위 못, 오른쪽으로 아래 못이 있는 목쟁이 근처에 자리하고 나는 낚시를 펴기 시작하였다. 두 칸 대와 두 칸 반대 두 대를 설치하고 비온 뒤엔 지렁이가 잘 물린다 하여 준비한 지렁이로 낚시를 시작하였다. 바다에서 갯바위 낚시와는 느낌이 달랐다.

우선 봉돌과 찌 맞춤의 묘한 관계! 낚싯대 두 대 끝에 던져진 찌의 그림 같은 배열!

새벽 여섯 시가 넘으니 날은 아주 훤하고 호수 위로 물안개가 피어오르는데 한참 낚시는 뒷전이고 그 물안개가 고요히 피어오르는 멋에 취해 사방을 둘러보다가, 느낌이 이상해 갑자기 앞에 드리운 내 낚시찌를 보니, 두 칸 반대 찌가 수면 위로 불쑥 솟아오르다 물속으로 쑥 하고 빠져드는데 정신없이 끌어 잡아당기니 낚싯줄이 팽팽해지고 물속에서 고기가 툭툭하며 버티는 감촉이 꽤나 큰 물고기 같았다. 끌어내어 보니 월척은 아니지만 아주 큰 참붕어였다.

처음 경험하는데 이런 경험을 하기란 좀처럼 드문 일인데 어럽쇼! 두 칸 대 찌가 또 솟아오르는 게 아닌가! 또 다시 채고 보니 역시 굵직한 붕어다.

지금은 피우지 않지만 스물여섯 살 그때에 나는 군대에서 배웠던 담배를 몇 차례 피우다간 끊고 또 피우곤 했던 골초 수준일 때인데 마침 담배까지 피워 물고 지렁이 낚싯바늘에 끼워 정해진 장소에 드리울라 낚은 고기 끄집어내어 고기 입에 걸린 낚시 빼어 살림망에 집어넣을라 한참 바쁜데 참으로 그날 이후에 나로 하여금 낚시광이 되느라고 그랬는지 한강에서 올라온 고기가 모두 내 앞에 몰려오는 듯한 느낌을 가졌다.

한참 이렇게 몸동작을 정신없이 재빠르게 하다가 어신이 조금 뜨막하여 좀 한가로이 물끄러미 찌를 지켜보고 있는데, 갑자기 턱 위 왼쪽 아랫입술 피부가 근질근질한 좀 이상한 느낌이 들어 담배를 물고 있는 입술 근처로 손을 슬그머니 올려 쓰다듬어 보니, 아니 이것이 웬일인가! 입에 물었다고 생각한 담배는 어디로 가고 웬 미끈미끈한 물체가 입안에 들어 있고 반쯤은 왼쪽 턱밑으로 늘어져 붙어 반쯤 꾸덕꾸덕 말라있는데 떼어 살펴보니 커다란 통 지렁이였다.

깜짝 놀라 지렁이를 내동댕이치고 몇 번이나 호숫물로 입가심을 하였지만 꺼림칙하기가 말이 아니었다. 고기가 연신 낚이는 바람에 거기에 정신이 팔려 지렁이가 내 입에 물린 것에 신경을 쓸 새가 없었던 것이다.

왜 이런 현상이 일어났을까? 곰곰히 생각해 보니 경위는 이러하였다.

고기 물리는 어신이 찌로 전달되어 오고 잡아채어 끄집어내고 낚싯바늘 뺀 고기를 살림 그물에 집어넣고 다시 낚시에 지렁이 끼우고 다른 낚싯대 잡아당기고, 담배 새로 피워물고 하다가 어신이 너무 자주 오고 붕어가 연신 바삐 올라오는 바람에 낚시 동작의 순서가 뒤 바뀌어 바쁜 김에 담배 필터는 낚시에 꿰어 달고 지렁이는 담배 대신에 입으로 들여밀고 입술로 필터 대신 지렁이 물고 고기 끌어 잡아당기고 하다가 순서가 뒤죽박죽이 되어, 나는 천연덕스럽게 지렁이를 점잖게 물고 그 지렁이가 물이 빠져 꾸덕꾸덕한 채로 얼굴에 말라붙어 있는 가운데 낚싯바늘에 지렁이 대신 꿰매 달은 담배꽁초를 붕어가 물고 올라올 때까지 기다리고 있었던 것이다.

지금 생각해 보아도 그때의 어설픈 처음 낚싯질에 일의 순서가 익숙하지를 못하니 우스운 추억거리 하나가 지금도 내 머리에서 지워지지를 않는다.

사람은 어떤 큰일이건 작은 일이건 간에 어떤 상황이 불시에 닥쳤다손 치더라도 '아무리 바빠도 바늘허리 매어서는 못쓴다' 는 옛 속담이 있듯이 정신 바짝 차리고 정해진 일의 순서대로 매사를 잘 진행해야 일이 순조롭고 성공적으로 이루어진다는 교훈을 그때의 신출내기 장자 못 낚시 출조(出釣) 때 톡톡히 실감하였다.

나는 지금도 누가 낚시 얘기만 하면 잊혀지지 않는 그때의 어처구니없었지만 지나놓고 보니, 아름답고 좋은 경험을 터득한 추억이 가끔 되살아나 그저 마음속으로 혼자 싱긋이 웃곤 한다.

19. 배우고 가르침

국어사전에 보면 배우다의 뜻은

'남의 가르침을 받다.'
'남이 하는 일을 본받아 그대로 하다'
'남의 하는 일을 보거나 스스로 공부해서 지식을 얻다.'
'학문을 닦다.'
'경험 따위를 쌓아서 알게 되다'

등 여러 가지 뜻을 가지고 있다.
또 '가르치다'의 뜻은

'알도록 하다.'
'지식을 가지게 하다'
'할 수 있도록 지도하다'
'일깨워 알게 하다'
'교육하다'
'깨닫게 하다'
'올바르게 바로잡다'

로 그 뜻을 풀이해 놓고 있다.

식물이나 하등 동물에서는 배우고 가르침의 행위는 잘 짐작을 하지 못하겠으나, 고등 동물로 올라갈수록 배우고 가르친다는 사실은 확연히 드러남을 여러 경로를 통하여 확인할 수가 있다.

공자(孔子)가 지은 논어(論語)의 첫 머리 학이(學而) 편에서 학

이시습지면 불역열호아! (學而時習之不亦說乎 : 배우고 때로 익히
니 기쁘지 아니한가!) 로 배움의 기쁨에 관하여 말하면서 학이 편
을 전개하였다.

'배우고 가르침은 태초부터 비롯되었으리라.'

1990년 가을 어느 날, 나는 아내와 같이 강원도 속초시 설악동
설악산 산록에서 선영 산소 돌보기 일을 마친 뒤, 해가 서쪽 설악
산 등성이로 넘어갈 즈음 속초(束草) 청초호(靑草湖)와 연이어진
속초 내항 부두에서 하루의 작업 피로도 풀 겸 항구의 정경을 보
러 나갔다.

이날 나는 그곳에서 우연히도 참으로 감동할만한 장면을 목격
하였다.

저녁 때 그날따라 항구 안엔 바닷새도 많지 않았다. 그런데 나
는 홀연 머리 위에서 특이하게 울면서 나는 커다란 갈매기 한 쌍
을 보았다.

처음에는 그저 무심결에 쳐다보았다. 차츰 유심히 그 동작을 살
펴보니 그 갈매기들은 한 쌍의 암수가 아니라 크기는 분간 못 하
리만치 같은 어미 갈매기와 새끼 갈매기였다.

작은 속초항 상공을 멋지게 몸짓하며 시계 바늘 반대 방향으로
원을 그리며 비상할 때 그 모습은 평화로웠다.

그런데 이게 어인 일인가! 날던 한 갈매기로부터 팔뚝만한 물체
가 바다 수면 위로 떨어졌다. 바닷물이 튈 정도로 떨어진 것은 커
다란 물고기였다.

그리고는 그 갈매기들은 서서히 여유있게 나란히 항구 상공을
또 배회하더니만 갑자기 6.25 사변 때 제트 전투 비행기(일명 쌕

쌔기)가 기울여지면서 지상의 물체를 공격하듯이 한 갈매기가 내리쏠고 또 한 갈매기도 똑같이 뒤따라서 내리쏠는 것이다.

거의 항구 수면에 다다른 어미 갈매기가 전광석화 같이 수면 위의 고기를 낚아채는 듯이 하다가 비상하니, 연이어 새끼 갈매기가 어미를 뒤따라 수면 위의 고기를 채려 했지만 정확히 채지는 못하였으나 어미와 똑같은 모양새로 따라 비상했다. 그 모습은 참으로 볼만하였다.

이러기를 서너 차례 고기를 떨구어 놓고 배회하고 내리쏠고 하더니만 이번엔 어미 갈매기가 새끼 갈매기를 앞세우고 두 마리가 동시에 내리쏠는 것이 아닌가!

새끼 갈매기는 아직도 낚아 채는 동작이 어설퍼서 수면에 닿는 듯하다가는 그대로 솟구치니, 어미 갈매기가 그 옆에서 같이 따라 솟구치는 것이 아닌가!

이러기를 또 몇 차례, 드디어 새끼 갈매기가 어미가 떨어트린 커다란 물고기를 정확히 낚아챘다. 낚아 채는 순간의 날갯짓은 아주 커다랬고 비상하는 속도는 갑자기 수면 위를 떠나면서 느려졌으나 점차로 엄청나게 빨라졌다.

속초항 상공을 다시 한 바퀴 날아돌다가 부리에 물었던 물고기를 내항의 수면 위로 떨어트렸다. 배가 고프지 않았는지 연습용 교재를 버리고 날은 셈이다.

그리고는 어미 갈매기는 새끼 갈매기를 데리고 밧독재(外甕峙) 상공을 넘어 대포항 앞바다 넓은 쪽으로 유유히 한가롭게 날아갔다. 우리가 보기에 어미 갈매기의 끈질긴 노력으로 새끼 갈매기에게 전수하는 가정교육의 목적을 성공적으로 달성한 것이다.

어미 갈매기와 새끼 갈매기는, 평생 교육계에 종사하면서 소중한 남의 댁 가정 자녀들을 가르치는 나에게 배우고 가르치는 것이 얼마나 조심스럽고 집요해야 되고, 또 중요한 것인가를 다시 한 번 일깨워주었다.

여태까지 나는 갈매기가 태어나 성장하면서 배우지 않고도 본능적으로 물고기 사냥을 하는 줄로 잘못 알고 있었다.

우리에게 보여주신 창조주의 자연 세계는 참으로 오묘하였다. 서쪽 백두대간 설악산 위의 노을이 더욱 아름다웠던 속초항 부둣가의 한때였다.

경험도 없이 들은 풍문만으로, 어설픈 지식으로 배움의 현장에서 곱게 자라나는 미래의 동량재들을 분별력 없이 함부로 가르치는 오늘날 운동권 좌익 패거리들의 교육을 빙자한 이념 교육의 작태를 심히 우려하면서…

20. 농자천하지대본(農者天下之大本)

경기도 포천과 가평을 가르는 운악산(雲嶽山)의 초여름은 짙은 초록으로 우뚝하다. 포천의 화현면에서 동녘으로 바라다보이는 운악산의 표정은 좀 무뚝뚝하고 어떤 세찬 강풍에도 초연히 자리하고 그 아래 펼쳐진 초록 들판 뙤약볕 아래에서 온 생애를 섭리에 맡기고 자연의 이치를 가늠하는 농부들을 지켜보고 있다.

올해 들어 막내 여동생 내외의 권유로 밭농사 일을 시작하였다. 늦겨울부터 농사지을 장소에 여러 차례 가보고 시작할 것인가 말 것인가, 망설이기도 하였으나 큰 맘 먹고 일을 저지르고 말았다.

얼어붙었던 땅이 녹기 시작하자마자 300평이 좀 넘는 두 필지의 텃밭 한곳엔 고추, 집을 허물어 정리가 잘 되지 않은 아래 쪽엔 옥수수, 콩, 고구마, 가지, 토마토를 심고 밭 주변 언덕배기 쪽으로는 호박을 심기로 계획하였다.

그런데 고추 재배가 문제였다. 도심 속에서 손바닥만한 밭뙈기에 몇 그루의 고추를 심어 가꾼다든지, 커다란 화분에 고추를 심어 가꾸는 정도야 누구든지 다 경험한 일일 테고, 그 정도야 작물의 성장과 이치를 이해하는 차원이라 할 수 있겠으나, 200평에 가까운 땅에 몽땅 고추만을 심는 경우는 근본적으로 접근 방식과 처리 방식이 아주 달랐다.

더군다나 전문적인 농업인이 아닌 나로서는 매사를 처리하는데 평생을 땅과 씨름한 경험이 많으신 그곳 마을 어른들에게 일일이 물어보고 ‘그것은 이렇게 하는 거라우!’ 하는 말을 듣고야 내 행동은 시작되니 일손이 힘들어 불편한 것쯤이야 견디어낸다 쳐도 또다른 경험 세계에 접근하는데 그분들이 머릿속에 순리로 남아 있는 평생의 지혜를 그때마다 물어서 확인하고 따라한다는 것이, 즉 그분들이 자연 속에서 세월 흐르는 과정에서 터득한 기후와 땅의 이치를 하룻강아지 범 무서운 줄 모르고 하루아침에 터득하려 한다는 것이 얼마나 가소로운 일인가를 직접 체험하는 계기가 되었다.

거기에다 인근 농협에 여러 차례 찾아가서 담당자에게 문의도 하고 되돌아서면 금방 잊어버려 다시 찾아가 또 물어보고 하는 과정까지 헤아린다면, 참으로 세상은 배울 것이 너무 많고 평생 배우다 이 세상을 마친다는 말을 실감하는 요즈음이다.

진달래가 피기 시작할 무렵, 밭 전체에 계분을 뿌리고 그 위에 고추 비료를 덧뿌리는데 하루, 갈아엎어 두럭을 만든 다음 두럭을 잘 고르는데 하루, 그 위에 토양 살충제를 뿌린 뒤 널따란 검정 비닐로 두럭을 덮어 싸고 덮여진 비닐 양옆으로 삽질을 하여 흙으로 비닐 가장이를 고정시키는데 하루, 한 두럭의 양옆 세로로 30cm 간격으로 고추 심을 구녁을 뚫고 그 구녁마다 물을 흠씬 주고 종묘사에서 구해온 품질이 좋다는 고추를 1,100주를 일일이 다 심고 나니 그날도 하루, 어둑한 초저녁 8시 35분이 되었다.

일한 느낌도 나고 하여 내 아내와 마주 보며 이마에 땀을 씻고 산 안쪽에서 흘러내리는 계곡물에 손발을 씻으니, 땀 흘린 하루의 일과 속에서 농촌 마을의 고요함은 또 다른 정서를 맛보게 한다.

집에 돌아오니 밤 10시. 이로써 농사일이 다 끝나고 결과만 기다리는 게 아니었다. 지금까지가 시작이었다.

사람이 어떤 일을 시작하면 끝매듭을 잘 지어야 흡족해지는 것이 자연 이치라고 생각한다. 심어놓은 밭작물을 잘 가꾸는 일!

아기가 잉태하여 열 달을 산모가 태교의 마음으로 굳건히 지내고 출산하면 할 일이 다 마쳐진 것이 아니라, 세상에 태어난 아기가 잘 자라도록 육아의 정성을 다하는 일이 시작 되듯이 매일 같이 마음은 농사 뜰에 가 있다.

어느 한 가지 소홀할 수가 없는 나날.

15평 남짓 비닐하우스 한 동도 세워 놓고.

호미로 콩밭의 김을 매주고 잡초를 제거하는 일과가 끊이지를 않아야 하고 비바람에 작물 쓰러짐을 막아주고 고추 지주를 세우고 끈을 드리우고 한 대궁 한 대궁을 일일이 지주나 드리운 끈에 매어 주는 일, 방아 다리 고추를 모두 따 주고 그 아래 곁가지 새 순을 모두 없애주고 고추 농사에는 가장 경계해야 할 비 온 뒤의 탄저병 발생 예방 조치도 하고 하얀 고추 꽃이 피기 전후에 위거름을 주고, 그래도 미심쩍어 훅훅 달아오르는 밭고랑 열기 속으로 여기저기를 오가며 쓰러진 것이 있나, 이상이 있는 작물이 있나 하고 작물을 살필 때 밀짚모자의 그늘 아래의 내 기다리는 눈빛은 어느덧 매년 이어지는 여기 이 마을에서 지켜 오는 농부들의 초심이 되어 마냥 행복해지기만 한다.

모사재인 성사재천(謀事在人 成事在天)이라 하였던가!
이 해의 나의 가을은 어떻게 다가올까?
하느님께서 마련하신 이 강산 이 땅!
하느님을 가장 잘 만나뵐 수 있는 이 벌판!
너 어서 가서 거기에 머물러 있거라!
정자(程子)의 말에 진인사이대천명(盡人事而待天命)이라
하였다.

시작하고 가꾸고 거두는 일 속에서 나는 하느님께 기도드리며 겸허한 마음으로 인생의 사랑의 이치를 다시 한 번 살펴보고 감사로운 가운데 자연 속에서 이웃을 새롭게 만나는 일을 기뻐한다.

매사가 다 그렇지만 특히 농사(農事)엔 요행수가 없는 것이다. 농자천하지대본(農者天下之大本)이란 말을 다시 한 번 되뇌어본다.

21. 육이오를 회상하며

토미(土美)님 안녕하십니까?

님께서 참으로 좋고 뜻있는 계획을 세우셨네요.

저도 2005년 1월 29일부터 5월 6일까지 '내가 겪은 6.25 전쟁 전·후의 이야기'를 조선 블로그의 제 블로그에 써놓았습니다. 생각보다는 쓰려는 내용이 많아 당초 계획보다 3분의 1 정도의 분량만 우선으로 제가 기억하는 당시 사실을 그대로 썼는데, 제가 경험한 것을 기록하듯이 우리나라에서 당시 6.25를 경험한 세대는 저 같은 기억을 모든 분들이 누구나 다 마음속으로 간직하고 있다고 생각합니다.

그러니까 그 처참한 그리고 침략을 당한 남한 대한민국의 국민들과 자유를 갈망하는 이북에서 피난 온 분들의 사연이 어찌 '몇 줄'의 답글만으로 간단히 정리 된다고 할 수 있겠습니까?

비유하자면, 제가 간단히 일기 형식 비슷하게 썼는데도 200자 원고지 1,700매 이상의 분량입니다. 나머지 3분의 2의 내용을 보충한다고 해도 당시를 다 알릴 수가 있겠는지…저보다 훨씬 이야기하고픈 이들이 수두룩합니다. 그리고 그 이야기가 며칠 밤을 새워서도 끝이 날 수가 없습니다.

간단히 말하라면 평화를 사랑하는 '어처구니없는 우리 자유 대한민국 국민의 처참한 날벼락이요, 넓게 말하자면 이 땅 우리 한민족의 가장 큰 역사적인 시련이었지요.'

사람이 갑자기 한 사람만이라도 비명에 잘못되면 아우성인데 온 나라 전체가 몇 년간을 처절한 전쟁 하에 있었는데 상상을 한 번해 보시지요. 55년이 지난 지금도 그 한스런 여파는 소멸된 것 같지만 나라의 온천지 구석구석에 도사리고 우리들의 가슴을 슬픔의 늪에서 헤어나지 못하게 합니다.

이러한 민족의 한은 저 저주받을 김일성과 그 도당들이 민족의 해방이라는 너울을 쓰고 갑자기 남침하여 저지른 과오로 망동으로 악귀 같은 행동으로 비롯된 것입니다.

이제 그때의 잔재들과 김일성 아들이란 자가 똑같이 변하지 않는 집념으로 우리 자유 민족의 대한민국을 또 다시 통일 분위기도 조성되지 않은 시점에서 대한민국의 국민은 생소하기만 한 짓거리를 구경하고만 있는 가운데 공산 괴뢰의 겉은 웃지만 악독한 늑대 같은 수법으로 또 다시 대한민국을 집어삼키려 하는 것임을 우리 모두가 깨달아야 된다고 생각합니다.

이 늑대 같은 소행에 부화뇌동하는 우리 대한민국의 좌파 운동권 무리들이 6.25가 무엇인지도 모르고 미르크스레닌사상의 기초적인 선동 이론에 혹하여 어설프게 나대는 모습을 바라보고만 있자 하니 가슴이 터지는 아픔과 어처구니없는 분노가 치솟는 우리 6.25 세대 우리들입니다.

이산가족?

제 가까운 친척들은 지금도 저들의 학정에서 슬픔을 지니고 한스럽게 하늘만 쳐다보고 있습니다. 사탕발림하듯이 적당히 늙은이들 부둥켜안고 우는 꼴 보는 쇼가 그렇게 재미있는지 진실된 슬픔을 해결하려 들지 않고 천편일률로 각색된 각본에 의하여 감질나게 선심쓰는 척하는 어린애 같은 쇼 행각에 이제는 신물이 납니다.

저는 우리의 친척이 피해를 볼까 하여 아직 신고를 못하고 있습니다. 우리 주변에 대다수의 월남 피난 가족이 그러합니다. 이 나라의 사태도 파악 못 하는 어린애 같은 운동권 정권이 빨리 물러나는 것이 대한민국을 안정시키는 길이요, 민족통일의 첩경이라는 것을 명심해야 합니다.

김정일 정권이 축출되어야 이북의 생존권이 살려지고 인권이 소생케 됨을 명심합시다.

두서 없는 넋두리가 한도 끝도 없이 나오게 되네요! 이만 그치지요. 감사합니다.

22. 대청봉의 순해

1990년 7월 하순 대청봉에 오를 계획으로 속초에 내려갔다.

속초 해변가 동진 리조텔에 머무른 나와 내 아내는 리조텔 창밖으로 멀리 떨어져서 보이는 저기 대청봉에 마음을 빼앗기고 있었다.

간단한 등산 행장 꾸리고 일찍 잠을 청했는데 내일의 일정 중 나타날 일들을 상상하다가 잠을 설치게 되었다.

자는 둥 마는 둥 새벽잠 떨치고 일어나보니 새벽 3시, 우리는 부리나케 행장을 차려 설악산 입구를 향하여 출발하였다.

새벽 4시도 못 되어 입구에 도착하니 매표소 직원도 곤히 잠을 자고 있어 그냥 지나칠까 하다가 잠자는 직원을 깨워 2인 입장표를 사고 개찰구에 들어서니, 아무도 표 받는 직원이 없어 그대로 신흥사 쪽으로 부지런히 발길을 옮겼다.

하루 전까지 설악산에는 많은 비가 내리다 그쳐 어둑한 비선대 방향 평지길 좌우엔 흐르는 계곡물들이 도랑을 넘칠 듯 흐르는데, 벌써 여기저기서 물 흐르는 소리가 우리의 발걸음을 가볍게 하였다.

비선대 가까이오자 날은 벌써 훤해지면서 새벽의 설악의 상쾌함은 온 천지와 골짜기 구석구석 바위 절벽 여기저기 호젓이 서 있는 연년의 온갖 풍상을 다 겪으면서 마디게 자란 노송의 잘 늘어진 삿갓 같은 잎새 끝으로 서리 어리게 흐르고 온통 천불동 입구 골짜기를 채우고 있었다.

귀면암을 지나 왼쪽으로 병풍 같은 암벽을 타고 스며 내리는 설악의 빗물은 흰 수건으로 적셔 그 자리에서 비틀어 짜면 주르르 흐를 정도의 신선한 물이어서, 그것으로 얼굴의 땀을 닦아내며 계곡 길을 오르는데 앞에 아무도 없고 뒤에도 산을 찾는 이들이 아직 보이지를 않고 우리 둘이서 배낭 지고 지팡이를 짚고 호젓이 걸으니, 잘 그려진 동양 산수화에만 있는 신선의 풍모가 우리와 다를 바 없겠구나, 하는 느낌이 들어 우리들은 짐짓 신선이 된 양 여기도 올려다보고 저기도 내려다보며 소리 내어 기운차게 흐르는 물소리 사이로 감탄의 소리를 질렀다.

폭포수가 그냥 아래로 떨어지는 것이 아니었다. 설악의 정기를 담뿍 안고 딩굴며 내리뛰고 소(沼) 아래로 하얗게 소리 내어 흩어

지니, 그 장관의 형상을 어떻게 표현하랴!

단박에 오연폭포를 지나 양폭을 거쳐 천당폭포에 오르니 날은 밝아 아침은 고요하고 내리비치는 햇살은 뾰족한 기암절벽 사이로 광채를 더하니, 햇살 받은 천불동의 계곡은 그야말로 희망찬 하루를 빛나게 출발하는 당당한 개선장군들의 모습으로 연상되었다.

벌써 다리는 힘들어 하고 지팡이를 의지하는 내 몸은 점차로 무거워갔다.

쉬엄쉬엄 쉬어가며 늘어진 걸음 사이로 기운찬 등산객 일행들의 발걸음이 가끔 지나치고 이 경치 저 경치에 홀린 우리는 무너미 고개 능선에 올라 다시 소청봉, 중청봉, 대청봉을 한눈에 보는 순간, 장엄한 설악의 숨은 기상에 넋을 잃고 웅장한 대청봉을 바라보며 감탄하면서도, 한편으로는 벌써 몸이 지쳐 야! 희운각 지나 소청 오르는 그 가파른 깔딱 고개를 어떻게 지나려나, 하는 걱정이 생겨 펄썩 주저앉아 청봉의 골짜기를 건너다보기만 하였다.

부지런한 산악인들은 밤부터 오색에서 출발하여 청봉의 기가 막히게 멋있는 일출을 보았다고 자랑하면서, 오늘은 먼 북쪽 금강산 봉우리들까지 보이더란 자랑을 하는 바람에 금강산 꼭대기 볼 일념에 우리는 새로운 힘을 내어 대청봉으로 다시 출발하였다.

희운각 대피소를 지나 소청을 오르는데 계속 이어지는 단조로운 철 계단이 우리를 지치게 하였고, 내려오는 등산객들의 말이 서북쪽에서 내리덮이는 구름 때문에 가끔 시야를 가려 금강산이 보였다, 가렸다 한다 하여 초조한 마음에 들고 뛰어갈 마음은 있으나 다리가 말을 듣지 않아 속이 상하기 시작하였다.

소청 가파른 올림 길에 간밤에 설친 잠이 피곤과 더불어 온몸으로 덮쳐오고 시장기 바람에 챙겨온 도시락을 치우고 나니, 식곤증까지 다가와 나무기둥을 등에 대고 기댄 우리는 앉아서 대청봉 오를 생각은 순간 어디 가고 지나치는 산행인은 의식도 하지 않고 꾸벅꾸벅 졸기 시작하였다. 한 30분간 휴식을 취하고 우리는 서둘러 소청을 치달아 올랐다.

그런데 이게 웬일인가.

걱정하던 흰 구름들이 소청 상공을 덮기 시작하는 게 아닌가. 그러면 설악의 청봉에서 사방을 내려다보며 호연지기를 펴는 힘찬 고함소리도 낼 수 없게 될 터이니, 이 딱한 산행의 아쉬움은 어떻게 되려나 하고 그래도 정상을 오르려는 산악인들의 마음처럼 우리는 부지런히 무거운 등산화를 내딛고 1.3km여 떨어진 대청으로 향하였다.

중청 대피소 앞에서 0.6km 거리를 남겨 놓았는데 소청 언저리에서 휘돌던 흰 구름은 내설악, 외설악 온천지를 다 덮어 운해의 장관이라는 그 유명한 설악의 구름바다가 펼쳐지기 시작하는데, 부지런히 오르는 우리의 발 앞으로도 연한 안개가 퍼져올라 이대로 가다간 우리가 정상에 오르면 대청봉은 완전히 구름으로 가려 있겠구나 생각하니 초조하기까지 하였다.

중청 대피소를 지나 가파른 언덕길에 접어드는데 뒤를 돌아다보니 이건 또 뭐냐.

이리저리 슬쩍슬쩍 지나듯 흐르는 흰 구름들이 움직이지도 않고 그 자리에 머물러 중청 산장도 그 아래 동쪽으로 화채봉도 오른쪽 더 아래 송암산도 대청봉 꼭대기를 빼놓고는 여타 봉오리가 짙은 흰 구름에 싸여 하나도 보이지를 않고, 물론 우리가 서 있는 곳에서 아주 가까운 기상을 관측하는 중청의 둥그런 기구도 다 가려지고 저만치 떨어져 있는 대청봉의 꼭대기만 구름 한 점 없이 머리 위 하늘 위로 푸르고 파아란 하늘만 보이는데 이 때의 눈부신 장관은 내 평생 처음 보는 모습이었다.

연상해 보기를 에덴동산이 바로 이런 곳이 아닐까 하였다.

우선 발걸음 좌우엔 바위틈 돌 틈마다 노란 양지꽃 같이 땅바닥에 착 달라붙어 자라는 풀에서 새끼손가락 마디 끝보다 아주 작은 진노랑 꽃들이 우리 발끝 아래 덮인 흰 구름에 반사된 빛과 내리쏟아지는 강렬한 태양빛에 비추어져 그 애잔하다고나 할까, 하는 미소 짓는 모습을 청봉을 찾는 손님들의 눈과 마주치고 수줍은 듯이 아기처럼 웃는 모습이란 너무도 천사들이 서로 이야기하는 모습과 같아보였다.

눈 잣나무의 억척스런 삶의 인고의 늘어진 모습도 특이하였고 진달래 철쭉이라는 게 세찬 바람과 추위와 태양 아래 그 모습을 갖추었는데, 단풍이 든 것인지 곧 꽃이 다시 피려는 것인지 가늠도 할 수 없는 강인하고 독특한 자태를 지녔는데, 이 고산 정상에서 독특하게 푸르른 정상에 펑퍼짐한 구릉의 자연과 뫼뿌리를 찾는 순례 객들이 한데 어울려선 자리를 축복이나 하듯이 밝고 휘황찬란한 태양까지 광활한 흰 구름바다가 반사시켜 설악의 청봉을 비추어 돋우어 내니, 너무나 눈이 부셔서 선경의 화려한 극치가 어디이고 에덴의 평화롭고 행복한 곳이 어디 이런가 전혀 가늠이 가질 않는 느낌이 들었다.

그날의 설악산 대청봉에서 운해 위에 서 있었던 정경은 한 여름 하늘이 연출한 가장 오묘한 에덴동산의 모습이었으리라.

23. 백일기도(百日祈禱)

아주 예전에 저의 조모께서 백화주(百花酒)라는 술이 효험이 있
다는 소문을 어디서 들으시고, 이른 봄부터 늦가을까지 농촌 산하
에 피는 꽃이란 꽃은 모두 다 한송이씩만 틈틈이 따셔서 모으신
다음 술을 담으셨다 합니다.

오십 년도 더 전에 저에게 하신 할머님 말씀이,

'찬수야! 세상에 꽃이 많다하지만 한 가지도 겹치지 않고 백 개
의 다른 꽃을 구한다는 게 보통 일이 아니더라.' 하셨습니다.

그리고 백비탕(白沸湯)이라고 하여서 '맹탕으로 끓은 물'을 뜻
하는 말인데, 할머니께서는 물을 커다란 가마솥에 가득 부어놓고
아궁이에 불을 지피어 한 번 끓이고 불을 꺼 식히고 난 다음, 또
한번 끓이고 불을 꺼 식히는 방법으로 백 회나 거듭하여 다 증발
하고 남은 한 종지 물을 새벽 공복에 할아버지에게 대접해드렸다
하는 말씀도 하셨습니다.

또 장독대 뒤에 정화수(井華水) 올려놓는 대를 만들고 그 위에
정화수를 떠 놓으시고 백일 동안 하루도 거르지 않으시고 두 손
모아 기도를 바쳐 마음에 두신 복을 기원하신 일도 있으시단 말씀
을 하시면서, 좋은 일이 있으리라 마음먹고 사람이 온갖 정성을
꾸준히 다 드린 연후에야 좋은 것이 나타나게 된다 하더라, 하시
면서 저를 일깨워주신 기억이 납니다.

다른 꽃을 백송이나 모은다든지 맹탕 물을 백번이나 끓인다든

지 새벽에 옷단장하시고 머리를 빗으로 빗으신 뒤에 정화수 받쳐 들고 장독 뒤에 나가셔서 아무도 몰래 기원하신다든지 하는 게 쉬운 일이 아니므로 그러한 연후에 복은 서서히 돌아온다고 하셨을 때, 저는 어린 마음에도 좀 우습기도 했지만 어렵겠구나 하는 생각을 하였고, 세월이 지난 일흔을 바라보는 지금에야 저도 하찮은 일에도 사자가 토끼 잡을 때도 혼신의 힘을 쏟듯이 쉬운 일 하나도 없으니 삼가하고 삼가해야 된다고 마음먹기도 해 보고 뉘우치기도 합니다.

하물며 만백성의 안위를 염두에 둔 나라 살림에 서랴!

24. 목민관 조심태

조선조 영 정조 때 무신으로 조심태(趙心泰)란 이가 있었다.

통제사 조경(趙儆)의 아들로 무예에 뛰어났으며 음보(陰補 : 조상의 덕으로 벼슬을 얻게 되는 일을 일컬음)로 선전관이 되고, 1768년 영조 44년 무과에 급제하여 여러 벼슬을 거쳐 홍충도(洪忠道) 병마절도사, 함북(咸北) 병마절도사, 삼도 수군통제사 등을 지냈다. 1789년 (정조 13년) 수원(水原) 부사가 되어 현륭원(顯隆園)을 수원에 옮기는데 공을 세웠으며 민호(民戶)를 늘리고 병력을 강화하고 수원에 도호부를 설치케 했다.

그 후 어영대장(御營大將)겸 지의금부사(知義禁府事), 한성부 판윤(漢城府 判尹), 형조판서, 총융사(摠戎使) 등을 역임하였다. 이어 장용대장(壯勇大將)에 올라 오위(五衛)의 개편 때 군제도식(軍制圖式)을 정하여 그의 주장대로 군제를 개혁하여 왕의 칭송을 받았다.

지식에 해박하여 지리, 군제, 율령, 농정에 이르기까지 통달했고, 글씨는 대자(大字)에 뛰어나 행궁(行宮)의 많은 문미편액(門楣扁額)을 썼다. 좌찬성에 추증되었고 시호는 무의공(武毅公)이다.

이 조심태에 얽힌 민화(民話) 두 가지를 소개하고자 한다.

조심태가 수원 부사로 있을 때의 일이다.

성 밖 인근 촌가에 일찍이 남편과 사별하고 7세 된 어린 아들과 살아가는 과수(寡守)가 살고 있었는데, 미모가 뛰어나 인근에 소문이 날 정도였다고 하였다.

어느 날 울타리 안쪽에서 집안일을 하는데 지나가던 엉터리 중이 과수댁임을 깔보고 사립문 밖에서 해괴하게도 마당 안을 향하여 하초를 들이밀어 내 놓고 소피를 보면서 히죽대고 희롱까지 하고 지나가는 바람에, 남녀 분별이 뚜렷한 당시의 관습 하에서 과수댁은 일찍 세상을 떠난 남편의 그리움과 한스러움에 자신을 깔보는 세상과 심지어 중놈에게까지 희롱 당하는 슬픔을 이기지 못하여 집안으로 들어가 머리를 싸매고 식음을 폐하고 울고 있는데, 서당에 갔다 늦게 돌아온 어린 아들이 놀래며 묻기를,

'어머니께서 어인 연고로 이렇게 슬퍼하십니까?' 하니, 아들에게 차마 희롱당한 말을 못하고 '네 알바 아니다'라고 한 뒤 계속

울기만 하니, 진정 되기를 기다리던 어린 아들이 '소자의 슬픔이 어머니의 슬픔이요, 어머니의 슬픔이 소자의 슬픔일진대 어찌 그렇게 우시는 사연을 소자에게 말씀하시지 않습니까?

어머니가 그렇게 말씀하시지 않으시면 소자도 이젠 자식 자격이 없습니다!' 하고 어른스럽게 단호히 말하는 바람에 대견한 생각이 들어 아들 앞에서 울며 '네 아버지가 세상을 떠나신 뒤 이젠 중놈까지 우리를 깔보고 있다.' 라고 사실을 말하니, 어린 아들이 분한 마음에 어머니와 서로 부둥켜안고 울며 날을 세우더니, 그 이튿날 일봉 탄원서를 만들어 수원 성문으로 가서 부사를 만나겠다고 성 문지기에게 말하였으나 뜻을 이루지 못하고 한 달 가량 계속하여 포기치 않던 중, 어느 날 공무로 조심태가 성문 밖을 나오다 소란한 이유를 물으니, 문지기가 한 달간의 어린 아이의 사연을 말하니, 부사가 듣고 가까이 오게 한 뒤 연유를 물었다.

어린 아들이 부사에게 제 어미의 사연을 말하고 통곡을 하니, 부사 조심태도 명령을 하달하여 어서 그 괘씸한 중놈을 잡아들이라고 엄명을 내렸다.

그런데 그 사이 세월도 지났지만 그 중은 오래전부터 관계에 종사하는 이들과 넓게 사교하는 재주가 있어서 중을 아는 많은 고관대작들이 오히려 왕에게 고하여 그 소행을 작은 일로 아뢰니, 왕은 명하기를 '곤장 한 대로 그 죄를 다스리라' 하였다.

부사 조심태는 그 중놈을 당장 물고를 내려고 벼르는데 곤장 한 대 가지고서야 해볼 도리가 없어 어안이 벙벙하나 어명을 거역할 수는 없는 일이어서 오랫동안 고민하다가 꾀를 내어 암암리에 곤장 잘 치는 자를 모집하였다.

'누구든지 곤장 한 대를 쳐서 이 중놈을 없애면 내 천금 보다 엄청난 상금을 그에게 주겠노라! 그러나 실패할 때는 그 귀중한 곤장 한 대를 까먹은 죄를 그의 목숨과 맞바꾸어 또한 다스리리라!'

어떤 응모자가 있어 이에 응하리오.

아무리 천하를 다 사는 상금이어서 그 돈에 눈이 뒤집힐 지경이라도 실패하면 자기 목이 달아난다는데 그런 불가능에 가까운 도박에는 아무나 대들지 못하는 법이다.

그런데 얼마 있다가 놀랍게도 응모자 한 사람이 나타났다. 부사 조심태가 살펴보니 더욱 기절할 일이었다.

응모한 사람은 다 늙어서 이미 곤장을 치는 관졸 근무에서 은퇴한 지도 오래되었고 제일 무거운 행형 도구도 쳐들기나 할지도 의심되는 정도로 비리비리하게 말랐는데 걸음걸이도 비실비실 신통치 않고 목소리도 힘없이 앵앵거리는 정도였다.

부사가 이르기를 '지금 관아에 근무하는 호랑이 같은 천하장사 포졸들도 모두 실패할까 보아 꺼리는 마당에 너 같은 자가 무슨 힘을 믿고 달려드는지 모르겠다. 만일 아까운 곤장 한 대가 없어져 날아가 그 중놈이 멀쩡하면 그땐 네 목이 어떻게 되는 줄이나 알겠느냐!' 하고 다짐하는데, 은퇴 관졸은 선선히 '실패한 벌은 달게 받겠습니다.' 하였고, 다른 응모자가 나서지 않는 데는 조심태 부사도 어찌할 것인가?

행형하는 날 부사 조심태는 수원 일판에 소문을 내었다.

곤장 한 대를 치는 것을 보려고 성 안팎 백성들까지 구름 같이 몰려들었고, 형틀 위에 볼기를 까고 엎드린 허연 살이 뒤룩뒤룩 찐 중놈 옆에 자기 키보다 훨씬 기다란 곤장을 들고 선 은퇴 포졸과 단상 위에 좌정하여 지켜 보는 부사의 눈초리와 늘어선 포졸들과 백성들이 숨을 죽이고 지켜보는 장면은 상상만 하여도 참으로 기이한 모습이 아닐 수 없었을 것이리라.

드디어 부사가 명을 내렸다.

'행형 하라!'

명령을 받은 은퇴 포졸은 중놈으로부터 먼발치로 떨어져 나가서더니만 갑자기 곤장을 머리 위까지 쳐들고 죽을힘을 다하여 고함을 치면서 엎어진 중놈을 향하여 달려가서 다시 기합 소리를 내지르며 벼락같이 칠듯하더니만, 갑자기 치지를 않고 멈추어 서더니만 곤장을 내리고 천천히 다시 원위치 떨어진 곳으로 뒷걸음쳐 물러나는 것이 아닌가!

이러기를 수십 차례 반복하니 해는 이미 중천을 지나가고 구경하던 사람들은 모두 지루하여 하품을 하는 지경에 이르렀는데, 한순간 그 은퇴 포졸이 벼락같이 달려들어 내리치는 곤장의 넓적한 부분이 가랑이 사이 양 볼기짝 사이로 치 올려 받혀 엉덩이 살과 곤장이 부딪치는 소리가 짜악! 하고 매섭게 났고 그것으로 형 집행은 끝난 것이었다.

곤장 한 대를 맞고 지루하게 엎드려 있던 중놈이 푸시시 털고 일어나서 옷매무새를 갖추고 성문 쪽으로 이십여 걸음 히죽히죽 웃고 걸어가다가 멈춰 서는 듯하더니, 그 자리에 동그라지듯 엎어져 기척이 없어 살펴보니 그 중놈은 이미 죽어있었다.

곤장 한 대에 고꾸라져 그 중놈은 이미 이 세상 사람이 아닌 것이다.

처음에 긴장하여 항문을 바짝 오므리고 대비하던 중놈이, 포졸이 치지도 않고 수십 차례 같은 동작을 반복 하는 바람에, 어느 때 칠지 몰라 항문의 기운을 빼고 긴장을 풀고 늘어진 틈을 타 그 경험 많은 포졸이 냅다 올려치는 바람에, 곤장 바람이 항문으로 상풍처럼 왈칵 들어가 내장을 강타하고 간경에 급작이 부딪쳐 히죽히죽 웃다가 죽은 것이다.

조심태는 희색이 만면하여 그 포졸을 후하게 상 주고 조정에 '어명에 의하여 곤장 한 대로 행형하였더니 물고되었습니다.' 하니, 조정에서 믿기지 않아 조사해 보니 사실이었음으로 별달리 문제 삼지 않았고, 그 일 후에 부사 조심태는 그 모자를 잘 돌보아주어 당시 조심태 부사의 세심한 민심을 읽는 선정은 수원뿐만 아니라 억울하게 사는 모든 백성들의 칭송의 대상이 되었다고 한다.

그러나 이런 선정을 베푼 이가 정조의 명을 받아 수원성을 축조할 때는 종사자들에게 너무 혹독하여 몰인정하다는 소리를 들었고, 또 다른 지혜를 내어 맡은 임무를 완성하여 정조 대왕으로부터 칭찬을 받았지만 일꾼들이 하루종일 일한 품삯을 받아 저녁에 집에 갈 때는 성 밖 문 앞의 관에서 부리는 미모의 기생들로 하여금 갖은 아양을 다 떨어가며 맛있는 술을 팔게 하여 그 술판 돈을 모아 다음날 지불할 임금을 장만하고 술에 취한 일꾼들은 집에 들어갈 때는 빈털터리로 들어가는 처지가 되었는데 부사 조심태가 술을 빚어 경비를 적게 들이고 미인계를 써서 수원성을 축조하였다 하여

'심태(心泰)가 태심(太甚)하니 수원(水原)이 원수(怨讐)로다!'
라는 민요가 돌아다닐 정도로 원성을 듣기도 하였다 한다.

목민관은 끊임없이 백성의 고충을 살피고 백성의 마음과 함께

해야 천추만대에 칭송을 받게 된다. 조심태가 모든 면에서 두드러졌었고 정조왕의 명을 받아 수원성을 잘 축조하여 지금까지 수원성이 국가 문화재로 그 가치를 인정 받기는 했지만 수원성에 얽힌 이런 안타까운 이야기도 있다. 형산의옥, 화씨의 벽에 비할 보물에 티가 있는 격이다.

한 가지 짚고 넘어갈 일은 나라에서 정해진 연한이 있어 하던 일을 그만두고 은퇴하였다고 모두다 무지렁이가 아니라는 점을 여기 포졸에게서 배우게 되었고, 그 전문성에서 나오는 자신감으로 시사해주는 바가 또한 아주 크다고 생각해 본다.

참조 : 감수자 유홍렬, 〈국사백과사전〉, 동아문화사, 1975.
수원민화(水原民話)

25. 다이빙 솜씨 자랑

1963년도 여름 스물세 살 때 나는 미 8군에서 카투사(KATUSA)로 군 복무를 하고 있었다. 요즈음 한참 미군기지 부대 이동관계로 말이 많은 평택 K-6 (Camp humphrey's)에서 복무할 때이다. 부대에서 하기 해양 훈련을 실시하였다. 장소는 서해안 대천 해수욕장으로 정해졌고 2박 3일 간의 일정이었다.

내가 탄 차를 모는 운전병은 미군 PFC '슈러셔'였는데, 그는 해변 모래사장이 나오자마자 해수욕장으로 펼쳐지는 서해안의 끝없는 모래사장을 보더니만, 바다경치에 도취되었음인지 오른쪽 바퀴는 바닷물에 잠긴 채 사정없이 질주해가면서 차를 몰아 기분을 냈다. 젊은 우리들이라 차 위에서 환호성을 치면서 모두 신이 나서 야~호! 소리를 연발하였다. 한 바퀴 돌아드는 중에 바다 중턱을 보니 다이빙대가 높다랗게 서 있는 게 보였다.

다이빙 하면 나는 추억이 많이 있다. 6.25 피난 어린 시절 부산 영도 청학동에서 살았을 때인데 동삼동으로 가는 왼쪽 아래편 넓섬 바위 해군부대 기지 아래 바위 위에서 다이빙깨나 했었다.

봄부터 늦여름까지 바닷가에 갈 때마다 헤엄쳐 건너가서 친구들과 여름 깜둥이가 다 되어 가면서 다이빙 연습을 하였다. 처음엔 배우느라고 자주 했으나 나중엔 재미가 나고 또 재주까지 피우느라고 까마득하게 높은 곳까지 올라가 극성을 부려가면서 까지 할 정도였다.

그 이후 갯바위 근처에 사람들이 많이 모여 있으면 괜스레 그 앞에 가서 한번 폼을 잡고는 나름대로 멋진 다이빙 솜씨를 연출하였다. 그러곤 헤엄쳐 물가로 나오면 아저씨들이 다이빙 잘한다고 칭찬하는 소리에 어린 나이에 흡족하고 또 우쭐대는 마음까지 생겼다.

대천 해수욕장에서 다이빙대를 보는 순간 불현듯 나는 예전 어린 시절 부산 영도 청학동, 오륙도가 훤히 내다보이는 바닷가에서의 다이빙 추억이 떠올라 옆의 부대원들에게 자기 자랑을 냅다 늘어놓기 시작하였다.

부대가 자리를 잡고 여정을 푼 뒤 우리는 수영복 차림으로 다이빙 틀이 있는 곳으로 우르르 몰려갔다. 밀물이 들어온 상태라 바닷물의 수심이 깊은 편이었다. 고참이 나를 보더니만 어서 들어가 다이빙을 하란 것이다. 준비 운동을 하고 헤엄쳐 건너간 나는 다이빙대로 기어 올라갔다. 그러나 오랜만에 하는 다이빙이라 좀 망설여지기도 하였다.

조금 전에 신바람 나게 자랑을 늘어놓았으니 어찌하랴. 마다할 수도 없고, 다이빙대에 올라서 보니 제법 높게 만들어져 있었고 다이빙 틀은 갯바위 돌과 같이 탄탄한 것이 아니고 두터운 나무 널빤지로 만들어져 사람이 올라서면 흔들거렸는데, 부산 영도 청학동이나 동삼동 태종대 자갈 마당을 둘러싼 암벽 위와는 판이하게 다른 상황이었다. 나는 피치 못하게도 다이빙을 해야 할 운명에 놓인 것이다.

사실 나는 다이빙을 탄탄한 돌 바위 위에서만 해봤지 그렇게 출렁이는 곳에서 다이빙 선수처럼 멋지게 해본 경험이 전혀 없었다.

그래도 어떻게 잘하면 되겠지 하고 올라서서 한참 심호흡을 하고는 옛날에 해본 내 방식대로 점프를 하고 바닷물로 뛰어내렸다.

멋진 다이빙이 되기를 기대하고 발판을 구르며 몸을 솟구치고.

그런데 어럽쇼~ 이게 웬일인가!

이 다이빙대에서는 양손을 아래로 늘이고 허리와 무릎을 조심스럽게 구부렸다가 구름 틀이 휘어지기 전 수면을 향해 머리부터 살짝 떨어트려야 되는 건데, 단단한 갯바위만 생각하고 미리 호기롭게 점프를 해 놓았으니 휘청거리는 구름 틀이 나의 몸을 발끝부터 치받쳐 올려 나의 몸은 중심잡기와 방향을 모두 잃고 공중에서 허깨비처럼 곤두박질을 치면서 추락하고 말았다. 순간 어떻게 되었는지를 전혀 모르겠고 바닷물이 닿는 순간 온몸이 일자로 수면과 배치기를 하여 '짝' 하는 소리와 함께 나는 물속으로 빠져들었다. 명색이 다이빙이지 일종의 낙상 추락사고였었다고 함이 바른 설명이다.

정신차리고 허겁지겁 물속에서 헤엄쳐 나와 물가로 나오니 얼굴에 뜨뜻미지근한 촉감이 있어 손으로 훔쳐보니 코피까지 마구 터져 나왔다. 매우 위험한 장면을 연출한 것이다.

부대원들이 멋진 다이빙 구경을 기대하며 모래사장에 쭉 늘어 앉았다가 내가 우스운 다이빙을 하고 코피까지 흘리면서 허겁지겁 나오는 것을 보더니만, 모두들 박장대소하면서 구경났다고 손가락질을 하면서 요절복통을 하는 것이었다. 시쳇말로 하자면 한마디로 죽을 쏜 격이다.

창피한 것 정도가 아니다. 괜히 자랑한 것을 후회해 봤자 이미 떠나간 배다. 이렇게 실패한 나는 좀 진정을 하고 난 뒤에 앞서 실패한 것을 만회할 욕심으로 또 헤엄쳐 건너가 다이빙 틀의 특성을 가늠하면서 다이빙을 하였는데, 내 짐작에 이번엔 그런대로 괜찮게 합격점이 되었다.

그러나 동료들과 고참들은 먼저 것만 생각하여 재미있다고 말하지 야속하게도 나중에 좀 잘된 것에 대해서는 칭찬은커녕 일언반구의 기색도 없었다.

26. 사자와 스컹크

1989년 늦가을 어느 날, 내가 고향인 동해안을 여행하고 강릉을 거쳐 상경할 때 있었던 일이다.

한밤중 이였다. 밤 열 시가 조금 지났을까 하여 대관령 구비 길은 칠흑 같이 어두웠는데 그해 여름에 친구로부터 산 현대 자동차 회사 제품 프레스토 중고차를 신나게 몰고 다닐 때였다.

내 딴엔 비록 중고차였지만 차를 처음 사서 신바람 나게 조금은 우쭐거리는 마음까지 지니고 운전할 때 였다. 초입새를 조금 지났을 때였다. 너무 어두워 전조등 앞만 응시하던 조수석의 아내가 '여보 차 안이지만 앞뒤 자동차도 없고 우리만 혼자 올라가니 무시무시하구려' 라고 말할 정도의 분위기였다. 나도 그리려니 마음속으로 같은 생각을 하면서 치달려 오르는데 갑자기 앞에서 주행하는 커다랗고 긴 화물 트럭 한 대가 서서히 올라가면서 우리 차의 속도를 늦추게 하였다.

처음에는 한참 동안 뒤만 따라가는데 어둑한 화물차 뒷꼭지만 보며 매연까지 마셔가면서 따라간다는 게 아주 고통스러웠다. 그런데 문제는 그 차의 주행 위치였다.

차가 너무 길어서 그랬던지 커브 길을 오를 때는 중앙선을 한참이나 먹어 가면서 올랐는데, 그 경우는 웬만한 운전자들은 자타가 다 인정해줄 수 있는 경우라지만 좀 꼿꼿하고 곧은길에서도 중앙선을 한참이나 버젓이 먹고 천천히 오르는데 추월하려 해도 앞 화물

트럭 운전자가 어떻게 생겼는지 도통 추월할 기회를 주지 않았다.

차츰 지루하기도 하고 은근히 짜증도 나고 해서 내 딴엔 조금만 한 옆으로 피해가라는 의사표시로 추월 신호 왼쪽 깜빡이를 켜놓은 채 전조등을 여러 번 깜빡깜빡 거렸으나 아! 이 운전자는 지독한 벽창호 같았다. 뒤차 운전자의 마음을 알아챘다는 아무런 기미가 보이지를 않았다.

몇 차례 그러하다가 나는 화가 치밀어 아예 기세 좋게 전조등을 상향등으로 켜놓아 밝혔다. 차의 성능에 의지하여 그 차의 운전기사를 압도하고자 그 차 뒤를 바짝 따랐다. 무슨 좋은 응답이 있겠지 하면서 마음속으로 ‘이놈 봐라!’ 하는 위엄까지 부려가면서…

한참 그렇게 가는데 그 긴 화물차 뒤의 어둑한 번호판 양 옆과 그 위에서 ‘번쩍’ 하는 섬광이 비쳐졌다. 나는 깜짝 놀랐다. 갑자기 칠흑 같은 사방이 환해졌다. 길바닥에 기어 다니는 개미 새끼가 있었다면 다 보일 정도의 밝은 빛이었다. 순간 내 느낌에 동해 멀리 한밤중 오징어잡이 배에서 내리비치는 고광도 촉수 밝은 불빛보다 더 강렬한 빛이 우리 차 앞에 밝혀졌기 때문이었다. 길 옆 좌우가 하나도 보이지를 않았고 그 밝은 불빛에 도저히 운전하기가 어려운 상황이었다.

그렇다고 하던 운전을 그만하고 차를 세우고 쫓아가서 항의할 그럴 형편도 아니었다. 취할수 있는 수단은 단 한가지뿐이었다. 내 차를 한 길 오른 쪽 옆에 바짝 다가가 세우고 그 화물차가 멀리 가기를 초라하게 마냥 기다리는 일이 상책이었다. 항복한 것이나 다름없었다.

비유하자면 꼭 사자가 스컹크를 공격하다가 죽을힘을 다해 도

망가던 스컹크가 궁둥이께로 오줌을 내갈겨 사자 얼굴에 뒤집어 씌우는 바람에 고약하고 독한 냄새에 사자가 공격 기세는 어딜 갔는지 갑자기 당황하여 풀숲에 주저앉아 두 앞발로 얼굴에 묻은 스컹크 오줌을 고통스럽게 닦아내느라 탕치며 나뒹구는 처량한 처지가 바로 우리가 아닌가 하는 생각이 들었다.

한참을 머무르고 난 뒤에 우리 부부는 비록 패잔병 행색이 되었지만 안 갈 수도 없고 그 화물차가 멀리 갔을 뒤 꼭지 길을 뒤따라갔다. 가관인 것은 우리 서로가 마주보면서 그 어처구니없는 사건에 손뼉까지 치며 재미있다고 한바탕 웃기까지 하였다.

20년도 더 된 그때 대관령 구도로에서 터덜거리는 중고차를 신바람 나게 몰다가 산더미 같은 화물차 뒤를 따르며 호기까지 부리며 우쭐대다가 납작코가 된 임자를 제대로 만났던 일이 가끔 생각이 난다.

되돌려 생각해보니 급하고 답답하다고 내 마음만 생각하고 남을 함부로 깔볼 일은 절대로 저지르지 말았어야 할 일 이었었다.

27. 장자 못 낚시 추석 ❷

1968년 늦여름에 있었던 일이다.

청량리역 앞에서 시내버스 65번 금곡행을 타고 망우리 고개 너머 교문리에서 내려 오른쪽 농촌 길로 들어섰을 때가 5시 30분 조금 넘은 새벽 시간인데도 논두럭길 사방은 아직도 어둑어둑하였다.

마을을 거쳐 한적한 들녘을 걸을라치면 이때나 그때나 낚시 망태기 지고 걷는 새벽 길은 나에게 특이한 상념을 일으켜낸다.

아래 못 뽕나무밭 앞 밭두럭 흙이 무너지지 않게 굵은 소나무 말뚝을 20여m 길게 촘촘히 박아놓은 그곳에 포인트를 정하고 낚싯대를 드리웠다. 그날은 어찌된 일인지 평소와 다르게 고기들이 입질을 하지 않았다.

날씨까지 먹구름이 가득 끼인 하늘만큼이나 바람까지 불어 을씨년스럽고 으시시한 가운데 아침부터 맥이 빠진 내 옆의 서너 명 조사들이 어신 기다리기가 지루했던지 양손으로 뒤 목덜미에 깍짓손 끼고 언덕에 드러누워 각자 지나간 낚시 경험 얘기 보따리를 털어놓기 시작하였다.

옆에 계신 50대 아저씨가 말하기를,

'아 그 충청북도 초평 저수지 다람쥐 섬 있잖아요? 지난봄에 거기에 갔더니 준척 붕어만 올라오는데 정신이 없었어요. 너무 많이 잡히니까 재미도 없데요. 낚시에 정신이 팔려있다가 뒤를 돌아보니, 아니 이런 일이! 다람쥐들이 극성을 떨며 낚시 배낭에 들어가 음식 보따리를 뒤져 내 헤쳐 놓았는데 잡던 고기 멈추고 다람쥐 쫓느라고 낚시고 뭐고… 그런 일도 있었어요!' 하니까 저 끝에 앉은 이가 목청 돋우어 자기 경험을 이야기 하는데,

'화천 파로호에 가서 낚시를 하다가 한눈판 새에 잉어가 낚시를 물고 호수 가운데로 내빼며 물속으로 깊이 들어가니까 낚싯대 전

체가 찌처럼 되어 호수 물 가운데서 올라왔다간 쑤욱 내려가고 또 올라왔다 쑤욱 내려가는데 아~ 그 긴 낚싯대가 오르락내리락하는 장면은 지금도 잊혀지지가 않데요!' 등등… 심심하니까 재미있는 경험담들을 털어놓는데 웬만한 낚싯질 하는 건 '저리 가라!' 였다.

한참 듣던 나는 그래도 하던 낚시를 포기하지 않고 있다가 심심하던 차에 한마디 꺼내지 않을 수 없어서 얘기를 꺼내었다.

'저는 민물낚시 한 지가 얼마 되지 않았는데요. 작년 늦봄 위 장자못 허리목 다리 께에서 낚시하던 아저씨가 갑자기 옷을 다 적셔가면서 갈대 수초를 제치고 물 안으로 뛰어들더라구요. 웬일인가 해서 보았더니 잉어란 놈이 그분의 낚싯대를 끌고 물 한가운데로 들어가다가 수초에 걸려 멈춰 선걸 보고는 그 아저씨가 쫓아가 꺼냈는데 아주 큰 놈이었어요. 그런데 제 생각인데 아무리 고기가 중하더라도 걸 채비를 하고 서서히 던져 밖에서 낚싯대 꺼낼 생각을 해야 모양새가 좋을터 인데 웃통 다 적셔가면서 그러니까 보기가 별로던데요!' 낚시란 여유와 멋으로 하는 것 아닙니까? 하고 풋내기가 딴에는 무슨 이치에 통달한 사람처럼 고기 꺼내려고 들어간 그 사람의 흉을 보았다.

그러는데 갑자기 내 앞에서 '삐이꺽' 하는 소리가 날카롭게 나는 것이 아닌가.

말을 거의 하다 말고 내 앞의 낚싯대를 보니까 어럽쇼! 두 칸 반짜리 내가 아끼는 은성 낚싯대(당시엔 좋은 질에 들어가는 낚싯대였음)가 금방 잡으면 잡힐 것 같은 가까운 거리에서 멈추는 듯 서서히 물 한가운데로 끌려나가는 것이었다.

순간! 나는 전후좌우 생각할 겨를도 없이 순발력을 발휘하여 그 호수 한복판으로 나가는 낚싯대 끝을 잡느라고 손을 뻗었다. 다행히 낚싯대가 오른손에 잡히기는 하였는데 언덕 위에 걸터앉은 나였기에, 몸 중심 체중이 앞으로 쏠리는 바람에 나는 옷을 입은 채로 푸당당 ! 하고 물속으로 수루룩 하고 주저 앉듯이 빠져들어갔다.

수심이 두어 길 되는 곳이어서 순간 아찔하였고 더구나 물속에 수두룩하게 박혀 겉에서는 보이지 않던 말뚝에 엉덩이가 떨어져 촛대뼈(척추 꼬리뼈)까지 찔려 아주 고통스러웠다.

그래도 낚싯대는 놓지를 않고 꽉 움켜쥐고 물 밖으로 아픈 내색도 못내고 엉금엉금 물에 빠진 생쥐 되어 기어나오니, 여태까지 얘기하며 얘기 듣던 옆에 있는 사람들이 나의 몰골을 보고 배꼽을 잡고 박장대소하고 웃는 통에 뒷주머니에 넣어둔 주민등록증이 들어있는 지갑도 다 젖어 어찌할 줄 모르고 말도 못하고 와들와들 떨어가면서 절절 매었다.

내가 남의 흉을 보다가 그 말하던 장소 그 자리에서 순간적으로 똑같은 소재보다 더한 흉잡힐 행동을 저지른 그때의 얼굴 뜨거웠던 일이 가끔 생각이 난다.

28. 다 같이 속죄합시다

1993년도 강남 대치동에 살 때 있었던 이야기이다.

당시 대치1동 성당 K 신부님은 아주 인자하고 웃음이 많은 분이 셨고 모든 교우들이 좋아해 존경을 드리는 분이셨다. 또 시사성 있는 논설 글도 잘 쓰셔서 언론계에서도 정평이 나 계신 분이셨다. 미사 집전 시 20분 정도 이내에 하시는 매주의 강론 말씀도 그 내용이 아주 깔끔(?) 하시리만큼 잘 준비되셔서 간혹 전례로 보면 어떤 신부님의 강론 때엔 경우에 따라서는 지루한 감도 더러 느끼는 게 우리 일반 신자들의 가지고 있는 경험인데 이 분은 전혀 그렇지가 않으셨다.

어느 주일 미사 복음말씀 이후 강론 때의 일이다. 모든 신자들이 신부님의 좋은 강론 말씀에 조용히 귀 기울이고 있는데 난데없는 엉뚱한 일이 일어났다. 갑자기 어디서 나타났는지 제단 주위로 아주 귀엽게 생긴 애완견 한마리가 등장한 것이다.

가만히 한쪽 구석에 죽치고 있었으면 별일도 아닌데 아~! 이놈 (?)이 왔다갔다하면서 사람들의 시선을 끌어 잡아당기는데 사단이 일어난 것이다. 제일 처음 이 현상을 발견한 이는 해설 대 옆에 앉아 다른 신자와 같이 조용히 신부님 강론을 듣고 있었던 미사 해설자 K 형제였다.

강론 때라 해설자가 자기 앉은 위치에서 벌떡 일어나 개를 붙잡으러 쫓아다닐 수도 없는 형편이고, 이 개가 누구 개냐고 소리도

치지 못할 분위기인데다가 곧 주인 옆으로 가서 조용해지겠지 한 그 애완견은 신자들의 기대감과는 달리 예상을 깨고 나대는데 가관이었다.

강론대에 서 계시는 신부님 주위를 맴돌다가는 제대 옆으로도 가고 세 계단 정도의 아래 신자 석으로 내려와서 왔다갔다하다가는 얼른 제대 있는 곳으로 올라가는 통에, 그 잘하시는 강론 말씀도 뒷전이고 신자들은 조마조마하여 말없이 서로를 쳐다보면서 혹시 너의 강아지가 아니냐는 눈초리로 서로 눈짓해 보는 판이 내달았던 것이다.

강아지가 이런 분위기의 신자들 눈총을 헤아릴 턱이 없다. 애꿎은 신자들끼리 강아지를 보면서 염려하는 시선이 눈에 내색은 내지 못하지만 점점 쌍심지를 돋우는 모습으로 바뀌는 터이라 경건히 미사 참례하는 자세치고는 안절부절 참으로 평소에 못 보던 풍경이 되었다.

그렇다고 강아지는 주인의 말만 듣지 다른 사람들의 말없이 쏘아보는 눈초리를 이해할 턱이 전혀 없다. 그날 강론 분위기는 0점이었다. 그런데 신부님의 꼿꼿한 자세는 흐트러지지 않으셨다. 강론이 끝날 즈음해서 예의 그 강아지는 홀연 어디로 사라졌다 제의실 쪽으로 사라졌던가…? 성찬 전례가 다 끝나고 강복 다 끝나고 파견기도 마침성가 다 끝난 뒤 Cu 단장직을 맡고 있는 신심 두터운 해설자 K 형제가 화가 상투 끝까지 난 것 같았었는데, 그래도 참으면서 신자들을 모두 일어난 그 자세로 성당을 나가지 말고 가만히들 서 있으란다.

그리고는 마이크를 손에 들고 엄숙하게 하는 말이

“이곳은 성전입니다. 하느님이 우리와 함께 계시는 곳이지요. 지금 미사 중 강아지가 성전 제대 주위에서 왔다갔다 했습니다. 이 얼마나 불경합니까? 강아지를 데리고 온 분이 누구이신 줄 모르지만 이는 우리 모두의 잘못입니다. 이제 모두 다 같이 하느님께 속죄의 기도를 바치셔야 됩니다.”

하더니만 미사 참례한 1,000여 명 가까운 신자들에게 흡사 학교의 교무실 복도 앞에서 행실이 잘못된 학생 벌 받는 자세처럼 양팔을 머리 위로 치켜들고(양팔기도 자세) 벌서듯이 하라는 것이다.

“…? ? ?…”

그리고는 주모경을 아주 천천히 속죄하는 마음으로 바치라는 것이다. 꼼짝없이 할아버지, 할머니를 비롯하여 1,000여 명 남녀노소 우리 모두는 눈을 내리깔고 양팔을 들고 속죄하는 마음으로 해설자의 선창을 뒤따라 하느님께 경건한 자세로 속죄의 기도를 열절히 바쳤다.

“하늘에 계신…”

그 이후 알고 보니 그 애완견은 우리가 사랑 드리고 존경하는 K신부님께서 애지중지 키우시는 애완견이었는데 그날 사제관과 제의실 연결문이 부주의로 배지시 열린 틈을 타고 갑자기 겁 없이 기어들어와 일어난 사건이었다.

대치1동 성당 교우들이 특이한 경험을 한 탓인지 한동안 이 이야기만 나오면 너무 재미있어서 길 가다가도 서로가 마주보며 까르르… 하고 배꼽을 잡으며 박장대소를 하였다.

29. 머큐롬

1962년 9월 저는 육군 논산 훈련소에 입대를 하여 신병 훈련을 받았습니다.

당시 신병훈련소 소대에서 5분 대장이란 역할을 했는데 제 옆에 있는 분대원 동료 하나가 좀 어질어질한 친구가 있어서, 저는 그 친구 몫까지 챙기느라 제 동작이 두 배로 빨라야 매사가 순조롭게 되는 형편이었습니다.

그는 발음도 신통치 않아 취침 전 내무반 점호사열 때 자기의 관등성명을 대는데 그의 신분과 이름을 사열 중대장에게 말할 때 너무 긴장하여 "네! 훈병 강국남" 하고 외친다는 것이, 너무 긴장하여 부들부들 떨다가 "니~엣! 쿵병 캉~쿡~낭" 이란 발음으로 입안에서 한참 어물거리다가 내뱉는 투로 절절매며 발음할 정도여서 그 절절매는 모습이 매우 특이해서 지휘관들도 웃고는 장난삼아 지휘봉으로 한 번 더 그의 혁대 고리 근처를 쿡 지르며 다시 한 번 "너!" 하면서 관등성명을 대라고 할 정도였습니다.

하루는 어느 주일 모두 다 내무반에서 휴식을 취하는데 옆의 그 친구가 갑자기 배가 아프다고 야단이어서 저와 또 다른 분대원과 함께 번갈아가면서 그 친구를 들쳐업고 낑낑대며 온통 땀범벅이 되어 의무실로 달려갔습니다.

복통을 호소하는 친구를 고참 의무병이 한참 물끄러미 보더니만 벽 쪽의 상자에서 약병을 꺼내어 뚜껑을 열고는 배 아픈 친구의 옷을 치켜 벗겨보라고 하고는, 아무 말도 없이 빨간 머큐롬 소독약을 배꼽을 중심으로 아주 천천히, 그리고 둥그러니 널따랗게 후후하고 입 바람을 불어가면서 정성스럽게 바르는 것이었습니다. 그리고는 한두 번 후후하더니만 다 되었다고 어서 가라는 것이었습니다.

나는 속으로 '야~! 이거 원! 하는 소리를 내지를 뻔했습니다. 그러나 훈련병시절이라 어딜 감히… 너무도 기가 찼지만 제가 조심스럽게 그리고 공손하게 하늘 같은 계급 의무 상병에게 말하였습니다.

'상병님 얘가 속탈이 났습니다. 그런데 아마도 세균에 감염이 된…' 하고 다른 이유를 달며 아는 체를 하려 드니까 내 말이 채 끝나기 전에 얼굴이 뽀얗게 생긴 의무중대 상병이 나를 향하여 눈의 흰자위를 더 크게 내보이면서 쌍심지를 돋우더니만 '이 새끼! 치료 다 되었다는데 무슨 대꾸질이야!' 하고 볼멘소리로 일갈 하는 통에 신병 군기가 잔뜩 잡힌 우리는 얻어터질까봐 찍소리도 못하고 그 길로 그 친구 다시 들쳐업고 내무반으로 돌아왔습니다. 빨간약으로 배탈 치료를 받고…! 배 아픈 친구 생각하며 억울하고 분하기가 짝이 없었지만 어쩔 수 없는 신병 위치의 그런 환경이었었습니다.

그날 밤 끙끙거리면서 밤새도록 앓던 그 친구는 어느 시각에 잠이 들었는지도 모르지만, 다음 날 새벽 기상과 더불어 운동장으로 점호를 받으러 나갔는데, 아프다는 기색을 살필 새도 없이 점호 끝나고 다시 돌아와서 이리뛰고 저리뛰며 청소하고 식사 타다 배급하고 훈련 차림 완전복장을 하고 어쩌고 하면서 분주히 왔다갔다 하였습니다. 저는 너무 바빠서 그 친구 아픈 것을 까마득하게 잊고 자세히 돌볼새 없이 친구 몫 군장까지 챙기고 총 들고 훈련장으로 행군을 하였습니다.

점심시간쯤 돼서야 휴식 시간에 겨우 옆에 있는 동료 아픈 것이 생각나 배 아픈것 좀 어떻게 되었느냐고 챙겨 물으니, 그 친구 왈 '하나도 안 아프다' 라는 대답이었습니다.

'???…'

저는 그때부터 훈련소 '머큐롬(속칭, 빨간 소독약)'은 배꼽에 닿기만 하면 속 배탈도 낳는구나!' 라고 씁쓸히 웃었던 적이 아직도 생각이 납니다.

후일담입니다만 나중에 훈련을 마치고 전방 양구에 부대 배치 받고 나서 내 딴에는 아주 희귀한 경험이라고 생각해서 이 이야기를 동료들에게 했더니만, 웬걸 그런 경험을 한 동료들이 여기저기 꽤나 많아서 또 한바탕 웃으면서 그 어이없었던 일들을 떠올리며 손바닥을 쳤던 적이 있었습니다.

1962년도 당시 우리 청년들은 때로는 초창기 이런 형편의 군복무 분위기에서도 신자인 저를 포함하여 여러 친구들이 하느님께 열절한 사랑기도 바치면서 또 당당하게 국토방위 임무를 성실히 수행하며 우리나라에 충성을 하였습니다.

30. 나는 경찰을 신뢰(信賴)한다

경찰 이야기 서두에 상담 이야기를 먼저 꺼내게 되었다.

내가 학교 상담 업무에 종사할 때 일이다.

상담이라면 흔히들 문제 해결을 위하여 대담하는 정도의 서비스업 종사 정도로 알고 있는데 그렇지가 않다. 상담에는 상담의 기법이 있다. 즉 문제 해결을 위하여 정해진 상담 기법 절차에 따라 상담자는 내담자를 대해야 한다.

그러기에 처음 상담 신청을 하러 온 사람을 첫대면할 때부터 상담 과정이 거의 끝나고 마무리 단계가 온 것으로 판단이 설 때까지 상담 종사자들은 상담 의뢰자에게 소홀함이 없어야 되고 세심하게 모든 준비 과정과 문제해결 과정을 절차에 맞게 진행하고 그리고 정리해 놓아야 한다.

오늘날의 상담은 그 용어가 일반화되어 전문적 처리보다 그저 서로 대화하고 오가는 의사소통 방식에 의하여 의문점이나 당면한 문제를 쉽게 해결하려는 정도로 일반화되어가고 있다. 사람은 심리적으로 잘된 것은 내세우려 하고 잘못된 것은 감추려고 하는 듯한 마음을 가지고 있다.

경찰 업무는 국가 공공질서를 바로잡기 위하여 생겨난 어떻게 보면 우리 생활에서 가장 어려운 직종 중 하나가 아닌가 생각해 본다. 그저 아무나 경찰이 되는 것이 아니고 경찰 부문에 뛰어들어 직업으로 종사하고자 하는 분들의 처음 선발 과정에서부터 엄격하기가 이를 데 없다.

소소한 일을 해결하는 것에서부터 국가 질서의 안녕을 위해서 불철주야로 뛰어드는 거룩하기까지 해야 되는 사명감이 요구되는 직업이다. 그러기에 아무나 직업 없다고 그것이라도 한번 해보자 정도의 수준의 분야가 아니다.

공권력 집행에서 상급 명령에 의하여 본분을 다한 경찰들이 지금 수난을 당하고 있다.

1945년 이후 현대를 살아가는 우리 국민들의 수난이기도 하다. 우리 국민들 모두는 공권력을 존중한다. 사실 공권력 집행과 사회 질서를 지켜주기에 그로 인해 우리 세상은 그나마 안정되게 돌아가고 있다.

이는 우리나라를 지탱하는 기틀이기에 서로가 무언중에 개개의 의식 안에서 준수 의식이 강하게 작동하기 때문이다. 국가와 국가 간의 첨단 대립 속에서는 국민들의 생명과 재산을 지키는 군의 역할이 제일 중요하고 사회질서 안녕을 지켜주어 우리가 평안하게 눈붙이고 잠자고 일상생활을 온당히 하며 살 수 있는 데는 성실한 경찰 임무수행이 없었다면 거의 불가능하다.

그러기에 다시 말하여 이 분야의 이 양대 축은 외형적으로나 내면적으로 나라 유지에 제일 중요한 테두리가 아닌가 생각한다.

앞서 상담이란 말에서도 언급했지만 사람은 심리적으로 다급하면 자신의 문제를 해결하기 위하여 남에게 비밀을 털어놓는 심리를 가지고 있다.

아주 깊숙한 곳까지…

그런데 다급한 문제가 해결되면 사람들은 자기 자신이 스스로 비밀을 털어놓고 믿었던 대상을 멀리하려 듦을 보았다. 자기의 약점을 알고 있다는 점에서의 발로이리라.

사람들은 경찰의 역할에 대하여 그 임무가 막중하고 그 직무가 중요하다고 한다. 그러나 경찰이 질서유지를 위하여 각자에게 피부로 느낄 정도로 다가오면 그때는 정작 불편하고 껄끄럽다고 경계하려 든다. 이 심리가 더 나아가서는 무조건 배척하려 들 때도 있다.

그리고 심리적으로 사람들은 아전인수 격의 경우가 너무 많이 작용한다.

형은 데모를 막는 경찰이고 아우는 데모대 속의 학생일 때 부모의 심정은 과연 어떠하랴!

1973년인가 추석 전후해서 서울 단성사에서 폴 뉴먼, 로보트 레드포드 주연의 '스팅'이란 영화를 개봉했다.

관객들이 인산인해를 이루었다. 표를 사려고 매표소 앞에서부터 꼬불꼬불 줄을 서서 돈화문 쪽의 소방서 앞 인도를 지나 길게도 늘어선 일이 있었는데, 당시 암표상이 너무 극성을 부려 이 암표상 준동을 막으려고 극장 측에서 '일인 일표' 방식을 세우고 경찰까지 매표소 앞에 대동하여 근무케 하고 법석을 떤 일이 있었다.

그때 마침 추석 때여서 나도 가족들과 형제들 모두가 영화 관람을 하려고 극장갈 채비를 하였다. 집안의 일을 처리하는 이들을 나중에 오게 하고 내가 먼저 단성사로 떠났다. 가서 보니 인산인해라 줄을 서 있는 나는 매표하는 광경을 보고 안절부절 못하였다.

나 말고도 일곱 장의 표를 더 사야하는데 '일인 일표' 방침 고수란다. 내가 서 있는 줄은 점점 매표소 입구로 가까워지고 나의 가족 일행은 오지도 않고 사뭇 안달이 나서 못 견디게 초조하였다. 매표소 앞에서는 매표원과 관람객들 간에 고함이 오고가고 삿대질까지 오가는데 매표 요원과 경찰은 요지부동이었다.

어떻게 해결 방법이 없을까 하고 두리번거리면서 매표소 입구까지 다다랐다.

내가 표 한 장만 사면 무얼 하겠는가?

나를 믿고 표를 샀겠거니 하고 천천히 오는 가족들은 허당이 되는 것이다.

매표소 거의 다 가서 매표 상황을 보니 암표상은 얼씬도 못 하겠고, 소위 말하는 고관대작 빽이라도 어림없는 살벌한 형상이었다.

내 차례가 되었는데 나는 갑자기 뒷주머니에서 지갑을 꺼내었다. 그리고 8사람 몫의 돈과 아울러 여태껏 한 번도 써먹어보지를 않은 당시 나의 초라한 교사 신분증을 꺼내 보였다.

"저는 암표상이 아닙니다."

제시된 신분증을 물끄러미 바라보고 난처해하던 극장 종사원이 옆에 있는 근무 경찰을 물끄러미 쳐다보았다.

'어떻게 할까요? 하는 표정이었다.

그때 눈짓을 기다리는 매표원의 표정에 근무 나온 경찰관은 아주 정중하게 고개를 끄덕이면서 다 사게 하라고 인정하는 표정을 지었다. 그러자 체구가 당당한 극장 종업원(소위 말하는 일본 말로 기도)이 매표구 안쪽을 향하여 커다란 목소리로

'이분에게는 여덟 장 !" 하고 고함치듯 외쳤다.

주위 사람들이 다 보는 앞에서…

그때 상황으로 전무후무한 일이었다.

햐! 내 신분증!

그때엔 우리 교사들이 사회적으로 너무 초라해서 어디 가서 신분증 내보일 데가 없는 그런 세태였었다. 감사한 마음으로 표를 사고 그리고 늦게 온 가족들을 만나 "스팅" 영화 관람을 아주 재미있게 하였다.

그해 추석은 참으로 기분 좋은 명절이 되었다.

그 이후 나는 그 분들의 신뢰(信賴)에 보답하려는 뜻이 담긴 복무 자세로 평생을 외골수로 살아갈 때 커다란 사명감을 가지고 학생들을 사랑하는데 그때의 경찰 눈빛에 격려 받은 바가 적지 않았다.

단성사에서 경찰의 신뢰를 입은 매표 사건 일화는 나의 평생의 미담사례 이야기할 때 한몫을 한다.

이것만의 이유에서가 아니다.

나는 지금도 가장 어려운 위치에서 열심히 공직에 종사하는 경찰들을 아주 신뢰하고 있다.

31. 나의 새해 소망

몇 시간 뒤면 2005이 저물어간다.

그리고 몇 시간 뒤면 2006년이 시작된다.

서양의 태양력 양력 기준으로 따질 때에 그렇다.

음력으로 따지면 을유년 이 해의 날짜는 아직도 한 달이나 남았고, 병술년은 비로소 그때에서야 시작되는 것이다.

즉 우리 명절 설날이 그때부터 새해 아침은 열리는 것이다.

그러나 양력으로 일상을 꾸미는 우리가 된 지가 오래도 되었고, 이제는 음력이 특별한 경우에 의미를 들추어 말하는 것이 되었기에 나도 새해를 양력으로 기준하여 말해 보고자 한다.

2005년! 참으로 하루하루가 살얼음 내딛는 듯 한 형상이었다.

그러나 살얼음 저 멀리 외딴 곳에는 엄청난 사랑의 장이 많기도 함을 보고 느끼곤 한 한해였다.

2006년 나는 새해 첫날부터 세상이 다음과 같이 되기를 간절히 바란다.

1. 과거이건 현재이건 미래이건 세계적으로 다 낡아 빠지고 망해 빠진 좌익 공산주의제도나, 그로 인해 파생된 이야깃거리를 자랑이나 이상 추구로 내세우지 말고 온전히 1948년 5월 10일 38도선 이남 지역에서 총 선거를 실시하여 북한의 의석 100석을 남겨둔 채 198명의 의원을 선출하여 이로써 제헌 국회가 구성되어 5월 31일 개회하였는데, 제헌 국회는 헌법을 제정하여 7월 1일에

대한민국 국호를 결정하고, 7월 17일 이를 공포하고 초대 국회의
장에 이승만이 당선되고, 7월 20일 국회는 이승만을 대통령으로
이시영을 부통령으로 선출하여 24일에 취임식이 있었고 8.15 조
국해방 기념일에 대한민국의 건국을 내외에 선포하였는데 이로써
대한민국이 건국되었고 12월 29일 유엔 총회는 46대 6으로 대한
민국을 승인하였다는 사실, 이 역사적인 사실만을 자유 민주주의
대한민국 안에서 우리 국민이 말하는 세상이 되었으면 한다.

2. 모든 공직자들이 나라 위하는 모범된 표양을 보이는 소위 선
공후사하는 정신을 우리 국민 모두에게 실천해 보여주는 사례가
미담으로 이야기되는 사회가 되었으면 한다.

3. 풍요로운 물질의 수혜추구는 사람들이 갈망하는 삶 속의 기
초적인 욕구에 기인한다. 그러나 과도한 물질 풍요의 추구는 사회
생활에서 이웃끼리의 갈등과 충돌로 삶의 질서와 바탕을 근본적
으로 훼손하는 폐단을 초래케한다.

여기 이 추구의 삶에 조화가 요구되는 것이다. 질서가 필요한
것이다. 정의가 내세워지는 것이다. 사랑이 강하게 외쳐지고 나눔
이 관습으로 남기를 소망한다. 서로가 서로의 존재가 소중함을 인
정하고 서로의 입장을 바꾸어서 참을성을 가지고 대화하여 때로
는 돕는 그런 풍토를 적극적으로 만들어 나아갔으면 한다.

4. 교육은 인간이 지향하는 보편적 미래 발전의 포석이자 수단
방식이라고 생각해 본다. 자신만의 발전과 집단 이기주의 발상으
로 대두된 무리만의 영화를 위해 보편적 질서 파괴가 인위적으로
자행됨을 크게 경계하며, 교육대상을 교육하는 이들이 숭고한 정
신으로 수혜자 들을 받들어가면서 상황을 전개해 나아가야 하는

소명감의 장(場)을 만들어야 한다.

가정(부모)은 교육의 주체이고 교육자(학교)는 보조자 즉 도우미일 뿐이라는 소명감 안에서 교육 활동이 이루어져 해맑은 어린이의 미소와 인류 발전에 이바지하려는 이상에 불타는 청소년들의 진취적인 모습이 가득히 들어찬 학교가 되는 그런 한해가 되었으면 한다.

전교조의 사상적 정치 놀음의 뒤 그늘에서 데모 질이나 배우는 모습들은 새해 첫날부터 학교 현장에서부터 말끔히 그 자취를 감추었으면 한다.

5. 학문의 진리는 원천적으로 이미 태초부터 제시된 것이다. 다만 숨겨져 있었을 뿐이다. 인간의 지능이 점차 계발되고 발견하여 계발된 지식에 후대의 연구가 발전적으로 덧붙여 쌓여져 원시시대와 전혀 다른 오늘날의 풍요로운 문명시대가 있을 뿐인 것이다.

인간의 육신은 생명이 한정되어 있으므로 아무리 덧붙여 키워 보았자 한 생명이 수를 다하면 그것으로 그 두뇌와 육신은 끝나고 말지만, 아이러니하게도 기계 문명의 물질은 의사표시나 생명력이 없지만 태초에서 지금까지의 인간의 의지와 손길이 닿아 영구적으로 빛나고 존재하며 흡사 생명력이 있는 것처럼 그 역할을 영구히 다해 가는 신비함이 있다.

사람은 태어나서 한시적으로 어떤 사실을 교육을 통하여 새롭게 배우지만, 기계는 그들 사람들의 사고가 응집되어 보존되어가면서 인류를 위해 윤택하게 이용된다는 사실이다.

그러므로 후대 인류의 영화를 위해 학문하고 연구하는 이들은 자신을 위해서라기보다 자자손손을 위한다는 사명감이 깃들어 있어야 후대까지 각인되어 생생히 전해지기에, 매사를 삼가하고 그 표현 수단이 정치적이어서는 금세 들통이 나 후세에 조롱거리로 남아있게 되므로 이런 자세로는 아니 된다는 인식 아래에서 학문에 몰두하는 그런 장이 열렸으면 하는 바램이 간절하다.

6. 계시 종교는 인간 역사에서의 만고의 우주 진리이다.

편의에 의한 무속 종교 교리나 사이비 종교나 더욱이 흔들리지 않는 계시 종교 교리에 몸담은 미숙한 일부 성직자들에 의하여 종교행위가 사회 지탄을 받아가면서 시류에 민감하고 선동하는 양태를 내보이는 현실 속성에 너무 타협하는, 거기에 으리으리한 조형 건물까지 내세우고 또 영신적으로까지 사치하는 풍토가 사라졌으면 하는 바램이다.

또한 지역감정이 종교심을 초월하여 정치적 이용거리로 고착되는 나라 형상을 허물어 버려야 된다. 그러나 건전한 교육의 건학이념하에서 여태껏 나라에 이바지한 종교 단체의 교육의 현장을 말살하고 학원을 정치 도구화하는 좌익 정치 바람의 현장 확보 의도는 당장 없어졌으면 한다.

7. 정치는 사회 국가를 바르게 다스리고 나아가서 백성을 평화롭게 살게 하는 행위 수단이다. 제일 경계해야 할 행위가 사술(詐術)행위, 아전인수 격 선동(煽動), 그리고 기만(欺瞞)이다. 이 정치 분야에 들어서는 사람이 가져야 할 제일 큰 소명이 사명감이다.

'내 한 몸 희생하여 나라를 구한다.'

여기에는 박애, 헌신 등 사랑의 정신이 필수적으로 갖추어진 사람만이 나서는 장이 되어야 한다. 백성의 쓰라린 마음을 고루 어루만질 줄 알아야 한다. 바람이 없는 듯한 미풍에도 귀를 기울이는 살핌을 지니고 어떤 대상이 나타나든지 옷깃 여미는 자세가 필요한 것이다.

이런 사람이어야 정치를 할 수 있고 그런 이어야만 백성이 신뢰하고 즐겨 따르고 그 정치가를 만천하에 입에 침이 마르도록 자랑하며 드높여 창송하려든다. 거짓말이나 둘러대는 행위를 하면서 임기나 보장받았다고 헛소리 내며 우쭐거리고 당선되면, 바로 그 자리에서부터 자기를 지지해준 국민들에게 허탈감만 안기고 고압적 자세로 군림하려드는 위정자들이 모두 사라지는 원년이 되었으면 한다.

8. 우리 모두가 이 나라 자유 대한민국을 지극 정성으로 사랑하였으면 하는 마음가짐이다. 나라를 사랑한다는 것은 백성을 사랑한다는 것이요, 백성을 사랑한다는 것은 이웃을 사랑하는 것이요, 이웃을 사랑한다는 것은 내 가족을 사랑한다는 것이요, 내 가족을 사랑한다는 것은 결국 자기 자신을 아끼고 소중히 생각한다는 발로에서 나타나는 행위인 것이다.

순간적 불찰과 흥분을 억제 못하여 사생아와 기아를 만들고 어린 나이에 아름답고 창창한 장래를 미리 잃어버리고, 쌓이는 미움을 버리지 못하여 버젓이 존재하는 남의 생명을 해치고 없애 버리고 할퀴고 하는 순간적 잘못의 관습의 테두리에서 과감히 빠져나와 서로가 서로를 이끄는 참사랑 실천의 시작의 한해가 되었으면 한다.

9. 지금 세상은 영화로움의 울타리보다 슬픔의 골짜기가 깊다. 이러기에 많은 이들이 비통함과 어지러움을 없이해 달라고 간절한 기도로 날밤을 새는 이들이 많다.

사실 '이 세상은 이런 이들 때문에 유지된다고 해도 과언이 아니다' 라고 나는 감히 말한다. 몇몇 내세우는 사람들 때문에 세상이 이끌려간다고 생각하면 착각이다. 오히려 자칫하면 그 자랑 행위가 같이 소멸할 우려가 더 크다.

봉사하는 사람들은 그저 봉사하는 일만 한다. 그 행위가 자랑되는 것이란 것도 모른다. 왜냐하면 그런 이들 주변엔 그렇게 희생 봉사하는 이들만 모여있는 분위기이기에 잘잘못이 구분이 되지를 않을 뿐이다. 그들의 마음은 편안하고 얼굴색은 안온하다. 이것이 계시 종교인의 존양이다.

모두가 우리 세상 사람들 서로는 서로를 위하는 마음속 기도를 끊임없이 바치는 풍토가 되었으면 한다. 그리고 물질 이익 추구에만 혈안이 되어 수단과 방법을 가리지 않는 설정된 목표에만 도달해야 된다는 의식에서 벗어나 아름다운 과정에 무게를 두고 거기에서 참 삶의 자세를 발견하고 행복해 하는 밝은 우리 세상이 되었으면 하는 바램이 아주 크다.

10. 국방의무 즉 병역의무는 내 나라 조국에 대한 가장 선행되어야 할 우리 국민들의 필수적 의무사항이다. 적으로부터 국민들의 재산과 생명을 지킴은 곧 자신의 가정과 생명을 지키는 광의의 의미이기 때문이다.

인권을 내세워 국가 존립의 기초적 의미까지 말살하는 인식과 행위는 결국 모든 사람들, 즉 국민의 인권을 무시하고 말살시키는 전초 작업에 해당되기에 이런 안일한 발상을 이 땅에서 뿌리 뽑아 없앴으면 한다.

내한 몸 편하자고 양심적 병역의무 기피를 내세우는 의식은 상부조상 공동사회에서 있을 수 없는 가장 비겁한 기회주의적 개인 이기주의 발로이기 때문이다. (2005. 12. 31)

32. 바둑스승 - 임자 만났던 대국

- 일본 바둑계를 천하통일 했던 조치훈과의 호선 바둑 -

1961년 5.16이 난 그 해 초여름 어느 날, 나는 서울 충무로 4가 네거리에서 명보극장 쪽을 향하여 오른쪽(수도극장 건너편) 어느 건물 2층에 소재한 '삼성기원'이란 곳에서 바둑을 둔 일이 있었다.

당시에 기원 급수로 3급 정도였는데 요즈음은 그리 센 편이 아니지만 당시엔 어느 정도 바둑의 이치를 제법 안다라고 할 정도로 인정받을 실력은 되었다고 기억이 된다. 그런데 기원의 사범이 나를 상대하라고 데려온 그 바둑 상대를 보고 나는 깜짝 놀랐다.

여섯 살 남짓 정도 되었을까 하는 아장아장 걷는 어린이였다. 그런데 나와 맞두라는 것이다.

다시 한 번 그 어린이를 보니 내 마음속에 바둑돌을 제대로나 집고 또 바둑을 둘 수 있을까 의문스러웠다. 보호자 청년이 어린 이가 앉는 의자에 방석을 세 개씩이나 두툼하게 높이 올려놓은 다음에 그 위에 어린이를 앉히는 것이 아닌가!

돌을 집어 흑백을 가리고 내가 선번이 되어 두게 되었다. 돌을 한 웅큼 움켜잡는 아기의 손이 앙징맞고 또 귀여웠다. 갑자기 기원 안의 많은 이들이 우르르 몰려와 우리의 대국 판 주위에 몰려 관전을 하였다. 초반 포석은 그런대로 지나고 하였는데 이게 웬일인가! 어린이가 두는 한 알 한 알의 백 돌은 예사 돌이 아니었다. 무게가 장중했고 위력이 나의 흑돌 기력을 압도했다.

점점 나의 마음은 초조해졌고 돌 하나하나의 위력은 맥이 없고 초라했다. 나는 장고하면서 쩔쩔맸는데 어린이는 내가 둘 때를 기다리는 동안 지루했던지 고개도 이리저리 돌리면서 둘러보고 창밖을 내다보기도 하고, 나의 바둑 수에는 관심도 없는 듯 장난기 있는 표정으로 손가락으로 뒤통수를 긁적거리다가도 내가 놓는 돌 소리를 듣기가 무섭게 그 즉시 생각도 없이 따라 놓는 듯 응수하는데, 응수가 아니라 이건 폭탄이 떨어지는 듯하는 벼락 같이 떨어지는 준엄한 응징수였다.

나는 그 판을 보기 좋게 불계로 졌다. 그 어린이의 한 수 한 수는 내가 모르는 고단수 법칙이 있는 것 같았다. 그런데다 시작 처음에 나는 상대가 어린이라는 생각에 기사로서는 가장 금기인 '이 수는 모르겠지' 하고 얕잡아 보는 마음까지 가지고 있었던 것이다.

흑백을 바꾸어 두번째 판이 시작되었다. 내 등에서는 식은땀이 주르르 흘렀다. 그러나 어처구니없이 진 첫 번째 판을 의식하고 내 나름대로 정신을 바짝 차리고 두었다. 초반 포석도 다 놓기도 전에 나는 혼전의 판국으로 싸움을 걸었다. 싸움 바둑이 되었는데 그 판에서는 내가 몇 집 이겼다. 1승 1패로 어린이와의 바둑 대결은 그것으로 끝을 냈다.

대국이 끝난 뒤 그 예로 어린이 보호자 청년이 우리가 둔 두 판의 기보를 복기로 설명하여 주었다. 간단히 몇 가지를 가려서 하였으나 아주 정확하고 좋은 배움이 되었다.

특히 어린이가 둔 것을 중심으로 복기 지도를 했는데 내용에 아주 엄한 면모가 있었고, 기원 내의 객들이 무슨 명강의 듣는 듯 조용한 분위기였다. 나는 멋도 모르고 어색한 기분으로 나와 동년배 그 청년의 복기 설명을 들었다.

바둑을 두고 난 뒤 나는 몇 가지를 되생각해 보았다. 바둑을 둘 때 우선 어린이 뒤에서 팔짱을 끼고 말없이 내려다보는 내 또래 청년의 표정이었다. 조용히 관전하다가 어린이가 둔 수를 내려다보면서 뒤에서 홀로 가끔 미간을 찡그리면서 고개를 절래 절래 가로 저을 때도 있었다. 어떤 수는 고개를 끄덕이기도 하였다.

그 어린이와 나의 바둑 수는 근본적으로 수준이 아주 달랐다. 그 어린이의 바둑 수는 모두 정수였고 나의 바둑 수는 전체적으로 군데군데 실전에 바탕을 둔 원칙 없는 얼치기 꼼수였던 것이다.

지금도 그 어린이와의 바둑을 생각하면 당시 어린이보다 훨씬 나이가 많으면서 절절매는 내 모습이 떠올라 얼굴이 화끈거린다. 명색이 1승이지 백을 잡은 두 번째 판도 사실 나는 무참히 진 것이라 생각한다. 치수를 접혀두지 않았고 1승 1패라지만 나의 바둑은 나름대로 명국이라 할 수 없는 부끄러운 졸국이었다. 바둑을 둔 것이 아니라 이기기 위해 우격다짐으로 억지 춘향 격인 꼴을 남겼던 것이다.

그 이후에도 내 나름대로는 평생 일수불퇴의 원칙을 지켰고 정수를 두기를 멋으로 알고, 지금껏 내기 바둑은 절대 두지를 않는 습관을 가지고 있지만, 그때의 어린이만 생각하면 바둑 법칙의 원칙대로 똑바로 배운 솜씨가 얼마나 무서운 바둑인가 하는 그 체험이 나의 인생살이 과정에서 간혹 경종을 울려 주곤 했다.

알고 보니 그 어린이는 그해 가을인가 그 다음 해인가 일본으로 바둑 수업하러 건너가 후일 일본의 바둑계를 천하 통일한 조치훈 기사였고, 그 뒤에서 팔짱을 끼고 관전하고 있었던 이는 오늘날 조치훈이 있게끔 한, 1953년 언론에 대서특필 된 기계의 천재 소년 났다는 소리를 들었던 국수 조남철의 조카, 그 어린이의 형인 프로기사가 바로 그 조상연 5단이었었다.

인생 삶의 세상에서 매사를 정도로 배우고 올곧고 똑바른 처세로 실마리를 풀어나아가야 그 결과가 아름답고 당당하지, 얼치기 술수로는 한계가 있다는 것을 1961년 8월 스물한 살 나이에 나는 여섯 살짜리 어린이에게서 바둑을 통하여 인생 항로의 이치를 깊이 배운 셈이다.

어느 때 어디에서든지 그 누구를 함부로 얕잡아 본다는 말인가? 하느님의 오묘한 이치를 겸허히 느끼고 배운 한때의 감사한 시간이었다.

33. 새 사제(司祭)의 서품식(敍品式)

2006년 7월 7일 오늘 오후 2시 잠실 실내 종합 경기장에서 천주교 서울대교구장 정진석 추기경님의 집전으로 12,000명이 수용되는 실내 좌석이 다 차고, 복도와 계단에까지 자리한 많은 신자들이 참례한 가운데 사제 서품식이 거행되었습니다.

서른여섯 분의 부제께서 새 사제로 서품되시었습니다. 일층엔 사제로 서품 되실 새 사제님들이 자리하였고 바로 그 뒷좌석에는 새 사제님들의 부모님들이 자리하였고, 그리고 서울 대 교구의 모든 사제들께서 양옆으로 꽉 차게 자리하셨습니다.

많은 신학생들과 맞은편의 수사님과 수녀님들, 성가대… 그리고 여섯 분의 주교님들께서 자리하시고, 서품 미사 시작 때 새 사제 되실 분들을 호명할 때부터 우리 평신도들의 가슴은 감동되기 시작하였습니다.

한 분 한 분 호명할 때부터 나오시는 새 사제 되실 분들의 대답하시는 목소리는 단아하고 확신이 서 있으시고 그리고 당당하셨습니다.

한 분 한 분 마다 커다란 목소리로

'네! 여기 있습니다!'

주님의 부르심에 당신들이 한발 먼저 앞장서시는 당당하신 대답!

'네! 여기 있습니다!'

이렇게 시작된 서품 미사는 두 시간 반 동안 엄숙하고 경건하게 진행되었습니다.

10년이 넘는 과정을 이수하시고 새 사제 되시는 서른여섯 분의 우리 새 신부님 모두에게 미사 참례한 모든 신자들이 하느님께 기도드리며 간원하였습니다.

새 사제 모두가 대 사제 되소서…!' 하고…

서품식을 마친 뒤 방금 새 사제 되신 신부님들 앞에 무릎 꿇으시고 강복 받으시는 주교님들과 모든 신부님들의 모습을 뵙고 우리 평신도들은 나를 낮추는 자세가 어떤 것이다,라는 것을 보았습니다.

사제 서품식이 끝나고 각 본당마다 식장 밖에서는 기쁨에 넘쳐 풍물놀이까지 준비한 본당들을 비롯하여 여기저기서 기쁨의 행사가 있었습니다.

축하 잔치가 벌어진 것입니다. 곧이어 신자들은 자기 본당 출신의 새 사제에게 안수를 받았습니다.

평화 축복의 안수!

각자 지향하는 바는 마음속으로 여러 가지로 다르겠지만 모두들 우리나라 평화를 기원하는 기도는 누구나 다 한결 같았을 것입니다.

'주님께서 제자들에게 너희에게 평화를!' 하셨듯이, 우리 모두도 새 사제님들 앞에 무릎 꿇고 우리나라와 세계 평화를 위한 기원을 주님께 간절히 바쳤을 것입니다.'

34. 사투리에 얽힌 지난날 이야기

1959년 내가 열아홉 살 되던 해 여름이 지나 우리 가족은 부산 범내골 안 보문사 절 아래 동네 판자촌에 살았었습니다.

아직도 6.25 동란 피난시절 그 뒤라서 환경이 열악하기가 말이 아니었지요. 우리 집 아래엔 한쪽 귀퉁이가 깨진 거울 하나 벽에다 달랑 걸어놓은 비좁은 이발소가 하나 있었고 …

그러나 저 아래 교통부 쪽 부산진 철도길 야경과 조방(조선방직회사)쪽과 문현동 야경은 그런대로 불빛에 의하여 제법 도시답게 휘황찬란했었습니다.

그해 겨울인가 그러니까 1959년 겨울이 지나고 1960년 새봄이 오려는 무렵, 국제 고무 공장에서 온 나라가 떠들썩한 큰 불이 났었습니다. 우리나라에서 고무신 공장치고는 당시 대단한 회사였지요.

우리 집 대문(?) 앞엔 야트막했지만 두레박으로 떠올리는 우물이 있었는데, 그 우물 바로 윗집에 부부싸움 잘하기로 동네에서 소문난 오십 세가 다 되었을까 하는 부부의 집이 있었습니다.

그런데 애석하게도 우리가 목격한 그 국제 고무 공장이 밤낮으로 타는 시꺼먼 불길에 여직공으로 일하는 그 우물 윗집 주인의 처제가 불에 타 생명을 잃고 희생되었습니다. 저도 몇 번 보았는데 아주 얌전하고 말 수는 적었지만 인사성도 밝은 그런 우리 나이와 비슷한 가녀린 여자분이었습니다. 동네 어른 모두와 그 집을 아는 모든 이들이 마음이 너무 아파 모두들 내가 당한 일처럼 애도했습니다. 그러나 그 희생된 분도 차차 시간이 흐르면서 잊혀지려 했습니다.

그러던 어느 날 심야에 한동안 잠잠하던 그 집에서 또 남자의 고함 소리와 여자의 비명 소리가 캄캄한 우리 동네를 진동시켜 이웃집 모두가 잠이 깨었습니다. 모두들 각자 집에서 토끼들처럼 그 집에서 나오는 웬만한 소리까지 각자의 안방에서 다 들을 수가 있었던 것입니다. 다닥다닥 붙어있는 판자촌의 열악한 환경 특수성 때문이었지요. 한동안 고함치다가 부인이 엉엉 울면서 외쳤습니다.

'야 이 노무 손아! 말로하제 때리기는 와 때려 싸노!' 하고 악을 쓰니까, 곧이어 그 집 남편이 아주 흉내도 잘 낼 수 없는 속사포같은 말투로 급하게 말하기를, '니 그 쿠이, 내 그 쿠제, 니 안 그쿠 봐라, 내 그 쿠나!' 하고 냅다 내지르는 목소리였습니다.

'…?…?'

그새 6.25 이후 거제도 부산 피난생활 동안 경상도 사투리는 거의 다 알아들을 정도는 되었는데, 우리 동네 그 아저씨처럼 속사포같이 내지르는 말은 참으로 한참만에 그 말의 뜻을 짐작하게 되었습니다.

'네가 그렇게 하니까 내가 그렇게 하는 것이지, 네가 그렇게 하지 않았어, 봐라 내가 그렇게 하는가!' 라는 의미의 아주 되게 그리고 빨리 내쏘는 경상도 어느 산골 지역 말이었습니다. 사투리를 듣는 순간 싸움 소리로 마음 졸이며 듣던 우리 동네 사람들은 모두 다 한밤중에 깨어나 천정을 향하고 누워서 웃었을 것입니다. 나도 웃음이 나와 참지를 못했으니까요.

그런데 다음 날 들려오는 소리는 더욱 인간의 삶이 더욱 애달프다 생각되었습니다. 동네 사람 모두가 웃을 수가 없었습니다. 그 집 부부의 싸움 내용은 얼마 전에 비참하게 불에 타서 세상을 떠난 그 소녀티를 갓 벗은 얌전하고 앳된 처제의 몫으로 회사가 준 보상금에 관한 것이었는데, 그 보상금을 가지고 산 사람들끼리 서로 내 놓거라 안 내놓겠다,라고 티격태격한 미련하고 어이없는 싸움이었다고 합니다.

사투리의 웃음도 싸움도 인생의 의미도 모두 뒤죽박죽이 되어 그 사실을 알았던 나는 지금도 감히 웃을 수가 없던 그런 슬픈 사연의 때를 이따금 떠올려 생각하곤 합니다.

6.25 전쟁 통 직후 각박한 삶 속에서 있었던 일이지만 매사에 진정 환한 웃음만을 남길 수 있는 그런 우리 모두의 밝은 사회가 활짝 열려 펼 수 있게 되었더라면… (2006. 3. 17)

35. 그리운 친구

내 인생 여정에서 나에게 삶의 의욕을 북돋아준 다정한 직장동료 친구 김정군 선생님을 그리는 이야기다.

그는 1973년 3월 내가 근무하는 J 여자 중·상업고등학교에 새로 부임했었다. 둥그런 얼굴, 올 빽의 머리, 숱이 많은 새치까지 겹쳐 반백에 가까운 인상이어서 나이가 꽤나 들어보이는 그런 첫 모습이었다. 이후에 알고 보니 나와는 동갑내기였다.

전공 과목은 음악이었고 목소리가 다정한 그리고 좀 익살스런 그런 분위기랄까…그리고 특이한 것은 그의 윗입술이었다. 남자 윗입술이 흡사 하트 모양의 윗선과 같이 그려놓은 듯 하여 지나치는 사람들이 한 번 더 그의 입술을 쳐다볼 정도였다. 트롬본을 불 때 윗입술에 새겨진 독특한 굳은살처럼 된 자국이었는데 고운 여성의 입술처럼 예뻤기 때문이었다.

김정군 선생님은 여자 상업 고등학교 소속이었고 나는 여자 중학교 소속이었는데, 두 학교가 같은 캠퍼스여서 우리는 복도 등 여러 곳에서 지나치다가 자주 얼굴을 대했고 어느덧 퇴근 시엔 함께 어울리는 술친구가 되었다. 그는 소주를 좋아했고 나는 막걸리를 좋아하였다. 얼마 있지 않아 친구 따라 강남 간다고, 나도 그때까지 우선 찾았던 막걸리를 덜 찾게 되었고, 어느덧 그와 같이 소주파가 되었다. 그는 술 마시며 교직 동료들과 어울리는 것을 아주 좋아했다. 술집 분위기며 이야기 소재며 그리고 술이 거나해지면 다른 동료들이 싫어하던 말든 엮어대는 나의 온갖 말을 입가에 미소를 머금고 아주 재미있다는 듯이 들어주기도 잘하였다.

특히 술김에 내가 암송하여 읊어대는 애국 시와 옛 고사 이야기를 할 때면 어느덧 그는 춘추시대의 청수 종자기(聽手 鐘子期)가 되었고, 나는 거문고의 명수 백아(伯牙)의 입장이 되었다. 그러니까 도도한 흥취에 세태의 여러 가지 사례가 화제로 떠오르면 나는 그 얘깃거리에 비유되는 일들을 동서고금의 고사(故事)를 예로 하

여 좌중의 여럿에게 안주삼아 신바람 나게 마음껏 읊어 대었던 것
이다. 여러 해 동안 우리는 그런 사이였다.

1976년 10월 나는 직장에서 숙직으로 밤 근무를 하였다. 저녁
열 시가 조금 지났는데 전화벨이 울렸다. 받아본즉 김정군 선생님
의 음성이었다.

'나야! 대문 열어!' 하였다. 음성을 들은 나는 곧바로 나가 정문
사립문을 열어주면서 어쩐 일이냐고 물었다. 건너편 운동장 콘센
트 체육관에서 악기 부는 연습을 하러 왔다가 들른 것이다.

'요 근처를 지나다가 김 선생이 보고 싶어 들렀지! '교무실로 들
어오는 그의 오른손엔 시커멓고 커다란 악기(樂器) 가방과 다른
손엔 물건 담은 봉지가 들려있었다. 들어오자마자 그는 나더러
'한잔 할래?' 하고 제안하였다.

그러나 나는 숙직 근무 중이라 많은 술을 마실 수가 없었다.

'오늘은 혼자서 마셔야 되겠는데…'
하는 내 말의 뜻을 알기나 하는지 또 다른 손에 들고 온 종이 봉지
속에서 주섬주섬 소주병과 마른안주용 새우깡을 꺼내놓고는 간단
한 술판을 벌렸다. 그가 거의 술시중만 드는 나의 기색을 살피며
멀거니 건너다보더니만 '야! 너 오늘 무슨 일 있냐? 왜 그렇게 심
란해 보이냐?' 하고 묻는 것이다.

마침 그날은 나의 결혼기념일이었는데 집만 지키고 있는 아내
를 생각하던 내가 얼떨결에 얼굴에 내색을 비춘 모양이다. 친구에
게 사실대로 말하니 그가 갑자기 제안을 하였다. '어서 집에 전화
를 해! 내가 축하해줄 테니!

머뭇거리는 나에게 그는 독촉을 하였다. '어서 하라니까!'

그리고는 아내에게 전화를 하는 나의 뒤통수에다 대고 또 물었
다. 네 처가 너와 결혼할 시기에 유행했던 그리고 그때 좋아했던
노래가 무엇이었는지도 나에게 알아보라는 것이다.

전화 걸던 나는 쉽게 일러주었다. 우리 부부는 다 아는 소재이
기에.

그때 1971년도… 신귀복 선생이 작곡한 '얼굴' 이란 노래가 유
행하였고, 또 그 노래를 좋아하였노라고…

그가 말하였다.

'어, 그 노래는 내가 잘 모르는데… 다른 노래 없어? '

마침 통화 연결이 된 아내에게 우리의 결혼기념일 축하 연주를
해줄 분이 있다고 소개를 하였다. 내 아내도 친구와 나의 관계를
잘 알고 있는 처지다.

친구는 뒷날 서울 시향(市響)의 유명한 트롬본 파트의 명연주자
다. 친구가 다른 노래 기억나지 않으면 나더러 그 동그라미 노래
를 부르라는 것이다.

내가 마지못하여 망설이다가 그의 바로 옆에서 어색한 마음을
지니고 그와 나 이외에는 아무도 없는 텅 빈 교무실 안에서 '동그
라미 그리려다 무심코 그린 얼굴…' 하며 노래를 소리 내어 부르
니까 그는 전화 수화기를 적당한 거리 앞에 놓곤 내 노래를 들으
면서 곧따라 이어 책상 위에 놓인 수화기를 향하여 즉흥적으로 악
보도 없이 혼신의 힘을 기울여 늘렸다 잡아다녔다 하면서 트롬본
연주를 하는 것이었다. 참 누가 보아도 묘한 장면이 연출된 것이
다.

박봉에 쪼들리는 교육 공무원을 신랑이라고 따라다니는 내 아

내는, 그때 잠실 주공 3단지 15평 전셋집에서 어린 두 아이를 잠재워 놓고 걸려온 전화기를 귀에 대고 멀리 떨어진 곳에서 남편 친구가 우리를 위해 연주하는 결혼축하 연주곡을 듣고…

지금도 가끔 내 아내는 남편 직장에서 멀리 떨어진 집에서 내 친구가 연주하는 곡을 수화기 귀에다 대고 들으면서 감격의 눈물을 흘렸던 그때의 아름답고 감격스런 추억을 말하곤 한다.

세월은 흘러 우리는 직장 관계로 멀리 떨어져 서로 마음만 있지 가끔 전화 연락만 있다가 세월이 지나면서 거의 만나지를 못하고 있었다. 세월이 지난 어느 날 나는 아내와 함께 서해안을 따라 남쪽으로 여행을 하였다. 친구가 입에 침이 마르도록 자랑하는 그의 아름다운 고향 항구 도시를 지날 때 우리는 친구 이야기를 하였다.

우리는 서로 그 '동그라미 그리려다 무심코 그린 얼굴…'의 아름다운 시어의 노래 '얼굴' 사연을 이야기하면서 친구를 그렸다.

'지금은 어디에 살고 있는지…?'

여행을 마치고 집에 돌아온 며칠 뒤 하도 그 친구가 보고 싶어 여기저기에 수소문해 보던 차 수락산 하산길 학림사 위 소나무 그늘 아래에서, 마침 고등학교에 근무하시는 홍 선생님을 반갑게 만났는데 이야기 도중 뜻밖의 깜짝 놀랄 소식을 들었다. 1년 전 경부 고속도로에서 교통사고가 일어나 세상을 떠났다는 것이다. 무심한 나. 까맣게 몰랐다. 어떻게 연결도 되지를 않다니…

평소 친구가 은연중 어여쁘다고 자랑하던 그의 아내 송 선생님과 곱게 성장했을 두 따님(2 따님 아명은 아로)은 지금 모두 어디에서 어떻게 사는지 연락이 불통이다.

'동그라미 그리려다 무심코 그린 얼굴…!'

그의 트롬본 소리가 내 귓전에 아직 생생하다.

그리운 친구여~! 우리가 함께 제자들을 사랑하며 교육의 열정으로 젊음을 불태웠던, 우리의 교육자적 열의를 크게 안아준 교직의 요람 한울타리 제기1동 923번지 정화학원 교정에서 내 마음에 잊을 수 없는 아름다운 추억을 남겨놓은 친구여…이젠 이야기 서로 들어줄 친구 하나가 내 옆에서 영영 사라졌구나…

이 세상에서는 다시 못 볼, 하느님 나라에서 평안이 머무를 친구를 사무치게 그리워한다.

36. 김종서(金宗瑞) 장군의 묘소 참배
1390년(공양왕 2) - 1453(단종 1)

충청남도 공주시 장기면 대교리 산 45번지에 김종서 장군의 묘가 있다.

장군의 자(字)는 국정(國貞)이요, 아호(雅號)는 절재(節齋), 본관(本貫)은 순천(順天)이고 공주시 의당면 월곡리에서 출생한 것으로 전해진다.

2004년 7월 말 무더운 한여름에 나는 아내와 같이 장군의 묘소를 찾았다.

　장군의 묘소에 오르기 전 입구 왼편에 장군의 아드님이신 장사(壯士) 승규(承珪)의 정려(旌閭)가 위치하니, 순례객의 발걸음이 멈추어지면서 벌써 여기서부터 마음을 가다듬고 옷깃을 여미게 하였다.

　묘소로 오르는 긴 계단, 그리고 장군의 묘소에 임할 때까지 나는 장군께서 함길도 관찰사로 야인(野人), 육진(六鎭)을 개척할 때 진영(함경북도 종성군 행영면 영리에 진을 치고 여진족 몰아내려고 세운 본영의 자리. 나의 태생지)에서 읊으셨다는 시를 마음속으로 다시 읊었다.

 '삭풍은 나무 끝에 불고 명월은 눈 속에 찬데
 만리변성에 일장검 짚고 서서
 긴파람 큰 한소리에 거칠 것이 없어라'

　젊은이들의 기개 북돋음과 나라 사랑의 기상이 가득히 어린 시라고 생각한다.

　절재(節齋) 김종서(金宗瑞) 장군은 문무를 겸전(세종의 하세 후 1452년 세종실록의 총재관, 고려사절요의 편찬 감수 등) 하였는데 이러한 장군의 재질을 미리 아시고, 특히 장군의 충용 무쌍한 기백을 기려 세종대왕께서 임지에서 진력하는 장군에게 번번이 글을 보내시어 위로하고 격려하셨다는 기록을 보더라도 세종대왕이 얼마나 장군 애호하였는가를 엿볼 수 있고, 세종 32년(1450년) 2월 왕이 돌아가시기 전 장군을 소환하여 내직으로 옮기도록 조치하고 임종 시 세자(문종)에게 유언하시기를,

'손아(孫兒-端宗)는 밝은 자질이므로 이를 이을만 하거니와 그 래도 어리므로 보필하는 신하가 필요하다. 앞날을 위하여 김종서 와 성삼문을 불러 모든 일을 잘 부탁하노라' 하였다.

장군은 소환명을 받고 급히 임지에서 개선하였으나 도착하기 전 세종 32년 1450년 2월 17일(음) 왕이 붕어하여 정작 왕을 내 직에서 모셔보지도 못하였다고 한다.

후일 수양이 단종의 위를 찬탈하여 피를 부른 사건 초기에 매사 가 강직하시고 조금도 삐뚤린 처신을 하시지 않으셨으며 '세상에 서 호랑(虎) 대신'이라고 불리신 장군은, 세조(수양대군)에 의하 여 두 아들과 함께 무참히 참살되었고 가족 모두가 도륙을 당하였 다 하니, 수백 년이 지난 지금에도 참으로 안타깝다.

그러나 충신의 피가 오히려 지금도 후세 순례객의 마음을 뒤흔 들어 애국의 마음과 나라를 향한 충성의 열정과 기개가 몇 차례 씩이나 나의 심장의 박동을 더욱 두드리며 붙잡아 미약한 순례 객 을 가르쳐 일깨우시니, 어찌 아니 장군을 흠모하지 않을 수가 있 겠는가!

아깝게도 장군의 시신은 온전히 이곳에 모셔지지 못하였고 신 체의 일부만 모셔졌다 하니, 또 한 번 애석하고 내려오면서 다시 들려본 아드님 승규님의 정려에서 그 효성과 충절에 고개 깊숙이 숙여짐을 가눌 길이 없었다.

37. 선생님! 우리 집 애가 운동권에 들었어요

1994년도 강남 G중학교 학생부에 근무할 때 있었던 일입니다.

어느 날 오후에 1학년 학생의 어머니가 초췌하고 근심 띤 얼굴로 생활지도부의 나를 찾아오셨습니다.

용건을 물으니 1학년생인 아들이 요즈음 들어 공부를 하지 않고 귀가시간도 늦으며 귀가하면 저녁을 먹는 둥 마는 둥 숙제도 하지 않고, 제방으로 들어가 문을 걸어 잠그고 다음날 아침 해가 중천에 뜰 때까지 늘어지게 잠만 자다가 허겁지겁 학교에 간다고 하였습니다. 아무리 생활 습관을 고치려 해 보았으나 역부족이라 하였습니다. 그러고는 단호하게 이렇게 말하는 것이었습니다.

"아무리 생각해 보아도 우리 애가 요즈음 '운동권'에 들더니 공부를 하지 않는 것 같다"

그때나 이때나 '운동권' 하면 학교 교사들은 말초신경이 곤두서게 마련인데 학부모가 자기 자식보고 '운동권에 들더니…' 하는 바람에 깜짝 놀란 교무실 교사들의 시선이 학생부로 집중되었습니다.

'운동권에 들어…?'

그해 봄철에도 G파출소에서 통보가 와서 3학년 학생 두 명을 인솔해온 일이 있었습니다. 즉 학교생활에 성실치 못한 3학년생 두 명이 토요일 오후에 대학로에 놀러 나갔다가 경찰과 시위대가 충돌하는 와중에 그 두 명의 학생들이 어른들의 시위의 의미도 모

르고 여기저기 흩어진 돌멩이들을 주워다가 아무 가게 유리창에
다 대고 무조건 돌팔매질을 하다가, 마침 사복 경찰관에게 붙들려
신원을 적히어 학교 근처 G파출소로 연락이 되어 곧 학교에서 지
도하라는 통지를 받은 적이 있었기 때문이었습니다.

모든 교사들이 그런 경우인 줄로 추측을 하였을 것입니다. 그런
데 이 학부모가 말하는 학생은 비록 키는 컸지만 아직 1학년 어린
학생인데 엉뚱하게도 운동권에 들다니…!

도저히 믿기지는 않았지만 경우에 따라서는 문제가 심각할 수
도 있는 것 같아서 저는 그 학부모를 조용히 상담실로 안내한 뒤
나직한 목소리로 자초지종을 조용조용히 다시 물었습니다. 언제
부터 운동권에 가담했는지를 아시느냐… 그리고 어떤 경로로 운
동권에 들게 되었는가…등등.

그제야 마음을 다시 가다듬은 학생의 어머니가 저에게 자초지
종을 천천히 말했습니다.

'우리 집 애가 초등학교 때는 모범생이었고 학업에도 성실했었
는데, 중학교에 들어오면서부터 학업에는 관심이 없고 친구들과
어울려 노는 데만 정신이 팔려 매일같이 학교 운동장이나 동네 놀
이터에서 공차기 운동놀이만 열중하고 늦게 귀가하니, 죽이지도
못하고 애간장이 말라 죽을 지경입니다' 라고 답답한 심회를 털
어놓는 것이었습니다.

그러시고는

'운동권이 이렇게 무서운 줄 몰랐습니다. 선생님 어떻게 운동권
에 들게 하지 못하는 방법이 없겠습니까?'

이것이 저와 학부모와의 대담 요지였습니다.

스포츠와 데몬스트레이션의 용어 차이를 몰라 이를 구분 못하고 느닷없이 학교엘 찾아와, 마침 담임선생님이 수업 중인데 수업이 끝날 때까지 좀 기다릴 줄 모르고 생활지도부로 먼저 찾아와서는 '내 아들이 운동권에 들었다'고 갑자기 소리를 지르는 바람에 어느 날 오후에 교무실에서 벌어진 해프닝이었습니다.

극히 정상인 아들의 성장기를 걱정만 앞선 학부모가 아들을 이해하지도 못하고 선생님의 위엄을 업고 아들을 지도해보고자 애원하며 소리 지르는 바람에, 잠깐이었지만 교무실 교사들의 긴장감은 순간적으로 아주 심각했었습니다.

'자라 보고 놀란 가슴 솥뚜껑 보고 놀란다'는 우리말 속담의 경우가 되었던 것이지요.

그 학부모는 곧 담임선생님과 다시 면담을 하게 되었고, 이후 그 학생은 담임의 자상한 지도로 학교생활을 성실히 하였습니다.

38. 15세 어린 학생의 협상 제안

1989학년도 5월 내가 강남의 P중학교 학생 주임으로 봉직하던 때 있었던 일이다.

남학생들만 다니는 학교로 전교생이 1,700명에 육박하는 정도였으니 학생지도 사안이 매일같이 끊임없이 나타나 그야말로 전투장을 방불케 했다.

어느 날 또 골치 아픈 사안이 벌어졌다.

2학년 어느 반 부반장 L이란 학생이 1학년 학생에게 강제로 금품을 빼앗고, 또 폭행까지 한 사건이었다.

피해자 학생 담임선생님이 가해자 학생과 피해자 학생을 학생부로 데리고 와서 업무 담당선생님께 사건의 자초지종을 설명하는 중이었다. 그런데 그 와중에 그 L이라는 2학년 학생이 두리번거리면서 슬며시 나에게 다가와서 애원하는 투로 커다란 목소리로 놀라운 협상안(?)을 제시하였다.

"주임 선생님! 제가 기말고사에서 2학년 학년 석차 5등 안으로 끌어올려 놓겠으니 용서해주세요. 용서해주실 거죠?!"

어린 학생이 당돌하게 나에게 한 말이다. 갑자기 교무실 여기저기 앉아 업무를 보시던 많은 선생님들이 이 학생의 제안을 듣고 하시던 일을 멈추고 모두다 시선을 학생부로 돌렸다.

" … ?…"

허어~ 이거야 원 내~ 참…!

어떻게 하다가 어린 학생이 이렇게 맹랑한 지경이 되었단 말인가!

오랫동안 학생 생활지도부에서 학생부 업무를 취급했으나 어린 학생에게 이런 당돌하고 어처구니없는 제안을 받아보기는 난생 처음이었다.

자신이 저지른 잘못을 알고 있기는 한 모양인데 학업성적을 끌어올릴 터이니 저지른 잘못을 용서해달라…!

사안의 모든 조사는 다 끝났고 가해 학생의 가정환경조사도 다 해본 뒤 학생에게 적절한 지도가 오랫동안 이루어졌었고, 그 학생은 담당지도교사의 지도로 마음을 바로잡고 반성하는 가운데 옳게 깨달아 이후 정상적인 사고방식을 가지게 되었다.

또 다른 조사 결과 그의 평소 우수한 성적도 시험 때마다 몇몇 급우의 조력으로 모두 가짜로 판을 짠 것이었다.

모두 다 컨닝으로 그의 성적이 이루어졌던 것이다. 어린 학생이 이렇게 된 책임이 과연 누구에게 있는가?

교사들이 모두 다 깜짝 놀랐다.

그런데 이 과정에서 문제되는 것이 바로 학부모 된 입장에서의 자기중심적인 사고방식이었다. 인내심을 가지고 냉철한 판단으로 자식의 먼 앞날을 내다보며 가정교육을 바로 시켜 험난한 세상에 굳건한 정신 무장을 하여 나서게 함은 참으로 중요하다.

어떻게 되었든지 성적만 끌어올려라! 그외 사안은 부모들이 모두 다 해결해준다! 이런 가정교육 가운데 그 어린 가해 학생이 부모의 마음을 외골수로 받아들이고 성장하였던 것 같았다.

어린이가 태어나서 처음부터 시작할 때 무슨 잘못이 있었겠는가?

사건 처리 시 다급하고 비뚤어진 부모로부터 제안된 건수는 모두다 애초부터 거절하였고, 또 되돌려준 일이지만 그 부모가 어떻게 알았는지 일과 후에 아주 먼 거리의 나의 집에 전화를 걸고 인근 제과점까지 와서 기다리며 만나자고 제안했던 일이라든지, 학생부 업무담당 선생님 책상 서랍에 봉투(?)를 두고 간 일이라던지 모두가 교육자 마음에 들 리 없는 처신들을 하였다.

그날 단호하게 거절하며 사적으로 만나지도 않았지만 만날 일
도 없고 내일 학교에서 보자'고 하니, 사뭇 물고 늘어지듯 하더니
나중엔 명령조로 다그치는데 아주 불쾌하기까지 하였다.

더욱이 놀라운 사실은 학생 아버지는 후일 경쟁이 치열한 장학
사 시험에 합격하여 교장까지 역임했고, 그 학생 어머니는 역시
초등학교 교사였다는 사실이다.

언제나 마찬가지이지만 초인 같은 마음으로 자기의 위치를 옳
게 깨닫고 사회 기강을 올바르게 세운다는 것이 참으로 어렵다.
그러나 어렵고 외롭지만 공직자 모두는 우리 앞에 흩어져 허물어
진 기강을 외면치 말아야 한다.

모두다 진실을 앞세워 놓고 시급히 노력해 해결해야 할 일들이
도처에 산재해 있는 오늘의 현실임을 가슴 깊이 깨닫고 수수방관
하고 지나쳐서는 더욱 아니 되는 이 시점이 되었다.

39. 사랑하는 조카의 무운을 빌며

어제 11월 30일은 내가 사랑하는 인천의 조카 영훈(요한)이가
육군 입대를 하는 날이었다.

어려운 가정형편에 고생만 하며 한 살 위인 누나와 함께 모질게

도 버티며 작년까지 꼬박 2년 간을 병원에서 간호해드리던 제 어미가 저 세상으로 떠났고, 그간 타국 객지에서 생업에 허덕이던 아비마저 이젠 가망이 없다는 불치의 병으로 병원에 입원하여 대책없이 심해지는 통증만 가라 앉히는 치료 중인데, 군 입대 영장을 몸에 지니고 병상에서 일어나지도 못하는 아비와 얼굴 맞대며 또 맞대며 애타는 이별을 뒤로하고, 큰애비인 나와 같이 입영지로 훌쩍 떠날 때 어린 조카의 심정은 어떠했을까…

이놈이 그래도 사내라고 쏟아지는 눈물을 감추고 병상의 제 아비를 웃는 얼굴로 엎드려 살포시 포옹하면서 떨어지지 않는 발걸음이지만 뒤돌아보면서, 연신 아빠! 잘 다녀올게요… 아무 걱정 마세요, 할 때 옆에서 그 모습을 보고 있던 나는 오만 애간장이 다 녹아내리는 듯하였다.

이렇게 요한이는 입영하는 당일, 병원에서 밤잠을 설치고 아빠를 간호하다가 연실 불안하게 뒤만 돌아보면서 새벽에 병원을 나서서 큰아빠인 나에게 의지하여 군 입대하러 떠났다.

새벽 6시 어둑한 인하대 병원 앞은 인천항에서 불어오는 갯바람 때문에 무척이나 차기도 하였다. 간밤에 진눈깨비까지 휘날리고 뿌연 새벽 먹구름이 나의 마음을 대신해주는 듯했다.

인천에서 공주 반포면까지 운전대를 잡은 큰애비는 마음속으로 울지만 그래도 정신이나 차리고 운전이나 하지, 그동안 학교 휴학하고 가정사정과 생활전선에서 쥐꼬리 같은 품삯 받으면서 몇 번씩이나 입영 연기를 하며 가사 돌보느라 버티고 버티던 요한이는 큰애비가 보기엔 아직도 앳된 스물다섯 살이다. 그러나 자식 도리다 하면서도 엄마, 아빠만 찾느라 마음을 가누지 못하더니만 차를 타자마자 입영지까지 한마디 말도 않고 입을 꽉 다물고 눈까지 감고 있었다.

경인 제2 고속도로에서 목감에서 오르는 서해안 고속도로, 서평택에서 이어지는 경부 고속도로, 천안에서 논산으로 내닫는 고속도로… 여느 날 같으면 초겨울 들녘 산하 눈까지 휘날리는 경치로 여기저기 감탄하며 차창을 내다보기도 하였으련만, 이날은 요한에게 나는 한마디 말도 건넬 수가 없었다.

오후 1시 훈련소의 강당에서 교육담당 대대장 J 중령의 입소자들과 동행한 가족들을 향해 긴장을 풀게 하느라고 능숙하고 다정하고, 또 절도 있는 말솜씨에도 눈앞에 어른거리는 훈련소 입영 생활 동영상에도 요한이의 눈에는 엄마, 아빠 얼굴만 자리하였을 것이리라.

다른 좌석 맨 앞의 입영자의 한 어머니가 대대장이 대 주는 마이크에다 질문과는 근처에 가지도 않는 엉엉 우는 목소리로 '믿습니다, 믿습니다…!' 말만 연이어 말할 때, 강당 내의 입영자나 동행한 가족들은 여기저기서 같이 흐느끼며 훌쩍거려 잠시 이별의 아픔을 그대로 말해주는 듯했다.

가족과 헤어지는 행사 순서에서 서로 포옹해 주는 시간이 있었는데, 나도 훈이의 손을 잡으면서 꼬옥 안아주었다. 키가 185cm 육박하고 체격이 어마어마하게 큰 스물다섯 살 잘생긴 요한의 숨소리는 어린 아이 같았다.

늙은 내 손이 아무리 다정하다 하여도 연 전에 저세상 간 제 어미의 평소 부드러운 사랑의 손길에 미칠 수가 없었을 것이고, 껴안는 내 양팔이 아무리 자애롭다 하여도 평소 제 아비의 우악스럽고 투박하지만 그 뜨거운 따뜻함에는 어디 근처에나 비할 수 있었겠는가… 얼핏 옆으로 비친 훈이의 눈가엔 감추려고 한 눈물 자국이 흘러 있었다.

요한의 무운을 간절히 비는 귀갓길, 공주 연기군 조치원, 천안, 안성, 이천, 문막, 원주, 춘천으로 이어지는 하늘 아래 길 위엔 여전히 뿌연 진눈깨비 안개구름은 하루종일 짙게 덮여, 비로소 쏟아지는 내 눈물과 같이 달리는 내 차창 앞을 가리어 애만 태웠다.

그간 그는 부모의 병을 간호하랴, 무거운 전자제품 들어나르는 매장에서 힘겹게 일하랴, 거기서 다친 허리와 오른쪽 손목은 완쾌가 되려는지… 그리고 훈련 시 심신을 잘 붙들어 견뎌낼 것인지… 행여나 하며 기다리던 엄마는, 작년 10월 저세상으로 가고 이제 제일 좋아하여 밤새도록 이야기 나누던 아빠도 저러하고…'

영훈아! 모든 것 잊고 건강하게 훈련 잘 받거라~!'

내가 그에게 건네는 말은 이 말이 전부였다.

나라 사랑엔 너무나 버거운 이런 일도 있었다.

요한의 무운을 빈다.

큰아빠. 알렉산델 (2006. 12. 1)

40. 당신들의 축시

  9년 전 추석 전날에 있었던 일이다. 저녁을 먹고 난 뒤 좀 쌀쌀한 날씨에 서울서 춘천을 가는데, 교통 예보에 경춘가도가 차량으로 너무 막힌다기에 경기도 포천 서파 검문소를 지나 왼편으로 운악산을 두고 가평 현리 쪽으로 방향을 잡고 차를 몰았다.

  조수석에는 그해 봄에 육군 제대 후 복학하여 춘천에서 자취를 하는 둘째 아들이 탔고 뒷좌석에는 내 아내가 있었다. 현리를 한참 지나 약간 내리막길인 약 50m 전방에서 갑자기 오토바이 한 대가 좌우로 몹시 비틀거리면서 내려가는 상황을 보았다. 보기에도 위태로웠고 뒤따라 같이 달리면서 조마조마한 마음으로 주시하는 가운데, 순식간에 오토바이 탄 사람이 오토바이와 함께 오른쪽 고랑창으로 곤두박질을 치는 게 아닌가! 예감이 심상찮아 속력을 줄여 뒤따르던 나는 그 고꾸라진 오토바이 뒤켠 으로 한 20여 m 떨어진 곳 길옆에 차를 세우고 비상등을 켜놓고 옆에 있는 아들과 같이 그 오토바이 쪽으로 달려갔다.

  길 위 한 옆으로 나동그라진 오토바이 옆에 가보니 주위에 타고 가던 사람이 홀연 없어진 것이다. 컴컴한 주변이었으나 아무리 주변을 다시 살펴보아도 조금 전까지 타고 가던 사람이 없어졌다. 달빛이 휘영청 비치나 사람을 찾을 수 없어 숲길 캄캄한 밤에 한참 두리번거리는데 내 귀에 모깃소리 같은 사람 소리가 들렸다. 오토바이를 몰고 가던 사람이 5m정도 뒤 오른쪽 길옆 물이 흐르는 홈통 안에 엎어진 채로 폭 빠져 고꾸라진 채로 몸을 가누지를 못하고 있었다. 안전모도 쓰지 않은 상태여서 얼굴과 이마에 선혈이 낭자하였다.

둘째와 나는 서둘러 그 사람을 낑낑거리면서 길옆으로 끌어내었다. 그제서야 30세 중반 쯤 되어 보이는 그 사람이 의식이 조금 있는지 '어이구 미안해요…' 하며, 뭐라고 알 수도 없는 말을 중얼거리는데 술 냄새가 확 풍겨 왔다. 우리 둘은 그 사람의 상처와 피를 손수건으로 닦아주면서 '정신 차려요, 정신!' 소리를 다급히 지르면서 어디에 사는 사람이냐고 물어보니 설악면에 산다는 것이다.

가평군 현리에서 가평군 설악면이면 청평댐을 지나서도 한참 가는 길인데 그 사람의 상황을 짐작해 보니 설악면에 살던 사람이 현리까지 와서 술을 너무 많이 마시고 달빛이 훤한 야밤에 오토바이를 타고 집으로 가다가 술김이 너무 오르니까 문제된 그곳에서 비틀거리다가 고꾸라진 것이다.

우리들은 그렇다고 사고로 늘어진 그 사람을 야밤의 찬 기운에 길 위에 놓아두고 갈 수도 없고 하여, 지나가는 차들에 부탁하여 청평면 현리 입구 검문소에 가서 구급차를 보내오게 해달라고 부탁하고, 차가 올 때까지 우리가 보호해주면 될 것이라 생각하고 지나가는 차에 손을 흔들면서 무조건 세우려 했다.

그런데 지나가는 차들이 한결 같이 문을 열어주지를 않고 차창 안에서 바깥 상황을 유심히 보다가는 그대로 지나쳐 가는 것이었다. 말을 붙일 수가 없었다. 문이나 열어 주어야지 말을 붙이지… 구경은 다 하고서 오히려 우리들에게 신경질이나 내면서 지나가는 꼴들이라니…

마침 그때가 얼마 전 일간지 신문 지상과 방송에서 어느 지방 으슥한 길에서 날강도가 지나가는 차를 무조건 세우고 차내의 사람들을 칼로 찔러 죽이고 살인 강도질을 했던 그 며칠 뒤였기 때문이리라… 천천히 구경하다가 문을 열어달라고 우리 부자가 다급하게 언성을 높이면서 말을 붙이려들면 별 수상한 사람 다보겠다… 하는 표정들이었다.

어떤 사람은 우리를 향해 문을 잠시 열고는 우리말을 진지하게 듣기는커녕 큰 소리로 '비켜! 임마! 하고 반말을 내던지고는 휑하니 차를 몰고 가버린다. 편도 일차선에서 차들이 그곳에서 서행하니 뒤로 밀린 차들이 장사진을 이루었다. 한 사람도 차 창문을 열고 우리말을 들으려 하지도 않았다. 그런데 저 멀리 우리 차 앞에 전조등을 켜고 우리 쪽을 비치면서 한참 동안 기색만 살피며 가만히 있는 차를 보았다.

우리는 그쪽으로 달려가서 다급하게 우리가 목격한 사실과 술에 취해 쓰러진 오토바이 주인을 구해야 되겠다고 말하니, 다행스럽게도 운전석 유리를 내린 그 사람이 차에서 내려오지도 않고 우리에게 되물었다.

'당신들이 혹시…?'

의미를 새겨보니 너희들이 사고를 낸 것 아니냐? 이런 투다.

우리가 다급하게 조금 전에 벌어진 사고 경위와 우리 차의 위치와 그때 우리가 취한 행동을 다시 설명하면서 나의 신분을 밝히니, 그때서야 그의 차에서 서서히 내린 그 사람이 '나는 경찰관인데 지금 퇴근하는 중이다.' 하면서 그 다치고 술에 취해 말도 못하는 그 사람 옆으로 가서 이것저것 몇 가지를 물어 보고, 그 취객

의 혀 꼬부라진 대답을 듣고 겨우 상황을 확인하더니만 그때서야
우리에게 다가와서 ‘당신들은 가도 좋소. 내가 이 사람을 태우고
청평면 병원으로 가겠소’ 하고 있는 중인데, 마침 반대 방향에서
병원 구급차가 앵앵거리면서 도착해 그 사람을 구할 수 있게 되었
다. 짐작에 지나가던 차량 운전자 중 어느 한 사람이 청평 검문소
에 알렸던 모양이다.

한참 동안 쌀쌀한 날씨에 우리들은 그간 지나가는 차량으로부터
의심의 눈초리나 받고 그때까지 가까운 근처에서 동정만 살핀 경
관에게까지 우리의 행동을 지켜보게 되었으니, 고생한 보람은 있
었으나 곰곰이 생각해 보니 개운치만은 않은 그때의 정황이었다.

위기에 처한 사람을 도우려다 이 꼴을 당하다니… 그리고 그 과
음하고 오토바이 타고 떨어졌던 사람이 기절이나 또 더 위험한 상
태가 되어 말을 못했을 경우를 생각해 보니…

그 이후 나와 우리 식구 모두는 차량으로 지나다가 사고 차를
목격하거나 차량이 밀리면 그때 일을 떠올린다. ‘바가지 뒤집어
써 쓸쓸하였다’ 라는 심정으로… 물질문명이 발달한 현대사회에
살아갈수록 세태가 점점 각박하여짐을 느끼겠다.

남의 위험을 보면 그 대상을 어떻게 하던지 돕고자 전후좌우 형
편 돌보지 않고 그냥들 달려가던 나도 이젠 잘못한 것도 없는데,
우선 나의 행동을 타인으로부터 의심받지 않는 장치를 해놓고 서
서히 접근하는 습관이 머리 안에 박히게 되었으니…

그리고 요즈음은 가끔 그런 일을 만날 때 충분히 도울 수도 있
는 여건인데도 내 일도 아닌데 뭐! 하며 귀찮으니 지나치고 말아
야지, 하는 엉뚱한 마음이 생기게 되는 자신을 발견하곤 깜짝깜짝

놀라고 또 뒤끝이 아주 씁쓸하다.

그만큼 순수는 번지수도 없어져 가고 자기 편의 위주로 능구렁이처럼 세상을 보면서 살아야만 된다는 말인가!

아름다운 이 세상에서 참으로 서로 신뢰감 지니고 세상 살기조차 힘들고 때로는 아주 서글플 때가 한두 번이 아닌 요즈음 심정이다. (2006. 11. 26)

41. 욕지도의 추석

욕지도는 행정구역이 경상남도 통영군 남쪽 먼 바다 욕지면에 있는 여러 개의 섬 중 가장 큰 섬이다. 통영 앞바다 미륵도 남쪽 선착장에서 카페리호로 욕지도를 가는데 도중에 연화도 섬을 거쳐 바닷길로 약 40분이 소요되는 곳에 위치한다.

2005년 12월 중순 우리 내외가 마산 트라피스트 수도원에서 3일 간의 봉쇄피정을 마친 뒤, 멀리 대전에 떨어져 사는 늦게 사귄 세상 친구 서 박사와 약속하고 각각 동부인 하여 욕지도를 찾았다. 바닷길이 푸르고 또 맑아 뱃길을 뒤따라 나는 갈매기 떼들의 비상이 하늘 위 흰 구름 일듯이 한층 더 흰빛을 띄었다.

남쪽 바다 한복판의 포근한 욕지항에 들어서면서 '뿌우웅' 하고

들리는 뱃고동 소리. 선착장 여기저기에서 분주히 오가는 바닷사람들의 모습. 욕지도 해변도로 일주는 자동차로 약 한 시간 정도 소요되는데… 휘 돌아드는 포구마다 남쪽바다의 섬 경관이 거의 푸른 바다 한 가운데 있는 절벽이라 할 수 있는데, 저 아래에서 넘치는 대양의 열정을 흰 물줄기로 돋우어 "촤~아~!' 하고 그대로 암벽에 부딪혀 거세게 피어나는 흰 파도소리는 무슨 그림이나 말로 형언하기도 모자랐다. 섬 둘레가 온통 푸른빛을 띠니 곧 하늘 푸름과 이어져 여기가 이국의 어느 유명 휴양지인가 선경인가…

이 섬 최고봉 천황산(392m)까지 우뚝한 기상으로 남으니 가히 다도해 남쪽 지킴이로서 그 위용이 아주 당당하였다.

다음 날 일찍 망대봉 거쳐 아슬아슬한 내리막길. 섬사람 지나간 흔적만 남겨진 절벽 아래서 지금은 인적도 사라진 여기저기 옛 마을에 서렸을 애환도 허리 숙여 또 내려다보고 그리고 다시 일주.

곳곳에 스민 남쪽 나라 섬 해안의 이야기는 멈추는 곳마다 그대로 수채화 한 폭 그것이었고, 띄엄띄엄 지나는 섬들 만남처럼 섬바람 속의 삶을 해치는 억척같은 사람들의 꾸밈없는 사투리가 그들의 온 얼굴에 잔주름처럼 잡혔더라도 환한 억양은 그대로 남해고도의 바닷바람을 호탕히 갈랐다.

몇 년 전이었다. 나는 서 박사에게 지나가는 말로 1963년 군 생활 시 평택의 K-6 병영 내의 영화관에서 관람했던 영화 중 '해변의 길손' 이란 곡을 클라리넷 연주로 듣던 아름다운 추억이 있어 다시 들어봤으면 하는 바램을 지나는 말처럼 건넨 적이 있었다.

그런데 몇 해의 세월이 지나갔는데도 친구는 이런 나의 말을 소홀히 하지 않고, 그날 저녁 욕지도행 그의 여행 가방에서 꺼낸 악기 통에서 몇 개의 기구를 주섬주섬 조립하였는데 그 악기가 바로 클라리넷 악기가 되는 것이 아닌가! 그렇게 해 놓고는 그의 사랑하는 아내와 우리 부부 앞에 민박집 이층에서 "해변의 길손"을 조용히 연주하였다.

그날 저녁 나는 깜짝 놀랐다. 그것은 형언하기 어려운 일종의 경이로움과 기쁨이 교차하는 꽃향기가 그윽하다고나 느껴질 그런 아름다운 자리였다. 밖에는 욕지도 역사상 칠십 년 만에 처음 구경한다는 함박눈이 앞을 가리지 못할 정도로 거센 바닷바람을 맞으며 펑펑 휘날려 유리창을 사정없이 두드렸다.

육지에서 내일 배가 뜨네 마네 하는 걱정도 다 내팽개치고 고요한 남쪽의 고도 욕지도 온 천지가 갑자기 매서운 광풍에 휘 둘리는 가운데 묵고 있는 우리의 조용한 쉼터 2층 방에서는 느닷없이 친구의 연주하는 초연한 '해변의 길손' 클라리넷 연주 소리가 평화롭게 창 밖의 항구를 떠나 남쪽바다 망망대해로 울려 퍼져 나갔다.

평소에 한 번도 악기 연주 실력을 말하거나 자랑해 본 적이 없는 친구의 숨은 실력 연주 음률. 주먹덩이 같은 함박눈이 내리는 남녘바다 욕지도 항구, 눈 내리는 소리, 창문 두드리는 바람 소리, 외딴 섬 칠흑 같은 바다.

특이한 여행 장소에서 다 함께 이어지는 소주 한잔 부딪치는 멋스러움! 그리고 섬에 도착하던 날 아름답다고 표현하기도 어려운 욕지도의 일몰. 잊을 수 없는 석양 노을 아래 남쪽바다에 펼쳐지는 장관.

아름다운 섬 욕지도에서 우리는 2박 3일 동안 그렇게 멋진 선물을 마음속으로 한 아름 안고 왔다.

2부

─ 시론(時論) ─

동방에 해뜨는 나라
나의 조국

1. 송양지인(宋襄之仁)

송양지인(宋襄之仁)이란 경구의 말이 있다.

이는 춘추전국시대 때 송나라와 초나라 양국이 홍수(泓水)에서 싸우는데 송양공의 신하 목이가 양공에게

"초나라 군사가 물을 건너가는 도중 진용을 구축하지 못한 상태일 때 진용을 이미 갖춘 우리가 공격하면 승전의 여지가 있다"고 진언하니,

양공이 말하기를, 군자는 남의 약점을 보고 치는 게 인의(仁義)에 어긋난다면서 목이의 말을 물리쳤다.

초나라 군사들이 물을 다 건너가 진용을 다 갖춘 후에 그제서야 서로 싸웠는데, 송군은 대패하고 송양공 자신도 적군의 화살을 허벅지에 맞고 이것이 화근이 되어 이듬해 세상을 떠났다. 이런 송양공의 분별력 없는 인의를 베푸는 통치 행위를 두고 경계하는 교훈으로 만들어진 말이 송양지인이다.

또한 병서에서도

"전쟁은 절대로 일어나서는 안 될 흉한 것이다. 그러나 만약 전쟁이 일어났다면, 이때는 수단과 방법을 가리지 말고 적과 싸워 그 전쟁을 반드시 이겨야 한다."라고 하였다.

이는 전쟁이 얼마나 끔찍하고 그 전쟁의 결과가 얼마나 참혹한가를 예측케 해주는 말이다.

국보법을 폐지하자고 들 한다.

폐지론자들의 말은 적이 침공할 기미도 보이지 않고 국내에서는 정적을 몰아붙이는 수단으로만 이용되기 때문이란다.

역사적으로 볼 때 전쟁은 백 년도 더 걸린 예가 있기에, 우리 모두는 나태하지 말고 마땅히 보다 더 튼튼하게 대비해야 마땅하다.

적이 6.25 때처럼 기습으로 또 불법 침공할지 안 할지는 적국의 국가 기밀에 속한다. 그런데 우리가 어떻게 미리 알고 평화가 이미 온 양 예단하여 우리 울타리를 스스로 허문다는 말인가?

또 국내에서 정적을 내치는 데만 이용됐다고 하는데, 이는 그렇게 이용하지 못하게 하는 견제법을 만들어 더 보완하여 국민 모두가 지키게 하면 되는 게 아닌가 여겨진다.

과거 국보법이 있었기에 예리하게 대치한 남과 북의 상황에서 간첩들의 잠행을 막아 적국의 교란 행위와 침략 행위를 미리 차단하고 안정을 유지할 수가 있었던 점은 인정해야 될 사실이다.

또한 지금은 북한과 대치하고 있는 준전 시 체제가 아닌가?

북한은 지금도 적화 통일의 야욕을 버리지 않고 이에 대한 그들의 법을 조금이나마 고칠 기미가 보이기는커녕, 오히려 더 강경한 태도로 나오는 게 오늘의 현실이다.

우리 조국 민주국가 대한민국의 안위를 위해 우리 모두는 마음을 다시 한 번 가다듬고 미래의 우리 국가 수호에 혼신의 힘을 기울여 나아갔으면 하는 바램이 간절하다. (2004. 11. 10)

2. 군신의리(君臣義理)

군신의 의리는 예부터 지금까지 동일해야 한다. 그 의리라는 것은 국민을 위하고 나라를 반석 위에 올려놓고 자기 직분을 다하며 서로의 지혜를 보충해주는 대의수행(大義遂行) 관계의 명분이 되기 때문이다.

간신이 많은 나라는 그 국가가 지탱하지를 못하고 결국 망하였다. 그것은 천리를 역행하는 방종의 결과이기 때문이다. 하물며 혼군이 나타나면 삽시간에 그 나라는 망하고 말았다. 삼국시대의 고구려가 그러했으며 백제가 그러했으며 신라 또한 예외는 아니었다.

고대 중국에서 조차 하나라, 은나라, 주나라 말엽이 그러하였고 동서고금을 통하여 시대에 따라 각 나라 말기에는 공통적으로 사치와 방탕으로 국운이 쇄하고 결국 망하였다. 지금의 터키 즉, 중동의 오스만 투르크(1299~1922) 제국도 중세부터 근세에 이르기까지 지중해 연안 거의를 623여 년 동안 장악하고 장구한 세월동안 회교국으로 그 위용을 세계에 떨쳤으나, 말년에 이르러서는 사치와 방탕이 너무 지나쳐 결국 망하고 말았다. 위의 모두에 충신은 헌 신짝처럼 내던져졌고 간신만 발호하였기 때문에 나타난 현상이었다.

고대 중국 초나라에 장왕(楚 莊王)이라는 지도자가 있었다. 기원전 614년부터~591년까지 중국의 초(楚)나라의 제23대 왕이며, 춘추시대의 5패(五覇)의 한 사람이다. 성(姓)은 미(羋), 씨(氏)는 웅(熊), 휘(諱)는 려(侶)이다.

초장왕에게 얽힌 일화가 전해지고 있다. 초장왕이 집권한 초기에 초나라 내부에 반란이 일어났다. 세력가 투(鬪)씨 집안의 투월초(鬪越椒)가 반란을 일으켰는데, 명궁(名弓) 양유기(養由基)가 투월초를 사살하여 반란군을 진압하였다. 장왕은 반란군 진압을 기리어 군신을 불러 이른바 태평연(太平宴)을 열었다. 낮부터 시작한 연회가 밤까지 이르러도 그칠 줄을 몰랐다.

초장왕은 사랑하는 허희(許姬)에게 분부하여 모든 대부에게 술을 따르도록 하였다. 명을 받은 허희가 공경하는 뜻으로 잔을 따르자 모든 대부는 다 일어서서 자기 차례가 오기를 기다렸다. 허희가 반쯤 돌았을 때 갑자기 괴상한 바람이 불어 장내의 촛불을 일시에 꺼버렸다. 내시가 촛불을 가져오기 전인데 갑자기 누군지 알 수 없는 한 대부의 억센 손이 허희의 허리를 슬며시 끌어안았다. 어둠 속에서 허희는 대부를 밀치고 그의 관(冠)끈을 잡아끊었다. 그 대부는 크게 놀라 허희의 허리를 놓았다.

허희는 다시 제자리에 돌아와 초장왕의 귀에다 입을 대고 아뢰었다. "대부들을 공경하는 마음으로 술을 따르는 중 이러이러한 사연으로 무례한 대부의 관끈을 끊었으니, 속히 불을 밝히어 관끈 없는 자를 찾아 벌을 주십시오." 하고 말하였다.

허희의 이 말을 듣고 초장왕은 황급히 분부하기를 "불을 밝히지 마라. 과인이 이렇듯 잔치를 베푼 뜻은 모든 경들과 함께 기뻐하기 위해서다. 경들은 우선 거추장스런 관끈부터 끊고 진탕 마시라. 관끈을 끊지 않은 자는 과인과 함께 즐기기를 거역하는 것이라 여기겠노라. 모든 문무백관이 관끈을 끊자 그제서야 초장왕은 불을 켜게 했다.

잔치가 끝나자 허희가 항변했다. "첩이 듣건대, 남녀는 함부로 범하지 못한다 하더이다. 왕은 그 무례한 자를 잡아내려고 하지 않았습니다. 이러고서야 어떻게 상하의 예의를 밝히며 남녀의 구별을 바로잡겠습니까?"

초장왕이 웃고 대답하기를 "자고로 임금과 신하가 한자리에서 술을 마실 때엔, 서로 석 잔 이상을 못 마시는 법이다. 그것도 낮에만 마시고 밤엔 못 마시게 되어 있다. 과인은 오늘 모든 신하들과 촛불을 밝혀가면서 취하도록 마셨다. 누구나 취하면 탈선하는 것이 인정이다. 만일 그 대부를 찾아내어 처벌하고, 그대의 절개를 표창하고, 그 대부의 마음을 괴롭힌다면, 모든 신하의 흥취가 어찌 되겠는가? 그렇게 되면 과인이 오늘 차린 잔치의 뜻이 없지 않겠느뇨?" 허희는 장왕의 큰 도량에 탄복하였다. 후대의 사람들이 그 잔치를 절영회(絕纓會)라 하였다.

이후에 장왕은 정(鄭)나라가 진(晉)나라만 섬기고 초나라에 복종하지 않음을 크게 미워하여 대군을 총동원하여 정나라를 공격하였다. 초나라 연윤(連尹) 양로(襄老)가 맨 앞 부대를 거느리고 진군하였다. 장수 당교(唐狡)가 양로에게 청하기를 "조그만 정나라에 어찌 대군을 수고시키겠습니까? 군사 백 명만 주시면 제가 길을 트겠습니다"하고, 목숨을 걸고 돌격하여 정군을 만나는 대로 모두 무찔러 버렸다. 장왕이 정군을 물리친 양로에게 칭찬하니 연윤 양로가 아뢰기를 "이는 저의 공로가 아니라 당교의 목숨 건 전투로 승리한 바이옵니다" 하고 말하였다.

장왕이 당교를 불러 상을 주려 하나 당교가 사양하며 아뢰기를 "신은 이미 왕께 너무나 큰상을 이미 받았습니다. 신은 그 은공을 갚고자 목숨을 내놓고 이번 전투에 임했을뿐입니다."라고 하였다.

장왕이 다시 묻기를 "과인은 경을 잘 모르는데 어찌 경이 과인으로부터 상을 받았다 하오?" 하니, 당교가 절영회 때의 일을 말하면서 미인을 희롱한 장본인이 바로 자신이라고 실토를 하였다. 장왕이 찬탄한다. "기이한 일이다. 그때 과인이 촛불을 밝히고 죄인을 다스렸던들, 어찌 나라를 위해 목숨을 아끼지 않는 이런 훌륭한 신하를 둘 수 있었겠는가" 장황이 군정(軍正)을 불러 제일 공로자로 문서에 기록하게 했다. 정나라를 평정한 뒤에 장차 당교에게 높은 벼슬을 줄 작정이었다.

그날 밤 당교는 어디론지 종적을 감추었다. 그가 떠나기 전 친구에게 말하기를 "나는 왕에게 죽을죄를 지었다. 왕이 나를 죽이지 않았기에 나는 그 은혜를 갚고자 했을 뿐이다. 이젠 모든 걸 다 밝혔다. 죄인이 어찌 다음 날 상을 받을 수 있으리오"

이 말을 전해들은 장왕이 탄식했다. "그는 참으로 열사(烈士)다!"

이어서 장왕은 그 여세로 정나라를 공격하여 정양공(鄭襄公)을 복종시켰다.

(2010. 3. 4)

3. 강정구 군에게

내 자네보다 세상을 더 살았기에 말을 놓겠네.

자네가 언젠가 이북의 무슨 궁전에 가서 망경대 정신 어쩌고하며 망발을 떨다가 나라를 시끄럽게 한 바로 그 자인가?

이번에는 인천 자유공원에서 철부지 한총련이 망발을 떨 때 김일성 통일 전쟁을 그대로 둘 일이지, 맥아더가 침략군 괴수로 들어와 인천상륙작전을 하여 대한민국을 구했기 때문에 엄청나게 더 많은 사람이 죽었다고 망발을 떤 바로 그런 자란 말이 사실인가? 이런 발칙한!

소문에 의하면 자네 부부는 미국에서 석·박사 공부를 하였었고 아들은 미군 카투사에서 근무하고, 그 이후 큰아들은 미국의 영주권을 얻어 그렇게도 자네가 그토록 싫어하는 미국에서 살고 있다는 것이 사실인가?

자네가 무슨 대학교에서 사회학을 가르치는 교수라는 게 사실인가?

맥아더 장군 동상에 관한 망발로 대한민국 국민들의 항의가 빗발치니 '학자의 시각으로 말했다!' 라고 구차하고 성급하게 둘러대는 말을 했다는데, 그게 자네 제자들이 버젓이 보는 앞에서 있었던 사실이 맞는가? 무슨 학자가 상식에 가까운 사실을 기초 연구도 하지를 않고 강단에 선단 말인가?

이런 모습이 자네의 평소 습관인가, 그렇지 않으면 누구처럼 일부러 소위 '깽판' 놓겠다는 짓거리인가? 그게 배우고자 하는 동량재들 앞에서 남보다 더 연구하고 배웠다는 그리고 가르치는 위치에서의 학자의 양심인가?

내 이제 몇 가지 말을 자네한테 하니, 귓구멍이 뚫렸으면 한번 들어보고 사람 자식이면 생각 좀 해 보게나.

나는 자네 나잇살 정도의 제자도 많이 둔 사람일세.

사회에서 대학 교단에서 모범된 생활로 미래의 우리나라 동량재들로부터 갈채를 받고 있는 사람도 지금 수두룩하네.

나는 그들에게 자네처럼 사회에 나가서 정신 나간 짓거리 하라고 가르친 적이 없네. 도대체 자네는 어디서 어떤 학교를 다녔고 자네를 그렇도록 내버려둔 선생은 도대체 누구인가?

한번 생각해 보세.

자네의 국적이 어느 나라인가?

자네가 성장한 곳이 대한민국이라면 대한민국을 멸망시키려 불법 남침하여 수많은 무고한 양민을 학살하고 이산가족을 만든 장본인 김일성 놈을 어느 종교 교주 모시듯 하는 소이연이 어디에 있는가?

지금도 자네는 대학에서 진리를 가르친다고 강단 위에서 우리가 보기엔 헛소리 같은 망발을 떨고 짓거리고 있는가?

세상엔 자네보다 나이가 많고 자네가 경험하지 않은 시대에 살면서 자네보다 더 정의를 주장하고 올바르게 산 사람들이 수두룩하네.

자네가 일제 강점기에 직접 산 경험이 있는가?

자네가 8.15 시대의 삶을 직접 체험했는가?

자네가 6.25 사변의 참상을 직접 목격하고 피란 보따리 들고 전쟁 와중에 말초신경이 곤두서는 공포 속에서 정신없이 헤매본 적이 있는가?

살아본 적도 없고 경험한 적도 없으면서 그때 살았고 경험한 인생 선배들이 지금 우리 주위에 너무도 많이 계시는데, 그분들에게 찾아뵙고 자초지종을 물어보고 조사하지도 않으면서 무슨 조사를 어디에서 어떤 학문하는 자세로 연구를 그렇게 알량하게 했기에, 아무 것도 모르면서 순수한 우리 청소년들을 향해 6.25가 대한민국의 북침이라고 잘못 가르치면서 그렇게도 세상을 향하여 학자의 양심을 아무데서나 뻔뻔하고 무엄하게 내세우는가?

자네가 하는 짓을 보니 학문하는 태도가 처음부터 잘못되었네. 혹여 잘못 이해 안 되는 말을 실수로 할 수는 더러 있어 깨닫고 고칠 수는 있겠으나, 6.25 남침 대목에서 주리장창 그렇게 거짓말로 뻣뻣이 행세하며 학문 연구했다면서 하늘을 가리지도 않고 부끄러운 줄도 모르고 뻔뻔하게 강단에 설 수가 있단 말인가! 무슨 억하심정이 있기에 그러한가! 자네를 채용하여 근무케 하는 학교가 도대체 우리나라의 어떤 학교기에 그 모양 그 꼴인가!

자네가 소련 서기장 니키타 후르시초프의 회고록을 한 줄이나 읽어 보았는가! 아니면 해방 후 부터 1953년까지 스타린 지령으로 김일성을 조종질 한 연해주 주둔 소련군 부사령관에서 주 북한 평양대사를 역임한 스티코프의 비망록을 들춰 한 줄이라도 읽어 보기라도 했단 말인가! 아니면 당시 김일성을 군사 지원하여 우리나라를 쑥대밭으로 만든 중공의 1996년도 6월 말까지의 청소년 대상 학교 교과서에 남한이 북침했다는 김일성 거드는 거짓 사실의 내용 문구를 1996년 7월에 바르게 정정하여 조선민주주의 인민공화국 김일성이 1950년 6월 25일 새벽 선전포고도 없이 불법 기습 남침했다는 사실로 가해자들이 오히려 당당하게 정정해 세상에 알린 오늘날의 청소년들에게 가르치는 그들 교과서를 알기라도 하고 있는가!

지금 우리나라에는 자네 선배도 많겠지만 내 선배도 참으로 많이 계시네. 모든 경험을 다하고 지금 살아 계신 우리들의 어른, 즉 선배들은 자네에게 하실 말씀이 많겠지만 입이 써서 말을 삼가하고 아끼고 있었을 뿐이네.

세상 어려운 줄 알게.

세상 무서운 줄 알게.

그렇게 천둥 버러지들처럼 튀는 게 배운 사람 짓이 아닐세.

세상은 한강물 흐름 같다네.

겉으로는 흐르지 않는 듯하지만 물속에선 무서운 힘으로 소용돌이치고 격정적으로 장중하고도 유유히 흐르고 있다네.

민심은 천심이라 하지 않았나!

천심은 무서운 것일세. 내색은 내지 않으나 안으로는 무섭게 움직이고 있기 때문일세.

참으로 딱하여 자네가 뭣을 그리 잘 아는지는 모르겠지만 하여간 좀 안다고 어설피 내세우지 말고 삼가하며 신중하게 세상에 발을 내 딛게나.

애국한다는 것이 무언가?

대한민국 우리나라 국민 된 본분으로서 각자 현재 자기가 처한 위치에서 자기 일을 세상 순리에 따라 올곧게 최선을 다해 임하는 태도가 바로 애국이 아닌가? 그런데 자네는 입이 삐뚤어졌나 무엇이 어떻게 됐나 한다는 게 지상 없이 그게 무슨 소리인가?

그저 값싼 말질이나 하여 자기를 성장시켜주고 일거리를 주어 활동하게 한 내 조국 대한민국을 흠집 내어 소란을 피우는 게 고작이니!

이른 새벽에 길거리에 나가 보게.

마침 가을이니 청소 미화원들께서 말없이 컴컴한 길거리에서 열심히 길을 쓸고 계실 걸세.

그분들은 자기의 소임을 다하고도 알맞은 보수를 못 받고 아쉬운 생활을 하지만 묵묵히 열심이네.

그분들은 가족들과 만나 더욱 노력하면 더 나은 생활이 되리란 일념으로 열심히 하고 계시다네.

바로 이런 열심한 분들을 우리가 위하고 소중히 모시는 게 아닌가!

성인(聖人)이 따로 없다네!

자네처럼 삐뚤어진 말질이나 하는 게 사회에 이바지하는 게 아닐세!

정도를 걷는 성실함, 이것이 사회의 진실된 모습 아닌가?

자네는 정직하게 흘린 땀의 소중함과 진심을 다시 배워야 되겠네.

이제라도 늦지 않았네!

자네의 지금 같은 버릇 어서 고치게!

자네 자식들이 소중하듯이 이것이 남의 집 소중하고 귀한 자식들을 잘 가르치는, 생각하고 살며 가르치는 공부한 사람의 표양의

모습이라네. 모르기는 하지만 자네 자식들에겐 그렇게 엉터리로
가르치지는 않을 것 아닌가!

자네가 봉직하고 있는 대학교의 학생들이 자네의 개인 소유물
이 아닐세.

그들은 우리나라 국민의 귀한 아들딸들이고 장차 이 나라 대한
민국을 양 어깨에 메고 바르게 지고 나갈 우리가 자랑해야 할 동
량재들이라네.

할 말은 많지만 이것으로도 충분히 알아들을 수 있기에 이만 줄
이네. (2005. 9. 25)

4. 진정한 지도자가 나타나는 풍토

사랑하는 벗님 감사합니다.

님께서 '진정 누가 이 난국을 헤치고 길을 제시해 줄 지도자가
될까요?' 라고 저에게 물으셨습니다.

저는 이 시점에서 님이 물으셨기에 감히 님께 답글을 올립니다.

태고적부터 지금까지 소위 우리나라는 지도자라는 사람들이 백
성에게 군림해오는 모습이었습니다.

그러나 이제 세상은 님이 아시는 것처럼 참으로 많이도 바뀌었

습니다.

대부분의 국가에서 지도자를 국민이 선택하게 됐다는 사실입니다. 바로 민주주의 방식으로 지도자를 뽑는다는 것이지요.

이로써 우리 국민들의 책임이 막중해졌습니다.

지도자의 선택의 열쇠가 바로 국민들에게 있게 된 것입니다. 이제는 우리 국민 모두가 성숙된 민주주의 의식을 지니고 노력하는 데 따라 지도자는 만들어진다고 생각합니다.

지도자가 올바른 싹으로 새순같이 땅에서 올라올 때부터 우리 모두는 우리 풍토의 터전을 바르게 닦고 거기에서 자라는 싹들을 튼튼하게 키워야 합니다.

땅을 대하는 농부의 마음으로, 생명을 걸고 대양으로 나가는 어부의 마음으로, 새싹과 아름다운 꽃을 피우려는 원예가의 마음으로. 포근하고 아늑한 그리고 멋진 전당을 구상하는 건축가의 마음으로, 예술가의 예술하는 마음으로, 살림(山林 : 나무를 잘 가꾸고 다스리는)살이를 잘하는 주부의 마음으로, 내 나라를 위하여 자신을 내던지는 의연한 군인의 마음으로, 내일의 동량재를 키우는 진정한 교육자의 마음으로, 만인이 기본생활 틀 속에서 서로 존중하고 서로 도우며 살게 하려는, 삶의 기본 바탕을 가름해주고 지켜주는 법가의 마음으로, 진리를 파헤치고 그 속에 용광로 끓듯이 뛰어드는 학자의 마음으로, 월드컵 4강의 신화를 이루어 나갈 때의 온 국민의 나라를 위하는 한결 같은 열정 속에서 응원하는 마음으로, 멀리 타향에 나가 모국을 그리는 향수의 마음으로, 가난을 이기고자 배고프고 추위에 떨면서도 자식과 가족을 위해 밤잠을 설치며 새벽부터 지금 내가 하는 일을 더 열심히 해야지 하며 참고 의연히 이겨나가는 우리 이웃의 마음으로, 늙고 병약한 이들을 위해 자신을 허무는 아름다운 걸음걸이를 하는 이들의 마음으로, 사랑과 자비가 이 땅에 오노록 이 세상의 모든 영광을 창조주에게 온전히 드리며 기원하는 진정한 종교인의 마음으로, 이밖에 형언할 수 없이 많은 직종에 종사하는 지극한 그분들의 정성어린 마음으로, 사랑하는 연인의 마음으로, 이 모든 것을 아우르는 자세 즉, 아기를 잉태하고 출산하고 키우는 모성과 부성의 마음으로 우리는 그 싹을 튼튼하게 키워야 합니다. 성장하는 그 싹을 보호하고 제 역할을 다하도록 도와주어야 합니다.

이것은 또한 우리나라의 난국을 헤쳐 나갈 진정한 지도자들의 마음가짐이기도 하다고 생각합니다.

그러한 싹이 되려고 마음먹은 지도자를 꿈꾸는 이들은 반드시 지금까지 말한 위와 같은 이들의 마음을 헤아려 그 마음 안에서 옷깃을 여미고 엄숙하고 겸손하고 염치를 아는 사람으로서, 나는 이 나라를 위하는 지도자이다! 라는 신념에 찬 지도자로써 발걸음을 내딛어야 합니다.

작금의 우리나라 현상은 온 천하가 불신의 늪에서 몸살을 앓고 있는 상황입니다.

국민을 기만하고 서로 반목질시하게 하는 풍토를 조성하면서 하나도 부끄러워할 줄도 모릅니다. 더더구나 뉘우칠 줄도 모릅니다.

자신이 어떤 위치에 있는지 무엇을 해야 하는지 어떻게 순서를 잡아야 하는지… 등 아무것도 모르며 그믐날 밤에 꽃구경하는 것처럼 헤매고 돌아치는 모습만 국민에게 보여주는 인상입니다.

　최고 지도자의 자리는 사랑을 바탕으로 하여 자신을 허물고 국민의 생명과 재산을 지키는 자리입니다. 나라를 위해 모든 백성을 위해 노심초사하고 밤잠을 설쳐가며 삼가고 또 삼가는 자세가 아닌 평범한 자세로 나라를 위해 일하는 직책을 맡는다면 그 어느 누가 그렇게 못하겠습니까? 그래서 초인은 외롭고 초인은 남몰래 하늘을 대하고 눈물을 흘리며 애정의 상념을 가슴에 담는 게 아닙니까?

　국민들 외면하고 특정 장소에서 부부 동반하여 사적 모임 격인 동창회나 참석하고, 갑자기 난데없이 집무 장소를 떠나 여의도에 가서 겨울 한밤중에 주먹을 쥐고 팔이나 내 휘두르며 데모 선동하는 모습으로 하얀 입김을 뿜어내며 시민혁명 어쩌고… 하는 그 처량한 모습, 모든 국민이 안방에서 기절초풍하고 아연실색하는 그러한 몸가짐이 평범으로 접근하는 마음가짐이라고 하면, 어느 누구라도 다 지도자가 될 수 있다는 논리인데 저는 그렇게 생각하지 않습니다.

　자신의 마음에 맞는 사람들과 대한민국을 이끈다면, 절반의 우리 국민이 내침을 받는다면 무슨 화합이 되고 무슨 통치가 되겠습니까?

　그렇게 되면 통치는 벌써 물 건너갔고 고작해야 자기 합리화나 꾀하려는 권모술수만 획책하는 데 온갖 지혜를 짜내는 위치로 전락하게 되는 것이지요. 거기에는 수단과 방법을 가리지 않고 이기기만 하려는, 그래야만 당장 파멸하지 않는다는 처절한 살육의 몸부림만 있을 뿐이라 생각합니다.

　이런 지경이 되면 국가며 국민이고 다 안중에도 없게 되고 자신들의 이익을 도모하는 모리배들만의 활동의 장으로 전락하게 되는 것이지요. 결국 나라가 쇠망하게 되는 것이지요.

이런 바탕에서는 그저 제일 잘한다는 게 남을 향해 고상한 문구 지어내서 욕질과 모함을 하는것 밖엔 나올 것이 없게 되겠지요.

우리 국민은 이제 올바른 지도자를 뽑기 위해 생각을 깊이 해야 합니다.

지도자를 뽑는 당일에 간단히 생각하고 지도자를 뽑으려 해서는 아니 된다고 생각합니다.

앞서 말씀드린 그런 마음의 풍토에서 그러한 바탕에서 국민이 뽑은 지도자가 진정한 우리나라의 미래를 이끌어가는 지도자라고 생각하며, 이제 지난 모든 것을 다 경험한 순수한 우리 국민들이 있기에 앞으로 난국을 헤쳐 나가는 지도자는 반드시 오리라 생각합니다.

님의 걱정에 제 넋두리가 조금이나마 답글이 되었는지 모르겠습니다.

감사합니다. (2007. 4. 26)

5. 태극기(太極旗)

　우리나라 대한민국의 국기는 태극기이다. 곧 태극기는 우리나라를 상징하고 대표한다.

　더 구체적으로 말하자면 태극기는 우리나라 국민 자격이 있는 개개인을 상징하는 커다란 의미를 가진다.

　그러기에 우리는 동해의 푸른 물이 일렁이고 머리 위에서 이글거리며 작열할 태양이 수평선에서 용솟음칠 때부터, 그 안에 태극기를 우리 마음속에 두고 장중히 서서 가슴속의 애국의 눈물까지 자신도 모르게 돋우어져 자랑스럽게 모두가 태극기 앞에 서서 나의 태극기를 바라다볼 때 이 우리의 생동하는 기상 앞에 감히 어느 나라 그 누구도 가로막을 자 없는 것이다.

　한때는 왜적의 술수로 나라가 뒤흔들릴 때 울분한 우리 민족들과 지사들은 도처로 숨어 흩어질 때도 가슴속 저 깊숙한 곳에는 옷 속에 숨긴 태극기가 살결과 맞닿을 정도에서 체온과 땀이 배어드는 지경에도, 왜경과 맞닥뜨려 목숨이 경각간에 있을 때도, 한시도 마음 흐트러짐 없이 우리 민족은 나라의 상징 태극기를 온몸으로 지켜냈다.

　우리 조상들은 목숨을 내어놓을지언정 마음속에 간직한 우리의 사랑하는 태극기를 격한 비바람 앞에 함부로 내놓지 않았다. 아니 빼앗기지 않았다.

　이준 열사가 그러했고 우남 이승만 초대 대통령이 그러했으며 저 우리 민족의 기상 만고의 스승 안중근 의사가 그러했으며 도산 안창호 선생이 그러 했고 백범 김구 선생이 그러했고 조국을 위하여, 곧 목숨을 버릴 장엄한 순간에도 윤봉길 선생과 이봉창 열사께서는 그분들의 조국을 상징하는 태극기를 배경으로 폭탄을 양손에 들고 우리 민족을 짓밟는 무리들을 응징하려고 태연히 웃으면서 거사의 뜻을 다졌다.

그때의 기라성 같은 애국지사 우국지사들이 그러했으며 내나라 독립을 위하여 추위와 기근에 시달리면서도, 나라 사랑의 열정에 찬바람의 두터운 북녘 얼음덩이도 뜨거운 가슴으로 녹이는 독립군의 모습이 그러했으며 대다수의 지식인이 그러했으며 이 강산 우리 모두의 조상님들이 그러하였다.

누가 그렇게 하라고 시켜서 한 일인가!

광주 학생 의거 때에도 기미 삼일 독립 운동 때에도 그러하였다.

6.10 전국의 만세 운동 때는 온 나라 낫 놓고 기억자도 모르는 우리의 순박하신 할아버지, 할머니들이 모두 소중히 숨겨둔 태극기를 꺼내들고 만세를 부르며 일제에 항거하며 그러했다.

우리가 유관순 열사의 태극기 흔드는 물결 속에 조국 사랑의 외침을 왜 만고에 자랑할 우리의 본이라고 내세우는 것인가!

더더구나 8.15 해방 이후 우리 대한민국의 국민된 그때에 저 저주받을 김일성이 러시아와 중국 공산당의 사주를 받아 불법으로 남침을 감행하면서 6.25 사변을 일으켰을 때에도, 온 국민이 한 덩어리가 되어 태극기를 따라 행동하였고, 우리 국군은 전방에서 고지마다 태극기를 휘날리고 목숨을 내놓고 치달으며 이 나라를 지켜나갔다.

국립 현충원엘 가보라!

오늘도 이 시간에도 그들의 숭고한 머무름 앞에 태극기는 빛나고 있다.

태극기는 이렇게 소중하였다.

태극기는 그렇게 우리를 가르쳐 오고 있다.

그런데 들리는 말에 의하면 지금의 위정자들이 남북의 8.15 경축행사의 일환으로 벌어지는 축구장에서 이북을 자극하지 않으려고 국기를 응원도구로 사용할 수 없게 하고 아~! 대한민국! 소리도 외치지 못하게 하고 애국가도 부르지 못하게 한다고 하니 이게 사실인가!

우리나라 대한민국을 돗떼기 시장의 깨진 꽹과리 고물 파는 정도로 인식하고 있는가!

지금 청와대 중앙청 등 공공기관과 군부대에서 휘날리는 태극기가 이 나라를 상징하는 국기인가, 그렇지 않으면 모양으로 내건 한갓 천 조각인가!

지금 이런 발상을 하는 자들이 이 나라 위정자들이 맞는가!

일본 강점 시대에도 감추었다가 의거 때마다 양손으로 머리 위로 휘두르는 우리의 기상 태극기를 막지 못하였고, 8.15 후 이북에서도 6.25 전까지 골방 장롱 저 구석에 태극기를 숨겨두면서까지 대한민족의 기상을 지키어가며 1.4 후퇴 때 그들은 자유 대한으로 피난해서 지금도 가고픈 고향에 가지도 못하고 본의 아니게 참고 있는데, 오히려 지금에 와서 좌익 운동권 패거리 들이 주축이 되어 북의 비위를 거스르면 혹시 핵무기로 귀때기 때릴까 겁이나, 스스로 겁에 질린 개가 꼬리를 말아 배때기까지 감추며 뒤꽁무늬 빼는 형상을 미리 취하니 이 무슨 해괴하고 망신스럽고 통탄할 부끄러움이냐!

거기에다 지금 통일의 분위기가 시작된다든지 더 나아가서는 통일의 분위기가 무르익는다면 그때 가서 어떻게 할 것인가, 심사숙고한다면 모를까, 우리 대한민국 국민들의 정서와는 번지수도 맞지 않게 꼴갑을 떨고 있으면서 국무총리란 자가 국민들에게

'인공기를 훼손하면 엄벌에 처한다!'

이게 오늘날 세계 속의 대한민국의 모양새인가?

운동권, 현 정권의 앞잡이 무슨 연대라는 자들이나 한총련 떨거지들이 태극기와 성조기를 찢고 불사르고 짓밟을 때는, 가만히 있다가 뚱딴지같이 이게 무슨 해괴한 나라의 일인자 역할의 직무에 있는 자의 대한민국을 이끄는 태도란 말인가!

언제부터 그들의 위세에 우리 대한민국의 자존심이 꺾이었나! 국민을 따돌리고 무시하면서 무슨 통일을 하겠다는 것인가!

광복 8.15 민족의 기념 대 행사를 대한민국을 대표하는 그 자리 운동장에서 민주시민 우리 국민들은 들어오지 못하도록 문 닫아걸고 그들만이 모여서 북에서 모셔(?)온 빨갱이들의 비위를 맞추어가면서 이 민족의 대행사를 치르고 넘어가자는 것이냐!

이 정신 나간 운동권 좌익 빨갱이들아!

천만의 말씀이다.

우리는 그들 무리들의 더러운 수법을 경멸하고 우리의 자존심과 기상은 그들 앞에서 청천하늘에 펄럭이는 태극기처럼 항상 드높기만 하다!

지금의 통일부를 내세워 졸렬한 짓거리를 하는 이 정부가 이렇

게 청소년들을 가르치면 장차 그들의 나라 사랑의 기상이 과연 어떻게 되겠는가!

지금 당장 태극기를 경기장에 가지고 가게하고 아~! 대한민국을 소리 높여 외치게 하고 애국가를 목이 터지도록 부르게 하라!

나는 우리나라 대한민국의 국민으로서 당당하게 주장하며 피를 토하는 심정으로 통탄하면서 이 글을 쓴다. (2005. 8. 10)

6. 그들은 지금 모두 어디에 있는가?

과거 이 나라를 사랑하고 구국한다고 국민들 앞에서 큰소리 치고 경우에 따라서는 위협까지 하던 분들은, 지금 어디서 무슨 호의호식하면서 몸 사리고 있는 걸까요?

지금 인공기가 대낮에도 도처에서 나부끼는 세상이 되었는데 이를 막지 않고 과거에 워커 발밑에서 혈안이 되어 국민들 억누르고 한자리 행세하던 이들이, 지금은 모두 어디에 숨어들어 무엇들을 하고 있나요?

그 당시 저는 이렇게 말했습니다.

'지금 이렇게 억누르기만 하면 자생적 빨갱이들이 온전한 빨갱이가 되어 이북 놈들과 내통하면서 나라를 말아먹는다!'

하면서 장소 가리지 않고 외쳐 댔는데 결과는 78년 말부터 한동안 저는 일 년에 두 번씩 파출소에 불려가서, 무슨 이유인지도 모르게 신원 조회를 당하면서 감시를 받았습니다.

그때 저를 감시하던 자들이 지금은 빨갱이가 발호하는데도 그저 가만히 숨어 있습니다.

과연 이 자들이 애국하는 자들일까요? 기회주의자들일까요? 저는 그때 이미 민주주의를 가장하고 순수한 국민들 앞에 나서서 민주 투사인 척하는 자들이 모두 적화 분위기만 되면 모두 일어서서 대한민국을 김일성 도당에게 팔아먹고 내응한다고 공공연하게 예언 했었습니다.

그때의 저의 외침이 지금 현실로 나타났습니다.

이런 현상을 누가 책임지는지 저는 기가 막힐 뿐입니다.

우리 나약한 국민들이 생명을 걸고 나라를 지키면 그 다음에 요령 피우는 자들이 영화만 누리고 그때에 가서 오히려 어진 백성만을 협박하는 게 세상의 진리이고 순리인지 저는 도대체 모르겠습니다.

저는 그러한 썩어빠진 정상 모리배들을 생각할 때마다 분한 마음이 가득합니다.

지금 과거 애국한다는 정치가들은 지금 모두 어디에 가서 무엇을 하고 있습니까?

여차직하면 모두 보따리 싸 가지고 외국으로 이민 갈 생각만 하고 있는 것일까요?

예나 지금이나 그저 남의 약점이나 비밀을 틀어쥐고 치사하게 뒤로 공갈협박이나 하면서 돈이나 우려 먹는 것을 능사로 일삼던 자들이 무슨 위대한 정치가 인연하고…!

하기사 김대중도 미국 욕하면서 제 자식 미국에 가서 호의호식하고 있는 걸 보면, 모든 게 뻔한 세상으로 짐작이 갑니다만…!

그리고 이 땅은 또 다시 6.25 때처럼 우리 아무것도 가진 것 없는 백성들이 맨주먹으로 김정일 놈들과 그 내응하는 현 정부 무리들을 목숨 내놓고 막아가며 이 땅을 지키는 게 고작인 것이 되나요? 정말로 분합니다! (2005. 8. 23)

7. 시일야방성대곡(是日也放聲大哭)

"시일야방성대곡"은 구한말 우국지사 위암(韋庵) 장지연(張志淵) 선생께서 남궁억 유근 선생들과 함께 손수 창간하시고 사장으로 재직하시던 1905년(광무 9년) 황성신문의 사설 제목임은 우리 국민치고 모르는 사람이 없이 다 아는 말이다.

당시 선생은 이 사설을 써서 을사조약을 강제로 체결한 일본의 흉계를 통박하고, 이 사실을 전 국민에게 알려 장안을 온통 울음바다로 만들었다고 한다.

지금도 이 대목에 오면 우리 모두는 울먹이지 않고는 지나칠 수 없는 내용이다.

이후 선생의 애국의 모습은 지금도 우리의 가슴을 깊숙한 구석 구석까지 울려 이 순간, 왜 내가 우리나라를 사랑하는가, 어떻게 사랑해야만 되는가를 분명하게 일깨워주신다.

입시 부정이 또 터졌다. 이번엔 상상을 초월하는 어마어마한 사건이다.

작년에도 재작년에도 있었던 일이라고 한다.

우리의 자라 나는 새싹! 내일을 바라다보고 내 닫는, 우리가 가장 사랑하고 자랑하는 청소년들이 저지른 일이다. 눈물이 난다. 흐르는 눈물이 앞을 가려 앞을 못 보겠다. 소리를 내어 엉엉 울며 벌판으로 마구 달리며 몸부림치고 싶다.

어떻게 우리나라에 이런 일이 일어나는가? "그 나라의 장래를 예단하려면 지금 그 나라의 청소년의 모습을 보라!" 이는 우리 모두가 알고 있는 가정, 학교, 사회, 국가에 던지는 교과서적인 교훈의 말이다. 모두 반성하자고 한다.

무엇을 어떻게 반성하고 어떻게 원인 규명을 하고 그 규명된 내용을 토대로 어떻게 내일을 설계하고 모두가 실천해야 된다는 말인가?

각처에서 책임론이 나온다. 여러 가지 말들이 많다. 그렇다! 모두가 반성하고 책임을 져야 한다. 각자 자신의 가슴에 손을 얹어 놓고 조용한 마음으로 기도하는 자세로 내 자신을 생각해가며 반성해 보아야 한다.

가정에서는, 이 아이가 잉태되고 태어나고 성장할 때 부모들이 어떻게 자식들과 대화했으며, 말도 못하는 어린 시절부터 어른들의 행동을 매일 보며 부모가 하는 대로 마음속에 담은 기억들이 부지불식간에 나타나 똑같은 행동으로 나타날 터인데, 하나하나 일에 세심히 신경 쓰며 아이들을 의식하고 가르쳤는가? 아이들은 부모의 재현이라고 한다. 그들에게 모범을 보였는가?

사회에서는, 이 아이들과 마주칠 때 이웃 어른 노릇을 똑바로 했는가? 서로 인사하며 존중해주고 도와가며 이끌며 환한 웃음 속에 격려하며 각종 법규를 제대로 지키며 이들 앞에 서 있었는가? 나만의 이익을 생각하고 남을 배려하는데 인색하지는 않았는가? 이익을 추구하는데 수단과 방법을 가리지 않고 비도덕적인 수단까지 동원하여 사회 윤리, 나아가서는 국가 기강에 해를 미치는 일들을 하지는 않았는가?

학교에서는, 학생들과 눈높이를 맞추면서 지식을 습득하는 과정에서 올바른 도우미 역할도 철저히 했고, 미숙한 이들이 온전한 지식을 습득한 뒤에 스스로 모든 일을 사회와 국가의 정의에 맞게 판단하고 실천할 의지와 능력을 키우는데 교사의 역할을 다 하였는가?

미숙한 학생들에게 정치적 목적을 띄고 좌익사상교육에 흘려 어린 천사들에게 접근하여 사탕발림하는 교육 행위도 아닌, 교묘한 술수로 목전의 정에 쉽게 끌리는 여린 감수성을 이용하여 이리 기우뚱 저리 기우뚱 하는 청소년들이 되는데 일조를 하지 않았는가?

지금도 하고 있지는 않는가?

저들 이념 교육에만 몰두해 평화로운 남의 집 귀한 자녀들을 황폐하게 만들지는 않았는가? 우리의 내일의 동량재들에게 역사 속에 도도히 흐르는 정의로움을 여러 가지 사례를 조사하여 이들에게 소개하며 가르치는데 인색하지는 않았는가?

인성교육이란 따로 뚝 떨어져 있는 게 아니고 학교에서 여럿이 함께 생활하며 여러 가지 공부를 종합적으로 하는 과정에서 바른 사회성도 키우고 올바른 품성을 스스로 자신에 맞게 터득시키는 것인데, 그런 인성을 즐겁게 터득하고 쑥쑥 성장하는 학생들을 보며 교사와 학부모들이 함께 기뻐하는 풍토를 만드는데 외면하지는 않았는가?

개혁은 누구나 추구할 이상적인 말인데 이상한 개혁 바람에 일부 학부모들과 부화뇌동하여 지금까지 이어오는 장려해야 할 교육 풍토까지도 감정싸움에 이성을 잃고 다 망쳐버리는 행동은 하고 있지 않았는가?

편견을 버리고 염치라는 말의 뜻을 학생들에게 올바르게 가르치며 천직인 교직에 바르게 종사했는가?

내 나라 자유 민주주의 대한민국의 미래의 영광이 너희 학생들의 것이다.

그러므로 이 나라의 미래의 주인공들은 너희 학생들이라는 긍지를 자랑스럽게 심어주고 있었는가? 교장 자리로만 치달리는 진급 의욕에 얽혀 서로 성실히 협력하는 풍토를 외면한 채 교사들이 '이것이 문제입니다' 하면, 적당히 미봉책으로 거미줄로 방귀 동이듯 그때만 기피하는 경영의 자세를 취해 결국은 모든 걸 다 태우고 잿더미만 남은 집터를 바라다보며 '내 책임은 아니다' 라고 떠나며, 다음 사람들에게 걱정거리만 수북이 남겨주는 교육 전문직의 종사자들과 학교 행정 책임자들의 형상은 아닌가?

국가에서는, 국가 경영에 필요한 모든 모범된 표상을 국민에게 보이며, '이것이 나라 사랑하는 길이다!' 라고 큰소리 낼 수 있는 인재들을 거느리고 당당히 나아가, 모든 국민들이 하나같이 지도자들, 공직자들을 존경하고 아끼고 흠모하고 사랑하는 풍토를 만들고 있는가?

우리 모두가 스스로 신바람 나게 국내 국외에서 우리나라를 내세워 자랑하고 아끼는 애국하는 국민이 되도록 힘쓰고 있는가?

국민 모두에게 이제 와서 난데없이 이것이냐 저것이냐 비생산적인 입방아만 찧게 하여 조선왕조를 망하게 한 당파 싸움을 재현시켜 나라 전체가 서로 미워하게 하고 이것 아니면 저것이라는 이분법 사고방식으로 몰아 서로의 대화도 서로 눈치나 보며 탐색전을 편 뒤에야 말하게 만들고 또 등 돌리고 말도 못하게 하는 풍토를 만들지나 않았는지?

쓰잘데없는 다 망해 빠진 좌익이념사상에 빠져 한풀이식 행동들은 하지나 않았나?

국가가 부강해야 된다는 일념 아래 무리하게 인권을 짓눌러 슬픔의 매듭을 만들어 몸살 앓게 하지는 않았나?

정경유착이나 하여 뒷구녕으로는 치부만 하는 자들이 낯뜨거운 줄 모르고 얼굴에 철판 깔고 나와우왕 좌왕 횡설수설 하고 다니지는 않는지?

통일이 제일의 과제라면서 국민 정서만 실컷 울려 놓고 정작 통일 의지는 60년이 다 되도록 보이지 않고, 통일이 필요하다는 명분을 이용하여 자신들 정권 연장과 이익추구와 새로운 권력 지배계급 유지에만 연연해, 결과적으로 국민들의 마음만 황폐하게 만들고 국가 전체의 기운이 와스스 무너지는 꼴을 만들지는 않았는가?

이 밖에도 수없이 많은 뉘우침들을 엄숙하게 묵상하며 모두 반성해보아야 할 때가 이 해의 마지막 달 12월, 이 한 달이 아닌가 생각해 본다.

우리가 가장 사랑해야 할 청소년!

우리가 계주 경기장에서 달리며 트랙을 도는 저쪽에서 어서 뛰어 오시라고 손을 뻗치며 다부진 마음을 먹고 눈 똑바로 뜨고 내달릴 자세를 취하며 계주봉을 힘차게 웅켜잡을 기세로 기다리는 저 아름답고 씩씩한 우리의 다음 타자, 내일의 질주자들을 위해 나라 사랑의 일념 즉, 자기를 희생하는 숭고한 자세 속엔 내 이렇게 했으니 무엇 해주고 무슨 이익주고 무슨 자리 달라 와 같은 역겨운 행동과 얄팍한 철학이 깃들어 있지 않음을 우리 모두는 다시 한 번 실천해 보이며, 지난 폐습을 모두 내던져버리고 지금부터 당장 청소년들로부터 진정으로 신뢰받는 모습을 보여주어야 하지 않을까 깊이 생각해 본다. (2004. 12. 1)

8. 우후죽순

구한말에 이 땅의 민족 반역자 이완용(1858년 : 철종 9년 - 1926년)이란 자가 있었다. 이 자의 자(字)는 경덕(敬德)이요, 호(號)는 일당(一堂)인데, 1882(고종 19년)년 문과에 급제하여 주서

(注書) 수찬(修撰)을 지냈다.

1887년 주차미국참찬관(駐箚 美國 參贊官)으로 도미했다. 귀국 후 도승지 외무참의 등을 지내고 주차미국대리공사가 되어 다시 도미, 1890년 귀국외무협판 학부대신 등을 지내고 1891년(건양 1년) 아관파천(俄館播遷) 때 친로파(親露派)로서 외부대신 학부대신 농공상부대신서리를 겸직하고 1901년 궁내부특진관(宮內府特進官)이 되었고, 1905년 학부대신(學部大臣 : 지금의 교육부 장관 해당)이 되자 변절하여 11월 을사조약체결을 지지하여 솔선 서명함으로써 을사 오적신(乙巳五賊臣)의 수괴(首魁)가 되었다.

이해 12월에 의정대신서리(議政大臣署理), 외부대신 서리를 겸직 1907년 (융희 1) 의정부 참정이 되어 의정부를 내각으로 고치고 통감이또오(伊藤博文)의 추천으로 총리대신에 궁내부대신서리를 겸했다.

이준 열사 등의 헤이그 밀사 사건이 있자 고종에게 책임을 추궁하여 양위할 것을 강요, 순종을 즉위케 하는 등 매국행위를 하다가 1909년 (융희 3) 이재명(李在明)의 자격(刺擊)을 받았으나 생명을 건졌다.

1910년 (隆熙 4) 8월 22일 총리대신으로 정부 전권위원이 되어 일본과 한일합방을 체결함으로써 매국(賣國)의 원흉(元兇)이 되었다. 그 공으로 일본 정부에 의해 백작(伯爵)이 되고, 조선 총독부 중추원 고문이 되었다.

1920년 후작(侯爵)에 오르고 죽을 때까지 매국 매족, 일신의 영달에 죄업을 다하고 죽었다. (국사백과대사전 : 유홍열 감수, 동아문화사, 1975년) 이런 자로 인해 우리 조상들은 나라를 빼앗기고 일제 강점기에 그 수치스런 삶을 이겨내느라 모진 곤욕을 당하면서 오늘날 이 지경에 이르렀다.

어디 이완용뿐이랴! 그에 동조하여 일신의 영달을 꾀하는 무리들이 세상을 덮어가면서 일제 주구 노릇들을 하는 가운데 더욱 가관인 것은 참회할 줄도 모르는 그 후손들 중 여럿의 오늘날 현 정부 고관들, 책임 있는 국회위원들 열우당 당원 등이 되어 오히려 적반하장격으로 일제시대에 우리 국민들이 태어나고 수치스런 삶을 산 것도 억울한 판에 이제 또다시 친일 앞잡이 행각으로 총을 거꾸로 들고 우리 조상들의 존재 자체를 무안주어가며 우리 국민들을 친일 고리에 모두 걸어 넣고 몰아붙여 인민재판 하듯이 위협하는 지금의 좌파 무리들!

저들 조상이 일제 앞잡이가 되어 우리 백성을 고발하고 처형하게 만들 때 버릇 그대로 붕어빵 되어 여기저기서 비온 뒤 죽순처럼 일어나 이제는 감히 저들 조상 버릇 개 못주고는 그 버릇을 고스란히 닮아 한 술 더 떠가며 우리 대한민국을 김일성 유훈통치를 내세우면서 호시탐탐 적화 통일을 노리는 김정일 패거리들과 부화뇌동하고 스스로 그들의 앞잡이가 되어 이해도 되지, 학문의 자유라는 명분까지 아무렇게나 내세워가며 이를 방패막이로 하여 구차하게 국민들 앞에서 이곳에서 불쑥 저곳에서 불쑥 튀어 나오고 있다.

이들은 교묘히 신분을 감추어가면서 김대중이 처음부터 지금까지 처음에는 '우리는 좌익이 아니다' 라고 헤픈 웃음 웃더니만 본색을 당당히 드러내어 가면서 설쳐대며 적화통일의 일념으로 처음부터 지금까지 광분하며, 심지어 김일성 유훈통치수법으로 핵무기로 우리나라를 위협하는 아니꼬운 그들에게 이 나라를 몽땅 바치려는 노골적인 작태들을 우리 모두가 보고 있자니, 이 세상에서 우리 대한민국의 애처로운 모습이 가련하고 국민의 한사람으로서 피가 거꾸로 솟아 분노의 가슴이 지금 터져나가는 심정이다.

이제 우리 국민들은 정신을 바짝 차리고 우선 꽃제비 신세가 되지 않으려면 이 말종들을 모두 몰아내고 태극기 높이 들고 당당히 '동해물과 백두산…'의 애국가를 목이 터지도록 외쳐 가면서 이 나라의 내일을 공산 마수로부터 온전하게 지켜 우리 아들 딸에게 소중하게 물려주도록 해야겠다고 주장해본다.

비가 온 뒤 죽순은 인간에게 이로운 짓이나 하는데…!

(2005. 10. 15)

9. 존경하는 님에게

김 선생님 안녕하십니까?

세상 살다 보니 참 이상한 세상이 다 있구나 하는 생각이 듭니다. 어디 먼나라에 관광을 간 것도 아니고 이 나라에 꼼짝 않고 앉아있는데도 세상이 이렇게 엉터리로 변해 나라 꼴이 말이 아니도록 되어 있으니 참 세상은 이상합니다.

적국의 첩자나 자생적 빨갱이들이 버젓이 나라 안에서 활갯짓을 하고, 간첩과 빨치산 후예들이 비전향 신분으로 버티다 이북으로 북송되면서 남쪽에 남아서 일할 사람이 있어야 된다! 라고 흰소리나 하는데도 제재하는 사람이나 공권력도 사라지고…

님의 말씀처럼 YTN 연합뉴스 돌발 영상에서 386 임종인 인가 뭔가가 국정감사질의 도중 무의식중에 그만 "우리 북한군~" 이라 내뱉는 현실이 우리나라라고 하니 참으로 기가 찹니다.

우리 대한민국 국민들이 지금 정신을 차리고 있지 않다면 나라 꼴은 순식간에 6.25 동란 전부터 적화 야욕으로 불타고 지금은 김일성 유훈통치를 벌이는 거지. 파괴, 왕국으로 넘어갈 것이라 저는 생각합니다.

우리가 뽑았다는 대통령 신분의 자가 맥아더 문제에서 잘못된 역사도 역사이니 철거하자는 무리들에게 그만 내버려두라! 라고 어정쩡한 말이나 내뱉고…! (맥아더가 무엇이 잘못되었는지는 확실히 말하지도 못하면서…) 대한민국 법무장관이 공공연히 강정구 사법처리를 반대하고 열우당 당의장이 반대를 하고 헌병오장 아들놈이 반대를 하고 이젠 본색이 드러났습니다만, 386 정치 패거리들이 반대하고 전교조와 한총련이 그들 앞잡이 행동대로 앞서서 반대를 하고 민노당이 반대를 하고 침묵 지키는 듯 뒤로 음흉하게 앉아서 박헌영 역할을 하는 김대중 추종자들이 반대를 하는 현실이 되었습니다.

이 어찌 통탄할 일이 아닙니까?

그래도 우리 국민들 중 많은 이들이 아직도 이 사실을 모르고 있습니다. 더욱 가관인 것은 8.15를 알고 6.25를 아는 이웃들이 인척 관계에 얽혀 어찌하지를 못하고 헤~ 하고 헤픈 웃음이나 웃으면서 "그래도 김정일은 난 놈이야! 미국에 대드는 것만 보아도 그렇고, 지금처럼 아직도 철통 같은 통치를 하는 것을 보면…"이라고 한심한 말이나 합니다. 그 짓거리 하다가 거지 깡통 차고 국제적으로 꽃제비 역할을 하는걸 지상에서 다 알고 있는데도 80세가 다된 저 남쪽지방 출신 노인들이 하는 한심한 말입니다. 그가 부럽고 대견하다는 듯이 말입니다.

우리 대한민국 국민들이 이제라도 모두 정신을 똑바로 차려야 되는데 큰일이 났습니다. 내 조국 우리 대한을 위해 산화한 현충원 님들을 생각하면서 우리 다 같이 분연히 일어서야겠습니다. 우리가 대한민국을 지키지 않으면 우리 후대는 공산 마수 좌익 무리들에게 노예가 되어 소위 말하는 꽃제비 신세가 될 것입니다.

"우리 청년들도 이젠 반대를 위한 반대에만 급급한 억하심정을 버리고 당신들보다 뒤에서 진정한 민주주의를 위해 독재 항거에 더 앞장섰던 머리 흰 우리들이 지금 나라 지킴에 이렇게 애쓰는 것을 진실로 다시 살펴보고 당신들의 조국 우리 대한민국을 없애려는 김정일에 공공연히 내응하는 지금의 이 열우당과 뒤에서 조정하는 김대중과 원격 조정하는 공산 사회주의 김정일을 바로 인식하고 이 나라를 자유 민주주의가 꽃피는 나라로 만들기 위하여 다시 일어서야 되겠다 생각을 해봅니다.

이 나라는 청소년 당신들 나라이지, 이미 한 세상을 산 우리 나이 많은 사람들의 것이 아닙니다.

당신들이 보기에 참 이상하고 가련한 꽃제비 신세가 먼데 있는 것이 아닙니다. 꽃제비 신세가 되지 않으려면 정신들 차리십시오!"

저는 세상을 먼저 산 죄로 제 경험을 토대로 청소년들에게 이렇게 호소하고 있습니다.

우국의 마음으로 제게 소중한 글을 주신 김 선생님 감사합니다.

(2005. 10. 12)

10. 매국노들의 특징

1. 친일 행위를 하되 일본으로 건너가서 하지를 않고 주로 우리나라와 만주에서 잠행하면서 했다.

2. 친북 행위를 하되 북에 가서 하지를 않고 남한에서 은둔 기생하며 한다.

3. 겉으로는 조국의 발전을 위한다며 독립 운동가들을 일제에 밀고하여 개인적 사욕과 영달을 취했다.

4. 겉으로는 민주주의의 발전을 위하고 개혁을 한다면서 뒤로는 좌익 공산사회주의(이북식) 발전과 추구에 온몸을 바친 공으로 김정일 평양에 부름 받아 그들의 축제장에서 영웅 칭호와 박수갈채 받는 것을 최고의 영예로 안다.

5. 그들은 모두 한국인이면서 실제로 애국하는 한국인 동포들을

팔아 천추만대 그들과 그들의 자손들의 영달을 도모했었고, 부정부패를 척결한다면서 지금 유사 이래 최악의 부정부패를 자행하고 있다.

6. 그들은 자기를 키워주고 배움 준 대한민국 이곳을 원수(怨讐)로 여기고 배반 행위를 하면서 스스로 자신들을 대한민국의 애국자라고 한다.

7. 대한민국을 구한 6.25 참전 국가를 통일 방해꾼, 나아가서는 침략자로 몰고 정작 우리 대한민국을 망하게 하려고 불법 남침한 김일성을 추앙받는 민족의 영웅으로 떠받든다.

8. 겉으로는 구한말 조선을 위한다면서 뒤로는 일장기를 향해 경례하며 일황을 공경하며 신사 참배를 했다.

9. 겉으로는 태극기를 흔들면서도 뒤로는 인공기를 가슴속에 지니고 김일성 초상화 아래에서 눈물을 흘리면서 큰절을 한다.

10. 빨치산 행위를 하고도 해방 운동을 하였다고 공공연하게 대한민국의 훈장을 달라고 억지를 부린다.

11. 그들은 스스로 국법을 지키지 않아도 되고 남들은 그들의 수법을 반드시 따르게 학습시킨다.

12. 그들은 '짐이 국가다' 라는 프랑스 루이 14세의 본새를 그대로 흉내 내고 있다. 곧 그들의 언행이 이 나라의 법인 것처럼 우기고 있다.

13. 국민들에게 이완용을 매국노라 욕하도록 하면서 그들은 이완용보다 더한 행위를 자행하고도 자기들을 못마땅하게 여기는 우리 국민들을 유신독재에 머무르려 하는 독재자들이라고 명명하고, 코드 맞는 그들의 공격 대상으로 또 다른 적들로 분류 지목하고 있다.

14. 전교조에 서류상 가입을 하지 않았을 뿐 전교조 뺨치게 이적행위를 하는 운동권들이 '나는 전교조가 아니다!' 하고도 도처에 전교조 비호 흔적을 남기는 행위를 한다.

15. 대한민국 노동자들 권익 보호와 환경 정화를 외치면서 좌익 공산 김일성식 사회주의를 내세워 외치는 정당인과 그 떨거지들처럼 모든 부정은 뒤로 다 저지르고 고급 노동계급 귀족처신을 하면서도 겉으로는 머리에 붉은 띠를 두르고 배고파 못살겠다는냥 처량한 표정이나 지으며 누구 잡아먹을 표정으로 하늘에다 주먹 쥔 팔을 내두르며 운동가를 목이 터져라고 외치고 그 분위기에 도취된 삶을 살고, 대개 도인들처럼 수염을 기르거나 눈에 튀는 복색을 하거나 승려도 아니면서 갑자기 머리를 빡빡 깎고 걸핏하면 땅바닥에 거지처럼 드러누우면서 떼까지 쓰며, 질서를 위해 공권력을 행사하는 이들이 접근하면 성폭력 한다고 발버둥쳐가면서 상대방을 치한으로 몰아가며 탤런트들보다 더 연기를 잘한다.(예를 들면 출세하기 위해 제 조상 호적을 위조해 바꾼 예순이 넘은 모 여자 국회의원이 국회 안에서 자기보다 아주 젊은 상대 당의 국회의원에게 성폭력한다며 밀치지 말라면서 여자 몸에 함부로 손댄다고 꼴갑 떨면서 소리치고 청소년들과 모든 국민들이 보는 앞에서 그 꼴에 알량한 몸짓을 하는 품위 없는 해괴한 작태가 대표적 사례이다)

16. 종교인 특히 성직자 수도자이면서 종교인답게 구도의 자세를 취하여 모범을 보이지 않고 대중 앞에 나서서 흘러간 운동권 노래나 따라 부르면서 저들 종교를 대표하는냥 성직자 복색을 하고 수도복을 입고 설친다.

17. 성직자이면서 6.25 때 김일성 치하에서 순교한 종교인(특히

천주교 신부 개신교 목사 불교 승려 등)을 추모하지 않고 오히려 그들을 외면하면서 가해자인 김일성과 김일성 유훈 통치를 하는 그 아들을 신성시 하고 초상화 앞에서 두 손 모아 열절한 자세로 기도를 열심히 하여 그가 속한 종교의 대다수 종교인들 얼굴에 모닥불을 씌워 놓으면서 그들 자신은 거룩한척 하는 행동을 한다.

18. 매국노인 자기들 조상처럼 행동하는 다른 사람들은 민족의 반역자로 여론몰이를 하면서 자기들은 조상들 행적은 뒤로 감추고 그들 조상들처럼 그들 빰치게 행동한다.

19. 판단 미숙한 어린 청소년들에게 그들의 성장적 특징인 사춘기 반항심을 교묘히 이용하여 선한 표정을 지어가면서 그들을 혹하게 분위기를 조성한 뒤, 고작 한다는 짓이 남의 집 귀한 자식 망가트리는 좌익 공산 빨치산 찬양 교육을 시켜 운동권 일원이 되게 하고 기성세대를 무조건 배척하고, 저들보다 나이 많은 이들에게 신경질적으로 꼴사납게 대들게 가르친다. 예를 들면 한총련이 그 대표적 희생 사례이다.

20. 위기에 몰리면 거리에서 '다 망했어요!' 못해 먹겠어요! 누가 나를 괴롭혀요! 하고 처량하게 뭇인들의 감성에 호소하면서 운동권 특기인 마타도어 자해 공갈단 행각으로 카멜레온처럼 변신하면서 부끄러움도 모르는 기어들어가는 처신을 여 반사로 한다.

21. 입으로는 평화하면서 매사를 충동질하여 시비를 걸어 평지풍파를 일으키면서 그 와중에 적극 개입하여 약자편에 서는 척하고 주도권을 잡은 뒤 나중에 본색을 드러낸다.

즉, 빨치산 혁명노선 제1호 행동 지침을 서슴없이 감행하고 어떠한 시비에도 자기와 상관없어도 한 건 잡았다는 작태로 불원천리하고 쪼르르 쫓아가 이유 불문하고 불리한 쪽의 편을 드는 척하면서 끼어들고 종국에는 그들의 계획을 개입시켜 원래의 시비하는 이들과는 선혀 관계없이 본발을 둘러엎어 그들 차지가 되게 한다.

22. 그들 가정에는 태극기가 없다. 일장기나 인공기만 있을 뿐이다. 그러기에 그들 가정은 국기게양에 무심하다.

23. 그들의 가슴에는 대한민국을 우리 조국으로 하는 애국가가 담겨 있지 않다. 적기가니 무슨 영웅가니하며 김일성을 찬양하는 적국의 노래들로 꽉 차있고 이것을 그들은 마음속으로 열절히 부르고 있다. (2005. 10. 24)

11. 초대 대통령을 욕되게 한 자들

이기붕, 최인규 이 두 사람은 1960년 3월 15일 정, 부통령 선거를 앞두고 초대 대통령 이승만 박사의 눈을 가리고 장막을 쳐 놓고 훌륭하신 분을 끼고 들어 자유당의 영구 집권을 도모하기 위하여 부정 선거를 획책한 장본인들이다.

당시 민심은 이미 집권당에서 멀어진 판인데 이기붕과 최인규는 흐르는 강물을 거꾸로 흐르게 하려는 무모한 술책을 공공연히 행하고, 특히 최인규는 장관직에 있으면서 두려움 없이 방송국을 그들 자유당 소유물로 전용하여 선거전에 몰입하고 그 자신은 자기 본연의 업무에는 충실치 않고 전국을 돌면서 시국에 대한 강연을 한다면서 실제로는 노골적으로 사전 유세 행각을 벌였다.

모든 국민들이 그들의 행각을 보고 지도자 탈을 쓴 마귀들로 보고 드디어 교수들이 시국 선언을 하고 학생들이 정의를 부르짖으면서 독재에 항거하였다.

당시 우리들도 20세의 피 끓는 나이여서 4.19 당일까지 물불을 가리지 않고 항거하였다.

그 뒤 이기붕 박마리아 일가는 자살로 몰살하고 최인규 등은 민심의 향배에 눌려 결국 사형을 당하였다.

떳떳하지 못하게 말 한마디 못하고 비명으로 세상을 마감한 것이다.

누구 하나 안타까워하지도 않았다.

민심은 천심이라 했다. 민심은 그렇게 무서웠었고 정의로움은 숨도 못 쉬는 듯 조용한 것 같았으나 열화 같은 함성을 내지르면서 이 나라를 지켰던 것이다.

부정 선거 즉 부정부패에 대한 국민들의 심판은 이렇게도 무서운 것이다.

그런데 요즈음은 자유 민주 대한민국 안에서 양가죽 탈을 쓴 좌익 사회주의 선호 바람이 집권 정당으로 출발하여 이제 본색을 드러내놓고 국기를 흔들어가면서 망발을 떨고있다.

이제 와서 국민들까지 위협하며 국민 모두가 유신 독재 망령이 들었다고 근거없이 떠들면서 그들의 운동권 투쟁 목표를 관철하기 위하여 국민들을 타깃으로 정한 듯한 발언을 서슴없이 내뱉으

면서 도처에 충돌 현상을 유도해 놓고 공산 좌경 사회주의를 싫어
하는 국민을 향해 흑백논리와 색깔 논쟁을 집어치우라고 오히려
국회에까지 가서 뻔뻔스럽게 큰소리치고 있다.

저지르기는 현 정권 그들이 다 저질러 놓고 국민들에게 덮어 씌
우면서 나무라는 술법을 쓴다.

나는 이 마당에 다시 회고해 본다. 그리고 45년 전 이기붕과 최
인규의 말로가 자꾸 생각나고 그때의 사회 현상이 내 뇌리에서 지
워지지를 않고 있다. (2005. 10. 27)

12. 그들은 이미 국민 편이기를 거부하고 있다

말로만 개혁이고 엉뚱한 것만 가지고 개혁한다고 국민들에게
따라 달라고 먹혀들지도 않는 선동이나 하고, 그들과 다른 목소리
를 내는 대다수 국민들은 수구꼴통이라 말상대도 하지 않고 몰아
붙이고, 적국으로부터 핵 공격을 받을까 걱정되어 어떻게 된일 이
냐고 물으면 간첩(?)이라고 해괴한 소리만 하고, 그들을 아껴 진
정으로 충고하면 코드가 맞지 않는다고 이 나라 국민임에도 국민
취급도 하지 않으려 들고…

그러면 그들은 지난날 그렇게 민주주의를 외쳐댔는데 그 민주

주의란 어떤 민주주의인가? 그렇게 민주주의를 외치면서 감옥 가고 목숨마저 내던지며 외쳐댄 소이연이 무엇인가?

당시 그들 뒤에는 군사 "독재 물러나라"고 함께 외치던 대다수의 애국하는 국민이 있음을 아는가? 그러기에 그 당시 그들의 목청은 더 우렁차고 힘이 있었던 것이다.

그런데 그때 우리가 그렇게 갈망하던 반공 민주주의는 어디로 실종되어 가려하고 난데없는 공산 사회주의 목청이 왜 그들로 말미암아 높아지는가?

또 빨치산 후예 어쩌구저쩌구… 이 무슨 해괴한 이야기들인가?

그들의 근본 목적이 순수히 민주주의를 갈망하는 우리 국민을 등에 업고 뒤로는 민주주의를 가장한 북이 주장하는 주체사상, "우리식" 사회주의 건설을 하자는 북쪽의 그들과 코드 맞추자는 것인가?

그래서 당명도 우리당인가?

이제 권력을 잡으니 민주주의를 그렇게 갈망하는 국민을 향해 "코드 맞는 우리끼리 한다"라고 공개적으로 으스대며 "까불지 마라" "내 손 안에 있다" "마음에 맞지 않은 나랏법은 지키지 않아도 된다" 며 이 나라 헌정 질서를 스스로 문란케 하고 "50세가 넘은 사람들은 맛이 간 사람들"이라고 집권세력이 망발이나 하며 떠들어대며 전국을 돌아다니고, 국민이란 개념이 무엇인지도 모르며 국민을 위해 나라를 통치한다고 하니…

통일을 빙자해 감상적인 수법으로 국민들의 정서를 자극하여 눈물을 흘리게 만들면서 정작 얼토당토않게 세계 유일의 김일성, 김정일 같은 세습 독재자들 자유 민주주의를 멸망시키려 온갖 수법을 다 쓰는 그들을 감히 무서움도 없이 우리 국민 앞에서 북쪽의 그들을 미화 시키는 무리들이나 양산하여 분별없이 아무 데나 헤집고 다니게 하고…

공익 국영 방송에서 기가 막히게도 "적기가를 버젓이 틀어 온 국민이 어안이 벙벙하여 공노한 일" 등등…

개혁이란 말은 국민들을 평안케 하고 모든 사람들이 서로 기쁨 속에 웃음으로 손잡고 미래 우리 조국의 영광을 향해 한마음으로 약진할 수 있도록 하기 위할 때만 써야 되는 소중한 용어이다.

그들은 이미 국민 편에 서 있지도 않고 기득권층이 되어 권력에 매료되어 국민들 앞에선 수긍할 수 없는 헛소리나 치며 교묘한 술수로 국민들을 사분오열 시켜놓고 자기네들만의 세상에 안주하려 안간힘을 다 쓰는데, 이러한 웃음거리를 지금 온 국민이 다 보고 또 알고 쓴웃음을 짓고 있음을 직시하길 바란다.

북쪽의 집권 세력들이 순진한 백성들을 "고깃국에 이밥 먹게 해 준다"고 꼬드기면서 뒤로는 그들만의 철권왕국을 만들어 온갖 호의호식을 다 하면서도 정작 그들은 인민이 나라의 주인이라고 겉으로만 치켜세우면서 드러난 결과는 온 국민이 깡통만 차고 거지 행각을 하게 만들고 있다는 사실을 우리나라 국민치고 모르는 사람이 어디에 있는가?

아울러 대한민국을 사랑하는 국민으로서 이북식 공산 사회주의, 즉 " 종교는 아편과 같다"고 종교 자유를 용납하지 않고 오로지 위대한 수령만을 믿음의 대상으로 따르게 하는 북쪽의 통치행위를 좋아하는 국민은 한 사람도 없음을 위정자들은 바로 알기를 바란다. (2004. 11. 9)

13. 염치를 아는 지도자들을 기다리며

국어사전에 염치란 "결백하고 정직하며 부끄러움을 아는 마음" 이라 하였다. 그러니까 몰염치란 "결백하지도 않고 부정직하며 부끄러움을 모르는 마음" 이라고 풀이할 수 있겠다.

세상에서 "염치 있는 사람" 이 되기란 참으로 어렵다.

그러기 때문에 예로부터 염치를 아는 사람이 되도록 하기 위하여 어려서부터 교육을 잘 받게 했고, 또 염치를 알고 올바르게 성장하도록 하는데 가정과 사회와 국가의 염원은 집요하다고 하겠다.

우리나라 백성 모두는 지금 염치 있는 사람들이 지도자가 되어주기를 몸살을 앓으며 열망하고 있다.

그런데 묘하게도 우리에게 모범을 보여주어야 할 책임 있는 위치에 있는 분들이 백성들은 안중에도 없고 보다시피 모두 제 욕심만 채우기에 혈안이 되어 방향 감각도 없이 헤매고 있다.

잘못된 일들은 모두 상대편에만 뒤집어씌운다. 몰염치한 행동들을 하고 있는 것이다. 지성은 없고 야성만 있는가 보다. 투쟁과 통치를 구분도 못하고 있는 듯하다.

과거의 못된 정치 수작은 버리지 않고 모두 배워 한술 더 떠서 마구 써먹는다.

"너희들은 이보다 더했다."

그들이 정적을 공격하느라 국민 앞에서 하는 말이다.

이것이 말이나 되는 소리인가? 나라 정치가 무슨 개인 원수 갚고 한풀이 하는 마당인가? 잘못된 것은 단절하고 새롭게 모범을 보여야지… 이런 것이 모두가 즐겨 따를 개혁이 아닌가?

목불인견이다. 방송은 보기도 듣기도 싫고 간혹 들을 때마다 열화만 솟구쳐 욕설만 나온다. 과거의 그 지긋지긋한 방송의 꼴을 또 보게 되다니… 개혁구호가 고작 이런 것들인가?

자기들 행동을 합리화하기 위해 국가를 위하고 민족을 위한다고 겉포장만 그럴듯하게 하고 눈물을 흘려가며 목청을 높이고 돌아다니지만 대부분 알맹이가 없다.

염치 있고 겸손하여 그 행동하는 것을 보고 저절로 존경심이 생겨 우리 모두가 즐겨 따르는 그런 지도자들이 나타나기를 간절히 바라는 마음이다.

이것이 순리이고 물 흘러가는듯한 자연스런 이치가 아닌가?

우리가 지금 삼류 정치 쇼를 감상하고 있어야만 하는 한가한 때인가?

이러한 말을 하면 그들은 수구 꼴통은 물러가라 "무슨 떼기당"의 앞잡이라고 기막힌 언사를 서슴없이 내뱉는다.

"무슨 떼기당" 우리들은 벌써 그들 잘못을 심판했다.

그런데 나라를 걱정하여 충고하면 "무슨 떼기당" 패거리라고 우리들을 사정없이 폄훼하고 그쪽으로 몰아부치면서 말도 못하게 욕설을 퍼붓는다.

어이가 없다. 부정은 같이 저질러 놓고 도토리 키재기식이면서 무엇이 선명하다는 말인가? 백성이 어디에다 하소연해야 되는가?

집권한 정당이기에 잘해 달라고 신문고 울리는데 분명한 대답은 않고 어물 머물 고작 한다는 게 야당과 일부 언론 때문이라고… 그래서 집권당은 책임 없다는 뜻인지… 지금 백성들은 일부 언론만을 보고 방방곡곡에서 벌집 쑤셔놓은 듯 아우성인가?

그러면 소위 전체 언론이란 무엇인가? 설득력 없는 논리만 펴고… 지금 무슨 뒷골목 동네 아이들 싸움질 흉내 내며 누구한테 눈물 흘리며 징징대고 일러바치고 있는 중인가?

고작 생각해 낸 묘안이라는 것이 순진한 사람들에게 촛불이나 켜들고 나오라고 …그것도 한두 번 이래야지… 한심하고 한심하다.

어디서 갑자기 튀어나오는 버릇없는 짓들인가? 안방을 차지하고도 주인 행세를 할 줄 모른단 말인가? 남의 탓만 하고 있으면 모든 일이 해결되는가? 백성들은 나라를 위해 말도 하지 못하는가? 저들은 국내외를 돌아다니며 아무데서나 아무렇게 말해도 괜찮고… 백성이 판단력도 없는 한갓 무지렁이로 보이는가?

그것은 6.25를 일으킨 집단 같은 데서나 있을 법한 일이다. 이들에겐 충효도 장유유서도 아무것도 없고 오직 그들의 목청만 있는가 보다.

우리도 이 나라 백성이다.

우리 같은 백성을 내팽개치고 어떤 백성을 상대로 무슨 정치를 한단 말인가? 반만년 유구한 역사란 어떤 기준으로 유구하며 무엇을 근거로 하여 자랑하는 말인가?

민심은 곧 천심이다. 민심을 외면한 역사는 땅덩어리만 이어오는 황량한 사막의 역사일 뿐이다. (2004. 11. 2)

14. 기로(岐路)

－국민으로서 택일해야 할 세종시에 관한 나의 입장－
(세종시 문제에 얽힌 나의 단상)

헌재(憲裁)에서 수도 이전에 목표를 둔 세종시 구상 제안은 위헌이라 판결하였다. 옳은 판결이다. 역사적인 사료를 통하여 판단하는 내가 보는 시각에 부합하기 때문에 그렇다. 그러나 세종시 이전 원안을 수정하려는 안이 중도(中道)를 표방하는 현 정권의 정치적 수단이 내포되어, 전적으로 정적을 견제하기 위한 뜻이 조금이라도 담겨져 있다 하면 나는 선택의 길에서 망설이고 있다. 세종시 문제는 편향된 정치적 술수 목적으로 풀어서는 아니 되기 때문이다.

한나라당의 전 대표라는 정치가가 세종시 원안을 고수하고 있다. 그의 이 소신이 좌파무리들에로의 무방비한 정치적 동조 시각으로 나타난다면 나는 절대로 반대한다. 같은 말을 다시 하지만 역사적인 사료를 통하여 내가 보는 시각이기에 그렇다. 이어서 말하지만 나라를 팔아먹으려는 기세로 이적행위를 하면서 또 통일의 명분을 분별없이 내세우며 북괴 공산 사회주의와 김일성 유훈 통치를 여태껏 옹호하고 있는 대한민국 내의 정치적 집단의 동태가 항상 염려스럽다.

과거 15년 동안 다 드러났지만, 부연(敷衍)하여 말하자면 사실

203

은 건국 초부터 이 고약스런 좌파집단의 정치적 나댐은 집요하게 이어왔고, 이제껏 대한민국의 건국을 부정하고 이승만 초대 대통령을 집요하게 인정하지 않는 모든 좌파 정치집단의 세종시 원안 고수는 그들의 운동권을 총망라한 좌파들 집권욕에만 혈안이 된, 또 좌파적인 정권교체에 매진하는 정치적 음흉성이 그대로 내포된 것이다.

결과적으로 이에 부화뇌동하는 그 어떤 형태의 정치적 목적의 통솔력이라도 나로서는 그들의 주장을 절대로 반대하는 것이다.

그리고 분하고도 분통 터진 과거 일이 되었지만 두 번씩이나 바짝 다가온 좌파척결로 나아 갈 국운타개의 절호의 기회를 개인적인 실수와 정치적 모함을 입어 결국 허망하게 다 놓치고도 이제 와서 고작 정치적 입지를 다시 만회해보려는 수단으로 손을 잡은 대상이 다른 대상도 아니고 자기를 극렬하게 반대 모함했던 좌파들 즉, 열린우리당원으로는 가망 없음을 간파하고 간교하게 변신하며 속이려 드는 일부 좌파 무리들과 한통속이 되어 분별없이 손을 잡고 지역민의 이익 챙기기에 편승해 알량한 표심이나 얻어보려 하는 속셈이 뻔히 들어다보이는 행보는, 곧 소아배적 정치가로 전락한 정치인이라 여겨져 세종시 원안 고수를 주창하는 그의 초라한 주장도 나는 절대로 반대하는 것이다.

다시 말하지만 12년 전 좌파들의 망국행위를 싫어하여 자유민주주의 건국정신 이념과 이에 필수적으로 따르는 반공정신을 내세워 좌파척결의 기수가 된 똑바로의 대쪽이라는 그분을 보수 우파들은 우뢰같이 모여들어 나라를 구해보자고 지지했던 것이다. 좌파들의 잔재들과 손을 잡은 그는 내부적으로 삐거덕거리는 가운데 이제껏 외로운 마음을 달래면서 대한민국을 지켰다고 자부하는 우리 보수 우파 국민들을 어디다가 다 내팽개치고 그래서 그를 따르던 국민들은 지금 어디를 지향해야만 된다는 말인가? 이래서 나는 좌파 속에서 방향 없이 허덕이는 그의 정치적 소신을 절대로 찬성할 수가 없기에 단호하게 반대하는 입장이 된 것이다.

이렇게 허망 할수가 있는가? 닭 쫓던 개 지붕 쳐다보는 격인 우리 국민들이 된 것이다. 좌파들과 공조하여 세종시 원안을 고수해야 나라가 잘 된다는 말인가? 국민들로 하여금 좌파를 인정하라는 말인가?

이제 정치인의 소신과 신뢰심(信賴心)을 전제로 한 행보를 말하고자 한다. 신뢰심은 정치인의 생명이고 모든 국민의 생존을 좌지우지하는 최상의 덕목이 된다.

신뢰심을 바탕으로 한 정치적 지도력은 국가의 존망을 좌우한다. 왜냐하면 우리나라 초대 대통령 이승만이 주창했듯이 우리 국민이 "뭉치면 살고 흩어지면 죽는다"며 1950년 6.25 때의 김일성 기습남침의 난관을 열화 같은 국민의 신뢰심(信賴心)을 바탕으로 일치단결하는 화합으로 극복하며 대한민국을 살려 오늘날을 있게 한 지도자의 먼 장래를 내다보는 결단의 통솔력을 회상하기 때문이다.

지금 온 국민이 정치가들의 술수로 그 발걸음이 사분오열되어 가고 있다. 나라 꼴이 말이 아니다. 지금 휴전선 이북 김정일 도당은 일제 강점으로부터 1945년 해방된 뒤 이북 김일성 때부터 시종일관하여 호시탐탐 남한을 적화통일 하려고 노리고 있는 이 마당에 대한민국에서 무슨 태평성대가 왔다고 이렇게 혼란천지로 둔갑시키며 국민들의 선택을 헷갈리게 만드는 해괴한 통솔력, 그로 인해 나타난 성동격서 격인 사회상을 일으키고 있다는 말인가?

현 정부가 선거철엔 보수 우익을 내세우고 6.25 혼란을 분골쇄신하며 극복한 우리 보수 우익 국민들의 표심을 잡고자 전국을 돌며 목에 핏발을 세우며 사자후를 내뿜던 입후보자가 정작 보수 우파의 표심을 잡고 난 뒤 선거에 승리하자, 비유하자면 전 정권 전임 대통령이란 사람이 표심의 인주가 마르기도 전에 나는 좌파가 아니라 했다가 어휘만을 교묘히 바꾸고 설마 했던 국민 앞에 "나는 좌파 신자유주의자다"라고 벼락같은 폭탄발언을 하며 대한민국 국민을 놀라게 하고 배반하며 헤매다 결국 만인 앞에 모범 되지도 못하는 망신의 처신을 했듯이, 이번 정권에서도 선거가 끝난 뒤 바로 이어서 그때의 잔꾀 발언을 그대로 본떠서 보수 우익들 면전에 바짝 대고 나는 중도를 표방한다며, 또 폭탄 발언을 선언한 지금의 정치인의 목적 없는 처신으로 나라를 바르게 이끌지 못하고 있는 세태의 흐름 결과는 아주 잘 못된 지도력 때문이라고 본다. 뒤늦게 한배에 편승하여서 유리한 고지에 올랐다고 자신해서 이런 음흉한 수단으로 정적을 제거하려 정치행각을 벌이는 정치인의 모든 정치적 행위를 나는 절대로 반대한다.

이렇게 지도자들이 작은 목표를 내세우며 국가 향방 철학 이념도 무시한 채, 이 눈치 저 눈치나 보며 우왕좌왕 하며 식언이나 일삼는 양상은 근세에 처음 본다. 지도자가 국민의 정서를 교묘히 이용해 삼척동자까지도 뻔히 알고 있는 저들끼리의 정적을 내몰아 궁지에 빠트리고자 사분오열하는 현상으로 결국 국민들을 혼란지경의 갈피 못 잡을 상황으로 유도해 허허벌판 혹한의 떨림 속으로 감히 내몰고 서로가 서로를 부축일 수 없는 의심의 눈초리로 오가게 만들며 헤어나지 못할 구렁텅이에 빠트리려 획책하고 있다는 현실이라 하니… 대한민국 국민들이 하루살이 모리배 정치가들의 밥인가? 우리 국민들이 이런 경우에 청천 백일하에 눈뜨고 또 속아야 되는 운명을 가졌다는 말인가?

나는 묻고자 한다. 우리나라 이 강토 온 국민들이, 무엇이 모자라 하릴없이 집권당의 주도권을 잡으려고 날뛰는 무리들을 수수방관 하면서, 휘날리는 태극기 아래에서 그들이 국민통합 국민정서 함양의 정신고취는 뒷전이고 싸움박질만을 제본분인 양 일삼는 이전투구(泥田鬪狗) 형상의 한심한 싸움질만을 바보처럼 그저 좋다고 구경만 하고 있어야만 하는가?

흡사 6.25 나기 전에서부터 대한민국 남한 정부 안에까지 침투한 좌파들의 술수로, 전국토가 아수라장으로 변하게 된 이 나라의 한스럽고 끔찍한 6.25 동란, 원인제공을 남북 좌파 정치인들이 불러오게 했음을 다시 상기하게 된다.

이제 나는 여기서 어떻게 선택하여야 하는가? 나의 대답은 하나다. 너무 음흉한 좌파적 술수만 꽉 들어찬 이 나라의 정치인들을 신뢰(信賴)할 수 없다는 것뿐이다.

슬프게도 나는 이제 기로(岐路)에 서서 국민의 한 사람으로서 주어진 선택의 혜안을 인위적으로 가로막은 정치적 술수의 음흉한 눈가리개를 그 누가 와서 하루속히 속 시원하게 풀어주기를 다만 기다리고 있을 뿐이다. (2010. 2. 22)

15. 방아다리 약수터에서 있었던 일

2002년 여름 저는 아내와 같이 강원도 평창군 진부에 위치한 방아다리 약수터를 들른 적이 있습니다. 진부에서 횡계 방향으로 가다가 오대천을 건너기 전 왼쪽으로 방향을 틀어 들어가는데 좌우의 농촌 경치가 그림같이 참으로 아름다웠습니다.

약수터 입구에 도착한 저는 안내판 앞에서 안내문을 읽는 먼저 온 관광객 몇 사람 틈에 끼어 약수터에 관한 이야기를 읽고 있었는데, 조금 떨어진 곳에서 갑자기 제 아내의 높은 언성이 들려왔습니다.

"아니 보아하니 애기 아버지 같은데 순진한 어린 아들에게 거짓말을 하면 어떻게 해요! 이승복 사건은 진실이에요! 나는 그때의 사실을 다 알고 있어요! 진실을 거짓말이라고 가르치는 아버지가 어디 있어요! 원 참! 저렇게 가정교육을 시키다니… 이 다음에 이 아이가 커서 어떻게 되겠어요?" 하는 것이었습니다.

제 아내의 기색이 너무 등등했기 때문인지 그 아버지는 아무 말도 하지 않고 어린 자식 손을 끌고 저쪽 떨어진 곳으로 슬금슬금 피해갔습니다.

일의 전말은 이렇게 되었습니다. 이승복 어린이가 "공산당이 싫어요!" 하고 대답하다가 무참하게 공산당 놈들에게 죽임을 당했다는 안내판 이야기를 보던 초등학교 어린이가 "공산당들이 왜 승복이를 죽여요?" 하고 손을 잡고 있는 아버지를 쳐다보며 물으

니 "저건 모두 거짓말이란다. 공산당이 왜 아이를 죽이니?" 했다
는 것입니다.

이승복 사건 당시 22살 된 제 아내는 강원도 교육청 학무과에
근무할 때인데 당시의 모든 현장조사 내용을 실제로 상세히 알고
사건을 정확하게 정리하여 두었다고 했고, 모든 직원들과 함께 울
면서 공산당 놈들의 만행에 치를 떨며 분개했던 젊은 시절을 다시
회상했습니다.

사불범정이라… 진실된 사실을 거짓된 것이라고 하는 작금의
좌경화된 무리들의 한심한 작태와 교육계에 침투하여 어린 학생
들에게 6.25를 북침이라 한다든지, 좌파이면서 국보법 폐지하자
고 머리에 붉은 띠를 두르고 가두에서 난동데모를 하는 행위가 민
주화 운동이라고 억지로 갖다 붙이면서 외쳐대는 현실에서 좌파
정권의 지금 같은 엉터리 사상교육이 대한민국의 건국이념을 계
승하는 정당한 태도인 양 대한민국의 정체성을 뒤흔들어 놓고 있
는 작금의 전교조등 운동권 각종 어용 시민단체들의 작태에 똑바
르게 대처하여 민주주의 우리나라 대한민국을 굳게 지켜나가는
국민이 될 것을 새삼스레 다시 한 번 다짐해 봅니다.

2006년 이승복 반공사건이 진실임이 밝혀지게 되니 지난 2002
년 방아다리에서 겪었던, 자기 자식에게까지 거짓교육을 시키는
우리나라 일부 우리 국민들에게 일깨움을 주고자 이 글을 다시 올
렸습니다. (2004. 10. 29)

16. 병역의무

사랑하는 벗님에게!

저는 호미질님의 글 속엔 이 나라를 사랑하는 진정한 애국의 열정이 들어있다고 생각하는 사람입니다.

나를 지키고 가정을 지키고 이웃을 지키고 사회와 국가를 지키려는 마음은 인간의 본능이요, 사회의 공동약속이요, 국가의 질서 지킴에 동참하는 명예로움이라 생각합니다. 그래서 스스로 나섬이 가장 좋으나 거기에는 한계가 있기에 국가차원에서 병역의무를 정하고 나라를 지켜나가는 것이라 생각합니다.

모병제는 평화 시에 필요한 군 운영제도이기에 그 한계가 당장 노출되고 특히 우리나라 같은 준전시체제에서는 불가능한 일이라 여겨집니다.

한 나라의 통치는, 한 나라의 국민된 도리는, 국토방위의 의무를 당연하고도 나의 일이다! 라고 생각하는 모든 이들의 의지가 모일 때 그 나라는 12세기 칭기즈칸의 정신을 세계 각국의 젊은이가 모두 흠모하는 정신세계가 융성한 국가의 모습이 될 것이요, 한 나라의 부강은 내 조국을 지킨다는 열정 어린 국민들로 똘똘 뭉쳐 있을 때 가능한 것이요, 한 나라의 자랑은 이러한 국민의 조국 사랑의 의지가 몸에 배어 세계 어느 곳 어느 장소에 가든지 창공에 훨훨 날리는 태극기를 보면 가슴에서 조국 사랑의 열정과 애정이 어머니를 애타게 그리는 마음으로 소스라쳐 치솟아 올라 부지불식간에 흐르는 눈물을 손잔등으로 닦을 줄 아는 국민으로 형성되어 있을 때, 그 의미는 더 빛날 것이라 생각합니다.

이스라엘 국민은 다얀 장군이 국방장관으로 중동의 제국 몇 억을 상대로 7일 전쟁으로 끝장낼 때, 세계 각국의 공항은 조국을 지켜야 된다는 유태 남녀 젊은이들의 지원 행렬이 공항마다 이어졌었는데, 이 정신이 곧 국민이 나라를 지키는 정신이고 이 모습이 곧 그 국가의 미래의 성쇠를 판가름하는 희망이 되었다고 저는 감히 말합니다.

그들이 역사 가까이로는 600만의 희생의 한이 서려 있었고 이길 아니면 우리들 모두는 공멸한다는 공동의식이 무섭게 내재되었던 것입니다.

세계사 속에 이런 정신이 있어야 그 국가가 명맥을 유지하는 데 국가의 개념도 모르는 자들이 국민의 정의가 무엇인지도 모르는 형편없는 자들이 집권하다 보니, 고작 국가의 장래는 감상적인 글 제목처럼 취급되어 작금의 우왕좌왕의 젊은이 모습으로 연출됐다고 생각합니다.

정당한 사유로 군 복무를 못하는 경우가 있습니다.

이는 모든 국민이 반드시 인정해주어야 하지만, 혹시 마음 안에 나만은 그 고생과 그 시간상의 손해를 모면하자는 생각이 한번이라도 들어 있었던 분이라면 저는 지금 그분들에게 말합니다.

국민될 자격은 있겠지만 국가를 위한다고, 애국한다고, 나라를 구한다며 남을 제치고 정치에 뛰어들어가면서 나대는 행동을 삼가해 달라고! 감히 말할 수 있습니다.

지금 이 순간에도 국립 현충원엔 조국을 위해 우리의 행복을 대신해 그 귀한 한 목숨을 의연히 버린 호국의 영령들이 잠들어 있고, 그분들의 영령들이 우리의 가슴이 어떻게 움직이나 예의 주시하고 있습니다.

이런 제 생각으로 국토방위의 의무는 내 목숨과 모든 국민의 재산과 영예를 다 지켜주는 성스러운 봉사정신이 들어 있는 것 이라 말씀드립니다.

그런 봉사 정신을 가진 이들이 나라를 붙들고 있어야 그 국가는 건강합니다. (2005. 5. 17)

17. 전교조에 대한 나의 경계심

저는 30여년을 교직에 몸담고 있다가 퇴직한 교육 공무원입니다. 요즈음 전교조에 대한 말들이 하도 많아서 저의 지난 교직생활 속에서 제가 경험한 몇 가지 사례 중에서 그때의 느낌을 말해 보고자 합니다.

1986년 이후 서울 송파구 ○○중학교에서 참교육을 주장한 교사들이 있었습니다. 교육활동을 전문으로 하는 운동권이 아닌 교사들도 귀가 솔깃하였습니다.

그런데 그분들은 대부분 정치운동권 출신으로 종래 우리들이 생각하고 따르는 대한민국의 교육이념에 의한 교육 활동과는 거리가 있다는 것이 차차 드러나기 시작하였습니다.

그들이 학교에서 가장 두드러진 것 하나는 학교에 비리 문제가 있었다 하면 반드시 파헤치려는 자세였습니다.

이는 정의로움에로의 우리 국민과 교사들이 모두 바라고 염원하던 속이 시원한 일이었습니다.

그런데 그 비리를 들추고 해결하는 방법에서 눈에 보일 듯 말 듯한, 정상적인 방법에 익숙한 우리 교사들과의 인식과는 차이가 있음을 알게 되었습니다.

해결 방법은 그 문제가 학교와 사회와 국가에 온전히 신뢰감을 심어주는 교육적 방법이 아니고, 당시의 우리나라식 정치 운동 방식이라는 것입니다.

문제가 해결되면 그것은 우리 모두의 교육에 종사하고 비리에 분노하는 교사들의 공이 아니고, 몇몇 운동권 출신들의 공 만으로 돌려 그들 집단의 힘만 과시하는 행동들을 하였습니다.

어느 사회에서든지 다 있는 일입니다만 미꾸라지 한 마리가 우물물을 흐린다고 하였듯이 교육의 장을 흐리는 몰지각한 극히 일부의 교사도 있었던 것은 사실입니다.

그러나 지금까지 대부분의 정의로운 교사가 있기에 오늘날의 세계 10위권의 경제대국의 우리나라가 있게 됐다는 것은 다 인정하는 사실입니다. 그런데 그들은 그들과 뜻을 같이하지 않는 모든 교사들을 모두 사회적으로, 비리 집단으로 서서히 인식시켜 가고 있었습니다.

기존 교사들을 모두 부조리의 집단으로 깎아내리고 적대시하여 국민들의 지탄을 받게 하고 전교조의 위상만을 높이려는 분위기를 획책하고 있다는 것입니다.

비리 문제, 나이 많은 교사는 부정 비리의 가담자이고, 부정부패에 동조 연루된 자들이고, 과거 군사독재에 아부한 무리들이란 얼토당토 않는 논리를 정론화시켜 이런 인식이 점차 커져, 이제는 걷잡을 수 없는 교육 현장 전체의 불신 풍조로 번져 교육에 대한 신뢰감을 완전히 떨어트리고 있으며, 그 불신의 풍조가 오늘에 와서는 묘하게도 불신의 불을 당긴 전교조 쪽으로 서서히 번져 교육의 파멸이 전교조가 일으킨 문제라는 쪽으로 확산되고 있는 부메랑 같은 일이 벌어지고 있는 현실입니다.

전체적으로 우리나라 교육의 파멸이 초래된 것이라 생각합니다.

이런 위기에서 내 자식을 보호하자! 이것이 오늘날의 학부모들의 일반적인 풍조입니다. 누가 우리 아이의 담임이 되느냐의 문제에서 이젠 전교조 교사가 담임하는 것만 피해야 될 터인데… 이것이 오늘날 우리 이웃 학부모 되는 이들이 가지고 있는 생각의 흐름입니다. 우리 자식들을 그들로부터 막아보자는 것이지요.

1988년 저는 P중학교에서 근무했습니다.

학교 체육행사에서 저는 깜짝 놀랐습니다. 가장행렬이 있었는데 상당히 많은 2, 3학년 학급에서 학생들이 분장하고 나오는 그들 앞에 높이 들려진 피켓에 '정의로운 빨치산, 또는 지리산의 외침 등 빨갱이들의 냄새가 물씬 풍기는 분위기는 가히 기절초풍을 할 지경이었습니다.

선글라스를 쓰고 각종의 모제 총기를 들고 두리번거리는 우리 학생들… 단순한 호기심 정도가 아니었습니다. 후에 조사해 보니까 그들 학급을 지도한 담임교사들은 모두 운동권 출신의 교사들이었다고 합니다.

한번은 몇몇 교사들이 모여 사담을 하는 자리였습니다.

저는 6.25 동란 발발 전후의 경험담을 말한 적이 있습니다. 제가 다닌 학교는 38선 바로 넘어 이북 100리 정도 떨어진 인민학교인데 어느 날 아침 등교해 보니, 학교 건물 양옆으로 두대의 탱크가 각각 위장망으로 씌워져 서 있었습니다. 못 보던 어마어마하게 큰 산 같은 것이 나타나 모두들 호기심이 많았지만 선생님들이 얼씬도 하지 못하게 해서 장난꾸러기인 우리들은 멀찍이 떨어져 구경만 했습니다.

그런데 그 탱크가 6.25 발발 그 전날 아침에 없어졌습니다. 그 앞서 저녁때 없어졌다고들 했습니다.

6.25가 터진 날 우리는 교실에 앉자 선생님 얘기를 들었습니다.

'위대하신 영도자 우리의 아버지 김일성 수령님의 뜻을 받들어 인민군 전사들이 여러분들이 요전에 본 그 멋있는 탱크로 남조선을 해방시키려고 들고 일어서서 나갔다 하면서 서울, 경기도, 충청도, 전라도 그리고 경상도, 낙동강 이런 순서로 칠판에 남한 지도를 그려 화살 표시로 줄을 그어가며, 여기를 해방 시켰다 하면 야! 하고 박수 치고 저기를 해방시켰다 하면 야! 하고 박수치던 얘기를 하면서, 6.25는 어린 나의 눈에 비친 그때에도 남침이라고 알고 있었다고 말하니까, 26세 된 사회과 LJH라는 여선생이 갑자기 얼굴이 붉으락푸르락해지더니만 저를 향해 '참! 재밌네요!' '참! 재밌네요!' 하고 쓴소리를 내뱉으면서 입술을 비웃듯이 삐죽대더니만 갑자기 밖으로 나갔던 일이 있었습니다.

그 여교사는 나중에 전교조 골수가 되었습니다. 6.25 동란을 북침 때문에 일어났다고 가르치는 교사였습니다.

1994년 6월 B학교에 근무할 때입니다.

어느 날 아침 일찍 저는 학교 뒤뜰을 순시하고 있었습니다.

거기에 PSW이라는 여교사가 평소 복장이 아닌 위에는 하얀 소복 저고리 아래는 검정 치마의 TV에서 가끔 보는 평양 거리의 여성 복장으로 뒤뜰을 명상에 잠긴 듯 상념에 잠긴듯 엄숙하고 슬픈 듯한 표정으로 두 손을 앞으로 모아 잡고 고개를 다소곳하게 숙이고 왔다갔다 조용히 걷는 것을 보았습니다. 평소 모습이 아니어서 이상하게 몇 번이고 유심히 보았습니다.

오전 11시 김일성이 죽었다는 뉴스가 퍼졌습니다. 대부분 교실에서 학생들의 함성이 일어나고 모든 교사들도 그날은 박수를 쳤습니다. 곧 통일이 오는 기분이었지요. 그런데 전교조 모든 교사들은 말이 없었습니다. 침통했습니다. 그 여교사도 운동권 교사로 정직 되었다가 다시 복직하게 된 전교조 소속의 교사였습니다.

2000년 J 학교 여름 방학 종업식을 하는 날이었습니다. 마침 운동장에서 방학식을 하고 곧바로 귀가하게 학교 행사가 발표되었는데 많은 학생들이 운동장에 나오지 않았습니다.

방학식이 시작되기도 전에 많은 학생들이 정문 밖으로 도망을 치듯 빠져나가고 정원 뒷담을 타고 넘어 도망가고 교사들은 이들을 제지하느라고 야단들이었습니다.

C 교감 선생님도 이리 뛰시고 저리 뛰시며 학생들을 말렸으나 허사였습니다. 방학식이 시작된 뒤 학생들이 많이 나오지 않았거나 아예 열 손가락 꼽을 정도의 학생인 학급이 많았습니다. 조사해 보

니 텅 빈 학급들은 모두 전교조 담임반 학생들이었다고 했습니다.

D학교 때의 일입니다. 우천 시 실내 애국조회를 교실에서 할 때입니다. 국기에 대한 경례를 할 때 학생들은 국기에 대한 경례를 하지 않았습니다. 애국가도 부르지 않았습니다.

담임선생님들을 조사해 보니 거의가 전교조 교사들의 담임반 학생들이었다고 합니다. 그 이후 지금까지는 어떻게 되었는지 모릅니다. 제가 교단을 떠난 뒤이기 때문입니다.

저는 이렇게 생각합니다.

우리 교사들은 학교에서는 학생들이 올바로 판단할 수 있는 능력을 키워주어야지, 미리 어린 학생들에게 이념교육을 위험하게 접근시켜 우리 이웃과 사회와 평화로운 가정에 혼란을 불러일으키는 교육활동도 아닌 것을, 교육을 빙자해 나라 질서 파괴의 데모만 일삼는 우리나라식 정치운동의 행동을 가르쳐서는 절대로 안된다고 생각합니다. (2005. 1. 17)

18. 간첩(間諜)

국어사전에 간첩(間諜)의 뜻은 적대되는 상대편의 내부에 침투하여 그 기밀을 알아내는 사람이라 하고 있다.

다른 말로 간인(間人), 간자(間者), 세작(細作), 첩자(諜者)가 있고 외국어로 스파이로 통용되는 자를 일컫는다.

간첩의 유래는 인간이 지구상에 존재하면서 그 생활 속에서 처음부터 생겨난 존재가 아닌가 생각해 보기도 한다.

동서고금을 통하여 나라와 나라의 치열한 대결과 전쟁 속에서 간첩의 역할은 참으로 다양하였다. 자기 나라 만을 위하는 간첩, 다른 나라도 위하고 자기 나라도 위하는 이중간첩, 왔다갔다하는 간첩, 적국에 상시 머물러 임무를 수행하는 고정간첩 등등…

세상을 살아가는 사람들은 그 환경과 성격에 따라 참으로 다양한 모습을 지니고 있다. 그런데 고래로부터 간첩 일을 직업으로 가지고 있는 사람도 있을 정도이니 이 부분에 대해서는 평상심을 가진 사람들은 그들 간첩에 대하여 고개를 갸우뚱한다.

어디할 일이 없어 간첩 질을 하다니… 하고.

간첩하면 그 인간성도 문제가 된다. 정상적인 삶이 아니라는 게 세상의 보편화 된 인식이기 때문이다. 그런데 파견된 간첩은 아국에는 애국자요, 적국에는 매국노 또는 원수로 매김 된다.

동양 역사상 가장 유명한 간첩은 바로 춘추전국시대에 합종책으로 유명한 유세객으로 육국의 정승인(印)을 허리에 차고 그의 고향 낙양으로 금의환향한 소진(蘇秦)이 아닌가 나름대로 생각해 본다.

제(齊)나라 민왕 때 소진은 정승의 자리에 있었다.

그가 민왕에 권유하여 육국을 동원하여 진(秦)나라를 치려고 했는데, 당시 제나라에는 저 유명한 맹상군(孟상君)이 현신(賢臣)으로 있을 때였다.

당시의 상황은 제나라가 강국 진나라를 치면 국운이 기울어질 형편인데 민왕은 그것을 모르고 맹상군에게 명하여 동맹국 다섯 나라에 격분을 보내고 농원하여 진나라로 진격케 하였다.

그러나 맹상군은 기지를 발휘하여 다섯 나라와의 동맹도 어긋나지 않게 하여 명분도 세우고 진나라와도 적대감을 완화시키니 왕으로부터의 신뢰감은 점점 깊어지고 소진은 그 인기가 점점 떨어져 우울한 나날을 보냈다.

어느 날 소진은 민왕을 뵈러 궁으로 가는데 으슥한 복도 맞은편에서 시위군(侍衛軍) 비슷한 자가 다가오면서 소진에게 인사를 드리는 척하다가 번개 같이 비수를 뽑아들어 소진의 배를 냅다 질렀다. 그리고는 나는 듯이 달아났다.

소진은 비수가 꽂힌 배를 움켜쥐고 쓰러질 듯이 민왕에게 다가가 '대왕이시어, 이제 신은 죽습니다!' 하였다.

민왕은 크게 놀라 일어서며 '이게 웬일인가, 속히 범인을 잡아라!' 하였다.

소진이 겨우 아뢴다. '범인은 이미 멀리 달아났을 것입니다. 신이 죽거들랑 대왕은 즉시 신의 목을 끊어서 시정(市井)에 내다 걸게 하고 다음과 같은 글을 게시하십시오'

'알고 보니 소진은 연(燕)나라 고급 간첩이었다. 그러지 않아도 소진을 죽이려던 참이었는데, 누가 이렇듯 이미 소진을 죽였으니 참으로 다행한 일이다. 소진을 죽인 사람은 즉시 자진 출두하여라. 상금으로 천금을 주리라'

'이렇게 해야만 그 범인을 잡을 수 있습니다…'

소진은 마지막 힘을 기울여 자기 배에 꽂힌 비수를 뽑고 그 자리에서 죽었다.

민왕은 소진의 유언대로 그의 머리를 끊고 시가에 내다 걸게 하고 방을 붙였다.

어느 날 방을 본 살인자가 나타나 상을 타려는 기쁜 마음으로 '소진을 죽인 자는 바로 나다'라고 하니, 시리(市吏)가 붙들어 궁으로 끌고 갔다.

민왕은 형리(刑吏)로 하여금 엄격히 다스리게 하였다. 혹독한 매에 못 이겨 그 자는 배후를 모두 불었다.

민왕은 그 배후자들을 모두 처형하였다.

후대 사관이 소진을 논평한 것이 있다. '소진은 죽으면서도 계책을 써서 자기 원수를 갚게 하였다. 가히 지혜 있는 사람이라고 하겠다. 그만큼 지혜 있는 소진이지만 결국 칼을 맞고 죽었다.

어찌 반복무상(反覆無常)하고 나라에 충성(忠誠)이 없는 자의 말로라 하지 않을 수 있으리오.'

소진이 죽자 일찍이 소진의 문하에 있었던 사람들 입에서 비밀이 누설되기 시작하였다. '소진이 죽을 때 한 말은 참말입니다. 사실 그는 동맹국 연나라를 위해서 제나라를 망치려고 와 있던 고급 간첩이었지요.'

그제야 민왕은 소진에게 속은걸 알았다.

이때부터 제나라와 연나라는 금이 가기 시작하였다.

우리나라에도 1970년대 후반인가 이수근이란 고급 간첩이 북괴로부터 떳떳이 연극을 해 가면서 당당하게 판문점을 거쳐 대한민국에 들어왔다. 나중에 그가 고급 간첩이란 사실이 밝혀졌다.

그런데 나는 그 이후 6.25의 불법 남침 장본인인 김일성이 죽은 후에도 어마어마한 인사, 즉 황장엽이 가면의 너울을 쓰고 버젓이 남한에 내려와 안 그런척하며 이적 행위를 하지 않나 그를 의심하고 있다.

겉으로는 북을 질타하지만 내용을 따지고 살펴보면 교묘한 이적 행위가 도사리고 있음을 왜들 모르는지!

어처구니없게도 그는 대한민국 안에 들어와서 민주주의라는 명목으로 교묘하게 우리 국민에게 주체사상이라는, 그가 김일성을 위하여 완성한 공산사회주의 철학을 가르치고 있는 현실이다. (2005. 6. 28)

19. 수(戍)자리

사전에 보면 '수자리' 란 지난날, 나라의 변방을 지키던 일, 또는 그 일에 동원된 민병이라 설명되고 있다.

국가의 위급에 대하여 민간에서 조직한 사병조직을 말하는데, 곧 관병(官兵), 관군(官軍)의 옛 기초 개념으로 이해된다.

사람이 세상에 태어나서 성장하면서 참으로 할 일도 많다. 필요치 않은 일도 많고 필요한 일도 많다.

개인적으로 독불장군처럼 혼자 따로 떨어져서 무인도 같은 곳에서나 심산이나 오지에서 사는 경우도 생각해 볼 수 있다 하겠으나, 그러한 삶도 인생의 과정에서 어느 한계점을 지나서야 가능할지는 모르나 사실 이는 거의 불가능한 삶이다.

사람은 모여서 살기 마련이다. 태어나면서부터 관계를 가지고 있다. 이 관계는 종국에 가서 우리라는 공동의 인식하에서 삶의 의미 의식이 키워져 가고 성장되는 것이다.

여기에서 가정이 있고 부족이 있고 이웃이 있고 사회가 있고 국가의 개념이 형성되는 것이다.

이렇게 하여 그 테두리에 들면 우선 자기를 지키고 가정을 지키고 이웃을 지키고 부락을 지키고 사회를 지키고 국가를 지켜 나가게 마련이다.

누가 노력하지 않는 나만을 지켜주는 것이 아니라 서로가 노력하며 서로를 지켜주며 공동생활에서 이웃에 윤기를 더해준다.

이 공동 수호의 개념이 곧 나를 지키는 첩경이 되기 때문이다. 사람들은 자기 자신을 지켜주는 수호자가 나타나기를 천성적으로 선호한다.

특히도 자연의 현상이라고나 할까 동물적인 차원에서 살펴보아도 육체적으로 힘이 약한 여성들은 멋지고 힘센, 누가 나의 보디가드가 되어 주기를 바라는 행복한 마음을 표현하는데 가히 선척적인 현상이라 하겠다.

나약한 이들은 거의 수호자가 옆에서 자기를 지켜주었으면 한다. 사실 따지고 보면 인간은 모두 나약하다.

수자리!

사람이 가정을 가지고 그 가정에 소속될 때부터 우선 지키는 것부터 배운다. 지키지 않으면 잃어버리고 빼앗기고 멸망하고 말기 때문이다.

인간이 태고적으로부터 비롯될 때 약육강식의 원시적 본능으로 출발할 때부터 모든 동물이 그렇듯이 사람들은 지혜를 모아 자연으로부터 우리를 지키고 늑대 같은 집단 동물들의 급습으로부터 그들 스스로를 지키며 살아왔다.

모두가 한밤중에 잠들면 곧 죽음이 올 수도 있기에 차례를 정하고 약속을 정해놓고 동네의 장정들을 앞세워 서로가 밤잠도 자지 않고 지켜 가면서 그들의 안녕을 유지했고 외부의 침략으로부터 자신들을 보호했던 것이다.

이것이 수자리의 원시적 출발이다. 나아가서 내가 지키지 않고 우리가 지키지 않으면 우리와 공통의 의식을 가지지 않은 무리들로부터 몰살을 당하거나 싸움에 지면 적군의 포로가 되어 종국엔 그들의 수족이 되어 노예의 신분으로 그 삶이 평생 그리고 대대로 슬프게 이어져 왔다.

인류의 약육강식의 원리는 이러했던 것이다. 이러한 공동의 규모가 커지고 서로가 지킬 것이 많아지고 단순한 통솔이 어려워지는 과정에서 그 지킴의 규모는 제도화 되었다. 위험으로부터 생명을 지킨다는 것은 단순한 일이 아니다.

극단의 위기 와중에서 모성의 표현을 보라!

순간적으로 생명을 지키고 위기를 모면하는 과정에서 정상적인지 아닌지도 모를 행위를 서슴없이 행하며 목숨을 내 놓고 처절하게 자식을 보호해 나간다. 궁극적 목적은 지켜 유지하는데 있기 때문이다.

이러한 전제 하에서 군은 특수한 사회라 한다.

사람들은 여러 가지 취미 활동을 한다. 농구도 하고 축구도 하고 야구도 모여서 한다. 그런데 그 운동들이 재미가 있으려면 그 운동을 유지하는 규칙이 있게 마련이다.

개인적으로 하는 운동의 법칙 준수! 이는 선수가 자기를 추스르는데 가장 중요한 핵심적인 것이다. 그리고 집단으로 지켜야 할 그 테두리 안에서의 여러 가지의 수칙! 이는 그 집단을 유지하는 데에서 없어서는 안 될 법칙인 것이다.

모든 부문에서 이 규칙은 반드시 필요하고 유지되어야 한다는 것을 우리 모두는 다 잘 알고 있다. 그래서 그 야구 경기의 경기 수칙이 그렇게도 많고 까다롭지만 선수나 관중이 규칙을 알고 잘 지켜나갈 때 그 야구 경기는 더더욱 재미가 있기 마련이다. 규칙을 잘 지키면서 연습(훈련)을 게을리 하지 않는 선수가 세계적으로 명성을 휘날리고 박찬호 선수 같이 대접을 받는 선수가 되고 그런 선수가 있는 구단이 빛나는 것이다.

여기에서 경기 준비와 운영에서 여러 가지 그 게임에서 필요한 특수성이 있다. 농구는 농구대로 배구는 배구대로 골프는 골프대로!

운동경기 이외에도 이 요령과 규칙은 그대로 예외 없이 그 부문의 특성에 맞추어 법칙이 정해지는 것이고 어디에서든지 다 그 부문의 규칙은 적용되어 운영되어야 하는 것이다.

농사에서는 농사대로 어업에서는 어업대로…!

그런데 우리가 다 알고 있듯이 그 각 분야의 전문성을 이탈하고 축구선수가 갑자기 야구를 하고 배구 선수가 갑자기 역도선수 역할을 한다면 그 어색하기가 말이 아니고 때로는 꼴불견이다. 그 역할을 제대로 솜씨있게 하기도 어렵다.

토목 일을 전문으로 하는 사람이 그 인품이 뛰어나고 도덕적으로 드러난다고 하여 갑자기 종교의 성직자 역할을 하라고 하면 그 흉내는 겨우 낼 수 있을지 모르지만 객관적으로 우습기가 짝이 없다.

마호메트의 회교 성직자가 갑자기 크리스챤의 성직자가 될 수 없는 것처럼 그 전문성은 이렇게 무서운 것이다.

그런데 그 각 부문에 종사하는 사람들이 그 부문에 종사하지 않아도 복잡한 사회와 국가의 운영 개념 속에서 보면, 그 내부의 변화 속에서도 운영은 가능하고 외부로는 잘 흘러갈 수가 있는 것처럼 보인다.

개별적으로는 자기의 전공을 갑자기 바꾸니 새로운 곳에서 그 생소함을 이긴다는 것이 얼마나 힘이 들 것인가!

다시 말하지만 농구 게임이 없어져도 우리는 불편하지만 어느 정도 견딜 수가 있다. 야구 경기를 못 보아도 우리는 아쉽지만 억지로 참고 견딜 수가 있다.

국방의 의무와 국가의 국토방위의 문제는 다른 여타 부문의 개념과는 근본적으로 다르다.

나의 생명과 자식과 가족과 국민의 생명과 재산을 지키는 문제이기 때문이다.

적으로부터 우리의 나라를 수호해야 되기 때문이다.

기강(紀綱)이 무너지면 존재의 의미가 없어지는 특수한 곳이다.

기강이 감상적으로 세워지는 것인가?

아니다! 기강은 야성적이면서도 이성적으로 이루어져야 되는 것이다. 의무가 허용되는 희생이 뒷받침되어야 기강은 바로잡힐 수 있는 것이다. 법을 지키지 않아도 된다는 망발에 우리나라와 우리 군의 기강은 하루아침에 무너져가고 국기(國紀)는 지금 흔들대고 무너져가고 있다.

병법에 '전쟁은 흉한 것'이라 하였다. 그러기에 '절대로 전쟁이 일어나서는 안 된다'라고 나라의 통치자는 통치 개념에서 국방의 문제를 명심하여 알고 나랏일을 이끌었던 것이다.

그런데 불가항력으로 전쟁이 일어났다 하면 그때는 '수단과 방법을 가리지 않고 반드시 이겨야 한다!'라고 하였다.

이는 멸망으로부터 우리의 가족, 형제, 이웃 그리고 우리들의 아름답고 다정한 고통의 문화를 지켜나가기 위해서이다. 즉 멸망하면 아무것도 없기 때문이다. 그래서 우리는 모두가 생명을 걸고 나라를 지키는 것이다.

여기에 특수성이 있다.

그렇기 때문에 현충원에 모셔진 조국을 수호하다 가장 귀중한 님들의 목숨을 나라에 바친 분들의 영령이 훌륭하고, 모든 국민이 추앙하여 받드는 이유가 여기에 있는 것이다.

병역 의무를 이행하는 것이 싫다고 남들은 다 하는데, 총을 쏘는데 필요한 생 손가락을 자기 마음 대로 잘라가며 군대에 가지 않았노라고 오히려 적반하장 격으로 설치는 이 작태! 그리고 온 천하를 나대는 집권당의 현역 국회의원이 있는 정도의 우리나라 수준이니 나라 꼴은 망가질 대로 망가졌다. 그 꼴에 대통령이란 자의 오른팔이란다.

군 복무란 하기 싫으면 하지 않고 기분 좋으면 가서 일하는 그런 곳이 아니다. 싫어도 의무적으로 우리를 위하여 지켜야 하는 것이 국토방위의 성스러운 의무인 것이다.

바로 한민족의 백의의 기상과 전통과 신의를 목숨처럼 사랑하는 우리 민족의 선비 정신이 깃들어져 있는 그런 곳인 것이다.

예로부터 내려오는 '수자리 살러 간다.'라는 애환의 뒤에는 이런 막중한 개념이 도사리고 있기 때문이다.

이러한 특수한 곳에서 지키고 유지하는 방식은 여타 부문과는 아주 다르다.

위기로부터 순간을 지키고자 전광석화 같이 움직여야 하는데 다급 하고도 위엄 있는 명령은 수시로 절대로 필요하고 특수사회의 골격에서는 빼놓을 수 없는 가장 기초적인 수단이다.

민간 사회에서는 상상도 할 수 없는 엄격한 규율과 다급한 명령과 강한 훈련은 특수 임무를 띠고 복무하는 군 장병들의 목숨을 우선적으로 지키고 안녕을 유지시키는 독특한 방식인 것이다.

우리 국민들은 아직도 나라를 지키는 특수한 병영을 우리 일반 사회 생활 영위 정도로 여기고 있는 듯 한 느낌이 들 때가 많다.

이러한 환상이라면 지나간 일이지만 6.25 때 철통같이 방위한다던 국방력이 북괴의 하루아침의 남침으로 무너질 때처럼 열 번도 스무 번도 더 무너질 빌미를 우리는 안고 있는 것이다.

나라를 지키고자 곧 다가오는 전쟁의 임무를 수행하고 자신의 목숨을 지켜나가면서 나라를 지켜내고자 대비해야 될 자세와 동작에서 적탄이 비 오는 듯 날아오는 와중에서 지휘관이 예의를 갖추어 천천히 사병에게 '총을 드십시오! 장전하십시오! 한발 쏘십시오! 지금 공격할 기분이 되었습니까?' 라고 경어를 써야만 되고

지휘관이

야! 너 지금 적군이 쳐들어와 죽을 판인데 동작 빨리 취하지 못해! 하고 ‘죽으려고 환장했어!’ 라고 고함치는데, 사병 입장에서 아니꼬운 생각이 들어 고작 생각한다는 것이 제 알량한 사회의 자존심만 내세워 ‘남이 죽든지 살든지 왜 반말 짓거리야!’ ‘이는 중대한 언어폭력이고 인권 모독이야! 이번 전쟁 끝나고 고발할 테야!’ 라고 그 지휘관을 걸고 넘어지고 감상에 젖어있다면, 신세대의 병영 생활만 우선으로 염두에 두고 기존 군 질서의 특수한 장점까지를 몽땅 다 버린다면, 지키기를 거부하고 특수한 군 사회를 착각하고 싸워야 될 때 까닭 없이 총부리를 거꾸로 하고 해괴망측한 짓거리를 하는데, 온 국민이 사건 자체에만 얽매어 더불어 말싸움이나 하는 현실이라면, 나라가 어떻게 지켜지고 국가의 안위가 어떻게 유지되겠는가 생각해 보니 가슴이 참으로 답답하다.

우리 대한민국을 다른 나라가 지켜주고 우리는 태평성대만을 누린다면 문제는 간단하지만 멸망이 얼마나 무서운지 아는 우리가 오천 년의 민족 수난의 슬픔 속에 산 우리가 역사공부를 하나도 하지 않았거나, 건망증이 심한 사람처럼 어디 먼 나라의 일인 것처럼 모두 다 닥쳐오는 위기를 대비할 생각 없이 다 잊어버리는 민족성이라면 한심하다.

이번(2005년 6월의 사병 총기난사 사건)의 참여정부 국방장관의 대처는 말단 지휘관의 위기대처능력 정도도 못되는 모습을 보여주었다.

군은 특수한 집단이다. 국방장관의 위치와 역할은 다른 부서의 장관과 판이하게 다른 막중한 자리이다.

그러기에 예로부터 전시에는 나라의 최고 동수 권자의 말도 경우에 따라서는 작전상 뒤로 하고 소신대로 그 막중한 군 업무를 수행하는 것이라 하였다.

국방장관의 위치는 이렇게 중요한 것이다. 순간의 잘못이 나라를 패망의 길로 떨어트릴 수 있는 그런 자리다. 고작 언어 폭력이 어떻고 인권이 어떻고 정도의 수준으로 그 특수한 임무를 수행하려 들다니 어처구니가 없다.

운동 분야 집단의 여러 부문의 명 감독도 그 분야의 전문성을 크게 인정하여 히딩크처럼 고액의 나랏돈을 들여서까지 전문성을 인정하고 초청하여 우리의 축구를 세계 4강 수준까지 이끌은 결과가 된 때도 있었다.

풋내기부터 교육을 받고 그곳에서 초등장교로 시작하여 잔뼈가 굵어 한 치의 잘못도 없이 임무 수행 끝에 얻은 올바른 경험과 노하우를 가지고 지휘 책임 수행을 수 없이도 많이 경험하고 만고풍상을 다 경험한 전문가인 자격의 소유자가 나라 부서 중 가장 중요한 부서, 즉 국방부의 장관이 되어야 명령도 관철할 수 있고 나라의 수호 임무를 가질 때 온 국민은 마음 놓고 신뢰할 수 있고 내 자식을 군에 믿음을 가지고 입대 시킬 수 있는 것이다.

특수성을 감안해 주어진 임무를 수행하는 군 내부의 고질적인 관습을 개선하는 것은 시급하다. 그러나 빈대 잡으려다 초가삼간 태우는 꼴이 되어서는 큰일이니, 참으로 특수사회의 문제를 논하는 과정에서는 우리 국민 모두가 신중하여야만 하겠다.

우리나라처럼 오천 년의 역사 속에 외란의 시달림 속에 온갖 고초를 다 겪어온 민족이 어디에 또 있었겠는가!

가까이로는 임진왜란과 정유재란, 병자호란 그리고 일제침탈과 6.25!

고대 알렉산더 대왕의 위업이 과연 찬란함으로만 이야기되고 흉노와 북방 민족의 침노 속에 만리장성의 모습은 단순한 관광지의 아름다움으로 그저 선인들의 웅장한 위업으로만 이야기되어야 하는가!

중세기 십자군의 원정 속에 양대 종교의 충돌이 어떠했겠으며 그 가운데서 우스운 '정조대'라는 웃기지도 않는 유물들이 오늘의 우리들에게 무엇을 생각하게 해 주는가!

칭기즈칸의 세계 정복 속에 인류의 애환은 어떠했겠는가!

전쟁문학이나 기록 속에 우리 인류들은 그 전쟁의 핵심을 어떻게 짚고 넘어가야 하는가!

인류가 지구 상에 첫발을 내디딜 때부터 가장 고민하고 어려워하고 그 많은 애환이 담겨져 있는,

'수자리를 살러 간다!

단순하게 전쟁은 없어져야 되고 나를 귀찮게 구는 자가 목전에 있는 데도 우리는 평화 수호자이고 무기를 버릴 터이니, 너희도 무기를 버리라고 '송양지인(宋襄之仁)' 같은 송양공의 사고 속에 우리가 머무른다면 과연 적국의 시랑이 같은 마음보를 어떻게 방어하고 허물을 수 있겠는가?'

'수자리를 살러 간다!'

오늘이 공산 괴뢰 김일성 집단이 남조선 해방이란 기치를 내세워 불시에 남침을 강행하여 이 땅에 6.25 사변을 일으켜 민족의 슬픔을 자행하여 그 슬픔이 오늘까지 이어온 55주년 되는 천추의

한이 된 뼈아픈 날이다.

자유 민주주의 대한민국을 사방의 적국으로부터 지키는 특수한 의미를 우리 모두는 엄숙하게 다시 생각해 볼 때가 아닌가 생각해 본다. (2005. 6. 25)

20. 이념논쟁과 지도자

'지금이 어느 시대인데 이념논쟁을 한단 말인가!' 이 말을 가장 즐겨 쓰는 사람들이 있다. 그리고 그들은 서로 대화 중 말문이 막힐 때나 그 논쟁을 회피해가는 수법으로 상대에게 서슴없이 몰아치는 경우에 내뱉는 어법이다. 상대방을 일방적으로 무식한 자로 임의로 만들어놓고 한수 알려준다는 본새다.

마치 지금 이 시대에 자기들만 살고 있다는 듯이 착각하면서 말이다. 그리고 지나간 역사는 들추지 말아야 한다고 강한 어투로 상대를 몰아붙인다.

그러면서도 천 년이 넘은 삼국시대로 돌아가 고구려, 백제만 들먹이며 신라가 잘못되었다고 지나간 역사를 억지춘향격의 논리를 펴는 그들이다.

그리고 껑충 뛰어 일제강점기의 역사에서 자기들 유리한 쪽으로 상대방을 올가미 덧씌우는 수법으로 그 시대를 요리하고 있다. 역사를 제 마음대로 파 뒤집어놓고 깽판을 놓고 있는 것이다. 그 이외엔 역사도 아닌 것처럼 취급도 하지 않는다.

주로 좌편향 빨치산 찌끄러기 코드에 맞는 자들의 끼리끼리 짖어대는 언동이다.

현대사회가 자기들만의 점유물이고 자기들과 같은 생각을 가지지 않는 나이 많은 국민들은 눈엣가시로 쳐 어서들 죽으라고들 한다.

현 정권에 들어 무엇이 무언지도 모르는 운동권 부류들의 모습이다. 그들은 이 세상을 기고만장한 인간답지 않은 사고방식으로 저들 마음대로 현대를 인식한다.

더욱 가관인 것은 현 야당 지도자라 자처하는 경기도지사 손뭐라는 사람도 이에 부화뇌동(附和雷同)하여 며칠 전 똑같은 말을 짖어댔다.

'지금이 어느 시대인데 사상 이념 논쟁을 한다는 말인가!' 반공을 국시로 대한민국 60년을 우리의 삶의 터전으로 하는 우리가 이 나라 주인이라고 자처하는 자유 민주주의 애국시민을 향하여 내뱉는 말 본새이다.

국민들의 마음을 누구보다 헤아려야 될 지도자들이 지금 모두 헷갈리는 말들만 골라 하고 모든 국민들이 알지도 못하는 제2건국이니 낮은 단계 연방제 통일이니 하면서 건방지게 현대사회에서 우리나라 대한민국 장래 운운하고 있다.

빨치산 찌끄러기들이 대한민국을 정복하고 김일성에 충성하고자 엉뚱한 목표를 정해놓고 대한민국의 앞날을 갈길 헷갈리게 하는 한심하고 낡아빠진 짓거리는 이념논쟁이 아니라고 한다.

김일성의 불법 남침으로 인해 우리 국민들이 지금까지 눈물과 한스러움으로부터 헤어나시를 못하여, 다시는 6.25 같은 불행한 경우를 당하지 말아야 한다는 일념에 공산 마수 그들의 행태를 경계하고 핵무기로 우리를 위협하는 그들로부터 철저히 자유 민주 국가 대한민국을 지키려는 애국시민들을 지목하여 시대감각이 없다고 나무라는 한심한 투다. 지금이 어느 시대인데 좌파 좌파 하는가, 라고 항변하는 사람들은 거의가 용공주의자 즉, 빨갱이라 보면 틀림이 없다.

어처구니 없는 한심한 이 나라 지도자들의 현주소이다.

지금의 여당은 아예 공개적으로 떠든 그들의 정치 향방이 그렇다손 치더라도 더욱 한심한 것은 한나라당 소속의 경기도지사가 이 정도라면 나라 꼴은 한나라당이 집권한다 하더라도 계속 보나마나 뻔하고 뒤죽박죽이 되지 않을 수 없다.

선명성도 없고 기회주의의 대표적 처신을 하는 그를 더욱이 현 좌파 정권을 거부하는 우리들을 대변하는 한나라당에서 경기지사로 지원했다니 믿어지지가 않는다.

정치가들이 이렇게 시류에 영합하여 원칙도 없이 이렇게 왔다갔다한다면 나라의 장래도 일관성 없이 왔다갔다하면서 끝도 없이 얼치기 정치인들의 입초시에 놀아나 안개 속에서 갈 길을 잡지 못하고 혼미해질 것이라 생각이 든다.

뚜렷한 소속감을 가지고 산뜻한 행보를 내딛는 우리나라의 우뚝한 정치 지도자가 나오기를 기대해 본다.

철새들을 경계하고 진정한 대한민국의 참신한 애국 지도자가

나오기를 온 국민들이 눈 똑바로 뜨고 갈망해야 하는 피할 수 없
는 시점이 되었다.

(2006. 2. 20)

21. 없애야 할 악습

밀어내기!
생물적인 일차적 본능일 수도 있다.
어느 신앙 서적에서 읽은 기억이 난다.
'식물에는 생혼만 있고 동물에는 생혼과 각혼이 있고 만류의 영
장 인간에게는 생혼과 각혼 그리고 영혼이 있다.'
6.25 때 정신 이상자 북괴의 김일성 주도로 불법 남침이 이루어
진 그 이후 서울을 비롯한 우리나라 대한민국 전역은 지옥 그 자
체라 말해도 과언이 아니었다.
다른 것은 차치하고라도 자기주장만을 정당화 하고 자기만의
생의 도모를 동물적 감각으로 추구할때였기에 그 후유증은 아직
도 그리고 우리 후대 자자손손 대대로 지워지지 않는 기록으로 남
을 일이 터졌던 것이다.
사상 이념의 대립으로 미래 지향적으로 옳고 그름도 분간하지

못하고 헤매던 시대였었다. 지금은 다행히 세계적으로 판별이 나서 공산주의 이념 정부라는 것은 각국마다 폐기처분 되어 쓰레기장에 버려지거나 소각장에서 불태워버린 지 이미 오래 되었다.

6.25 사변 중 그 와중에서 보따리를 싸가지고 들고튀는 행렬에서도 불안에 싸인 와중에서도 도강 파니 잔류파니 하여 코미디 같은 일로 서로를 물고 늘어지고 모함질을 하여 움직일 수 없는 노인 모시느라 어쩔 수 없이 서울에 머물은 사람들은 공산치하에 있었다고 빨갱이로 지목되어 혼줄이 난 예도 있고, 간첩질 하느라 피난민 행렬에 끼어들어 남한에 잠적한 종자들이 본연의 신분을 감추고 후방을 교란시키다가 교묘히 민주투사 껍데기를 뒤집어쓰고 민주주의 애국자로 어깨 으시대며 호령하는 꼴도 보았다. 단순히 살기 위하여 벌어진 작태치곤 정도를 넘은 행동이었다.

그런데 궁극적으로는 상대방을 밀어치고 경우에 따라서는 목숨을 잃게 모함 질을 한 예도 많았던 것이다.

아예 이북 김일성 도당들은 사람들을 납치하여 양미리 엮어 맨 꼴로 소위 말하는 '죽음의 행진'을 만들어 무고한 양민과 공직자 그리고 성직자 수도자들을 혜화동 고개, 미아리 고개를 끌고 넘어가다가 형편 여의치 않으면 모조리 아주 깊은 우물에 포승줄 엮은 채로 그대로 쓸어 넣어 몰살시키고 북으로 도망치는 만행을 저질렀다.

세월이 얼마 지나지 않았는데도 그들은 이 땅의 노인은 모두 안방에 처박혀 있거나 심지어 없어져야 된다(이는 노인들이 과거를 생생히 알고 그들의 만행을 증언할 수 있는 대상이라는 발상에서 나온 생각이라고 본다)라고 말한다.

역사가 그들의 필요에 따라 마음대로 조작되는 행위를 자행함이 곧 이런 때문이다.

얼마 멀지 않지만 일제하의 슬픔은 심지어 지금 생존한 분들을 화제로 삼아 그때 태어난 것까지 죄악시하는 듯한 바람을 일으키고 더 가까이 그들이 저지른 6.25에 대해서는 통일을 하자면 무슨 사상적 이념 논쟁이냐 흘러간 옛 노래가 아니냐 잊어버려야 된다 하면서 희석시키려 든다.

공산 괴뢰가 저지른 6.25 죄악에 대해선 일언반구도 없다.

아예 6.25 동란은 없었던 것으로 인식시키려 드는 판이다. 간혹 6.25 사건을 말할 때는 대한민국정부가 양민들을 학살했다는 식이다. 그들이 말하는 양민이란 빨치산 행위를 하면서 대한민국을 적국으로 하여 정부를 전복하려는 무리들인데도 말이다.

가관인 것은 처음에는 전교조가 6.25는 북침이라 하다가 먹혀들지 않고 궁하니까, 오늘에 와서는 명분도 없는 통일해방전쟁이라고 어린 학생들 앞에서 미화시키면서 가르치고 있다.

그리고 지리산, 빨치산 만행, 제주도 4.3 사건 등 대한민국 안에서 난동을 부린 공산 프락치들의 행각을 무엄하게도 무슨 열사니, 무슨 영웅이니 하면서 공원묘원까지 만들어가면서 떠들어 대고, 심지어 초등학교 학습지도 안에서 그리고 대학 강단에서 교수 나부랭이라는 자들이 어린 학생들을 꼬드겨 그들 앞에 나서게 하여 공부는 뒷전이고 데모질만 일삼게 한다.

비겁한 좌익 세력들의 행각인 것이다.

그들의 저질 반국가 행위가 들통이나 제제를 가하면 적반하장 식으로 '인권'과 '민주주의' 그리고 '인도주의'를 소리 높여 국민들 앞에서 주먹을 불끈 쥐고 삿대질이나 하면서 고함질이다. 이북 김정일 집단에게 시달려 굶주리다 못해 각처로 들고튀다 잡힌 가련한 이북 백성들의 인권은 외면한 채 말이다.

사람은 본성 중 배타적인 면이 아주 강하지 않나 생각한다.

가족끼리 마을끼리 지역끼리 똘똘 뭉치는 데는 어느 정도 장점도 있는듯하다.

그러나 정도 문제다.

어렸을 때 정월 대보름시기에 이웃 동네 간에 쥐불을 흔들면서 ‘망월 싸움’ 을 하는 것을 본 기억이 있다.

어린이뿐 아니라 청년들까지 합세하여 경우에 따라서는 이겨야 악귀가 남의 마을로 건너간다고 설치다가 크게 다치거나 목숨까지 잃고 마는 경우도 보았다.

미풍이 악습으로 둔갑한 예이다. 미풍양속이 이런 지경까지 악용될 때 나는 전쟁의 꼴을 다시 한 번 비교 확대하여 생각해 보기도 하였다.

지금 국가 간의 전쟁은 작으나 크나 자기 살자고 남 죽이는 살육의 양상으로 끊임없이 이어지고 있다. 다만 먼저 저질러 놓고 미련스럽게 옳고 그름을 미래의 판단에 맡겨두고 마는 예지의 지혜로운 모습은 흔적도 없다.

현 정부는 그들만의 공고한 집단 이익 추구의 서슴없는 망발만 되풀이하는 작태를 이제는 만인이 보는 대낮에 버젓이 자행하고 있다.

대표적인 통치 방식이 분열과 대립의 구도를 세워 놓고 모든 국민들을 그 한곳으로 몰고 간 뒤 그들은 그들만이 통하는 목표를 향해 치닫고 있다.

백성들이 구렁텅이에 빠지는 것은 아랑곳하지 않는다. 저들끼리 코드 맞추기에 열을 올리고 있다. 과거 국가 부흥을 위해 애를 쓴 정도의 독재는 조족지혈이다. 그때와는 비교도 할 수 없는 신종 무대뽀다.

곧 이북의 국민들은 김일성이 번듯이 내세워 공언한 '고깃국에 이밥 말아 먹여준다'는 꼬드김에 속아 넘어가 지금까지 기다리며 그래도 행여나 하고 굶주리고 초라한 현재의 모습을 우리도 쫓아간다고 누가 아니라고 장담하겠는가.

지금 이 정부의 5년은 한심하게도 1945년 8월 15일 이후 해방 후 이북의 김일성 우상화와 공산화 공고를 위한 수순과 어쩌면 그렇게도 신통하게도 똑같을까 하고 생각할 때가 많다.

지금이 그때의 중간 1946년-1948년간 '종교는 아편이다'라는 구호를 내세워 김일성을 살아있는 신으로 떠받들게 하면서 종교 말살 정책을 자행한 그때와 똑같다.

그리고 김일성 우상화 사상교육의 일환으로 어린 학생들 대표를 뽑아 백두산과 금강산으로 사계절 끊임없이 수련활동을 시켰다.

이 수련활동을 하고 돌아온 학생들은 훗날 김일성을 도와 황장엽이 완성한 바로 저들식 주체사상 교육의 기본적인 행동 교육의 앞잡이들이 되었다.

비리를 없앤다는 핑계로 사학법 개정을 밀어붙여 대한민국 교육 건학 이념의 특성을 말살하고 있음이 그 본보기이다.

본격적으로 대한민국을 그들의 좌파적 구호대로 '다 바꿔!' 하면서 허물기 시작하고 있다고 본다.

생혼과 각혼 만을 내세운 좌익 부류들의 대한민국호에 탄 자유

민주진영 우리 국민들 '밀어내기 작업'이 사실적으로 준동하여
엉뚱하게 공공연하게 자행되고 있는 현실이 되었다.

(2005. 12. 27)

22. 진정한 나라 사랑 "똑바로"

백의민족님 안녕하십니까?

님의 글 두 편을 잘 읽었습니다.

시종여일하신 글 속에 진실된 애국의 혼을 불러일으켜 내시려
는 님의 뜻에 경의를 표합니다.

영·호남인의 대한민국 우리나라에 대한 애국의 시각 발걸음을
내디딤은 이제껏 다른 목소리였습니다.

이젠 한 지역의 편 가르기에 편중된 애국의 지역적 애국수단을
박차고 털어버릴 때 그때부터 진정한 화해와 영·호남을 뛰어넘
는 다른 지역의 민심화합과 나아가서는 남북의 진실된 통일에로
의 접근 모색의 출발범이 된다고 생각합니다.

작금 특히 지금 현 정권 같은 국가관, 즉 어설픈 몸짓은 인기도
없는 삼류 신파극을 연출한 대표적인 발상이고 낭비였다고 저는
생각합니다.

239

이점은 사실 무자비하고 무식한 철혈정책, 이북에서도 예외가 아닌 문제였습니다.

과거 8.15 전부터 6.25 이후 10년까지는 함경도와 평안도는 서로 주도권 싸움에서 함경도가 크게 밀려 애꿎은 이북 백성들만 더 더욱 구렁텅이에 빠졌고, 한데 이러한 현상은 세계 속에서 본다면 자그마한 강토 우리나라 안에서 같은 언어를 쓰면 문화도 같다는 이 절대 진리를 외면하고 자기의 이익을 위하여 무조건 정치적으로 다른 색깔들을 용납 못하는 근성 속에서 끼리끼리의 군상들은 고작해서 상대방이 깨닫지도 못하고 그저 머리 숙이고 저들 무리에 굽신거리는 것만 타협이고 나아가서는 민족화하라는 명칭을 붙입니다.

한 가족 안에서도 형제끼리 부모와 자식 간에도 이해한 뒤에 마음을 푸는 과정이 있어야 따름이 있고 협동이 있고 내세우는 가풍의 한 목소리가 있는 것이지, 무조건 이해도 못하는 그럴 듯한 우격다짐의 한골 명분만 내세운 서로의 이해와 통일해야 된다는 당위성 주장은 자꾸자꾸 통일의 장에서 멀어지는 감정의 골만 파고들어 점점 더 그 골만 깊어지는 양상만 보인다고 생각합니다.

이러한 지금까지의 저의 생각은 지금 님의 '창사랑 정신'을 대함에 아주 기쁜 발걸음 내디딤이라고 생각합니다.

산뜻한 출발이라고 저는 생각합니다.

그리하여 결론적인 저의 생각을 말씀 드린다면 '똑바로'의 창님의 이미지가 온 국민들의 통일정신의 근간이 되어 나아가서는 민족과 남북통일의 성업을 이루는 우리들의 산뜻한 국민성이 되었으면 하는 바램입니다. (2005. 12. 3)

23. 우리는 주변국을 어떻게 대하여야 할 것인가

푸른 늑대님 안녕하십니까?

님께서 느끼시는 마음을 읽었습니다.

그러나 미국에 관한 느낌은 구체적으로 차이가 있는 것 같습니다.

저의 우리나라 주변국에 대한 시각을 말씀 드리겠습니다.

일본! 두말할 나위도 없이 지리상으로 우리와 가깝고도 먼 영원한 우리의 경쟁국입니다.

그들이 삼국 이전부터 지금까지 왜(倭)라는 인식하에서 우리 강토를 슬프게 한 발자취는 더럽고도 추합니다. 이 자들을 용납해서 우리가 떳떳할 것 하나 없습니다.

지금의 분단이 우리의 못난 탓이 우선 되겠지만 일본 그들은 바로 우리 근 현대 역사 속에 분단의 슬픔까지 원인 제공한 장본국입니다.

중국! 우리가 자랑하는 5,000년 역사 속에 중국은 우리의 주변국으로서 때로는 선진문명의 수여자였으며, 때로는 우리 민족의 영토를 침범한 적국이었으며 때로는 학술과 문화의 동반자로서 복잡다단한 관계를 유지해 왔습니다.

그 역사가 우리 민족 수난의 역사 대부분이었고 아직도 그들은 동북공정 같은 짓을 저지르는 유전인자를 그들 몸속에 담아놓고 있는 것이 아닌가 생각됩니다. 제일 경계해야 될 못된 똥 되놈들이지요!

러시아! 북방 민족입니다.

이들의 체세포 유전인자 속엔 도둑질 근성이 꽉 들어박힌 민족입니다. 눈치 보아가면서 유리한 쪽으로 그 행동의 거취를 결정하지요.

북방은 춥습니다. 예로부터 농사 안 되는 북방에서 농사 잘된 남쪽 지방에 기회를 엿보고 기습하여 농산물을 빼앗아 가는데 이골이 난 북방 민족입니다.

고래로부터 근 현대 세계사 속에서까지도 그 민족의 행적이 말해줍니다. 상대할 부류가 못 된다고 생각합니다.

미국! 백인들이 세운 국가, 그들은 상행위를 내세워 이익을 취하는 대표적 국가이지요.

아메리카 대륙으로 건너가 인디언을 거의 몰살시켰고, 아프리카에 건너가 검은 유색인들을 그물로 짐승 잡듯이 쳐서 노예로 만든 자들이지요. 다행히 에이브라함 링컨 이후 노예제도는 그들의 내적 충돌로 잠재워졌다고는 하나, 아직도 그 흔적은 도처에 잔류하고 있습니다.

우리와의 관계는 수교 이후 그들과 서로 협력 관계였습니다. 8.15 이후 6.25 지나고 그들은 그들의 이익을 위해 우리를 도왔습니다.

지금은 배척할 수 없는 혈맹관계가 되었습니다. 우리가 역사상 보도들도 못한 민주주의라는 가장 좋은 백성 중심의 정치 체제를 일깨워주면서 우리를 세계 속에 뒷보장해주면서, 또 우리는 그들의 힘을 입어 오늘의 세계 속의 대한민국이 된 것은 자타가 공인하는 사실입니다.

우리 대한민국 국민들은 무작정 호화롭고 좋은 것 추구의 사대 정신을 그들에게 나타내보여서는 고작 옛꼴이 됩니다.

미운 데가 있지만 우리의 계속적인 발전을 위하여 용미(用美)하는 지혜를 발휘하여야 된다고 생각합니다.

언젠가는 우리 위치를 되찾고 주도권을 확고히 할 때까지 말입니다. 우리의 발전을 위하여 그들이 세계 속에서 뒤 그늘이 되어 도움을 준 것을 우리는 잊어서는 안 됩니다.

사실 냉철하게 드러내놓고 보면 미국 없이는 우리나라가 지금의 이 위상에 스스로 올라설 수 없음은 우리가 모두 공인하는 부분 아니겠습니까?

우리 대한민국 우리 민족은 아쉽지만 그래도 이 '한미 공조를 더욱 공고히 하는 방법'을 택함이 상책이라고 생각합니다.

이북! 참으로 그 속의 동포들은 불쌍합니다.

하마터면 우리도 지금 그 꼴을 당할 뻔 하였으니까요.

김일성 유훈통치를 하는지금의 김정일 무리들!

호시탐탐 대한민국을 망하게 하려는 것이 그들의 변하지 않는 지금까지의 노선입니다.

우리에 대한 이런 이북의 적대행위를 경계하고 대비해야 하는 것이지요. 그들이 적대국으로 대하고 망하게 하려는 우리 대한민국 국민인 우리들의 자세는 확고해야 됩니다.

우리 국민들이 용납도 못하는 값싼 저들 나름대로 통일 논리에 부화뇌동하는 현 정권을 이래서 우리는 질타하는 것입니다.

어디다가 빨치산 동상을 건설하고 이 해괴한 짓거리를 하는지 님도 그들의 작태를 살펴보시길 바랍니다. 감사합니다. 푸른늑대 님. (2005. 12. 2)

24. 이 나라의 진정한 지도자는 언제 오나

그냥님!

불초한 저의 견해를 공감해 주시고…

제 블로그에 소중한 말씀까지 남겨주심에 감사합니다.

지금까지 답답하게 지냈고 앞으로도 2년여 지금의 이 타령이라 생각하니… 온 나라 국민의 한 위치에서 저도 또 다른 몸살이 새로 나 겹쳐지는 판이라 여겨지니, 이젠 어떤 야권 대선에 뜻을 둔 주자가 어떤 말만 했다면 온 신경이 그리로 써지는 저의 지금의 심정입니다. 과연 수신제가했고 치국평천하에 뜻을 두는 자격이 있고 오늘처럼 암울한 이 나라의 향방의 정국과 국민들 분노의 의식을 풀어줄 수 있는 인물인가!…의 심정에서입니다.

사실 제가 다시 생각해 보지만 민정당 전두환 임기 말 노태우, 김영삼, 김대중의 대결에서 김영삼, 김대중의 천하에 남사스런 꼴과 개인 욕심의 극치가 이렇게 나라고 국민이고 아무것도 생각하지 않는 모리배들이구나의 생각이 아주 제 머리에 각인되었습니다.

그들 양 김의 처신과 말대로 군사독재를 종식시키려 든다면 거기에 생명을 내놓고 국민들 앞에서 행동 했었다면 온 국민들이 누구 하나 양보하라고 피를 토하는 심정으로 일렀을 때 그들은 현명하게 처신했어야 되었다고 생각하는 저입니다.

이후부터 저는 예전도 그랬습니다만 그때부터는 더욱 정치를 한다는 자들 근처에는 접근도 하지 않고 평소 전화 오가는 것조차도 불명예로 알고 지냅니다.

이런 저이지만 그날 새벽까지 잠도 자지를 않으면서 집요하게 양 김 진영에 피를 토하는 심정으로 전화를 통하여 호소의 말을 했었습니다.

'누구 한사람 나라를 위해 용단의 양보를 해라!'

그런데 눈물을 흘리며 말한 한 국민의 귀에다가 하는 그들의 말은 약속이나 한듯이 모두 하는 말은

'이제 와서 어찌할 수 없다!' 였습니다.

그때 저는 생각했습니다.

그들이 지금 한 목표를 가지고 6.25 때처럼 국가와 민족을 지키기 위해 소총 들고 생명을 내놓고 고지 점령을 위해 돌진하고 산화하는 것도 아니고 국민들이 그렇게도 염원했고 그들이 국민들 앞에 나서서 나대는 짓거리를 한 주제에 양보 못할 일이 어디에 있는가!

지금 그들 모두는 모두 패배하는 것이 너무도 자명한 판에…!

이것이 지도력이고 이것이 앞날을 예견하는 역량이고 이것이 그들의 애국 행위인가 생각할 때 태산이 와스스 무너지는 느낌을 가졌습니다.

저는 이렇게 생각했습니다. 이때 누구 하나 양보하여 상대를 밀면 그로 인해 동서의 갈등도 해소되고 나아가서 남북의 대결도 없앨 수 있는 인물이 되는 것이다…!'

그런데 인간들이 고작 그 꼴 유지에 안주하는가!…

이것이 그렇게도 생명을 내놓는다면서 망명하고 단식하고 한 국가와 민족을 사랑한다는 용단의 행위인가! 부끄럽게도 그들은 후일 모두 이 나라 대통령에 차례로 당선되어 나라를 말아먹는 기초를 다졌던 것이 고작 이라니…!

그들은 물론 그들의 아들까지 내세워 도둑질이나 해대며 천추만대 부귀영화 누리려고 뻔뻔스럽게 살고 있으니…

저는 그때부터 정치가들과 정치가 지망생들 모두를 쓰레기 집합장으로 보내는 쓰레기로 보는 시각을 가졌습니다.

눈을 부비며 정치하는 사람들의 면모를 살피고 인물하나 나오나… 하는 심정으로 지금껏 기다리는 저입니다만…

님도 아시겠지만 우리 국민들이 저자 거리에서 야바위꾼 구경하려고 사는 것도 아니고 모리배들 보따리 싸가지고 오가는 처량한 모습을 내세우면서 명분 하나는 '국가와 민족을 위해서…!' 라는 초라한 꼴을 보려고 사는 것이 아닐진대…!

이 몰염치한 부류들 속에 과연 이 나라를 다시 한 번 구국의 일념으로 나서는 분이 과연 어디에 있을까요?

그냥님에게 제 가슴을 열어 놓으니 말이 순서없이 마구 나오네요. (2005. 1. 20)

25. 소합지졸(烏合之卒)

이 정부와 이 정부가 있게 된 김대중의 국민의 정부부터 대한민국 군의 기강은 무너지고 있는 것입니다.

바꿀게 따로 있지 군을 유지하는 수단 중 생명이라 할 수 있는 "기강"을 무너뜨리며 세계적인 강군을 유지하고 이로 인해 강국을 만들겠다는 머저리 같은 발상에 넘어가는(그들에게 투표한) 이들이 있어서 문제인 것입니다.

그런 일이 있으면 정신을 바짝 차리고 예리하게 분석하며 선거 때 그런 자들을 철저히 외면하는 국민의 성숙한 민주의식이 있어야 합니다. 지금까지 우리 대한민국의 국민이 모두 싫어하고 저주하는 부정부패 독선의 집단이 (이 정부와 국민의 정부 무리 포함) 너무 설치는 바람에 오기로 '이럴 바에 공산 집단이 나쁠 게 무어냐!"라는 억하심정을 가진 이들이 주변에서 많이 생기게 되었습니다. 결과적으로 "군대 가서 썩으란 말이냐!"라고 말하는 지도자가 갑자기 오늘의 대한민국이 요 모양 요 꼴이 되었습니다. 선명을 기치로 내세우는 우리 정치인들은 지금부터라도 명심하여 올바르게 대한민국의 국민의 기상을 드높이고 나라를 이끌어야 되겠습니다.

'위로는 국군 통수권자부터 아래로는 초병에 이르기까지 올바른 국가관과 투철한 군인정신이 절실히 필요한 이 시점이다' 라는 말씀을 해 주신 마린보이님과 같은 내용의 말씀을 해주시는 조선 블로거님들이 많이 계셔서 저도 공감하기에 고개 숙여 경의를 표합니다.

제가 1959년도 말에 육군사관학교를 지원한 일이 있습니다. 그때 신체검사를 담당하는 어느 군의관이 피검자 우리들 학생들을 보고 지나가는 말로 '평화시대의 군인은 장식품에 지나지 않는 것이야 !' 라는 말을 하였습니다.

그냥 지나칠 수 있는 말이지만 저는 그 말이 지금까지 머리에서 지워지지를 않습니다.

그분의 말은 '지금은 준전시이기에 장식품으로 전락하는 우리 군인이 되어서는 안 된다!' 라는 경계의 말이라 저는 항상 생각해 왔습니다.

자칫 잘못하면 평화시대에 군인들은 사람인 이상 특수한 임무를 띤 그들의 사명을 망각하고 쉽게 군 체제 정신이 해이해질 수 있다고 저는 봅니다.

이럴 때 다잡어야 하는 주체가 국군 통수권자이고 그의 올바르고 당당한 자세라고 저는 봅니다.

오늘의 이 머저리는 오직 자기만을 위하는 모든 대상이 있기를 바라는지 '쇼'만 부리고 돌아다닙니다.

이라크에 가서 장병을 포옹하는 어색한 모습을 각 조간신문에 크게 올렸는데, 저는 그 웃기는 모습에 구역질이 났습니다.

평소와 다른 언행 속에 나타난 그의 모습! 그가 대한민국의 국방의무를 충실히 지키는 우리 군인을 사랑합니까?

사랑의 뒤에는 엄한 기상이 숨어 있어야 되는데 무슨 선심이나 쓰듯이 특수한 임무를 수행하려고 이에 맞는 정훈교육을 시키는 마당에 장병들은 신세대니 무조건 그들을 이해하고 위해 주어야 된다!

이게 말이나 되는 것입니까? 망발이지요!

군의 선임 장교나 사병들도 다 군인이고 신임병 같은 심정을 가졌지만 특수한 테두리 내에서의 군 고유의 사명을 관철하고 규율과 질서를 유지하기 위해서 모든 고생을 이겨 내며 노력하는 것인데, 이 선임 장교나 사병이나 애국의 마음으로 군에서 잔뼈가 굵은 우리들의 자랑인 장기 하사관이나 준사관이나 장성들은 사기가 상대적으로 무조건 꺾여야 됩니까?

'기성세대는 모두 부정부패의 온상이다!' 라는 반발심과 불신풍조만 부추기는 자랑스럽지도 못한 천박한 통치 행위로 통수권자가 온 천하를 헤집고 다니면서 일국의 특수 부서를 이해하지도 못하면서 와해시키려는 행위 비슷하게 채근질 하고만 있는 느낌이니!

나라 꼴이 오늘에 이르러 이 지경이 되어 총을 거꾸로 겨냥하고 주적이 어딘지도 모르고 헤매며 자기들에게 정신 똑바로 차리라고 엄하게 타이르는 상관에게 총질을 해대는 군인이라면, 그들과 대치하고 6.25 이후 변함없는 극렬함을 나타내는 주적인 이북의 호시탐탐 남침을 노리는 북괴군을 어떻게 감당하고 대적하고 이긴다는 말입니까?

국방장관이란 자가 이런 특수한 분야의 책임을 맡았으면 묵묵히 그 원인을 심사숙고하고 대처해야지 호들갑스럽게 다니면서 '언어폭력 때문에!' 라고 자기의 책임 회피성 발언을 촉새처럼 하고 다니는 일개 수양 부족한 사병들이나 할 말을 해 대고 돌아다니니, 한편으로는 국군 통수권자라는 대통령이 평시에 '기분 나쁜 법은 지키지 않아도 되고 통일 문제 말고는 다 깽판 쳐도 괜찮다!' 라고 바람을 빼 대며 떠들고 국방장관은 자기의 책임과 위치도 모르고 그렇고 하니, 나라의 기강이 바로 설 턱이 없고 오늘의 어처구니 사태는 비일비재하게 쑤셔 놓은 벌집의 형상으로 나타고 있는 것입니다.

저는 강하게 말합니다.

'이런 무리들의 현 집권당은 하루빨리 물러서야 우리나라 기강이 선다' 라고 저는 자신 있게 말씀드립니다. (2005. 6. 28)

26. 단지유풍(斷指遺風)에 얽힌 이야기

근래까지 우리나라 관습에는 단지유풍의 미담이 백성들 마음 안에 자리 잡고 있었다.

요즈음은 드문 일이나 얼마 전 뉴스에서도 한번 들어 본 이야기에도 단지 사건이 있었다.

국어사전에는 (부모나 남편이 위중한 병에 피를 내어 먹이려고, 또는 맹세를 하거나 혈서를 쓰기 위해) 손가락을 자름으로 그 말의 뜻을 풀이하였다.

주로 무명지(약지)를 끊어 부모의 병을 고치려 한다는데 의학적으로 어떠한지는 모르나, 아마 중국을 제외한 타국에서는 이 같은 유례가 없다 하는데, 이것은 우리 민족 사회가 얼마나 인륜 도의에 뚜렷한 위상을 나타내는지를 가늠하는 특이한 사례라 할 것이다.

조선조 세종대왕 14년(1432년) 9월 효자 열녀의 정려문(旌閭門)을 세우게한 글 중에 '부모 병환을 고치기 위한 정성으로 단지를

하여 약을 쓴 사람, 부모의 단독 병에 자기 살을 베어 피를 내어
환부에 발라 약을 쓴 사람’ 의 기록문이 있다.

지금처럼 의료기술이 발달하지 못한 시대의 발로이나 그 정신
만은 인륜관계의 소중함이 뒷전으로 밀리고, 나아가 혼탁해지는
현세의 뭇인들이 참으로 옷깃을 여미고 마음속으로 다시 한 번 엄
숙히 되새겨 볼 사례들이다.

조선 태종 12년(1412년) 12월 서북 안주 사람은 어머니 병이 위
급하게 되자, 오른쪽 무명지를 끊어 그 피를 술에 타 먹이었고, 세
종대왕 4년(1422년) 곽산에 사는 여자는 어머니가 미친 병에 걸
리자 손가락을 잘라 그 피를 술에 타 약으로 쓰고, 왕 5년(1423
년) 11월 웅진 사는 백정(白丁－賤人)이 병들어 죽게 되자, 그 아
이들은 도끼로 손가락을 잘라 피를 먹인 다음 또 이것을 구워먹었
고, 왕 6년(1424년) 3월 태천 군수의 한 딸이 그 아버지 병을 고
치기 위하여 무명지를 끊어 피를 빨리었고, 왕 7년(1425년) 3월
에 수천에 사는 사람은 아버지가 미친 병에 걸리자 손가락을 끊어
그 고기를 먹이고, 왕 12년(1430년) 5월 박천 사는 한 딸은 그 어
머니 병에 손가락을 잘라 피를 빨리고 또 뼈를 태워 술에 타서 먹
여 병을 고치었다.

조선왕조실록에 있는 단지의 예를 들었거니와 사회의 도의란
조그만한 미풍으로 시작되어 크게 발전될 수 있는 것처럼 혼탁한
오늘에도, 장기를 부모나 자식이나 형제에게 나누어 주는 사례가
있는 것으로 보아 지극한 정성의 미담은 고금을 통하여 끊이지를
않고 이웃을 일깨워주는 것이로구나 하고 생각해 본다.

얼마 전에 우리 사회엔 스스로 자기 검지 손가락(사격시 방아쇠

를 당길 때 사용되는 손가락)을 잘라가면서 군 복무를 기피하여 병역의무를 이행치 못한 일로 비겁한 처신이 드러나 화제가 된 국회의원이 있다.

혹자는 말하기를, 그의 학창시절에 김일성에 대한 충성심의 발로에서 연유 되었다고들 하기도 하고, 또 다른 여러 가지 듣기 거북한 사례로 소문이 나서 그를 보고 온 나라 모두가 분개한 적이 있다.

더욱이 가관인 것은 그가 현 집권 총수의 오른팔이고 앞마당 쓰는 장본인이라고 하는 데서 더욱 의아했고, 이로 인해 군 복무 필자들이 모두들 들고 일어나 한동안 야단들이었다.

누구는 나라 위한답시고 젊은 나이에 생고생을 하고 있는 그 사이에 그는 손가락 잘라가면서 자신의 출세만을 위한 출세가도를 준비하느라 여념이 없었고…

우리 강원도는 반공정신이 뚜렷하고 또 병역의무에 대하여서는 팔 소매 걷어붙이고 나라 지키는 그런 정신이 타지방 못지않게 강한 청정 지역이다.

그런데 얼마 있으면 강원도에서 도지사를 뽑는다 하는데 아무리 추천할 인물이 없기로서니 군대 가기 싫어 병역의무 기피하느라고 손가락을 일부러 자른 그 사람이 도지사에 입후보 하고 집권 열우당에서 추천한다고들 하여 또 한 번 화제이다.

국민과 국가를 어떻게 또 무엇으로 아는지 현 정권 집권당이 국민들 우롱하는 작태가 이 정도라면 나라의 장래는 벌써 썩어 문드러진 것이나 진배없다.

그러한 자가 도(道)의 발전을 위해 눈부신 성과를 이루었다해도 그것이 어떻게 자랑거리라 내세워지겠는가.

올바른 기풍을 진작시키고 그러한 참신한 기풍에서 나라 사랑의 기치를 드높여야 온 나라가 신뢰감이 넘치고 명랑사회가 되는데, 오사리 잡자들이 이렇게 권력 맛은 알아 천방지축으로 나대고 있으니, 국민을 기만하는 이들의 작태로 인해 참으로 웃어야 될지 울어야 할지 갈피를 잡지 못하는 현실 속의 우리 국민들이다.

지금 의암호 둑에 서서 단정하고 깨끗한 삼악산을 저 멀리 왼쪽으로 하고 소양강 줄기로 뻗어내려 담기는 소양호에서 내려온 의암호의 푸르고 맑은 담수 물바다를 내려다보고 있다.

그러나 일부 타락한 운동권 인간들로 인해 혼탁해지려는 강원도(江原道) 도청 소재지 춘천의 맑은 기류가 몹시 혼탁해지려 하고만 있음에 걱정하는 마음이 자꾸 생기게 됨을 숨기지를 못하겠다. (2006. 2. 20)

27. 한계

사람이 세상에 나서 보편적이고 정하여진 사물에 대한 사유(思惟)를 깨닫고 그 범주 안에서 산다는 것은 참으로 중요하다.

일반적으로 모든 사람들이 창조 한계 안에서 운신하는 것은 아주 예견되는 일이기에 편할 수 있다. 그렇지 않고 한계를 넘어설

때 모든 것은 복잡하고 어려워진다.

　모두는 이를 모험이라 했고 탐험이라고 했고 도전이라고 했고 진취적 기상이라고 했던가.

　그래서 도전은 새롭고 아름답고 신바람을 불러내고 만인이 귀를 기울이는 것이다. 그러나 한계를 벗어날 때는 모진 광풍이 도사리고 또 밀려 다가옴을 알아야 한다.

　문제는 무모함이다. 무모함은 거짓과 무지로부터 비롯하여 출발한다. 결과는 파멸만이 있을 뿐이다. 이는 선대 모두의 짧디 짧은 인생 경험 전수로부터 우리는 만고의 진리로 터득하고 인지한다. 무모함을 멀리하고 멸망을 예견하고 진리에로 다가서며 깨닫도록 모두는 슬기, 곧 지혜로움 가운데 나의 삶을 살찌우게 해야 한다.

　그리고 세상에 난 서로는 모두 동행해야 한다. 평화로움에 공존해야 되기에 그렇다. 서로가 서로에 거스르지 말아야 하는 대 전제가 있다. 거기에 위함이 있고 배려가 있고 이끎이 있고 이끌림이 있다. 이해 용서 곧 사랑이 있는 것이다.

　갈라놓음 속엔 동질까지도 애초엔 충돌이 있다. 조화로움의 한계이다. 불의의 무기로 어울려 흐르는 물줄기를 갈라놓음은 모두 모두가 기피하는 적이 된다. 행복하게도 대우주의 성군(星群)의 배열과 같은 조화로움 속을 우리는 내다보고 예단한다.

　사람들이 이 세상에 태어나 삶의 파도에 올라앉을 때부터 평온보다 일렁거리는 물줄기에 이끌려 타고 가면서 거기서 희노애 락을 겪는다.

　내게 다가오는 인생의 희노애락은 한계를 벗어나지 않은 낙원에서만 맛보도록 우리 각자는 온당히 노력해 찾고, 이를 바탕으로 건실한 창조적 진실에 도전할 때만 현실 과정에서 새로운 영화로움이 있고 영광된 내세의 천국 문이 열리게 된다고 감히 생각해 본다.

곧 이 삶이 나에게 주어진 인생여로(人生旅路)의 참 기쁨이 되리라. (2006. 1. 20)

28. 수박 겉핥기

속 내용을 모르면서 외형만의 일을 한다는 뜻으로 사람의 일상생활 안에서 모두를 일깨워주는 우리 속담 말이다.

한여름에 시원한 계류에 담가 놓았다가 나무그늘 아래 모여 앉아 쩍 하니 갈라놓고 먹는 수박 맛은 계절의 별미에 속한다.

한번은 얼룩덜룩한 수박의 매끄러운 겉을 속담 말대로 핥아본 일이 있다. 혀끝으로 느껴지는 딱딱하고 맨질맨질한 수박 표피와 싸늘하게 느껴지는 덩어리 냉기와 아무 맛도 다가오지 않는 수박은 그야말로 겉을 잘 연마해 놓은 맨질한 돌덩이 감촉과 같았다.

사람의 세상살이에는 많기도 많은 종류의 생업이 있다. 생업이 그렇게도 많은데 그 하나하나의 일을 자세히 숙고해 보고 관찰해 보면 우리는 참으로 놀라운 사실을 보고 느낀다. 소중하지 않는 생업이 하나도 없다. 그리고 거기에는 깊게도 숨겨진 철리가 있음을 느끼기도 한다.

중국 고대 전국시대에 양나라 문혜군에게 고기를 취급하는 요리 명인 포정이 있었다.

그가 갓 잡은 소를 처리하고자 소에 다가가는 동작 하나하나는 빈틈이 없었다 한다. 그리고 칼을 움직이기 시작하면 가죽과 살과 비계와 뼈 등 구분할 수 있는 모든 부위가 하나도 섞이거나 잘못 분리되지 않고 고스란히 남겨진다고 했다.

문혜군이 감탄하여 '기술이라고는 하나 명인이 되면 저런 정도가 되는가' 라고 말하니 포정이 말하기를,

'제가 뜻을 두는 것은 도(道)입니다. 기술 이상의 것입니다. 처음에는 어설펐으나 해가 가고 경험이 쌓이니 이제 와서는 대상을 눈으로 보지를 않고 육감(六感), 즉 오관(耳, 目, 口, 鼻, 形)의 작용은 멎고 정신의 작용에만 쫓아서 일을 하고 있다고 말씀드릴 수 있습니다' 고 하였다.

그러기에 소의 살결 사이가 큰 구멍으로 보이고 뼈에 칼날을 부딪쳐본 일이 없어 19년 동안 한 번도 칼날을 갈아보지를 않았는데도 처음과 같이 날카롭다 하였다.

요즈음 보면 정치 판국은 참으로 난장판이다. 특히 집권당의 행각은 참으로 처량하리 만치 그 도가 땅에 떨어졌고 집권자의 어제 오늘의 작태는 가관이다.

집권자와 코드가 맞으면 일시에 농구 선수도 수영 선수가 되고 어부가 하루아침에 우경 쟁기를 드는 농부 신세로 외형상으로 둔

갑하여 뒤바뀐다.

적어도 도의 경지에는 못 미쳐도 기술의 경지를 터득한 전문인의 경지에는 들어서야 커다란 책임을 맡길 수 있고 또 책임을 질 수 있는 세상인 것이다.

교육은 세상일에서 백년지대계라 한다.

교육의 목표 중 제일 중요한 것은 사람의 심성을 바로 키우는 것이다. 즉 인성을 올바르게 키우고 성장시켜 주는 것이다. 심성을 바로 갖춘 사람이 전문인이 되고 도를 논하는 정도가 되어야 사회 각 분야는 투명하고 그리고 밝은 미래를 예측할 수가 있는 것이다.

바로 키운 동량재들을 곧은 심성 속에 미래가 달렸다고 풀이해도 과언이 아니다.

이런 분야의 영역인 교육의 중요성은 바로 교육 분야에 담겨진 각종 교육 이론을 떠올려보면 짐작이 간다.

중요한 것이 한두 가지가 아니다.

이 분야는 전문 실력이 겸비되고 오랜 동안의 경험까지 쌓아 터득해야만 교육 이론가가 되고 교육 실천가가 되는 것이다.

그런데 이 정권에선 아무나 명성만 있고 높은 자리만 나면 그들 패거리를 생각없이 꽂아 넣기에 바쁘다. 전문성이고 뭐고 아무나 다 할 수 있다는 인식의 출발이다.

아무나 교장이 되고 아무 자리나 아무렇게 겉치레 구색 맞추어 바늘허리 매어 쓰려는 듯 꿰찌르면 다 되는 줄 안다.

발등에 떨어진 불 끄기에 급급한 모양새다.

나라의 장래가 암담하다. (2006. 1. 19)

29. 노래방

　예전에 우리나라엔 없던 따로 된 노래방의 정서가 이젠 생활 속 깊이 파고들고 정착되어 웬만큼 사람 모여 사는 곳에 가서 살펴보면 노래방은 어김없이 자리하고 있음을 발견할 수 있다.

　노래에 관하여는 전문가는 아니지만 태고적부터 사람이 있는 곳엔 반드시 노랫소리가 있기 마련이라는 것 정도는 들은 풍월로 알고 있다.

　노랫가락의 흐름 속에 생의 희열이 표출되고 한스런 삶의 고뇌가 씻어 내린다. 무리지어 천지를 진동시켜가며 내 놓은 북소리에 실리는 함성 속에 정의로움과 멸망의 감성이 교차(交叉)되었고 질시와 사랑의 서막(序幕)이 펼쳐져 내렸다.

　인류 역사상 노래 없는 기록의 장이 지금껏 펼쳐졌다면 어떠하였을까! 그래서인지 우리 민족은 예로부터 무척이나 노래 부르기를 사랑해왔나 보다. 때와 장소에 따라 우리들의 가슴 안에 지닌 노래는 그대로 어우러져 요람의 보금자리를 아름답게 했고 이웃과 어울림 속에서 사랑이 백의의 흰빛 속에 자리잡혀 울려 퍼졌다.

　고구려 2대 유리왕은 황조가 속에서 쌍쌍이 노는 꾀꼬리를 보고 한나라로 가버린 치희를 애달프게 그리는 연정으로 읊었고, 백제시대부터 이어 불리어오는 정읍사 속엔 장사하러 나간 지아비의 돌아오지 않음을 근심하여 고갯마루에 올라 먼 곳을 바라보며 애달프게 그리며 부른 사랑의 노래가 있다.

　명기 황진이의 수려한 노래 속엔 조선조의 여인의 재능과 한이 서려 한 시대를 아름다우면서도 애환 어린 노래로 시대를 풍미했고, 관기 논개의 지고한 사랑 속엔 사랑의 님과 조국애가 그대로 뒤엉켜 지금도 진주 남강의 축석루 위에 애국 열절의 뜨거움과 청사의 푸르름으로 후대의 우국지사들 마음을 붙들어주었다.

　노래가 이렇게 부지불식간 장소와 때를 가리지 않고 불리어도 그 뚜렷한 정신은 내 나라 방방곡곡 어느 곳에서든지 울려 퍼지고 민족 기상을 드높여 왔으니, 이 강산 도처를 안아온 바로 여기가 한민족 백의의 기상으로 얽힌 우리의 노래방이 아니고 무엇이랴!

　노래에는 본말과 시작의 운치가 있다.

　노래에는 어울림과 북돋우는 기상의 명분이 있다.

　노래에는 님의 사랑과 나라 사랑의 정신이 있다.

　그러하기에 우리 모두는 함께 모여 함께 물 흐르듯 하는 감성의 순리로 모두의 흥을 어깨에 싣고 서로 주고받으며 나름의 장단에 맞추어 노래를 부르며 박자를 맞추며 어우러 나라 사랑을 은연 중 표현한다. 여기엔 네가 따로 있고 내가 홀로가 아니며 모두가 대한민국 우리가 있을 뿐이다.

　이렇게 우리 국민은 대한민국 이 땅 안에서 반만년 역사의 정통을 이어받고 최근세에서 고난의 일제 강점의 치욕을 딛고 드디어 얼마 전까지 동족을 도륙 내는 잔혹한 행위를 저지른 6.25 남침의 끔찍한 공산 마수의 망동을 이겨내며 60여 년간 어우러져 자유 민주주의 대한민국이란 노래방 안에서 슬픔과 기쁨의 노래를 한데 어울려 부르며 이 땅을 지켜왔다.

　언젠가부터 우리는 이상한 무리들을 구경하기 시작하였다.

민주주의와 정의를 위한다고 기치를 내세운 자들이 정작 우리 국민들의 정의와는 번지수도 다른 해괴한 정의를 부르짖으면서 그들만의 혁명 논리에 근거하여 무산대중을 살리고 계급을 타파한다며 설쳐대던 자들이 어느덧 그들만의 노래를 한구석에 숨어서 따로 부르고 그들만의 결속을 다짐하면서 선량한 국민들이 전혀 모르는 운동권 노래를 무슨 자랑이나 하듯이 소름끼치게 부르기 시작한 것이다.

'님을 향하여!'

우리 대한민국 국민은 두 주먹을 불끈 쥐고 팔을 휘두르며 이마에 붉은 띠 질끈 동이고 설치는 이런 자들의 해괴한 망동을 서서히 구경하기 시작하였다.

부정부패를 그렇게 싫어하는 우리 국민의 정서를 등에 업고 정작 국민들이 바라는 뜻은 무참히도 저버리고 저들만의 새로운 지배계급을 만들어 나라의 최고 위치에 늑대 같이 모여들어 그들만의 노래방에서 그들만의 지배층 계급의 노래를 불러대고 혁명가를 외칠 줄이야!

이런 작태를 보고 점차로 설마 설마 하던 대한민국의 우리 국민들은 확연히 눈치를 채고 깨닫기 시작하였다.

이들의 지금까지의 작태는 과거 낡은 구태의연한 개혁 대상의 표본들이 모두 그들 운동권 혁명주의 자들 속에 더 커다란 암적 존재로 자리 잡고 들어서 있는 것이다.

개혁을 한다고 외쳐대던 이들이 홀연 개혁의 대상에 모두 다 들어간, 참으로 묘한 정경들을 우리 국민들은 지금 밤낮으로 들여다보고 있는 것이다.

'눈 가리고 아웅!' 하는 지금 이 좌익 공산 사회주의 추구자들의 말로를 우리는 계속 주의 깊게 지켜보며 놓쳐서는 안 된다고 생각한다.

'아! 이게 아니구나! 아뿔싸!

이제 이 자들은 핵무기까지 만들어 자유 대한민국을 멸망시키고 적화통일의 야욕에 혈안이 된 그들, 8.15 해방 이후 지금까지 한결같은 그들의 만행에 몸서리치는 대한민국의 국민들이 보는 앞에서 대한민국의 고위 공직자 신분을 가진 자가 된 후에도 앞뒤도 구분 못하며 자신의 위치를 망각하고 적국의 한가운데 들어가 적국을 예찬하는 이완용보다 더한 시랑이 같은 태도로 그들의 '이름 없는 영웅들' 노래를 서슴없이 뻔뻔스럽게 불러댄다.

그들만의 노래에 도취하여 김정일 무리들의 비위를 맞추는 아연실색하는 현실이 되었다. 국민들과 함께 마음에서 우러나오는 기쁨의 노래를 함께 부르지는 못할망정, 이렇게 해괴한 짓거리나 따로 숨어서 하며 잘못된 것이라 아우성치는 국민에게, 국민을 상대로 건성 사과나 하는 꼴을 보고만 있자니 전통적으로 이어오는 대한민국의 풍토 속 노래방에서 과연 있을 수나 있는 일인가!

모두가 가슴에 손을 얹고 반성해 보고 자유 민주주의 대한민국의 장래를 위하여 한 번쯤 깊이 생각해보아야 되지 않을까 심각한 마음으로 생각해 본다.

국민 모두가 우리의 노래방에서 우리의 정서에 맞는 노래를 다 함께 기쁘게 부르며 자유 민주주의 영광된 대한민국의 앞날을 예찬하며 나가야 된다고 대한민국 국민의 한 사람인 불초한 저는 우리나라 방방곡곡에 외치고 싶다. (2005. 6. 19)

30. 사상누각(沙上樓閣)

김 화백님 안녕하십니까?

제가 오늘 님께 시국에 대한 저의 울분을 터트립니다.

인간의 삶의 태도를 경계하는 훈격의 말 중 사상누각(沙上樓閣)을 짓는 행위를 가장 경계하라고 했습니다.

나라 안에서 우리 모두가 온통 매달려 처량하리만큼 아우성을 쳤는데 일이 이렇게 애달픈 꼴이 되었습니다.

혹자는 가능성이 있다, 또 다른 사람들은 과학적으로 불가능하다 등으로 서로의 생각을 개진하느라고 쓸데없는 시간을 소모하는 과정에서 우리의 진실과 신뢰의 덩어리는 우리를 저만치 비켜가고 말았습니다.

그리고 서로가 자기주장만 앞세워 서로를 밀쳐내며 외면하는 현상까지 빚어지는 세태가 되었습니다.

세계인이 보는 과정에서 우리의 번지수는 이 꼴로 처량하게 남았습니다.

대저 나라를 통치한다는 것은 날카로운 예지와 실증할 수 있는 경험 세계를 기초로 하여 그 앞날의 목표를 세우고 그런 다음에야 모든 국민들의 합심하는 태도를 바탕으로 밀고 나가서 성공할 때 우리의 힘 국력은 키워지게 되는 것입니다.

그런데 이 현 정권은 매사에 사상누각을 짓는데 심혈을 기울이게 합니다.

처음에는 그저 우려하는 정도의 우리 국민들도 이제는 콩으로 메주를 쑨다고해도 그들의 말을 믿지를 않고 있습니다.

이는 경험을 통하여 지나간 3년간이 이들의 행위가 검증되었기 때문입니다.

예로부터 국사를 예단할 때는 임금은 백성들의 마음을 천심이라 하여 하늘같이 모시고 장래의 일을 도모하였습니다. 그런데 이 정권은 국사를 희롱하면서 어질거리고 흰죽 먹고 냉방에서 잠 잘 못 잔 사람처럼 실성한 듯이 히죽대기나 하면서 태평성대가 온 듯이 우쭐거립니다. 선동만 하면 우매한 백성은 그저 따라주는 것으로 착각을 하고 있습니다.

임기 초년 12월 여의도에 나가 이 얼빠진 자가 허연 입김을 불어가면서 시민운동으로 모두 일어서야 된다면서 선동을 하던 그때의 어처구니없는 이 나라 현 대통령상을 모두 보았습니다.

그는 그것이 잘하는 것으로 잘못 알고 있는 것이지요. 그 이후 그를 보니까 그 수준 이외엔 자랑하여 나타낼 것이 하나도 없는 무지렁이었지만 말입니다.

그 꼴이 너무 우습지요. 우리 국민들이 보기에는 말입니다.

시대는 바뀌어 저 벽촌이라 하는 곳에서도 첨단의 이기의 혜택을 다 누리고 세상 돌아가는 양상을 확연히 파악하고 있습니다. 그런데 이 운동권 버릇없는 정부는 그들만이 젊고 그들만의 권력이 위세를 떨치는 줄로 착각을 하고 있습니다.

안타깝게도 저 벽촌 허리가 다 꼬부라지신 노인들이 그들보다 경험으로나 한 가정을 이룬 것으로나 일가를 이룬 것으로나 인근 마을 사회 속에서 훨씬 훌륭하게 존재했고, 또 지금 존재한다는

사실을 이 방자한 좌익 운동권은 그 훌륭한 대상들을 망각하고 있
습니다.

황우석 사건으로 보니까 이 정권은 필히 물러나고 없어져야 할
정권입니다.

잘되면 좋고 그렇지 않으면 그저 지나가는 해프닝이다,라는 정
신만 가지고 있는 기회주의적 몸짓만 골라 하기 때문입니다.

한나라 국가 살림을 그렇게 치졸한 작태로 운영해서는 아니된
다는 사실을 그들이 그렇게도 들먹거렸던 역사 속에 고스란히 담
겨있음을 명심해야 되는데, 그들은 미급하고 우리나라 일부 국민
들로 인해 애초에 선택을 잘못했다는 후회의 낭떠러지에서 가슴
을 치는 일만 남은 우리 모두의 현실입니다.

김화백님, 님의 적절히 나타내신 세상 만평을 잘 감상했습니
다. (2006. 1. 11)

31. 국보 제1호

불침번님 감사합니다.

옳은 지적이십니다.

저도 숭례문(崇禮門-남대문)에 대하여 이렇게 생각합니다.

남대문은 조선조 초기에 세워진 우리나라 건축물 중 아주 아름답고 독창적인 그리고 500여 년의 성상에 그 자리를 지켜온 우리나라의 고귀한 자랑거리라 생각합니다.

그런데 남대문의 본질이 달라진 것도 아닌데 세월이 흐르는 동안 무수한 세파에 부딪히면서 뭇 인들 입김이 쏘여 정신적으로 아픈 흔적들이 많이 얼룩져 있습니다.

그러나 그 얼룩은 말 못하는 남대문(南大門-숭례문)의 잘못이 아니라고 봅니다.

그런데 사람들은 저렇게 경망되게 촉삭거립니다. 숭고한 국보들에 가격을 매기려는 의식이 팽배하고 아름다운 정신 계승은 저 멀리 시궁창 물에 흘려보내고 그저 목전의 자기들 집단 이익이나 개인 취미나 감정에 따라 한 국가와 국민 의식을 좌지우지 하려듭니다.

국가의 전통적 자랑거리를 내 세우는데 무슨 가격이 있고 서열이 있겠습니까? 그저 아름답고 아~ 선열들의 정신은 이러하구나! 하고 보고 느끼는 자가 표현하면 될 일이지, 나라의 보물을 가지고 탕랑 취물 하듯이 제마음대로 가지고 노는 꼴이란 목불인견이라고 생각됩니다.

지금 운동권 현 정부 눈에 쏙 들면 그것은 좌익 공산 예찬이요, 마음에 들지 않으면 엉뚱하게도 명색 없는 매국노가 되는 세상이 되었습니다.

하다못해 말 못하는 숭례문(남대문)까지 이 홍역을 치르니 가관이라 하지 않을 수 없습니다.

나라 보물이 무슨 인질처럼 잡혀 이렇게 혼란스럽게 곤욕을 치

러야 되겠는가, 모두가 가슴에 손을 얹고 생각해 볼 시점입니다.

신중하게 먼 뒷날까지 심사숙고해도 될 일을 당장에 데모 질이나 하여 그것을 화제의 소재로 삼아 온통 사회를 휘몰아치려 드는 이 정부의 상투적 작태가 우선 없앨 우리들의 책무라 봅니다.

어떤 일을 하는데 이렇게 아우성치며 혼란스럽게 해놓고 '되면 좋고 안 되면 그만이다'로 아주 맥없이 그만 두는 자들의 수법과 의식들은 문화를 사랑하고 예의지국의 명분을 자랑하고 의리를 소중히 여기는 우리 백의의 한민족의 기록장에서 아주 없애버려야 할 쓰레기 정신이라고 생각합니다.

일제의 입김이 씌웠다고(숭례문의 본질은 변하지 않았는데) 말 못하는 숭례문(남대문)을 그렇게 기분 나쁘게 대할게 아니라 남대문을 의인화하여 생각해 본다면, 남대문 입장에서 아! 숭례문은 우리나라 사람 우리 민족이 똑똑치 못하였어도 그 오랜 풍상을 장하게 견디어냈는데 오늘 이 창피를 당하는구나! 참으로 얼굴이 뜨거웠겠구나! 라고 왜 생각을 해 보지 않는 것입니까?

국가 지킴에 잘못은 사람들이 지금처럼 대한민국을 적국과 부화뇌동하여 팔아먹으려 아우성치는 작태로 잘못을 저질러놓고도 그 잘못은 말 못하는 그렇지만 조상의 얼이 듬뿍 담겨 지니고 온갖 풍상 속에서도 의연한 보물 앞에서 수모를 뒤집어씌우는 발상부터 없애야 우리나라의 민족정기가 바로 되찾아진다고 생각합니다.

일본 놈들 입김이 씌웠다고 내치고 미국 사람이라고 내치고 했다면 5,000여 년 중국과 북방 외세의 간섭과 침략으로 온갖 수난을 다 겪은 우리 민족의 마음과 이 강토는 또 어떻게 취급하여야 됩니까?

고려조에 원나라에 붙들려간 우리나라 여성들이 있었습니다.

그 여성들이 그렇게 그리는 고향에 그 이역만리를 마다않고 연약한 몸으로 만주 벌판을 헤쳐가면서 꿈에도 그리던 고국으로 돌아온 이야기가 있습니다.

고향 사람들이 그 순수하고 어여쁜 여성들을 일컫기를 환향녀(還鄕女)라 하였다는 설이 있다 합니다. 그런데 그 호칭이 어떻게 둔갑하여 '화냥년'으로 되었다니…! 칭찬보다 흠집만을 내려는 민족성은 아닐 터인데… 빨갱이 나라에 가서 그들의 예찬가나 부르는 문화재 수장의 속마음은 어디엘 가있는 것인가 생각도 해 보았습니다.

괜히 뒤로는 운동권 행동대들을 내세우면서 겉으로는 안 그런 체하는 못된 술수나 피우면서… 이렇게 당시의 그 애절하고 숭고한 여인들에 대한 이해가 후대에 내려오면서 모독의 언사로 바뀌었던 것입니다.

쉽게 말하여 운동권 나부랭이들처럼 자기만 잘났다고 천둥벌거지처럼 엉뚱한 것 내세우면서 나대는 것입니다.

남의 입장은 생각지도 않고 심지어 저들은 이 나라 대한민국 안에서 빨갱이들을 두호하고 예찬까지 해 가면서…

그래 우리나라 이 강토가 더러운 외세의 입김을 쏘였다고 기분 나쁘다고 모두 보따리 싸가지고 이 땅을 떠나 달나라에 나가야 될 판인가요?

명분을 세우데 앞뒤를 모르고 일을 추진하는데 순서를 모른다면 이는 그저 통일문제 말고는 모든 것을 깽판이나 쳐야 된다고 애초의 대통령 취임 시에 한 말과 하등에 다를 것이 없는 작태라고 저는 보고 있는 것입니다.

굳이 상징성 있는 나라 보물을 하나만 내세우려 한다면 서열이 의식되는 국보 제1호, 제2호 하지 말고 전문가들이 이미 말하였지만 1호, 2호는 관리번호 성격이라 했으니, 이참에 아예 '으뜸 국보' 또는 '으뜸 나라 보물'이라는 명칭으로 한 가지만 정하여 나라 안팎에 널리 내세우는 방법도 있지 않나 생각해 보기도 합니다.

지금의 국보 1호, 2호 등은 관리번호 순으로 그대로 놔두면 으뜸 국보는 그 관리 번호가 처음 것이 되었던 중간 것이 되었던 나중 번호가 되었던 아무 관계가 없는 것 아니겠습니까?

나라의 갈 길이 멀고 옳게 내디뎌야 할 소중한 것이 수 없이도 많은 판에 혼란스런 그러나 한편에 치우친 소소한 것 가지고 아우성치는 일들은 우리 모두가 삼가해야 되지 않을까요? 그리고 문화재나 또 다른 문제에서 다른 기관들이 이런 식으로 여론몰이식 국사 이끎은 아주 위험한 처사라 생각됩니다.

님과 국보 및 문화재에 관하여 대화 나눔을 감사히 생각합니다. (2005. 11. 18)

32. 주왕산 산행 유감

　2005년 11월 13일 아침부터 경상북도 청송군에 위치한 국립공원 주왕산 등산을 시작하였다.

　입구부터 정면 약간 왼쪽으로 뭉툭한 바윗덩어리가 치솟아 객을 맞는 자세를 취해 음~! 심상치 않겠구나 하여 마음이 설레었다.

　입장료는 공원 관람료가 1,600원 문화재 관람료(사찰 관람료)가 1,600원 도합 3,200원 이었는데, 대개 국립공원 어딜 가던지 등산객이 항상 겪는 눈살 찌푸리게 하는 불편함이지만, 문화재 관람료라는 명목으로 공원 관람료에 덧붙여 강제 징수(?)하여 빼앗기다시피한 1,600원 금액으로 인해 내 마음과 행색은 순간적으로 참으로 초라해졌다.

　언짢은 마음을 누르고 개찰구를 지나 한길 오른쪽 옆 비위짱 틀리게 헤쳐 놓은 사찰 울타리 안 공사판을 보는 둥 마는 둥 100여 m 지나 오른쪽으로 곧 주왕산 정상을 오르게 되었는데, 오르면서 점차로 느껴지는 나의 속마음에서는 과연! 하는 감탄이 소리 내어 저절로 입 밖으로 터져 나왔다.

　건너다보이는 병풍 형상의 뭉툭하리 만치 투박한 거대한 암벽 기둥들은 이 고장 특유의 순박한 기질을 엿보는듯했다.

　해발 722m 정상에 서서 둥그스름하게 남서 북으로 펼쳐진 주왕산 전체의 경관을 바라보며 국립공원은 아무렇게 지정되는 것이 아니구나!’ 라는 느낌이 들었다.

내가 보기에 주왕산은 소나무를 주종으로 육성한 곳으로 느껴졌다. 이곳도 소나무 밀집 지역이고 건너다보이는 곳곳이 푸른 소나무 일색이다. 하산길 제2폭포 쪽으로 내려올 즈음 언뜻 눈에 뜨이는 노송의 밑기둥 앞에 놓여진 알림판을 보았다.

빗살무늬 송진 채취 흔적!

1941년에 일제가 태평양 전쟁을 일으키고 전쟁물자 공급 의도로 강제 수탈이 극에 달하였을 때, 전투 비행기에 쓰이는 연료 재료 채취로 ‘송진’을 우리나라 전역과 만주 일판 산에서까지 주종을 이루는 소나무에서 긁어모을 때 할퀴어진 빗살무늬 송진 채취 흔적은 이제껏 그 상처를 지니고 용케도 버티어 낸 노송에서 우리 한민족의 인고의 쓰라림과 그래도 내일을 열어냈던 위대함을 동시에 느끼게 하였다.

그런데 그 빗살무늬 소나무 상처 아래 주왕산 국립공원 관리공단에서 설치한 사각형의 알루미늄 판에 쓰인 해설판에 담은 문구는 잘 이해가 되지 않은 내용이어서 이상하다는 느낌이 마음에 와 닿았다.

즉 ‘이 빗살무늬 송진 채취 흔적은 1960년대 중반에 경제성장의 일념으로 자연 자원 채취의 일환으로 남겨진 흔적’ 이라는 이해하기가 모호한 글을 실어 놓았기 때문이었다. 오가는 사람들이 이 글자판을 보고 죄 한마디씩 내뱉고 지나친다.

내가 서서 이 판을 보면서 일행들과 이야기를 하는 사이에도 옆에서도 보고 어깨 너머로 보고 지나면서 뇌까리는 말이다.

‘미친놈들!’ 이라는 비어(卑語)로 나무라는 투였다.

주로 나이가 든 이들은 일본인들을 욕하는 것이요, 내가 보기에 40대 짐작 이하 젊은이들은 빗살무늬 흔적의 아픔에 이를 저지른 자와 당시의 집권 정부를 욕하는 투였다.

하나의 설명문에 이렇게 받아들이는 국민들 인식의 정도가 다를 수가! 자연보호 차원의 입장을 떠나 어느덧 현실 세계의 이해 엇갈린 면을 염두에 두고 멀리서들 국립공원을 애쓰고 찾아와 서로가 입장 다른 말들을 한 마디씩 남겨 놓으면서 휑하니 지나가다니 이 무슨 국민의사 통합인가…!

내가 보기엔 전문가는 아니지만 경험으로 미루어보아 그 노송들은 수령이 7-80년 정도부터 100년이 가까운 것으로 보이고 빗살무늬 상처 아무는 정도도 60여년 되는 것 같은데 설명문은 막연하게 '1960년대 중반부터라…'

좀 앞뒤가 맞지 않은 듯하는 느낌이 든다.

우리 대다수 그 시대에 살았던 나이 많은 사람들은 기억한다.

박정희 대통령이 전국의 산림녹화가 국가 융성의 근본이라 하면서 나무를 심고 육성할 시기인데 이 어인 일인가! 그때에 나무 껍질을 벗기는 일을 했다 하니! 상식적으로 이해가 되지 않는 국립공원 내의 우리나라 국민을 대상으로 한 홍보문이다, 라는 느낌을 받았다.

1960년대 5.16 이후부터 산에서 나무를 무단으로 베거나 가지를 꺾고 껍질을 베껴 훼손하였다 하는 사실이 적발되면, 곧바로 의법 조치하던 시절이었고, 그로 인해 오늘날 우리나라 전 강토는 푸르러졌고, 온 국민들은 강산의 수려한 푸르름 안에 머물고 있다는 사실을 우리 모두다 피부로 느끼고 눈으로 확인하는 마당에 청송군 당국이 산 전체에 이런 자원 채취 행각을 주도적으로 벌였다 하는, 국립공원 담당자의 촌로들을 대상으로 조사한 뒤 이를 근거로 설명판을 작성했다는 답변은 내가 느끼기엔 잘 이해가 되지도 않고 수긍할 수도 없는 점이었다.

더구나 우리가 알고 있었던 일제 시대의 전 국토에서 자행된 일을 이 고장에선 그러한 기록을 발견하지 못했고 '사실은 없었던 일이다! 라고 담당자가 말하니 더욱 의아하다.

1960년도 전에도 소나무 빗살무늬를 소풍갔을 때나 산행을 할 때 전국적으로 퍼져 살면서 빗살무늬 송진 채취 흔적의 이야기를 듣고 보았던 사람들이 세월이 지나 서울이라는 곳에 한데 모여 지금껏 살면서 이구동성으로 일제 시대의 그 아픈 흔적을 말하고 있는데, 이 우리들의 말은 그 담당자는 또 어떻게 설명할 것인가! 있는 일도 은연중 없게 인식시키는 투로 역사 바로 세우기의 기치를 내건 현 정권과 일맥 상통하는 수법인 것은 아닐 터이지 하고 지나치기는 했지만…

그리고 우리 나이 많은 사람들이 이 세상을 떠나면 그땐 그 담당자가 조사하여 작성한 애매모호한 문구, 즉 '1960년대 중반 이후부터…' 의 이 기록이 이 공원만의 사실을 뛰어넘어 이 공원을 거쳐 간 전국의 등산객, 즉 우리 국민들 마음에 심어져 기정사실화되어 이로 인해 젊은이들의 가슴속엔 5.16 이후의 국가 경제 부흥 정책이고 나무 아끼는 박정희 전 대통령의 농민들 사랑하는 정신이고 뭐고 나아가서 새마을 운동이고 뭐고 가 다 말살되어 없었던 사실로 둔갑되지 않는다고 이 문제를 누가 염려하지 않겠는가!

제3폭포와 제2폭포의 갈림길에 서서 한참 상념 하다가 내가 보

기엔 웅장한 규모라든가 폭포수가 떨어지는 장소의 위용 면으로
보아 전국에서 제일가겠다고 느껴진 국립공원 주왕산 제1폭포 앞
까지 내려와 걸음을 멈춘 뒤에도 그 송진 채취 빗살무늬 기록의
의문스러운 아픔은 또 다른 내 마음속 아픔으로 오래오래 이야기
되어 남아있을 것 같음은 어이된 일일까. (2005. 11. 15)

33. 이상적인 사회참여 정신

국민들이 애국하는 길은 자기가 처해있는 환경에서 자기의 재
능에 합당한 일을 성실히 수행하는 일이라 봅니다.

이보다 더 큰 애국심 발휘 말고 또 다른 그 무엇이 있겠습니까?

사람이란 나약하여 자기의 타고난 그동안 쌓아온 역량을 염두
에 두지 않고 자기 분수에는 넘치는 곳에 무리하게 뛰어들면 자기
행위를 합리화시키기 위해 남을 끌어내리고 모함질 하고 그리고
깽판만 치게 마련입니다.

왜냐하면 역량이 부족하면 무리하게 그 지위를 유지하기 위해
서는 초조하지 않을 수 없고 무리수만 계속 두게 되어 결국 부작
용을 낳게 마련이기 때문입니다.

바로 이런 순리에 역행하는 정신이 우리 국민들 일부에 만연되

어 간다는 것이 우리나라의 장래를 염두에 두고 생각할 때 가장 위험한 국민성이 되는 것이라 생각할 수 있겠지요.

자기 하나만 출세하고자 정립되지도, 이롭고 해로운 구별도 없이 아무렇게나 어디서 끌어다가 갖다 부친 이론을 합리화 시키는 과정에서 모든 술수와 사술 공작을 총동원해 나댄 이 좌파(빨갱이) 운동권 무리들의 악질적인 행동과 의식을 이제 우리 국민들이 모두 일어서서 속속들이 이들을 솎아내고 나라 기강을 바로잡아 나가야 된다고 생각합니다.

그동안 우리 국민들은 나라 구하기에 표현하거나 앞장서는데 한계가 있다는 선입관 때문에 모두들 뒤로 물러서서 공직자들만 믿고 수수방관하는 태도를 취했던 것은 사실입니다.

그래서 국가와 사회의 질서를 바로잡을 수 있는 공권력에 의지하고 이들을 믿고 그리고 희망을 온전히 거기에다가 걸고 생업에만 종사하였습니다.

그런데 우리 국민들의 기대와는 딴판으로 정치가들, 특히 정권욕에만 혈안이 된 운동권 좌파(빨갱이) 무리, 즉 김대중을 우두머리로 하는 새천년 민주당과 열린우리당, 민주노동당 그밖에 소소한 소수정당 국민중심당 등이 가장 두드러지게 그들이 앞에 내세운 본연의 사명, 즉 부정부패 척결이라는 개혁은 추진하거나 이루려 하지도 않고 아니하려 들지도 않고 굶주린 늑대가 주린 배를 채우려고 눈에 핏발들을 세우면서 국민들을 의식하지 않고 처먹는 데에만 무섭게 대드는 그런 무리들로 그 본색을 세상천지에 드러냈습니다.

겉으로는 자기들 신분이나 위상을 지키거나 보호하기 위해서 국민들이 혹하고 빠져드는 사탕발림의 구호나 내걸고 뒤로는 우리 인간사에서 지금 세계에서 유례를 찾아볼 수 없는 간악한 짓, 즉 내 나라가 대치하고 있는 적국에 말도 안 되게 내 나라를 팔아먹으려고 적국이 기분 나쁜 법은 우리나라 안에서 몽땅 개정하려 들면서 이제껏 우리가 지켜온 나랏법을 국민들의 의사도 묻지 않고 법을 제마음대로 바꾸는 가공할 소행을 저지르면서 나대는 정치인들을 보게 된 것입니다.

이제 우리나라는 시급히 대한민국 본래의 질서가 잡혀가야 합니다.

믿었던 공무원들 중 정치에 바람이 든, 그리고 출세 지향주의자들을 중심으로 무턱대고 부당한 상부의 그릇된 정신이나 따르는 것이 공직 임무 수행인 줄 알고 국민들이 불편하다고 아우성인데도 이에 전혀 귀 기울이지 않고 법의 권위와 공직의 높은 자리에 취해 위엄만 내세워 법의 잣대를 마음대로 이현령비현령식의 어처구니없는 처신으로 원칙을 무안케 한 일들이 비일비재한 현실이 된 지금 우리나라입니다.

특히 우리나라에서 가장 골치 아프고 쓰레기처럼 문제되는 일부 수양이 되지 않은 무리들은 법을 공부했다고 권위만 내세우면서 아무렇게나 나랏일에 종사하면서 국민들의 기대를 저버리는 무리들이라고 저는 강하게 말합니다.

거기에다 학업 즉 수신도 하지 않은 깡패 소행의 무리들이 출세판에 뛰어들어 순발력에 따른 두뇌회전 빠름을 머리 좋다고 함부로 입만 나불거리고 일류대학 입학하여 성실하게 공부도 하지 않고 정치바람이나 들어 정치인들 끄나풀이 되어 데모나 했던 자들이 어느 대학교 무슨 학생회장이나 했다는 학생 신분으로 배우는 과정에서 타락한 기성세대 썩어빠진 정치가들 소행이나 흉내나 내던 시대가 있었습니다. 그들은 구역질나는 알량한 이력이 부끄러운 줄도 모르고 자랑까지 해가면서 설치는 이런 해괴한 판국이 만연했습니다. 이런 풍조가 우리 사회에 만연하니 결국 나라 꼴이 이 지경으로 추락하는 현실이 되었던 것입니다.

학생들이 장래를 위하여 큰 이상을 가지고 (사실은 그 큰 이상이란 자기가 타고난 본분, 즉 인간다운 삶을 드러내는 것임) 학업에 전념해야 될 시기에 이런 풍조가 만연한 우리나라는 심히 우려되는 것입니다.

학부모들도 바라지 않는 좌파 운동권 무리들의 저 뻔뻔스러운 나댐!

과거 건국과 6.25 국난을 극복한 초대 대통령 이승만과 가난으로부터 허덕이던 우리나라 이 우리 민족을 잘살게 하려고 이끌었던 고 박정희 대통령의 꽉 들어찬 국가민족 중흥 정신 내세워 온 힘을 쏟는 그분들의 사심 없는 성실한 지도력과 국민 신뢰 분위기를 거꾸로 선동하여 그 뚜렷한 통치력의 그늘에 교활하게 빌붙어 같은 군 출신이라고 우쭐대며 국민들을 윽박지르던, 그 썩어 문드러지고 천벌을 받을 수양 부족했던 출세 위주의 군 출신 무리들과 똑같은 운동권 무리들이 지금 저렇게 나대고 있다고 보면 바른 이해가 될 것입니다.

그때 그 지도력에 빌붙어 자기 출세만을 위해 나대는 모리배들의 행동이 결과적으로 우리 반만년 역사상 이 나라를 세계 속에 우뚝 내세운 가장 커다란 인물 박정희 전 대통령이 오히려 모든 욕바가지를 몽땅 뒤집어쓰고 욕을 먹게 한 것이 아니겠습니까?

그 골방 쥐같이 빌붙어 자기 출세만을 내세워 국민들의 마음을 크게 상하게 한 모리배들 말입니다.

사실 이런 모리배들 때문에 나라 안에서 억하심정으로 지금 같은 천둥 벌거지들이 분수없이 빨갱이로 둔갑한 무리들이 나오게 된 빌미를 제공한 일면도 있음을 우리는 다 인정하고 있습니다.

그 당시 민주주의를 갈망했던 국민들의 심정이나 지금 민주주의 하겠다고 나섰으면서도 공산주의 빨갱이 수작만 부리는 무리들을 보고 대한민국의 민주주의를 갈망하는 국민들의 심정은 그때나 지금이나 참담하고 허탈하기는 마찬가지라고 봅니다.

인간이 수양이 덜 된 상태에서 나라 위한다고 나섰을 때는 고작 자기의 이로움이나 추구하게 되고, 남을 모함이나 하고 성실한 이웃을 자기 출세를 위해 걸리적거린다고 함부로 걸고 넘어지고 하는 작태만 되풀이하게 마련입니다.

이렇게 되면, 위아래 인륜의 도리도 망각하고 아무데서나 인민재판식으로 사실을 규명한다며 아무나 붙들고 시도때도없이 장소 가리지 않고 어디서 주워들었는지 쓰레기 같은 다 지나간 해괴한 이론 바탕으로 값싼 토론이나 하자고 대들기나 하고, 들어보면 앞뒤도 맞지 않는 궤변이나 늘어놓는 자기변명만 가득찬 말싸움이나 하자는 현상만 나타나게 됩니다.

이렇게 지나다 보면 결국 가정도 모르고 이웃도 모르고 사회도 모르고 자기의 국가도 망각하는 우를 범하게 되고 심지어 자기 자신도 몰라보며 내가 무슨 짓을 하는지 그 스스로의 행동도 알아차리지 못하는 어리석음을 범하고 마는 것으로 결국 수신도 못한 천둥 벌거지 현 좌파(빨갱이) 운동권 정부에 목을 매고 있는 무리들 같은 꼴로 전락하게 되기 마련인 것 같습니다.

국민으로서 진정한 애국 행위는 자기 역량과 처신을 바로 알고 처해진 각자의 위치에서 자기할 일을 올곧게 성실히 실천하는 행위라 생각합니다.

우리나라 국민들의 가장 큰 병폐는 정치 테두리에 어실거려야 그리고 무슨 알량한 감투 하나 뒤집어쓰면 그것이 인간으로서 가장 출세한 것이라고 인식하는 국민들의 의식인 것입니다.

그러니까 청소년들 시기에 하라는 공부는 내팽개치고 음흉한 정치가들 앞잡이가 되어 남의 고작 남의 약점이나 뒤져가면서 공격대상의 약점이 나오지 않으면 그럴싸하게 조작해가면서 주리장창 데모 질이나 해 대어 특정지역 주민들을 중심으로 여론이나 조성해 왔으니 이런 좌파(빨갱이) 운동권 무리들이 나오게 마련인 현실이 아니겠습니까?

이런 못된 버르장머리 없는 자들을 모두 다 일깨우거나 몰아내고 좌파(빨갱이)들을 아주 체질적으로 싫어하는 이 나라 이 국민을 위해 자유 민주주의를 실현하는 올바른 걸음걸이로 서로가 손잡고 나아갈 때 그것이 진정한 우리 사회에 이바지하는 애국행위가 되는 것이라고 생각합니다. (2006. 8. 3)

34. 남북 깡패집단에 위협받는 우리 국민

6.25 직후 휴전이 된 뒤의 몇 년간은 기존 질서가 파괴되어 우리나라 사회상이 그야말로 생지옥이나 다름없었습니다.

그중 한 가지가 전국이 깡패 천국이라는 사실이었습니다.

요즈음도 깡패들이 정치 테두리에서 어실 거리면서 무슨 경제 관련 회사를 차려 이권도모를 사회인들이 눈치 채지 못하게 지능적으로 활동을 한다는 말이 있습니다. 어쨌든 나라로 볼 때 큰 화근임은 여전합니다.

그 옛날엔 갓 자라나는 청소년들까지도 초등학교 상급반 정도 된 어린이도 성장하는 과정이 엉성한 사회상이라 보고 배우는 것이 모두다 전쟁 북새통 뒷 일들 모습만 보고 배운 터이라 그저 마구잡이로 장소 가리지 않고 싸움하는 것을 제일 잘하는 일인 줄로 여기고 여기저기서 툭하면 싸움 소동이 벌어졌었습니다.

그들이 일시적으로 영웅이 된 것처럼 알려지기도 하고… 이들이 한두 번 그러다 말면 그나마 그들은 가정교육을 제대로 배운 학생들이 되는데, 시발점이 그런 학생들이 그 소행을 자신의 의지로 공부해가면서 옳은 판단을 내세워 고치지 않고 엉터리 악질근성의 부류들과 오래 어울리다보면 결과적으로 된다는 게 흉악범의 흉내나 내거나 그렇지 않으면 아주 깡패 길로 들어서서 그의 인생을 망치게 되는 예를 우리 이웃에서나 신문 지상을 통하여 많이도 보고 듣고 하여 알고 있습니다.

깡패들의 특징적 수단은 남을 위협하여 겁을 주고 난 뒤 비겁하게 제 이익을 챙기는 것이지요. 한마디로 말하여 인간말종의 날강도들의 비열한 수법을 그 수단으로 삼는 것이지요.

특히 그때에 우리 같은 남학생들은 아침에 일어나서부터 귀가할 때까지 골목이나 어디 엉뚱한 곳에서 깡패 만날까봐 한두 번 고민해 보지 않은 사람이 없을 정도였으니까요.

요즈음도 중고등학교를 중심으로 불량 청소년들이 깡패 조직을 만들어 웃기는 짓거리를 해 사회의 걱정거리가 되는 예를 보기도 합니다만, 예전 보다야 훨씬 덜한 것 같아 조금은 안심을 하는데 국제적으로 참으로 이상한 현상이 벌어지고 있음을 우리 국민들이 목격하게 되어 어처구니가 없는 현실이 되었습니다. 즉 한 국가가 깡패 수법으로 둔갑을 하여 다른 국가를 감히 위협하는 현상이 벌어진다는 사실입니다.

남을 위협하자면 우선 상대방이 공포심을 갖게 하기 위하여 무도나 신체단련을 하여 이를 내세워 상대방을 위협하는 원시적 방법도 있고, 그리고 악질적 행위와 성질을 소문나게 내세워 상대방을 공포에 떨게 하는 방법도 있고, 흉기를 지니고 돌아다니면서 상대방을 겁주는 예도 있고, 가장 지능적인 것은 자기 배경에 누구 있으니 까불지 말라는 수단으로 어떤 세력의 비호를 받으면서 깡패 짓을 하는 예가 있습니다.

그중 가장 악질적인 것이 정치 세력을 배경으로 온갖 못된 짓으로 삶의 판을 짜는 부류들이 있습니다.

이들이 곧 사회적으로 가장 큰 암적 존재들이라 생각합니다.

그런데 이 차원을 훨씬 넘어서서 국가지도자의 탈을 쓰고 무서운 핵무기나 살상무기가 비밀히 만들어 지니고 국제적으로 깡패 짓을 하는 세상이 나타났음에 참으로 세계인이 경악하는 일이 벌어지고 있다는 현실입니다.

내가 무슨 가공할 무기를 지니고 있으니 너희들 혼내기 전에 쌀 가져와라, 금강산 구경 이렇게 하라, 개성공단 올 때 돈 가지고 오라, 이렇게 점잖게 말로 하는 것은 인도적인 처신이니 너희들도 인도적으로 나오라, 그렇지 않으면 모두다 죽이겠다, 바꾸어 말하면 핵무기로 불바다를 만들겠다…

우리나라에서 제일 한심한 부류가 현 좌파(빨갱이) 열린우리당 당을 중심으로 한 범여권, 즉 새천년 민주당, 열우당, 민노당 그리고 국민중심당 등의 행태입니다.

국민들의 안위를 위해 최선을 하겠다고 정권을 잡은 부류들이 8년 반 동안 해놓은 일이 우리 국민들이 생각도 못한 공개적으로 쌀 퍼다 조공 바치듯 하면서 공갈이나 치는 부류들의 눈치나 보게 만들었다는 사실입니다.

이것이 어떻게 나라와 국민들을 위해 잘하는 정치인지 도저히 상상도 못하는 일이라 생각합니다. 정치를 못하는 좌파들의 현주소인 것입니다.

이것이 그들이 나라 위한다는 개혁입니까?

대한민국이 수립된 뒤에 6.25의 고통을 이겨내면서도 국제적으로 우리나라가 언제부터 남의 압제를 받은 적이 있습니까?

당당한 실력으로 지금 이 경제적 우위의 나라를 만들었지!

지금의 좌파(빨갱이) 정권이 국민들의 자존심이나 긍지를 나라 안에서 스스로 정치적으로 꺾어 놓고 이북이 쌀 가져다주지 않으면 전쟁을 일으킨다고 하니 그렇게 되면 되겠어요?

이북이 그러기 전에 우리가 인도적인 차원에서 자꾸 퍼다 주면서 전쟁을 막아야지요! 하는 뻔뻔한 말로 국민들을 구렁텅이에 빠트리면서 해괴한 정치 같지 않은 정치공작을 하는 이런 무리들을 이제 우리 국민들이 그저 보고만 있어야 되는가 하는가… 이것이 오늘날 우리 국민들이 안고 있어야 하는 분노의 문제의식인 것이라 생각합니다.

대한민국을 스스로 낮추고 국민들로 하여금 위협받고 있다는 존재로 전락시키는 이 좌파(빨갱이) 정권 무리들을 한시바삐 이 땅에서 몰아내고 당당한 국민정신으로 이북의 위협을 실력으로 물리치려는 자신감을 앞세워 나아가는 우리 국민들이 되어야 한다는 것이 저의 생각입니다.

국민들로 하여금 이렇게 자신감 갖게 하는 것이 정치가들의 잘하는 정치가 아니겠습니까?(2006. 7. 25)

35. 천재지변과 인재 그리고 국민단합

사람은 자연에 순응하고 적응하면서 살아가는 존재이다. 자연에 역행을 하여 살면서 성공한 예는 인류 역사상 그 유례가 없는 것이다.

무모하기는 그리스도교 성서에 나오는 바벨탑 일화가 그 상징성이야기요, 본성의 치부를 적나라하게 절제 없이 나타낸 양상은 소돔과 고보라의 일화에서 그 예를 찾아볼 수가 있다.

인류 역사상 가장 무서운 인재(人災)폐해는 같은 인류이지만 침략 근성의 약탈자들로 인하여 당한 또 다른 인류의 고통이었음요, 가장 슬픈 폐해는 인간성 말살 집단의 세상 전제 행위가 자행되었던 시기의 삶이었었다.

인류 문명이 발달하고 더욱이 과학 문명이 상상도 못하는 첨단의 시대로 치달으는 오늘날일수록 인간의 비애가 오히려 예전보다 더 터져 나오는 현상이라고 도처에서 아우성인 현대사회!

이 과학의 첨단시대에 우리는 지금 살고 있다.

그런데 우리가 이제껏 보이는 삶의 모양과 지닌 의식은 과연 어떠한가?

나라의 장래를 위한다며 흘리는 위정자들의 눈물은 악어의 눈물로 둔갑한 지 이미 오래 되었다.

국민들의 삶의 처절함을 외면치 말고 미리 대비하는 나라살림을 마련해야 한다. 우선 가까이서부터 헤아리고 돕고 행하라고 백성들이 아우성인데 지금 위정자 좌파(빨갱이) 열우당 집권자들은 시류에도 맞지 않는 흘러가는 구름 잡으려는 행위로 알로 돌을 치는 형국으로 분별없이 나대는 북괴적도 무리들의 술책에 혹해 천문학적 숫자의 물품과 돈과 금강산 관광 명목으로 태평성대의 분위기까지 조성해가면서 적국에 쏟아붓는다. 나라 안에서 가장 중요한 절기에 대비하는 살림, 즉 자연법칙에 순응해야 할 대비책 준비에 철저히 외면하고 있다.

바로 이것이 좌파(빨갱이) 열우당 정권이 대한민국 우리나라 국민들로부터 가장 지탄받아 마땅할 인재(人災) 소행인 것이다.

그리고 도와야 된다는 대상들로부터 결국 온갖 위협이나 당하고 앞으로도 계속하여 더 도와주지 않으면 가만두지 않겠다는 공갈과 희롱까지 서슴지 않는 수모를 그들에게 당하게 하는 우리 국민들의 처지로 전락시키고 말았다.

이것이 곧 현 좌파(빨갱이) 정권에 의한 민심을 역행하는 천리의 거역인 회심의 작품인 것이다. 즉 집권자의 무모함과 횡포가 지금 이 지경에 이른 것이다.

그래도 우리 국민들은 저 가소롭고 미운 KBS 등 새로운 좌파 독재자의 나발수들에 대한 미움을 뒤로하고 이웃돕기의 성스런 인간 본연의 자세에서 한 통화 2,000원의 전화 다이얼을 끊이지 않고 돌리고 있는 현실인 것이다.

이제 우리 모두가 자연에 역행하는 무리들을 응징할 때가 되었다.

국민들 모두가 나라 안 살림에 미리 대비하고 어려운 사람들을 도우라고 아우성을 칠 때, 국민의 소리는 철저히 외면하고 정복했다는 희열의 감상에만 젖어있다. 거기에 한술 더 떠서 정치적 입지만을 강화하려는 수단으로 외치는 엉터리 통일 대비 명목으로 천문학적 돈을 이북에 퍼주어 결과적으로 그들이 핵무기를 만들고 미사일을 발사해 가면서 대한민국 국민들을 직접적으로 위협하는 망동을 부리고, 5.31 좌파 열우당의 정치패배 이후에 좌파들의 심기일전의 태세로 6.15 행사를 한답시고 김대중의 총 지휘로 국내 전라도 광주에까지 적화통일을 획책하는 침략자 적도들을 불러들여 부화뇌동하는 현실이 과연 자연의 이치에 순응하고 대비하는 순리의 일인가 역행인가를 국민 모두가 다시 한 번 되생각해 보아야 할 시점이 되었다.

과거 구한말 이완용이 일본이 우리나라에 개혁을 미끼로 나라 발전을 시키고 국민들을 계도 하겠다고 제시했을 때 내각을 주도하여 그 일본의 홀림에 빠져 그들의 도구가 되었다.

그때 백성들이 삼천리 방방곡곡에서 반대하고 의병까지 일으키고 왜놈 반대 저항을 했다.

이완용의 단순하고 무모한 생각에 우리나라 백성들과 민족의식이 36년간 신음을 하였고, 이완용은 그의 개인 발상이지만 뒤에 숨어 악랄하게 접근하는 일본을 의식하지 않고 서투른 나라 계몽코자 하는 의도가 결국 매국노의 발상으로 귀결되고 말았다.

그로 인해 사실은 오늘날 이렇게 남북 분단의 고초를 겪게 되는 원인이 된 것이 아닌가? 이처럼 어처구니없는 인재(人災)를 우리 민족은 아직도 슬프게 겪고 있는 것이다.

지금 우리나라의 좌파 정권은 김대중 이후부터 노무현까지 대한민국 국민들을 몰살시키려는 망동을 부리려 6.25 전쟁을 임의로 일으켜 지금까지 이 설움, 이 고생을 시키는 그 추종자들을 노골적으로 불러들여 굽실대며 그들이 주장하는 적화통일에 조력하면서 내 나라 내 국민들을 팔아먹으려 발광들을 하고 있다.

예측하건대, 이보다 더 음흉하고 뻔뻔하고 무서운 인재(人災)를 획책하는 무리가 지구상에서 또 어디에 있는가?!

이제 생각해 본다.

우리나라가 과거 일제에 잠식되어 서서히 식민지로 전락한 경우가 있듯이, 김일성에게 불법 남침 망상으로 온 나라 피폐하듯이, 또다시 감상적 통일 미끼로 적화통일 야욕을 끈질기게 시도하는 김일성 추종자들과 그 내응자들로 인해 대한민국 우리나라가 영원히 멸망해야만 되겠는가?

이렇게 해서 좌파 무리들 밑에서 신음만 해야 하는 그리고 앵무새 같이 민족만 허울 좋게 내세우는 그런 국제 사회 속에서 우리가 되어야만 하겠는가?

이 시점에서 천심(천리) 즉 백성의 마음의 소리에 따르는 것이 자연에 순응하는 만고의 진리이다. 천심(민심)을 어기는 무모한 작금 우리나라의 좌파(빨갱이) 정권을 몰아내려는 5. 31과 같은 정신을 이어 앞으로도 철저한 좌파 척결의 국민단합 의지와 실천만이 곧 인재(人災)에 대비하는, 자연법칙에 순응하는 가장 현명하고 당당하고 믿음직한 그리고 우리가 영원히 사랑해야 될 내 나라를 지키려는 의연한 행동이 되는 것이다. (2006. 7. 19)

36. 좌파정권의 행정능력

이 글은 국무총리가 일선학교 급식 문제 해결을 안답시고 나다니며 어린이들 앞에서 어린이 도시락과 어른 도시락을 비교하는 사진과 도시락 먹는 점심시간 장면을 보고 이 글을 씁니다. 제가 조블의 김남교님의 글에서 도시락 현장 사진을 보고 느낀점을 댓글 형식으로 쓴 것입니다.

경우에 따라서는 그렇게 될 경우도 있겠지요. 그러나 근본정신이 잘못 되었다고 봅니다. 지금 나라 살림을 위해 동분서주한답시고 나대는 좌파 운동권 빨갱이들의 행각을 보면, 애초에 부조리 근절 비리 추방을 제일 과제로 들고 나왔는데 지금 와서 그동안의 모든 행적을 보면 부조리 부정이 없어지기는커녕, 현 좌파 정권에 의하여 저지른 부조리 부정은 지금 하늘을 찌를 듯이 그 과오가 쌓여만 가고 있습니다.

거미줄로 방귀 동이듯이 미봉책으로 시작도 않고 끝내 버리고 말면서 나대기는 참 억세게 나대며 자랑부터 먼저 하려 대더니 묵묵히 침묵하고 있던 국민들로부터 5.31 그런 심판을 받지…!

그리고 도처에서 위대하신(?_뭐가 위대한지 모르지만) 좌파 수괴 김일성만 열심히 찾으려 듭니다.

특히 광주 건은 이 정부가 제대로 하려는 정부면 국민들에게 백배사죄해야 합니다. 선거로 모든 것이 판명 났는데도 반성은 않고 그쪽에서 뻔뻔스레 좌파 행각만 계속 벌이다니 참으로 천인공노할 일입니다.

한심한 구석은 이들의 잘못된 점을 우리 모두가 지적하고 적발하려 들면 그들 국민들 아무나 멱살잡이 하려 기승을 부리면서 적으로 몰아붙이면서 국민 상대로 적대시해가며 대들면서, 심지어 우리 같은 촌부에게까지 대들면서 우리가 과거에 어떻게 했는지도 알아보지를 않고 '너희들은 과거에 더 해 처먹었다!' 이게 그들 개혁하겠다는 자들의 말 본새이고 그들 머릿속에 있는 의식입니다.

모두 다 근절하여 '과연 개혁을 내세우더니 눈부실 만한 모범을 보인다'라고 말을 들으려 생각하지 않고 낫살이나 먹은 대상만 만나면 '너희들은 과거에…' 그래서 지금 도둑질 덜하니 위대하다는 것인지… 우리 양순하고 어진 국민들은 그때나 지금이나 비리를 저지르지 않음을 좌파들은 모르는 모양입니다.

이런 빨치산 같은 언행으로 그들 앞의 모두를 배척하려 드는 꼴이 바로 지금 좌파 정권의 현 위치인 것입니다.

어디에 사고가 났거나 문제점이 나타나면 대응책을 철저히 세우거나 감독을 철저히 할 생각은 않고, 우선 남의 탓으로 둘러대고 심지어 과거 과거 하면서 삼국시대까지 거슬러 올라가서 해괴하게 조상들을 욕하려 드는 본새로 사건을 마무리하려 듭니다.

이들이 내세우는 개혁 행각을 비유해 말해보자면, 다 삭아서 낡아 빠진 양철지붕 잘 고치겠다고 큰소리나 쳐 놓더니 정작 지붕 꼭대기에 기어 올라가서 이들이 내디디는 양철 지붕에 발이 빠지는 것은 의식 않고, 몇 개의 새 양철 조각만 들고 그것도 기울 생각은 뒷전이고 괜스레 나대며, 완성도 하기 전에 우선 일 잘한다는 자랑부터 늘어놓으면서 지붕 꼭대기에서 고래고래 고함질이나 치는 그런 격입니다.

교육부나 보건 복지부나 지금 엉망진창입니다.

지휘자가 제대로 되었으면 웬만한 것은 제대로 돌기 마련입니다.

그런데 이들은 임기응변의 술수에만 익숙한 오합지졸 이란데 문제가 있는 것입니다.

무얼 이들에게 바라겠습니까?

5.31 이후에 반성은 커녕 전라도 광주에서 일어난 행각을 보십시오.

국민들을 향해 '너희는 짖어라! 우리는 간다!' 바로 이것이었습니다. 자유 민주주의 대한민국 안에서 지금 이 좌파들은 이런 배짱으로 막나가는 판입니다.

현 국무총리! 이 자는 내외가 한결같이 골수 좌파(빨갱이)의 운동권 핵심들이 아니었습니까? 좌파(빨갱이)는 우리나라를 멸망시키려던 무리들입니다.

이런 자가 기용이 되었으니 어떻게 자유 민주주의 대한민국의 백년대계를 세우는 교육 문제를 제대로 해결하겠습니까? 해봤자 빨갱이 행각이지…!

나라가 전부 이런 판국이어서 참다못한 국민들이 이번 5.31 선거에서 나라 살리려는 일념으로 나라의 향방을 국민 뜻으로 알려주었는데도, 이 좌파 정권은 애초에 뺀질이 구실을 여전히 하고 선거 결과를 애써 외면 하려 듭니다.

저는 감히 말합니다.

좌파 운동권 무리들을 우리 국민들의 이름으로 2007년까지 모두 물리치지 못하면 우리 자유 민주주의 대한민국의 건전한 발전과 이북 사회주의 공산 조선 노동당 무리, 즉 김정일을 없애기는 아주 어려우리라 예견합니다. (2006. 6. 28)

37. 아직도 발악하는 빨치산

빨치산이란 용어는 러시아 말이다. 우리나라 사람들은 이 거부감 느끼는 용어를 어렸을 때부터 들어서 이 빨치산이 무슨 의미인지 거의 다 알고 자랐다.

한반도 안에서 빨치산이란 용어를 가장 즐겨 쓰며 이 용어의 의미대로 인간 삶의 판을 짜는 무리들이 이북의 김일성 추종 자들 후예 좌파(빨갱이) 무리들이다.

빨치산은 국가의 정규군을 의미하지 않는다.

빨치산의 의미는 상대국의 내부에서 준동하는 무리가 형성되어 이들과 내통하여 이로움을 얻는, 소위 공산주의자들이 말하는 후방 교란을 목적으로 상대국에 우선 간첩을 들여 보내어 그곳에서 현실에 불만이 많은 주민들을 교묘히 포섭하고 그 주민들이 자기가 이때까지 성장하였고 삶의 터전이었던 주민들의 조국을 일시에 배반하게 만들어, 이들로 하여금 이적 행위를 하도록 한 뒤 총칼과 각종 사제 무기, 즉 죽창 같은 것으로 양순한 우리 이웃을 돌연 위협하고 그들에 동조하지 않는 양민들을 무참히 찔러 죽이고 인민재판에 회부하여 사형(私刑)을 임의로 집행하고 집단적으로 후방을 교란시키는 무리들을 뜻하는 말이다.

빨치산이란 단어는 이런 목적과 임무를 수행하는 무리들을 총체적으로 일컫는다고 말할 수 있겠다.

교육계에서 전교조들이 어린 학생들을 세뇌 시켜서 한총련에 가입케 하여 자유 민주주의 대한민국, 즉 저들을 성장시키고 가르치는 내 나라를 오히려 망하게 하려는 이적 단체로 전락도록 한 그동안의 저지른 짓거리가 바로 빨치산 준동의 또 다른 대표적 표본 사례이다.

일제 강점기 말엽엔 빨치산의 역할은 조국의 광복을 염원하는 이 나라 온 백성과 독립투사 대열에 파고들며 기대어 활동하였다. 그런데 그 수법이 우리나라 민족의 정서에는 맞지 않는 공산 좌파적 수단이어서 우리 백성들은 같은 목적으로 일본의 압제에서 해방되고자 하였지만, 그 처신 취하는 방법에서 그들, 즉 좌파(빨갱이)와 다른 자유 민주주의 제도의 양 갈래로 갈라지기 시작하였다.

이것이 오늘날 우리의 현실이 되었고 특히 1945년 이후에 우리 민족이 겪고 있는 고통이 되었고 1950년 6월 25일 이후엔 서로 돌아올 수 없는 강을 건너고 만 것이다.

빨치산들은 6.25 뒤에도 대한민국 안에서 계속 준동하여 이제 자유 민주주의 대한민국 안에서 민주주의란 덜 성숙된 국민들의 민주의식과 제도를 교묘히 등에 업고 놀랍게도 빨치산은 자유 민주국가 대한민국 안에서 버젓이 좌파 정권을 세운 것이다.

우리 국민들의 잘못된 판단이 이런 수준에 머물렀었다.

애석하게도 우리 국민들은 6.25 이후에도 끊임없이 준동했던 빨치산의 소리 없는 수법에 교묘히 세뇌되어 우리 국민들 스스로가 바로 가야 할 제 갈 길을 헷갈리게 처신한 두 가지 구체적인 사례를 남기게 되었다.

곧 선거에 의해 나라가 찬탈을 당하는 어처구니없이 쓰라린 경우를 목격하고 맛보고 있게 된 것이다.

곧 1997년 말 대통령 선거에서 김대중 정권이 나타나게 한 무분별이 바로 그것이었다.

한 번의 실수에 헷갈리던 국민들은 재차 더 어처구니없는 씻을 수 없는 과오를 또 범하였다.

곧 2002년 노무현 좌파 정권의 탄생인 것이다. 그 뒤부터 우리 자유 대한민국 국민들은 이 잘못된 선택에 의하여 지금 이 고생과 수모를 겪으면서 이렇게 좌파들에 의하여 농락당하고 있는 것이다.

현 빨치산 좌파(빨갱이) 정권은 그들의 실체를 지금에야 분명히 깨달은 우리 국민들 앞에서 지금 마지막 발악을 하고 있다.

상식이 통하는 정상적 국사 처리를 할 수 없는 상황이 되어 우왕좌왕하면서도 지금 좌파 정권은 발악을 하고 있는 것임을 우리 모두는 지금 목격하고 있는 것이 아닌가.

이제 우리 국민들은 다시 자유 민주주의 우리나라 대한민국을 다시 지켜야 할 시점에 이르렀다.

그 첫 번째 민의가 2005년 4월 30일과 10월 26일 보궐 선거였고, 두 번째 민의의 표현이 2006년 금년의 5월 31일 지방선거였다.

이 분열되지 않는 민의의 기세를 계속 몰고 나가서 앞으로는 좌파들의 빨치산 발호를 도처에서 분쇄하고 부정부패, 그리고 빨치산들의 잔악함이 없는 내 나라를 우리 후대에 바르게 물려 줄 책무와 사명감이 온 나라 자유를 사랑하는 우리 국민들의 두 어깨에 걸려 있음을 다시 한 번 상기하여야 하겠다.

지금 우리 자유 민주주의 대한민국 국민들은 6.25와 형태를 달리한 더 무서운 내전 상태에 있음을 직시해야 한다.

여기서 개혁이라는 미명하에 사학법, 국보법 두 개의 나랏법을 마음대로 바꾸려는 작태에 다시 휘말려 막지 못하여 흔들린다면 자유 민주주의 대한민국은 곧 멸망하게 되어 있음을 가슴 깊이 새겨야 한다.

우리 자유 민주주의 대한민국 우리나라의 정체성은 우리 국민들이 가정으로부터 철저히 지켜나가야 한다.

이 소리 없는 국민 모두의 나라 지킴의 의거가 빨치산의 마지막 발악을 잠재울 수가 있는 것이다. (2006. 6. 20)

38. 대한민국의 시민정신과 투표권

나의 경험에 의한 국가지도자 선호에 관한 고백

• 1950년~1956년

6.25 전란의 폐해로 국민들의 몸살 앓이가 전 국토에서 끊이지를 않는 시기였다.

국민들은 공산 마수로부터 자유를 수호하고 대한민국을 김일성 침략으로부터 참전 우방국들과 지혜롭게 협력하여 지켜낸, 초대 대통령 우남 이승만 박사를 국부 호칭자격으로 존경하고 그 지도력을 따르는 분위기가 우세하였던 시기다. 나는 이승만 대통령이 공산군을 물리쳤다는 지도력에 절대적인 공경심을 가졌다.

• 1956년~1957년

초대 대통령 이승만 전 대통령을 옹호하는 자유당의 고질적인 정권유지 파렴치 행위가 점점 곪아 온 국민들을 분노케 되었고, 당시 해공 신익희 선생께서 대통령 후보로 호남 유세 중 열차로 이동 중 뇌출혈로 쓰러져 돌아가셨을 때, 온 국민들은 분노와 애통함으로 전 국토가 울음바다가 되었다.

신익희 선생의 러닝메이트로 부통령에 출마한 장면 박사가 국민들의 압도적 지지로 이승만 전 대통령과 러닝메이트인 자유당 부통령 후보자 이기붕을 압도적 차이로 물리치고 부통령에 당선되었고, 그해 9월에 단성사 극장 앞에서 저격을 당했으나 가벼운 상처로 생명은 무사하였다.

이때 나의 아버지가 나라를 위한 걱정의 일념으로 너무 애통해하셔서 나도 신익희 선생에 대한 안타까운 마음과 존경심이 마음속에 깊이 새겨졌다.

• 1957년~1960년

이승만 대통령의 지도력이 자유당 내의 타락한 정치인들의 지나친 발호와 그들의 정권연장 터무니없는 술수에 금이 가기 시작하였다. 즉, 국민들이 이승만 대통령의 민주정치 지도력과 장기집권 야욕에 회의가 일어나 범국민적인 시선으로 절대적인 초기 대통령시기의 존경심에 먹칠이 되는 분위기로 점차 바뀌어져 갔다.

1959년부터 이기붕은 연로한 초기 대통령을 등에 업고 최인규 등을 내세워 장차 그가 자유당의 장기 집권과 이기붕 자신이 장차 이승만 대통령 다음 대통령 당선의 포석을 노골적으로 펴기 시작하였다. 이때부터 이승만 대통령은 정치적으로 로봇 정도로 인식되고 있었다.

1960년 2월 하순경 야당 입후보자 유석 조병옥 박사가 지병으로 하와이에서 서거하여 운구되어 고국에 돌아왔다. 3.15 부정선거가 이기붕과 그 추종자들에 의하여 악랄하게 집행되었다. 그 결과는 마산부터 시작된 거대한 시민 항쟁과 4.19 학생 의거와 4.26 전국적인 국민데모에 의하여 이기붕 일가의 자의적 몰살로 그 위세 좋던 자유당의 운명은 급속히 하향 길로 들어섰고 이어서 곧 망하고 말았다.

이 시기 나는 정치적으로 장기집권의 폐해를 알았다. 그리고 4.26 전국적인 국민들의 데모 시에 무질서한 가운데 공산 끄나풀들이 여기 저기에서 준동하려 기지개를 펴려 하였으나, 원체 거대한 민주 시민의 순수한 데모였기에 공산 마수들이 냄새만 피우다가 뒤로 잠적하는 낌새도 느꼈다.

데모대의 질서가 너무 무질서하여 자성하는 소리가 확산되자 시민 스스로 거리에 나서서 질서를 바로 잡는 노력이 뚜렷이 보였고 시민들은 이에 따랐다. 여기 저기에서 친공적인 비위짱 틀리는 행위가 고개를 쳐드는 듯했으나 자유 민주주의를 갈망하는 시민들이 그에 대한 질타와 손가락질에 그들은 골방 쥐처럼 땅 구멍으로 숨어들었다. 시대적으로 원체 반공정신이 강한 때였기 때문이다.

• 1960년~1961년

자유당 정권이 무너지고 민주주의 풍토의 공정한 선거로 민주당 정부가 들어섰다. 국민의 민주주의에 대한 갈망이 컸기에 기대는 컸으나 데모 왕국으로 전락하여 성숙해지지도 못한 민주주의 몰인식으로 민주당은 무능한 정권으로 귀착되었고, 이때부터 공산 마수들이 본격적으로 준동하기 시작하는 시기가 되었다. 국민들은 모두가 망설였고 민주주의 주장을 하면 엉뚱한 공산 마수들이 끼어들고 그래도 지난 정치 체제가 옳다고 말하면 종래의 고약한 정상 모리배들만 고개를 쳐드는 세태가 되어 이러지도 저러지도 못하는 시민의 입장으로 탄식만 하는 그런 어영부영하는 시기가 되었다.

경찰까지 데모를 하고 학생들이 정부를 제치고 통일을 주도 하겠다고 삼팔선을 넘어가서 이북 공산정권과 손을 잡고 의논 하겠다고 정치적으로 대책 없이 마구잡이로 나서는 판국이었다. 혼란스럽기가 극에 달하여 한치 앞도 내다 볼 수 없는 나라의 흐름이었다.

• 1961년~1967년

5.16 군사혁명이 일어났다. 국민들은 경악했고 세태는 경직되었다. 무질서로 걱정하는 국민들은 질서를 지키고 공산 마수들의 준동을 막아줄 터이니 잘되었다고도 하고 민주주의의 발전 저해로 나라가 암담하다는 의견 등 여론이 분분하였다. 대체적으로 질서 지킴에 긍정적이고 군사혁명주체들이 내놓은 혁명공약이 진실되기를 간절히 원했다. '즉 혁명공약의 과업이 이루어지면 혁명주체는 다시 군인 본연의 임무로 원대 복귀하겠고 민의 정치로 되

돌려놓겠다’는 약속이었다.

이때 나는 오랫동안의 군 복무 수행 후 제대를 하였고 두 번의 대통령 선거에서 투표권을 행사하였다.

1963년은 박정희 전 대통령을 지지하였고 1967년은 윤보선 전 대통령을 지지하였다. 이유는 1963년은 공산 프락치들의 사회 질서 파괴준동으로 불안한 심리로 박정희 씨를 지지하였고, 1967년은 군사혁명 정부 이후에 민간 이양과정에서 민주주의 방식에 의한 통치행위가 점차로 퇴색되어 갔기 때문에 윤보선 씨를 지지하였던 것이다.

• 1967년~1973년

박정희 대통령에 의하여 우리나라는 서서히 빈한한 국면에서 경제성장의 기틀을 이루어나갔다. 그러나 정치적으로는 자유당 말기 때에 식상한 국민들을 만족시켜 줄 만한 만족스런 정치체제가 아니었다.

1972년 대통령 선거에서 나는 김대중 씨를 지지하였다.

당시 김대중은 북한의 노동당과 관련이 있다는 정도의 설이 난무하였으나 지금처럼 구체적인 그의 행적이 백일하에 드러나지 않았기 때문에, 대다수의 국민들은 그를 순수 자유 민주주의의 신봉자로 알고만 있었다. 지지 이유는 정당한 민주주의 통치방식이 이 땅에 뿌리 내리기를 원했기 때문이다.

• 1973년~1980년

나는 유신통치에 본격적으로 반대하였다.

시민의 뜻을 억압하는 정치를 계속하면 대한민국 안에서 자생적 빨갱이들이 많아져서 우리나라가 공산 좌파들에 의하여 나라가 크게 혼란스러워진다고 가는 곳마다 만나는 사람들에게 나의 소견을 굽히지 않고 피력하였다.(그때의 나의 예견이 지금 생각하면 옳았다)

1978년부터 1981년까지 나는 파출소에 봄가을로 호출되어 이유를 모르는 신원 진술서를 일 년에 두 번씩이나 작성하는 수모를 당하였다.

내 나름대로는 애국행위로 자처했지만 정권에 의하여 감시 대상 인물로 전락하는 신세가 되었다.

• 1980년~1987년

나는 전두환정권 반대 투쟁에 결사적으로 임했다.

이유는 민주주의에 의한 나라 통치가 아닌 군사정권 통치였기 때문이었다. 그러나 지금 생각해 보면 이때가 스스로 나는 좌파라는 현 정권 좌파 패거리보다 좌파로부터 나라를 지켰다는 면에서 훨씬 나았다.

• 1988년~1993년

나는 대통령 입후보자 노태우, 김영삼, 김대중 중 김영삼을 지지하였다. 이때 1987년 선거 당일 새벽 3시경에 김영삼 선거 본부 진영과 김대중 선거 본부 진영에 내 일생 이런 유의 전화 거는 행위는 처음이었지만 양쪽에 다급한 심정으로 전화를 하였다. 내용은 양인이 협의하여 반드시 한 사람 퇴진하라고 권유하였다.

측근자들의 대답은 양측에서 똑같이 이제 와서는 '어쩔 수 없다' 이것이 그때 민주주의를 내세우는 그들이 백성의 갈망에 대하여 성의를 가졌다고 대답하는 똑같은 본새였다.

결과는 노태우의 승리였다.

노태우 정부는 물 태우 정부였다. 지금까지 가장 특징이 없는 저 하나 잘 살기 식의 무능한 정부였다. 대통령이 몸소 청와대에 금고를 설치하고 사적으로 돈을 챙겨 그 돈을 장이고 청와대에 들어 앉아 그것에만 영신이 쏠렸다고 보도되었으니 얼마나 기가 막히는 일인가.

• 1993년~1998년

나는 김영삼, 김대중, 정주영 입후보자 중 김영삼 씨를 지지하였다. 처음 2년간은 이제 우리나라도 미국 등 선진국들처럼 민주주의국가가 성장되는 듯해서 황홀지경에 들어 열심히 직장에 충실 하느라 여념이 없었다.

김영삼 3년 차부터 이상 기류가 나타나기 시작하였다. 정치판에 그동안 준동하던 좌파들이 설치기 시작하였고 김영삼 정부는 이를 수수방관하기 시작하였다. 이때부터 나는 김영삼 통치방식에 커다란 회의를 가졌다.

그중 특히 분노하는 것은 김영삼이 이제 개인 눈에 들지 않는다고 국민들이 당선되기를 갈망하는 이회창 씨를 떨어트리기 위하여 이인제를 내세워 좌파의 총 거두 김대중을 당선시켰다는 사실이다. 이때부터 우파의 입지가 약해지기 시작하였다.

나는 그 이후부터 그를 술수만 부리는 정치꾼이지, 정도를 걷는다든지 나라를 사랑한다든지 하는 그의 말은 모두 다 궤변으로 그리고 간특한 속임수로 알고 있다.

나라를 이 꼴로 만든 직접적인 장본인이 바로 그이기 때문이다.

지금 그의 세상 돌며 하는 강연이 무슨 필요가 있는가? 저 살기 위해서 돌아치는 꼴불견이지.

정말로 애국하고 싶으면 방구석에 들어앉아서 제자식이나 제대로 가르치는 것이 순리임을 일깨워주고 싶다.

• 1998년~2003년

김대중, 이회창 대통령 선거에서 나는 이회창 씨를 지지하였다.

왜냐하면 이회창 씨의 올곧은 성품과 이 땅에 법치로서의 나라 통치 기반이 이루어지기를 염원했기 때문이고, 또 한 가지는 전교조 등 좌파 운동권의 행태가 너무 국가를 불안하게 하는 요인이었기 때문이었다.

김대중 정부가 완전 좌파 빨갱이 정부임이 만천하에 드러났고 경제적으로 건국 후에 이때까지 제일 타락했기에 나는 김대중 정부를 반대하는 입장이 되었다.

총리임기 수행 중 김영삼의 경우 없는 통치를 정면으로 반대하여 스스로 물러났고, 2002년 12월 19일 '똑바로'를 표방하여 정치하려 입후보한 이회창 후보를 그가 대통령이 당선되기를 염원하는 마음으로 다시 한 번 지지하였다.

• 2003년~

김대중 정부가 야당과 국민들의 어마어마한 천문학적 선거자금 공세를 피하기 위하여 그들의 온상인 새천년 민주당을 허물어버리고, 혁신 이미지를 부각시킨 열우당을 급조하여 그들 패거리들을 열우당에 옮겨 심어 연막전을 펴가면서 노무현을 꼭두각시로 내세우고 뒤에서 김대중이 조정하는 상왕 시대가 도래하여 현금에 이르렀다.

나는 요즈음 TV를 보지 않는다. 가끔 김대중이나 노무현의 얼굴이 비치면 얼른 피해야 속이 편해지기 때문이다. 그들의 얼굴만 보아도 역겹다. 나 뿐이 아닌 것 같다. 이유는 그들이 우리나라 자유민주주의 대한민국을 좌파정권으로 만들었고, 1945년 이후 쭉도 못쓰던 좌파를 다시 부활시켜 김일성, 김정일 세습부자 체제를 옹호하고 추종하는 무리들을 감싸고돌기 때문이다.

즉 우리나라가 좌파들에 의하여 농단을 당하고 있기 때문이다. 이 시점에서 지금까지의 나의 의식이 확고히 굳어졌다. 이는 이 나라가 6.25 불법 남침을 자행하여 대한민국을 망하게 하고 없애려 한 김일성, 김정일의 그런 공산국가가 되어서는 아니 되기 때문이다.

그래서 나는 공산주의를 막은 초대 대통령 우남 이승만 박사를 이젠 아주 존경하게 되었고, 공산세력을 막으면서 비록 독재를 했을망정 국가 중흥에 5,000년 역사상 우리나라를 처음으로 세계 속에서 경제력 상위국으로 손꼽을 나라로 그 위상을 높인 고 박정희 대통령을 그러려니 하는 입장에서 지금 좌파 사태를 확인하고는 존경하는 자세로 뒤바뀌게 된 것이다.

우리나라를 멸망시키려는 김일성 추종 패거리들을 미화시키는 김대중과 그 하수인 노무현이 극단적으로 미운 만큼, 이승만과 박정희의 과거 통치 임무 수행 중 못마땅했던 부분도 나라 구하기 위한 구국의 일념이라 생각되어 더욱 그분들의 나라 사랑의 모습에 머리가 숙여지는 요즈음의 심정임을 숨길 수가 없다.

참으로 내 자신이 나라 생각하는 면에서 이렇게 변해 가다니 다른 사람의 마음을 어떻게 알랴.

거지 나라를 돕는다는 핑계로 나라까지 팔아먹고 역사까지 뒤집어 바뀌게 하려는 좌파 준동이 멈추지 않는 한 나의 소신은 불변이다. 그래서 이 정부 들어서서 나의 표심은 자유 민주주의 대한민국의 정체성을 지키려는 한나라당을 지지하게 된 것이다.

이런 행동이 나에게 쥐어준 소중한 투표권을 통하여 나라를 사랑하게 하는 민주국가 시민의 행동 양식이리라. 나라를 지킨 이승만과 박정희와 나라의 정체성을 팔아먹고 있는 김대중과 노무현과는 도저히 비교가 되지 않는 것 아닌가!

나는 우리나라가 자유 민주주의 국가임을 사랑한다.

그리고 나에게 투표권을 주어 내가 마음에 맞는 입후보자를 지지하게 의사표시를 하게 한 자유 대한민국 민주제도가 자랑스럽다.

나에게 투표권이 없었으면 스트레스를 받아 일상생활 중 못 견디는 일이 더 많았을 게 아닌가 하고도 생각해본다.

자, 이번엔 우선 어떤 사람이 좌파 운동권 패거리가 아닌가!

그리고 자유 민주주의 신봉자로서 대한민국의 건국이념, 즉 정체성을 바르게 세우고 나라를 위해 사심 없이 열심히 뛸 지도자가 그 누구인가가 민주시민으로 투표권(投票權)을 가진 요즈음의 나의 커다란 관심사이다. (2006. 4. 24)

39. 김병준 사건에 부쳐

운동권 좌파 핵심으로 시작부터 김병준은 인생을 막가파식으로 살은 사람의 표본으로 그 위상이 전락했습니다.

한 가지 의문스러운 것은 이런 학자적 양심을 버린 교수 김병준의 스스로의 말대로 '내가 이런 식으로 국민들로부터 추궁을 받는다면 우리나라 대학 교수들 중 장관 될 사람 한 사람도 없다'는 그의 '물귀신'식 고백입니다.

그의 말이 진실이라면 이참에 이 나라 모든 대학교수들도 몽땅 그 행적을 들추어 온 국민들에게 그 진실을 알리는 것이 진정한 개혁이 아닌가 생각해봅니다.

개혁해야 우리나라가 산다고 국민들에게 목청 높였던 개혁 주체 무리가 이제 그들이 모두 타락하여 개혁의 대상으로 하나같이 완전히 전락한 오늘의 현실 속에서 우리나라의 진실은 과연 무엇이고, 그들로부터 온전히 배워 이 나라를 이끌겠다고 나대는 청장년들의 오늘의 정치적 현실에 분노보다 좌절의 아픔과 찢어지는 마음의 고통을 가지는 우리 국민들의 현주소가 되었습니다.

이번 기회에 대학교수들이 눈치만 보고 자기 만의 기회만 잡으려 들지 말고 과감하게 이 현실에 뛰어들어 우리나라의 선명성의 길을 제시하고 모두들 앞에 나서서 진실을 외칠 때가 왔습니다. 아니 이미 저만치 훨씬 지나갔습니다.

　이제는 침묵만 지키는 대학에 몸담은 석박사 교수들이 이 땅의 국민과 이 나라를 위해 김병준 행각을 똑 부러지게 올바로 평가할 때가 왔다고 생각합니다.

　김병준이 대학교수이고 운동권의 핵심이고 시도 때도없이 어떤 우려될 상황만 나타나면 우선 토론 먼저 하자며 입씨름부터 주문하는 대표적 좌파 운동권 표본형입니다.

　때묻지 않고 순수한 우리 국민들이 보고 있는 이 시점에서 이들을 통하여 여타 교수들의 허점까지도 양파 껍질처럼 모두 벗겨지기를 바랍니다.

　김병준 그의 제자들이 한결같이 그의 이런 운동권 처신을 흉내내고 궁할 때만 되면 우선 자기 빠져나가기 위하여 토론부터 하자는 식의 처신만 하고 다닌다는 사실과 황우석의 인기몰이 사실들…

　이들 모두가 교수들이고 박사들이고 사회와 국가를 이끌어갈 동량재들을 키웠던 장본들이기에 우리 국민들은 이제 이들의 이런 정황의 문제들을 다시 한 번 꼭 짚고 넘어가야 되겠습니다.

　가짜 이야기가 나왔으니 또 한 가지 의문스러운 것은 세계를 떠들석하게 한 또 다른 곳에서의 교수 황우석의 논문 조작 사기 사건을 연관 지어 짚고 넘어가지 않을 수 없는 이 시점입니다.

　황우석! 그를 그렇게 두둔하고 후원회라고 간판 내걸고 황우석을 살려야 한다고 지지하며 설치던 무리들의 시민대표와 후원회 대표들이, 모두 이번 보궐선거에서 서울 성북 을구 조세형의 선거 유세와 우리나라 정치 향방에 새판 짜기를 할 때 그들 모두는 새천년 민주당을 너도나도 지지하고 나선 깜짝 놀랄 경천동지의 사실이라는 점입니다.

새천년 민주당은 김대중 당입니다. 뒤로는 노무현을 욕하고 김대중에 침묵하던 무리들이 하나 같이, 한결같이 새천년 민주당을 지지하고 나섰다는 사실들입니다. 이점도 우리 국민들이 지나쳐서는 아니 될 문제입니다.

황우석 사건 때 그가 입원했던 서울대 입원실 층계마다 진달래꽃을 야하게 뿌려가면서 어떻게 몰려들었는지 약속이나 한 듯이, 잘 차려입은 부녀자들과 운동권 무리들이 갑자기 우르르 몰려들면서 사진 시선 집중해 받아가면서 국민들에게 그 지지세를 과시하면서 그를 예찬하던 모든 무리들이 새천년 민주당 지지를 선포했다는 사실에 저는 경악합니다.

우리나라의 정치적 새판 짜기가 지금 이렇게 진행됨을 우리 국민들은 읽을 줄 알아야 합니다.

이번 김병준 사건은 황우석 때처럼 좌파(빨갱이) 주도하에 애매모호하게 정치적으로 이용되어서 그 실마리가 오리무중 속에 감추어져 훗날 잊을만하여 다 들통 나게 하지 말고 지금 바로 분명히 규명되어 국민들에게 바로 알려야 한다고 생각합니다.

그리고 그들을 교묘히 이용하는 그리고 후원하는 어용시민 단체들… 모두가 그 정체들의 본연의 모습들이 온 천하에 명명백백히 다 드러나야 합니다.

길게 끌어서는 우리 국민들이 또 당하고 맙니다.

우리 국민들이 무슨 고생할 일이 없어 이런 썩어빠진 교수를 사칭하는 사기꾼들만 쳐다보고 세상을 살아야 하는지… 소시민의 입장에서 가슴만 답답합니다. (2006. 7. 31)

40. 교육부총리 김병준의 말로

　조선조 광해군 때 이위경(李偉卿)이라는 본시 이름 높은 선비가 있었다 합니다.

　가세가 너무 구차하여 조불려석(朝不慮夕)하는 형편이었지만, 그는 몸을 조촐히 하고 오로지 글을 읽기에 전심하였는데, 그때 간신 이이첨이 그의 명망을 탐내어 여러 번 그에게 벼슬하기를 권하였다고 합니다.

　그러나 그는 이에 불응했는데 하루는 그가 종일 글을 읽다가 몹시 시장기가 들어 안방으로 들어가 보니, 여러 날 굶다 못한 그의 아내가 메주 한 덩어리를 얻어다 놓고 그것을 끓일 양으로 나무를 찾던 중, 식칼로 목침을 패다가 그만 손목을 끊어 유혈이 낭자한 채 쓰러져 있는 것을 목격했다 합니다.

　청빈한 선비 이위경도 눈물이 나 참지를 못하고 "제기랄! 인생이 길어야 칠십인데 이 고생하고 살게 무언가!" 하고, 간신 이이첨을 찾아가서 본의 아니게 벼슬을 하였고, 예조참판으로 있을 때 이이첨이 시키는 대로 폐모소(廢母疏 – 인목대비 서궁 유폐사건 관련 글)를 썼던 것이라 합니다.

　인조반정 후 그는 형장으로 끌려가면서 다음과 같이 말하였다 합니다.

　"여러분은 어떠한 일이 있어도 배고픈 것을 잠깐만 참으시오!"

　이런 옛날 사실 이야기에서도 가끔 읽혀지는 대목이 있습니다.

평소 지조와 분수를 잘 지키다가 어느 날 배고픔을 이기지 못한 가운데, 조정에서 내리는 자리를 호구 지책 해결로 간신을 찾아갔는데 그 간신이 배려하는 벼슬을 선뜻 받고 세월이 지난 뒤 후일 임금이 잘못한 이유가 화근이 되어 처형장으로 끌려가 목숨을 잃은 사람의 이런 예가 있습니다.

이 이위경이란 사람의 일화는 그래도 안쓰럽기나 하지…

사람이 어느 정도에 이르면 진퇴를 분명히 할 줄 알아야 하는데 이 분기점에서부터 그만 본성의 미련함이 우선 빨랫줄처럼 늘어지게 내뻗쳐 결국 걷잡을 수 없는 구렁텅이로 자연스레 빠지고 마는 예는 흔히 있는 일입니다.

대개 출세에만 눈이 어두운 이런 자들의 행적을 살펴보면 그 이유는, 첫째가 과욕이 턱밑까지 치 뻗쳤고, 둘째가 만용의 기가 상투 끝까지 너덜거리고, 셋째가 우둔함이 도를 지나치고, 넷째가 진정한 자기 지킴의 용기가 없음의 발로이더군요.

김병준이라는 사람이 바로 출세욕에 중심을 잃은 바로 그런 사람 같습니다.

그 알량한 실력에 나라 교육을 다 망쳤으면 좀 근신할 줄 알아야지, 지금 저 꼴이 도대체 무엇이고 어느 학교 무슨 교수 출신인지 모르지만, 보아 하니 그저 그런 대학 같은데 그래도 순수한 제자들이 본받을 점이 과연 그 무엇이겠습니까?

참으로 미련스럽고 못난 자의 말로라 아니할 수 없습니다.

평소 우리나라 지식층에 눈치 보아가며 얼굴 내미는 저 소행으로 보아서 너무 뻔뻔하고 파렴치하다고나 할까요.

교육 활동은 국가의 백년대계라 했거늘, 이런 잡스럽고 지저분하게 처신하는 자들이 감히 나라 앞날을 전제하려 드니, 이제까지 어실댓던 오늘의 이 같은 현실에서 과연 우리나라가 백 년 뒤에는 어떠 할 것인가 생각해 보면 기가 찰 일입니다.

대접 받으려 그 자리에 앉은 것이 아닐진대, 지금까지의 이런 그를 어느 누가 그의 명령과 지시에 고분고분 따르겠습니까?

학자의 진면목은 진리를 추구하는 자세가 바르고 사회와 국가에 모범되게 이바지할 때만 그 행위의 진가가 나타내어지는 것이라 생각됩니다. (2006. 7. 27)

41. 계륵과 같은 대통령

청소년 때 삼국지를 읽어본 사람이면 "계륵"에 얽힌 고사를 다 알고 있다.

언론사에서 여당의원들의 대통령에 관한 기류를 보고 "계륵 대통령"이란 비유를 했다. 이 경우에 계륵이라는 단어를 "닭갈비"라는 일차원적인 말의 뜻으로 풀이한 곳이 다름이 아닌 청와대라고 하니, 참으로 까무러칠 지경이다.

그 말인즉 왈, '감히 대통령을 음식에 비유하다니!' 해외토픽감이다. 국민들이 4년 가깝도록 식상할 정도의 잘못된 언어 습관을 고치지 않는 대통령을 빗대어 '어렸을 때 잘못 배운 습성은 저 나이 저 지위 되도록 까지 저렇게 이어가더라'는 말의 행실을 가르치는 경구로 "세 살 적 버릇이 여든까지 간다는 말이 있다"

이렇게 말문을 열어 교육적인 훈계의 뜻으로 비유하여 학생들이 갖추어야 할 행실에 관하여 설명했다고 치자.

그런데 대통령을 모시는 측근이 충성심에서 위의 말을 받아들이기를 대통령을 감히 '세 살배기'로 취급을 하다니 이건 인권 모독이다. 그리고 국가 원수 모독이라고 노발대발 하면서, 거기에다 속담말 한 사람을 고소까지 하겠다고 법석을 떨며 설쳐 대는, 한 단어를 붙들고 꼬투리를 잡는 청와대 무리들이라면 그런 청와대는 쓰레기 하치장이나 다름이 없다.

말의 뜻도 모르면서 저렇게 설쳐 댄다면 이제껏 나라에 관한 중대한 업무 파악은 제대로 된 것이 있을까 심히 의심스럽다.

예전 1960년대 이후 서울에 있었던 일화다.

당시는 출퇴근 시 버스의 앞뒷문에 차장이 있을 때의 실화다.

버스 안에 승객이 너무 많이 타서 숨도 제대로 쉬지 못할 판에 버스가 들리는 정류장마다 내리는 승객은 거의 없고 승차하는 승객만 자꾸 꾸역꾸역 밀려들어 오면, 이런 경우에 승객들은 짐짝처럼 밀리기 마련이다. 자꾸만 밀리던 한 체격이 큰 여자 승객이 고통스러워 견디다 못하여 옆의 빼빼하다 못해 비리비리한 남자에게 소프라노 소리로 신경질을 내면서 쏘아붙였다.

"밀지 말아요! '약한 여자'를 밀다니!"

이 말에 옆의 약골 남자도 경우는 마찬가지인데 곤욕스럽다는 듯이 그 거대한 여자를 멀거니 올려 쳐다보다가,

'나도 밀리는 중이오. 차장이 자꾸 손님을 태워서 그런데 낸들 어떻게 하겠소? 그런데 한 가지 묻겠소! 당신이 어떻게 '약하다'는 말이요? 나보다 힘도 더 세게 생겼구만! 하고 대꾸했다.

고생하며 땀만 뻘뻘 흘리며 고통스럽게 조용히 실려 가던 승객들이 이 말을 듣자마자 모두의 입에서 약속이나 한 듯이 그 좁은 아침 출근 버스 안에서 갑자기 와! 하고 웃음이 터져 나왔다. 이 경우엔 그래도 고생 중인데도 웃음이 나 있다.

'계륵'에 대한 청와대 반응 같은 내용이 들어 있는 동문서답 격의 대화다.

본래 좌파(빨갱이)들이라 그런 수준인 것은 지금에 와서 우리 국민들이 다 알고는 있지만 그래도 청와대가 노력은 해야 할 터인데 배운게 없는 너무 무식한 표현만 골라서 한다. (2006. 7. 29)

42. 김 선생 님세게

우리나라는 모든 면에서 사회질서 유지에 필요한 것은 반드시 법으로 제정되어야 한다고 생각합니다. 다시 말하지만 그 법을 준수하도록 하는 의식과, 또 법이 제정되기 전부터 도덕적 이타 행위가 관습적으로 반드시 선행되는 풍토가 요구되는 그런 나라 수준이 되어야 한다고 생각합니다.

저는 신체적으로 불편을 안고 있는 분들이 그분들이 활동할 수 있는 범위에서 스스로 그리고 이웃들의 조력과 봉사에 힘 입어 최선을 다하는 모습들을 만나 뵙곤 합니다.

바로 그 순수의 모습이 이 세상에 충만함으로 세상 평화에 동참함을 모두가 기뻐하고 동행할 때, 그리고 그 평화를 우리 모두가 순수하게 무의식적인 가운데 그 분위기가 자연스러워질 때 우리 사회는 곧 복지사회가 된다고 생각합니다.

지금 우리나라 정부에서는 복지사회를 말하지만 근원적으로 재력이 부족하여 그리고 말뿐인 복지사회의 인식 때문에 나라 안 전체가 신체 불편한 이들에 대한 진정한 동행이 한낱 일과성의 구호로 그치고 마는 현실을 많이도 체험합니다.

저는 10월 20-21일까지 서울 복정동 근처에 탄천 변에 있는 성모 자애 복지관 시설에서 있었던 '성모 돕기 바자회'라는 행사장에 다녀왔습니다.

여기에 참여하는 모든 이들의 모습에서 저는 이런 일과성이 아닌 눈빛의 분위기이면 우리나라는 복지사회가 보다 빨리 올 수도 있다는 생각을 해 봤습니다. 참여자들 모두가 동행을 한다는 자세였습니다.

누가 불편하니 의식해서 안됐구나 하고 일시적으로 동정하는 그런 눈빛이 아니고, 이 세상에 태어나서 우리 모두는 하나다,라는 분위기에서 이웃끼리 즐거운 행사에 참여하면서 흥겨워하여 이웃끼리 즐긴다는 그런 모습이었습니다.

각지에서 온 분들도 모두 즐거웠고 행사를 주관하는 성모 자애 복지관 수녀님들과 100여 명이 가까운 직원 중 70%의 복지사와 20%의 치료사와 10%의 사무직 모두가 혼연 일체가 되어 기쁘고 시원시원한 행사진행 그리고 운영의 모습을 만나보고 참으로 감동한 저였습니다.

마지막 날 저녁 행운권 발표 전 여자가수 초청(사실은 그 여자가수의 봉사 행위였음) 노래장에서 장애 있는 분들과 어머니, 아버지, 선생님들 그리고 행사장 손님들 모두가 어울려 기쁘고 즐겁게 손뼉 치면서 노래하고 격식 없이 서로서로 얼싸안고 어깨동무하면서 흥겨워하며 빙글빙글 돌아갈 때, 저는 참으로 참평화의 모습이란 바로 이런 것이로구나 하는 느낌을 받고 또 보고 왔습니다.

이 분위기가 자연스레 만연할 때 우리 사회는 곧 복지사회가 된다고 생각해 봤습니다.

잠깐이지만 참여했던 저는 큰 감동을 받고 돌아왔습니다.

(2006. 10. 23)

43. 우스운 세태 흐름

방송 대담이나 텔레비전 토론 시라든지 정치적인 여야 정치인들의 논쟁 시라든지 그런 경우에 접할 때 제가 가장 눈살을 찌푸리고 느끼게 하는 토론 수법 두 가지를 말씀드려 보겠습니다.

먼저 한 가지는 토론의 장이나 대담의 장에서 운동권 논객들이 자기들에게 유리한 순으로 미국이나 그들이 겉으로는 미워하고 적대하는 선진국의 예를 가장 많이 든다는 것입니다.

우리 같은 시청자 즉 국민들이 미국과 잘 대화하라고 하면 눈에 쌍심지를 돋우면서 친미주의자 사대근성의 소유자 등, 입에 담지 못할 폭언을 일삼으면서 꼼짝도 못하게 누질러 놓습니다. 그리고 는 정작 본인들의 번지르르한 대화 중엔 '선진국의 예를 들면, 미국의 정치적 통계에 의하면, 인권을 존중하는 미국사회의 예를 든 다면 하면서 그들은 자기들이 경험한 미국의 우수성과 선진국의 잘된 사례를 그들의 주장을 합리화시키려는 예로 합니다.

평소에는 반대만을 일삼는 좌파일수록 더하지요.

특히 현 좌파 여당의 논객들이 더하지요. 자기의 주장을 관철하 기 위해서… 욕할 때는 언제고… 그리고 방송 패널 진행자도 그렇 고, 나서서 어용 발언을 하는 이들도 모두 그렇게 흘러갑니다.

조용히 듣는 우리 국민들은 그럼 무언가요? 말도 하지 못하고 저들이 떠드는 결과를 보고 굿이나 보고 떡이나 먹으란 무지렁이 취급이 아니고서야 그 태도들이… 자기만 미국을 욕하고 자기들 만 선진국을 치켜세우며 선진국에 관한 모든 것이 자기들 전유물 로 끼고 안고 또 자랑스럽게 예를 들어야 하고… 특히 좌파 여당 을 두둔하기 위하여 나선 이들이 더욱 심합니다.

바로 이런 것이 방송 공해인 것이라 생각합니다.

이럴진대 젊은이들은 어떠하며 나아가서 사회 풍조는 어떠하겠 습니까?

대표적인 반미주의자 강 뭐라는 자는 부부가 미국에서 공부를 하며 혜택을 받고 그 아들들도 그러한데 국민들 보고는 미국을 미워하고 욕하게 만듭니다. 저질형 인간의 대표적 인물이라고 말할 수 있습니다.

이런 저질들이 꼴사납게 판을 치는 세상이라니… 지금 좌파들은 제 짐작에 모두 이런 표리가 부동한 자들만으로 이루어진 집단인 것 같습니다. 쉽게 그들을 해석한다면 자기들의 정치적 우위 입장을 확보하기 위해서는 원칙도, 정의도, 도리도, 삶의 방법도, 아무렇게나 주워다 꿰맞추면 된다는 수단과 방법을 가리지 않는 행태, 즉 깽판쟁이 선동 사술 풀이에 능한 무리들이 지금 나라 정권을 가로차고 걸터앉아 국기를 휘청거리게 하고 있다, 저는 이렇게 봅니다.

저들 이익을 위해서는 이완용보다 더 몰염치한 나라 팔아먹는 행각도 서슴지 않는다는 의식과 사상이 그들의 지금까지의 8년 동안의 행적으로 백일하에 드러난 변명할 수 없는 사실인 것입니다.

참으로 우리 청소년들이 지금 무엇을 배울 게 있겠습니까? 그러니 이런 의식 속에서 스승을 감금하고 위협하는 추태가 만연되는 것입니다. 모두들 전교조들이 현 좌파 정권 앞잡이가 되어 저질러 놓은 우수(?) 작품이라 저는 생각합니다.

또 한 가지는 토론 시 상대방을 일부러 의도적으로 흥분을 시켜 놓고는 왜 성내느냐 하면서, 마치 성낸 자는 토론에 졌다는 판정을 유도하는 수법을 좌파 운동권들은 반드시 언쟁 무기수단으로 사용한다는 점입니다.

그리고 상대방이 바른말 하여 할 말이 없으면 드러내 놓고 상대방이 듣게, 그리고 보고 있는 가운데 고개를 한쪽으로 틀어 외로 꼬면서 비웃는 듯 크게 코웃음 또는 어처구니가 없다는 듯이 입을 벌리면서 기가 막힌다는 표정을 집니다.

비열하게 비꼬며 웃어가며 상대방을 격분시키는 수법을 쓴다는 사실입니다.

이것이 빨치산 인민재판의 기본 수법이고 운동권 좌파들이 학습한 토론수법입니다.

'자~! 토론하자!'

무엇을 토론하자는 건지…!

방송 대담을 보고 듣고 거기에서 제가 느낀 경험을 말씀드렸습니다. (2006. 4. 21)

44. 4.19와 나

1959년 부산에서 내가 고등학교 3학년 때 자유당 말기 썩어 가던 정국은 이미 한쪽으로 문드러지기 시작하였다.

우리가 지닌 정의로움은 머리 꼭대기에서 날아가 저 멀리 산마루에서 아지랑이처럼 가물거려 더 멀리 날아갈까 안타까웠던 그런 때였었다.

썩어 문드러진 권력의 한 가운데서는 뉘 눈치 볼 의식도 없는 알랑방귀 뀌는 부귀와 권력에 걸신들린 자들만 끼어들어 아우성치는 악귀 다툼들이었다.

경남지사 신 모라는 자가 초량역 광장에서 부산의 학생들까지 동원하여 시국 강연이랍시고 어용 몰이하는데 백성들의 비위짱만 더 건드려 부아통이 터질듯했고, 최인규라는 내무부 장관이란 자는 아예 얼굴에 철판을 깔고 초대 대통령 이승만 박사 그늘을 교묘히 파고들어 이용하면서 이기붕 하수인 노릇을 서슴지 않았다.(지금도 그 꼴은 더 하면 더 했지 전혀 개혁된 꼴은 아니다)

당시 부산극장에서 공연을 앞둔 인기있는 희극 배우 김희갑 씨의 옆구리를 주먹으로 들이질러 여러 대의 늑골을 부러트린 임 모라는 일자무식의 아부 질에 이골이 난 연예인 끄나풀이라는 자는, 장관 질을 하려고 그야말로 삼척동자까지 웃어 나자빠질 해괴한 몸짓으로 집권당 자유당을 쫓아다니며 알랑방귀를 뀌어 그 냄새가 천지를 진동해 온 백성이 코를 틀어막고 눈을 가려도 그 독한 기운을 피할 수 없는 지경이었다.

이천에 본거지를 둔 깡패 두목 이 모와 부화뇌동하는 유 모 일파 등 모든 깡패들이 독재 권력의 앞마당을 쓸고 다니는 도구로 전락하였다.

1960년 2월 중순경 대통령 입후보자 유석 조병옥 선생이 위독해 하와이로 치료차 떠났으나 곧이어 들려온 소식은 세상을 떠나셨다는 슬픈 소식이었다.

2월 25일인가 유석 선생이 돌아오시던 날 온 나라는 눈물바다가 되었다. 말없이 관 속에 모셔져 고국에 돌아오셨기 때문이다.

온 국민들은 민주주의를 표방하여 내세울 대상 희망을 잃었다. 부정부패와 독재를 획책하던 무리들을 물리칠 수 있는 유일한 기회였는데 다 놓친 것이다. 누구를 찍는난 말인가… 찍을 대상이 하늘나라로 가셨던 것이다.

그래도 선거는 이어졌다.

구호는 '못살겠다! 갈아보자!' 였다.

3.15 부정 선거! 악랄한 부정 선거는 이기붕과 그 일패들에 의하여 잔인하게 엮어졌다.

마산에서 나보다 어린 김주열 군이 부정 선거 규탄 데모에 앞장서다가 눈에 최루탄이 박혀 바닷물 속에서 끔찍한 모습의 시신으로 건져져 나왔고, 4.19 그날 분노한 대학생들의 함성이 하늘을 찌르면서 부정에 항의를 하였다.

모든 국민들 특히 젊은 우리들은 피가 머리 위로 치솟아 올라 분노하였다.

경무대 앞에서는 최인규의 지시로 학생들에게 무참하게 총질이 가해져 수많은 젊은이가 목숨을 잃고 쓰러졌다. 이런 사태를 기자들이 이기붕에 물으니 그가 싱글거리며 왈,

'총은 쏘라는 것 아니냐?' 라고 한가로이 빈정대면서 무심코 말하였다.

어디다가 누구를 향하여 쏘라는 말인지…!

4월 25일 제자들의 희생을 보고 또 앞으로 마수로부터 지키려고 부정 선거를 규탄하는 대학 교수들의 데모가 유사 이래 처음 성균관 대학교 교문 앞에서부터 터져 시가지로 쏟아졌고, 이어서 전국적으로 부정 선거와 이기붕에 대한 미움이 폭발되어 터져나왔다.

우리 학생들은 그때 너무 분노하여 눈에 보이는 게 없었다.

경찰들이 곤봉을 거꾸로 하여 정의를 부르짖는 우리의 불끈 쥔 두 주먹 앞에서 도망질을 치고 권력에 아부질하던 자들은 모두 골방 쥐 되어 방구멍 속에 처박혀 숨어 밖으로 눈깔 질만하고 숨만 발딱발딱 들이쉬고 있었다.

전국에서 우리 국군들은 부정부패에 항거하는 데모 군중을 편안하게 감쌌다.

우리는 불의에 항거하여 부패자들을 이겼던 것이다. 이 나라 대한민국에 진정한 민주주의가 오기를 기다렸다.

이기붕은 그 아들 이강석의 총에 의하여 독재 영화도 누려보지를 못하고 그의 부인 간교한 웃음의 소유자 박마리아 그 일가족이, 그의 총에 대한 설명대로 비명에 맞아 죽어 불미스럽게 온 국민들이 보는 앞에서 세계적인 뉴스거리를 만들어 나라에 먹칠을 해 가면서 일생을 마감하고 나자빠지고 말았다.

이후 모두들은 자성하여 분노를 가라앉히고 양아치들까지 덩달아 날뛰던 무질서를 우려하여 흐트려졌던 거리를 대학생들과 시민들이 합세하여 스스로 빗자루를 들고 거리를 쓸면서 질서를 회복하는 분위기를 조성하기 시작하였다. 이 나라를 민주국가로 만들려는 일념에서였다.

그런데 여기에 만고의 악의 훼방꾼이 서서히 다시 끼어들기 시작하였다. 감상에만 젖는 대책 없는 철부지들에게 무대책의 통일을 빙자한 간교한 빨치산 끄나풀들이 사회 교란을 목적으로 나대기 시작한 것이다.

미처 예상 못한 또 다른 복병이었던 것이다. 그 무리들은 처음에는 미약하였다. 워낙 자유 민주주의 대한민국을 다시 회생시키려는 시민들의 의식이 굳건했기에 그리 커다란 영향을 주지 않았다. 그래서 4.19는 진정한 민주 항쟁으로서의 커다란 의미를 갖고 우리 자유 민주주의 대한민국의 역사에 찬란한 획을 크게 긋게 되었던 것이다.

그런데 그 이후 민주화 염원의 과정과 지금의 결과가 너무 가슴이 아프다. 집권당이 좌파라고 공공연히 부르짖고 빨치산 공원이 대한민국 안에 조성되려다 망치질 당하여 부서지고 대한민국을 공산화로부터 막아준 인천공원의 맥아더 우방국의 원수가 침략국 괴수라는 누명으로 수모를 당하고… 온전히 정의를 부르짖던 4.19 그때와는 너무나 판이하게 분위기가 다르다.

우리가 고작 민주화를 외친 것이 지금의 현 운동권 좌파 정권이 들어서기를 희망해서 그렇게 전국에서 구석구석에서 집요하게 저항한 것이 아닌데 말이다.

우리가 이 좌파 정권이 나타나기를 원하여 거리에 나서고 명동 성당 앞에서 감기 걸려 가면서 항의하고 정보원 눈초리에 저항하고, 때로는 눈꼴사납게 피해 다니면서도 군사 정권 물러가라고 한 것이 정말 아닌 것이다. 이때부터 항상 국민들의 민주화운동은 교묘히 끼어든 좌파들에 의하여 주도권을 새치기 당하고 있는 현실이다.

4.19! 나는 그때 젊음의 피가 끓는 신출내기 스무 살의 청년이었다.

나는 그때의 부정부패에 외면하고 항의하는 기상은 지금까지도 여전하다. 이유는 그동안 세월이 지났으나 늙으나 젊으나 국민들 앞에서 정의를 부르짖으면서 정치 언저리에서 어실 대는 무리들은 거의 다 썩어 빠진 행동밖엔 나오지 않았기 때문이다.

다만 내가 달라졌다면 부정부패 독재에 항의하던 대열 열차에
서 4.19 전 보다 더 지저분한 현재의 부정부패에 대한 추방과 현
좌파 정권에 의하여 우리 자유 민주주의 대한민국의 정통성까지
부정하고 팔아먹는 이 현재의 썩어빠진 정권 퇴진을 간절히 염원
하는 운동 대열에 열차를 갈아탔을 뿐이다.

4.19 정신은 자유 민주주의 대한민국을 사랑하는 국민들이 이
어 내려갈 정신이지, 빨치산을 칭송하며 김일성, 김정일 세습 체
제를 미화하고 추종하는 좌파들이 낯간지럽게 뒤집어쓰고 고작
좌파들의 정치 명맥만을 도모하고 유지하며, 국가 내부의 사회질
서를 혼란시켜 서로 인민재판식의 편을 가르며 사사건건 시비조
로 일관하고 모함 질이나 일삼는 정권에 기댄 썩어빠진 영화에만
급급하는 그런 가면을 쓴 무리들의 행세할 정신이 절대로 아니기
때문이다. (2006. 4. 19)

45. 비행과 국력 그리고 지도자

비행을 저지른 청소년들을 대하다 보면 마음이 아플 때가 많고,
때로는 그들과 같이 서로 부둥켜안고 울고 싶을 때도 많다.

‘왜 이 소중한 어린 아이를 이런 지경에까지 오도록 모두가 내 버려두었나…!’

그들을 만나 원인을 규명해 보고 저지른 비행을 다시 확인해 보고, 그리고 잘못하게 된 심성 배경 등, 그리고 그들의 성장과정도 세밀히 조사한 다음에 뒤 지도 마무리가 진행되는 것이다. 비행과 범죄 행위는 심성지도를 하기에 후속지도와 추수지도 과정에서 시일이 오래 걸린다. 억울하게 당한 피해자는 피해자대로 마음 진정시키는 과정과 그리고 뻔뻔한 가해자는 가해자대로…

오랫동안 이 분야의 일을 볼 때 경험하고 느낀 일이다. 처음에 제일 힘든 대목은 가해자가 자신의 잘못을 인정하지 않고 숨기는 일이다. 자기가 저지른 비행이 미미하거나 중하거나 들통이 나서 불려왔을 때 표정은 우선 경계하는 표정으로, 때로는 낙담한 표정으로, 경우에 따라서는 공격하려는 눈초리로 모면해 보려는 그런 자세이다. 잘못을 하나하나 조사할 때는 그들은 한결같이 잘못된 사실을 숨기고 잘못한 일이 전혀 없다고 오리발을 내 민다.

그런데 증거를 대면 그때에 가서야 한 가지씩 그것도 미적거리다가 시인을 한다. 절대로 자진해서 밝혀지지 않은 비행 사실을 참회하는 자세로 몽땅 털어놓는 예는 한 번도 없다.

비행 사건의 실마리를 풀 때의 공통된 심리적 특징이라고 본다.

증거를 댄 사실만 한 가지씩 겨우 마지못해 시인하는 인간의 심리…! 따져서 생각해 보자면 비행자가 ‘요것은 모르겠지! 저것은 절대 모를 거야…’ 이다.

모두다 증거에 의하여 스스로 인정하는 절차가 그렇게 오래 걸린다. 발생 사안은 다르나 흐르는 분위기 형태 양상은 거의 비슷하다. 그리고 비행 사실을 인정하면서도 자기 잘못이 아니라고 발뺌을 하는 투로 일관하고 남의 핑계를 대고 잘못을 저지르게 된 동기를 자신의 탓으로 하지를 않고, 심지어는 저지른 위기를 모면하려고 안쓰럽다고나 할까? 비겁하게도 남을 걸고 넘어지려는 단계로 끌고 가 방파매기 하면서 버티어 보기도 한다.

오늘날 기성세대의 정치인들의 행각 중 국민들로 하여금 눈살을 찌푸리게 하는 경우와 흡사하다. 가령 남의 돈을 은근히 갈취하고는 들키면 거의 100%가 앞으로 돈이 생기면 '갚을 거'라고 한다. 아니면 빼앗긴 사람에게서 '빌렸다'고 둘러댄다.

도둑질을 한 경우도 그렇고 작당 질을 하여 남을 끌어내리려는 경우도 그렇고 집단 따돌림도 예외는 아니어서 여러 형태의 폭력의 경우도 그렇고, 성범죄인 경우도 당사자들은 그러한 둘러대기 범주로 비슷하게 통한다.

처음에 이런 감추는 심리가 청소년의 경우에만 그런 줄 알았다. 그래서 잘 지도하면 곧 모두들 마음을 고치고 정상적인 생활을 할 줄로 알았다. 종국에는 그렇게 되겠지만 그렇게 정상적이 되기까지는 우리 사회와 국가에서 부단한 노력으로 지속적으로 관심 가져줄 때만 가능성이 있음도 알았다.

그런데 놀라운 것은 특수 분야의 청소년 비리가 곧 우리 사회의 현 상황과 너무나 닮아 거의 똑같다는 사실이다.

인간의 사회이기에 그러한가.

바로 요즈음 비뚤어진 일부 공직자와 정상 모리배들을 보면 짐작이 갈 것이다.

비행 청소년들이 기성세대의 비뚤어진 사례를 보고 묘하게도 똑같이 흉내를 내는 것이라는 점이다.

사표가 되고 모범 되어야 할 자기의 현재의 지위와 처신은 연관성도 없고 아랑곳하지 않는다. 이래서 무책임하다는 것이다. 그래서 큰 책임을 맡는 공직자들은 그들의 처신이 매일 같이 세상에 드러나 얘깃거리가 되기 때문에 각별히 조심하고 모범을 보여야 되는 것이다.

특히 각종 매스컴이 발달한 요즈음에는 더욱 그렇다. 어떻게 보면 온 국민들이 안방에 앉아서 정치인들의 일거수일투족을 감시하고 있는 형국이다.

기성세대에서 일어나는 심리적 현상은 청소년기의 심리와 마찬가지라는 사실에 놀랐다. 오히려 성인들은 여린 청소년보다 몇 배나 더 지능적이고 교활하고 악질적이다. 대상은 그 부류가 정해져 있는 것이 아니다. 아래로는 잡범부터 시작하여 위로는 소위 나라 지도자로 자처하는 사람들까지 비행 후의 마무리 처신은 똑같다는 사실이다.

그래서 보편화 된 사회 도덕적 관습을 들이대고 종교를 들이대고 법을 들이대도 마찬가지이다. 경우에 따라서는 숫자는 적지만 일부 수양 부족한 성직에 종사하는 이들까지 사회에 해악을 끼치는 지경이 되었으니, 과연 우리나라 아니 이 세상 사람들 중 잘못된 비행을 저지른 자들을 어떻게 사람답게 되돌려 놓을 것인가?

요즈음 우리나라는 내로라 하는 일부 공직자와 정치인들이 비행을 저질러 놓고 오히려 국민들을 보고

'바르게 살라고! 공직자는 처신을 바로 하라!' 고 철면피 같은 말과 처량한 행위로 가르치려 든다.

하기사 말은 바로 하는 말이다. 허나 일국의 행정부의 국사를 총괄하는 모범을 보여야 할 자가, 국사 임무를 스스로 망각하는 소행을 범하고도 성실하게 국사에 임하는 하급자에게 귓구멍 막히는 말로 훈계하려 듦은 그 말이 먹혀들지도 않고 그러기에 잘못인 것이다.

공인이 하루아침에 윗자리에 올랐다고 달관되고 성스러워진 양 평소와는 격에 맞지 않게 옳은 소리의 뜻도 모르면서 앵무새처럼 입방아만 찧고 해야 되는 것이 절대 아니다.

그로 인하여 분위기만 해칠 뿐이다. 반성하는 모범을 보이고 실천하는 모습을 보임이 더 가치가 있고 중요함을 깨달아야 한다.

우리들은 지금 이런 판국에서 그런 꼴을 보면서 살아야 되는 처지가 되었다. 나라를 제 마음대로 하려 든다. 백성들은 안중에도 없는 행위를 한다. 나는 그러하지만 너희는 그러하지 말라! 무슨 교육 용어를 예로 들어 해설하듯이…

단련된 범법자들은 비행이 밝혀질 때까지 들켜지지 않으면 나머지 비행은 함구한다. 들키면 그때가서야 어물어물 계면쩍게 하나씩 합리화시키려 든다. 참회하면서 시인하고 개과천선하겠다고 하는 자를 구경하기는 하늘의 별 따기다.

비행 청소년들이 아마도 이들 모리배 정치인들과 수양 부족한 공직자들에게서 모든 비행 수법과 감추는 방법을 배우는 모양이다.

타인의 앞에 떳떳이 나서서 명분 뚜렷하게 행세하려면 우선 자신부터 살을 깎는 올바른 실천 의지를 지니고 부단한 수신의 과정을 거쳐야 된다.

평범한 우리 같은 사람들이 이렇게 해도 성공할까말까 하는 판인데, 하물며 남을 지도한다는 사람들은 어떻게 해야 되겠는가!

모범을 보인 그런 연후에 모든 사람들이 '저 공직자는 실천적이고 이 지도자는 덕인이다' 라고 칭송의 소리가 드높여지면서 그들을 즐겨 따르게 되는데, 따져 보자면 바로 이것이 양극화 해소의 비롯함이고 동서일치, 종국에 가서는 남북통일의 기틀 마련의 시작이 되는 것이라 본다.

그로 인하여 사회 기풍이 바로 서고 국가 기강이 굳건해져 모두가 한 방향으로 힘차게 손을 잡고 종국에는 국력 신장을 불러일으키는 것이 되고, 그러한 나라의 틀을 보고 세계인은 우리나라를 칭송하며 인정하고 다투어 우호 관계를 맺으려 들 것이라 생각한다.

우리나라의 각 분야의 지도자들이여!

공직자들이여! 정치인들이여!

일부 범법자들이 이 나라의 지도자인 냥 행세를 하고 있다니…!

지금 이대로 가다가는 장차 우리나라의 국운이 참담해진다는 사실을 필히 깨닫고 우국의 일념으로 국사에 임하기를 간곡히 바라는 마음이 간절하다. (2006. 3. 10)

46. 고금취상

　고대 중국 주(周)나라 말엽 주안왕(周安王) 때 중국은 제후들의 위세로 쇠퇴(衰退)한 왕실의 명을 무시하고 제후들이 각자 왕이라 참칭하며, 천하를 전쟁의 위기로 몰아넣고 서로 심하게 대립 할 때의 이야기이다.(김구용 역, 열국지 1967년 어문각, 글 참조) / 화곡

　제나라 인제(因齊)가 제위왕(齊威王)으로 오른 이후 그는 날마다 주색을 일삼고 음악만 즐기고 나라 정사는 전혀 거들떠보지도 않았다.

　9년 동안 주색잡기(酒色雜技)로 즐겼으니 나라 꼴이 말이 아니었고, 주변국들 한, 위, 노, 조 등 여러 나라는 툭하면 제나라를 침범하여서 제나라 국민들은 도탄에 빠졌다.

　그러나 임금이 이러할 때 신하라도 똑똑하면 그런대로 다행이겠는데, 모두 한통속으로 대책 없이 나댔으니 나라 위상이 과연 어떠하였겠는가.

　어느 날 한 선비가 제나라 궁문 앞에 와서 청했다.

　'나는 원래 제나라 사람으로 이름을 추기(騶忌)라 하오. 재주는 거문고를 타는 것뿐인데 왕께서 음악을 좋아하신다기에 뵈러 왔소.' 하고 궁문지기에 청하였다.

　이 사실을 궁문지기가 왕께 아뢰니 제위왕은 그 선비를 불러 들어오게 했다. 안내를 받고 들어온 추기는 제위왕에게 절을 하였다.

절을 받고 난 제위왕이 측근을 시켜 추기에게 거문고를 갖다 주고 탄주하게 하였다.

그러나 추기는 거문고 줄만 쓰다듬을 뿐 탄주하지 않았다.

제위왕이 이르기를,

'선생이 거문고를 잘 탄다 하니, 과인은 그 소리를 듣고자 하오. 이제 줄만 쓰다듬고 탄주하지 않으니 거문고가 좋지 않아서 그러오? 또는 과인을 위해서는 탄주하지 않겠다는 것인가? 추기가 거문고를 밀어놓고 옷깃을 여미고 대답하기를,

'신이 아는 것은 거문고에 관한 이치(理致)입니다. 거문고를 탄주해서 소리를 아뢰는 것은 악공들이 할 일입니다. 신이 비록 탄주할 줄은 알지만 족히 왕에게 들려 드릴만한 것은 못됩니다.'

'그럼 거문고에 관한 이치를 들려주오'.

추기가 대답한다.

'원래 금(琴)은 금(禁)자와 같은 뜻입니다. 즉 음(淫)하고 사(邪)한 것을 금지하고 모든 것을 바르게(正 = 政)한다는 뜻입니다. 옛날에 복희씨(伏羲氏)가 처음으로 거문고를 만들었을 때 그 길이가 삼척 육촌 육푼이었으니, 그것은 바로 일 년 삼백육십육일을 상징한 것이었습니다. 또 그 넓이가 육촌이었으니, 그것은 육합(六合 = 동, 서, 남, 북, 상, 하)을 상징한 것이었습니다.

또 앞은 넓고 뒤를 좁게 만든 것은 존귀하고 비천한 것을 상징한 것이며 위는 둥글고 밑이 모(方)가 진 것은 하늘과 땅을 상징한 것이며 줄(絃)을 다섯 개로 한 것은 오행(五行 = 목, 화, 수, 토, 금, 수)을 상징한 것입니다. 그리고 큰 줄로 임금을 상징했고 조그

마한 줄로 신하를 상징했습니다. 뿐만 아니라 그 소리는 느린것과 급한 걸로 써 청탁(淸濁)을 삼았습니다.

즉 탁음은 너그럽되 느리지(弛) 않으니 바로 임금의 도(道)이며, 청음은 청렴하되 어지럽지 않으니 바로 신하의 도리입니다. 또 다섯 줄로 궁(宮), 상(商), 각(角). 징(徵), 우(羽)의 다섯 음계를 나눴습니다. 그 후 문왕(文王)은 문현(文絃)이라는 줄을 더 첨부해서 소궁(小宮)이라 했고, 무왕(武王)은 무현(武絃)이란 줄을 하나 더 첨부해서 소상(小商)이라고 했으니, 이는 임금과 신하의 은혜를 서로 합쳤다는 뜻입니다. 그러므로 훌륭한 임금과 훌륭한 신하가 서로 만나고 그 정령(政令)이 백성과 조화를 이루면 이 이상 나라를 잘 다스리는 길은 없습니다.'

제위왕이 감탄한다.

'착하도다! 선생이 이미 거문고의 이치를 다 알았으니 반드시 거문고도 잘 탄주할지라. 과인을 위해서 한 곡조 들려주오.'

추기가 대답한다.

'신은 거문고에 뜻이 있기 때문에 늘 거문고에 대해서 주의를 기울여왔지만 대왕은 국가를 맡으신 어른으로서 왜 나랏일에 힘쓰지 않으십니까? 이제 대왕이 나랏일을 맡고 있으면서도 다스리지 않는 것과 신이 거문고를 만지면서도 탄주하지 않는 것과 뭣이 다릅니까? 신이 거문고만 만지고 탄주하지 않으면 대왕을 기쁘게 할 수 없듯이 대왕도 나라만 맡아있고 다스리지 않으시면 만백성이 기뻐하지 않습니다.'

제위왕이 놀라면서 말한다.

'선생이 거문고로서 과인을 간하니 내 어찌 선생의 분부를 듣지

328

않을 수 있으리오.'

마침내 제위왕은 추기를 우실(右室)에 머물게 했다.

이튿날 제위왕은 목욕재계(沐浴齋戒)하고 다시 추기를 불러 국사를 논했다.

추기가 제위왕께 아뢴다.

'대왕은 술을 절음(節飮)하시고 여색(女色)을 멀리하고 모든 일을 명실상부(名實相符)하게 하시고 충신(忠臣)과 간신(奸臣)을 구별하시고 백성을 사랑하사 패왕(覇王)의 대업을 경영하십시오.'

이어 제위왕은 추기를 정승으로 임명하였는데 과연 추기의 정승직 직무 충실은 놀랍고 반듯하여 백성을 사랑하고 서로가 서로를 위하게 하고 상하좌우의 분별(秩序)이 분명케 하여, 온 나라 안이 자기 직분에 충실하여 서로가 존경하며 하나로 화합케 되니, 여태껏 제나라의 실정(失政)을 빌미로 침범을 무시로 하던 주위의 다른 나라 제후들이 제나라 국력의 위세에 움츠러들어 침범을 감히 못했고, 이후에 제위왕은 전국초기칠웅(戰國初期七雄) 중 가장 으뜸인 패자(覇者) 위치에 자연 오를 수밖에 없었는데 제나라 백성은 이로써 전국천하(戰國天下)에서 평화와 풍요를 되찾는 제일가는 삶을 누리게 되었다. (2007. 2. 18)

참고문헌 : 김구용(金丘庸)의 列國志,, 語文閣 刊 (1967).

47. 세상궁합

　우리나라의 풍습에서는 아직까지 태어난 해에 대응된 동물 형상을 가지고 띠라고 하면서, 무슨 일이 있을 때마다 그 띠를 따져 가면서 헤아리는 관습이 구석구석 도처에 많이도 남아 있습니다.

　특히 남녀 간의 평생해로 만남에서는 당사자들도 그러한 경우가 있기는 하지만, 그 보다도 만나는 당사자 어른들이 그 따지는 정도가 아주 심해서 우리나라에서는 관습 치고는 아직까지도 무서울 정도의 마음 기울임이 있는 것 같습니다.

　심지어 신심이 돈독한 크리스챤 가정에서도 이 문제만 나오면 어처구니없게도 '좋은 게 좋은 것 아니냐' 며 팔을 걷어붙이고 여태까지의 신앙심은 일시로 망각하고 여기저기 전문가를 쫓아다니면서 의지하려듭니다.

　이렇게 하여 예를 들어 돼지와 뱀이 상극이라는 말이 있는데, 동물들 간의 속성을 띠에 해당하는 연령의 사람에게 결부시켜 헤아리려 드는 것은 필수 사항으로 치부(置簿)되는 경우가 아주 많음을 우리들은 주변에서 많이도 보게 됩니다.

　다음과 같은 이유로 돼지와 뱀에 연유된 것을 한번 생각해 보겠습니다.

　돼지는 원래 몸을 둘러싸고 있는 가죽과 비계층이 아주 두꺼워서 웬만한 독침을 가진 동물이 물면서 공격해도 그 독을 타지 않는다고 합니다.

6.25가 난 지 4년 뒤 제가 중학교 1학년 때 부산 보수공원의 산중턱에 있는 피난민 학교에 다녔습니다.

그 시기에 미술 선생님이 계셨는데 성함이 임호(林湖)라 하셨습니다.

후일에 이분은 우리나라에서 아주 저명한 화백으로 위치하신 줄로 압니다. 선생님은 인자하시고 활달하셔서 우리 학생들에게 아주 인기 만점이셨는데 수업 강의와 그림만 뛰어나신 것이 아니고 이야기도 아주 구수하게 잘하셨습니다.

선생님께서 한번은 수업 중 지루해하는 학생들에게 잠시 틈을 내셔서 갓난아기 꼬리뼈 제거하는 민담 이야기와 제주도 똥 돼지 경험 이야기를 하셔서 한바탕 웃었던 생각이 납니다.

이때 뱀은 아무리 돼지를 물어도 그 돼지는 독을 타지 않고 도리어 돼지는 뱀만 보면 그 즉시 쫓아가서 가락국수 들이마시듯이 뱀을 맛좋게 즐겨먹는다 하는 말씀을 하여 주셨습니다. 또 상대적으로 뱀은 돼지만 보면 새끼돼지건 어미돼지건 돼지 냄새 근처에도 가지 않고 돼지로부터 꽁지가 빠지게 도망을 한다고 합니다.

바로 이러한 동물의 생태적 관계로 인해 나타난 상징적인 사실을 가지고 감히 만물의 영장인 인간에 별명처럼 부쳐 놓은 띠 따지는 관습을 적용하여 돼지와 뱀은 상극이니 만나서는 안 된다고 미리 선을 그어버리고 이러한 사례를 복종하듯이 따르는 경우를 많이도 만납니다.

사실 인간끼리는 십이지(十二支)에 열두 가지 동물 형상을 12년 동안 해마다 한 가지씩 1대 1로 연결지었을 뿐이지, 개띠라고 해서 일 년 동안 내내 개와 관련된 일만 일어나고 개똥 냄새만 풍기는 것은 아니라고 봅니다.

인간들이 12년에다가 12지의 동물 이름을 정하여 구분했을 뿐이지요.

세상에 그 많은 동물은 다 놔두고 12가지 동물만 취한다는 것도 의미가 없구요. 그 열두 동물들이 모든 동물의 속성을 대표한다고 볼 수도 없는데 말입니다.

저의 팔불출 이야기입니다만 뱀띠인 저도 돼지띠인 사랑하는 제 아내와 평생을 같이 지내지만 그리고 서로 부족하지만 지금껏 생기를 주는 이야기가 끊이지를 않습니다. 특히 여행, 즉 먼 여행이나 가까운 여행을 할 때는 아주 많은 이야기를 지루한 줄도 모르게 서로가 많이 합니다.

결혼, 즉 가연(佳緣)으로 인한 만남은 서로 모르던 소중한 남남의 두 개체가 만나서 인고의 과정을 승화시켜 가면서 하느님께로 서로 희생하면서 감싸고 나아가는 인간의 진실된 삶의 탑을 쌓는, 즉 창조의 사랑의 섭리를 완성하려는 일이라 생각합니다.

그래서 예수님께서는 첫 번째 기적을 보여주심이 저 아름다운 카나 혼인잔치의 살피심인 것 같습니다. 두 사람이 하나 되는 처음 만남과 첫 출발에 크신 축복을 실어주신 것이겠지요.

인간사 중 이처럼 아름다움이 어디 또 있겠습니까?

뱀띠, 돼지띠 상극 ! 아무 의미가 없지요.

살다보면 이웃에서 부부가 싸움판만 벌여 가정과 종국엔 자식들까지 처절하게 망조 들게 하는데 처음에 금실 좋아 잘 나갈 때는 찰떡궁합이니 속궁합이 어떻고 겉궁합이 뭐니 해가면서 이웃에 떠벌이며 띠 자랑깨나 하더니 무슨 꼴인지…

저는 그런 부부도 여럿 보았습니다. 부부 사이가 나쁘면 그 가정은 파탄이 나고 자식들온 생기를 잃고 시들어가는 삶을 살게 됩니다.

같은 뜻으로 출발한 사람들이 서로가 노력은 하나도 하지 않고 허튼수작만 혼자 하다가 배우자에게서 무조건 강압적으로 남의 희생되는 이해만 구하는 삶을 살아간다면 그 자체가 하나의 지옥행 걸음이라고 저는 생각합니다.

이런 경우에 사람들은 같은 사람인데도 갑자기 처음에 만날 때의 궁합 좋다고 할 땐 언제고, 파란곡절을 원수같이 다 살고 난 뒤에 노력도 않고 수습도 미숙하면 그땐 띠를 핑계삼아 궁합이 맞지 않는다고 둘러대며 자기 합리화만 시킵니다.

인간의 숭고한 서로의 삶을 노력해서 승화시키지 않았으면서도 쉽게들 자기로 인하여 파생된 고통을 띠가 나쁘다고 자기 밖으로 미련스럽게 밀어내면서 해석하려 듭니다.

사회에서 세상에 태어난 모든 사람들이 서로 노력하여 서로의 관계를 좋게 승화시키면 무슨 띠건 띠 만남이 좋은 것이고 서로의 관계를 좋게 되도록 노력하지도 않고 서로가 헐뜯기만 하면서 자기 방식만 제일이라고 굽히지 않고 고집하면, 그 결과는 삐거덕대어 무슨 좋은 띠가 만나도 다 띠가 나쁜 것으로 둔갑이 되는 것이라 생각합니다.

한 가지 더 우리나라 정치현상에 비유해 보면 더욱 더 이 띠로 해석하려는 여러 가지 유형의 양상을 쉽게 발견할 수가 있습니다.

유리한 조건으로 여태껏 한통속으로 몰려 취해있다가 판판이 노력은 않고 그 후유증으로 잘못되는 일만 나타나면 책임은 남에게 돌리고 급기야 나중에는 보따리나 싸들고 헤어진다고 자랑하고 나대고 다닌다면, 그 누가 그들에게 희망을 걸고 신뢰하며 또 기려줄 것입니까?

정치가들이 한번 결심을 하여 나라 위한다고 모였으면 끝까지 우왕좌왕 하지를 말고 흔들림 없이 혼신의 힘을 기울여 맡은바 소임의 정치를 잘해 나가야지 국민들이 행복해지고 대한민국 우리나라가 융성하게 된다고 생각합니다. (2007. 3. 15)

48. 요덕스토리 소페라 관람기

3월 19일 오후 여섯 시에 양재동 서울 교육문화회관에서 공연 중인 오페라 요덕스토리를 관람하였다. 주일이라 그런지 많은 관람객들이 몰려들었다.

우리나라 국민들이 김일성, 김정일 부자 세습제 통치 사회 아래에서 신음하고 있는 이북 동포들의 인권에 대하여 관심이 쏠려있는 이때 북한을 탈출하여 그곳에서 일어나는 실상들을 낱낱이 알리려는 일념으로 기획 연출한 평양 출생, 영화연출학과 출신 탈북자 정성산 씨가 실화를 토대로 짓고 연출한 작품이라고 한다.

이분의 아버지도 이북에서 슬프게도 공개 처형되셨다 한다. 요덕이란 지명은 함경남도 요덕군에 있는 이북의 정치범 수용소가 있는 그런 곳이다.

무대의 막이 오르자 마자 나는 가슴이 섬뜩하였다. 6.25 전에 이북에서 우리 가족을 핍박하고 나의 아버지 목숨을 빼앗으려 혈안이 된 자들의 복장을 다시 보았기 때문이었다.

그리고 6.25 그때에 낙동강까지 쳐내려갔다가 패배하여 이북으로 돌아가는 패잔병들의 복장과 조금도 달라지지 않은 똑같은 장면들!

그리고 아오지 탄광으로 강제로 끌려가신 나의 머일 이모할머니의 두 아드님과 4살 된 딸과 사랑하는 아내와 온 가족들과 뜻밖의 이별을 하신 당시 26세의 대한민국의 농촌진흥원 공무원이셨던 나의 장인어른이 괴뢰군에게 피랍되신 사연이 생각났기 때문이었다.

장인어른께서 지금 만일 살아 계신다면 82세… 그 외에도 수도 없는 우리 주변의 6.25 전후하여 공산 괴뢰들로부터 입은 아프고도 아픈 우리 가족과 이웃들의 상처들…

요덕스토리 속에서 사람의 목숨을 짐승 다루듯이 마음대로 할 수 있다는 김일성, 김정일 부자 세습 체제 하에서의 통용되는 끔찍한 일상사들…

오페라에서 애절하게 불러지는 기도문!

'하느님! 자유 민주주의 대한민국에만 가지 마시고 우리 북한 그리고 요덕에도 오소서…!'

허공에다 애절하게 간구하는 절규에 관객 모두는 눈물바다가 되었다. 어찌 눈물을 흘리지 않을 수 있으랴, 우리 이웃 더 나아가서 인간의 인권이 저렇게도 무참히 짓밟히는 장면을 …

마지막 애절한 사연, 이북에서 유명한 배우 강련화가 당 간부였던 아버지 강만식의 간첩혐의로 인해 온 가족이 사상범으로 그 위치가 무너져 요덕 수용소에서 인간 이하의 대접을 받는 또 다른 정치범들과의 삶을 살던 중 수용소 소장과의 원하지 않는 염문으로 본의 아닌 아들을 낳게 되어 또 다른 야릇하고, 그러나 생명의 소중함으로 이어지는 애절한 이야기 진행 가운데 모두들 다 죽고 어린 그 비운의 생명이 자유진영으로 탈출해 절규하는 음성은 아직도 나의 귓전을 가슴 찢기우는 아픔으로 들리운다.

'저는 이요덕 이라요. 저의 아버지 어머니는…!'

어린 이 음성의 여운에 모두들 정말 가슴이 찢어지는 애절함을 느꼈다.

요덕스토리 오페라는 국비지원으로 예술의 전당이나 국립극장이나 적어도 세종문화회관 등 오페라 전용시설을 갖춘 공연장에서 국가 당국 주도로 장려 공연했어야 마땅할 그런 대작인데, 오히려 현 좌경 정권 당국의 교묘한 방해 공작으로 오페라 시설도 마련되지 않은 서울 교육문화회관에서 겨우 초라한 무대 시설로 출연자들이 직접 장내 배경 시설물을 오페라 진행 사이사이에 옮겨 놓으면서 진행 되는 사례들을 보니 더욱 분노하고 가슴 아프다.

그러나 언제 그렇게 연습을 했는지 오페라 단원들의 열연은 참으로 우리나라 영화의 해외 진출이 한류의 높은 수준급 의미를 여기 오페라에서도 연상케 하였다. 대단하였다.

우리나라도 이렇게 오페라 수준이 높아졌다니!

그리고 우리나라의 청소년 모든 학생들이 의무적으로 보도록 당국은 국민들이 낸 세금을 가지고 애국 차원에서 지원해도 된다고 생각해 보았다.

쓸데없이 이북의 주체사상 교육의 장소인 금강산 관광 술책에 휘말려 어린 학생들을 동원시키는 꿍꿍이짓 하지 말고!

이번 요덕스토리는 북쪽을 탈출한 이들의 말과 지금까지 조사되고 드러난, 세계가 다 아는 이북의 현 실정에 비추어 빙산 일각에 지나지 않는다는 사실에 우리 모두는 김일성, 김정일 세습 체제의 실상을 바로 알고 이들의 꼭두각시 노릇만 하려는 추종 무리들을 정신 차려 대처해야겠다.

우리나라 현 정권은 지나간 세월에 일어난 대한민국을 위해했던 사건들을 내세우면서 그것도 대한민국을 북쪽 공산 노동당 무리들에게 팔아먹는 짓거리까지를 포함해서 그것을 억지춘향격으로 옹호하면서 초라하게 그런 인권만 중요하고 지금에도 자행되는 이북 동포들에게 가해져 핍박당하는 동포들의 인권은 아랑곳도 하지를 않고 쳐다보지도 않으려는 현 좌익 운동권 정권은, 도대체 번지수가 어디인 누구를 대상으로 해 무슨 정치를 한다는 무리들인지 알고 싶다.

온 국민들이 이 요덕스토리 오페라 공연 관람을 놓치지 말아야 된다고 나는 외치고 싶다.

(2006. 3. 20)

49. 야당대선 주자에 관한 단상

존경하옵는 안 선생님 안녕하십니까?

님의 글을 잘 읽고 있습니다.

오마이 뉴스 블로그에서도… 님의 글을 읽으면 마음이 차분하여집니다. 참 대단하십니다.

저는 님께서 거론하신 분들을 우연한 기회이지만 묘하게도 모두 개인적으로 인연을 가진 분들입니다. 그리고 그분들이 잘 아시는 분들, 다시 말씀드려 한사람 건너서는 너무나 저와 가까운 분들도 있습니다. 특히 님께서 말씀하시는 서울 전시장 L 씨는 1967~ H 건설 그때부터 그분의 성품을 잘 알고 있습니다.

저의 가족들이 그로 인해 겪은 일화도 있습니다.

님도 그리 하시겠지만 지금 우리나라 국민들은 종전에 비하여 갑자기 변모된 시류 속에 생사의 기로에 있다고 하여도 과언이 아니라 생각합니다.

지금 내년의 대사를 비유하여 말씀 드리자면, 유일 야당에 기대하는 우리 국민들의 이제부터의 선택은 참으로 현명해야 되고 정치한다는 이들도 나라 정체성 바로잡기에 최선을 다 하여야 한다고 생각합니다.

즉 해외에서 우리나라 운동선수들이 국가대표로 파견되어 시합을 할 때, 우리 국민들이 벌이는 응원의 기류와 국민들이 나라 위한다는 감성에서 서로 나라 살리기 관심 같은 기류는 같을 수도 있지만 아주 그 성격이 다를 수도 있다는 것입니다.

모두가 이겼으면 하는데 열중하지만 운동선수들의 팀이 평소 내가 좋아하는 팀이 아니라도 우리나라를 대표할 때는 미운 것 접어두고 국가를 위해, 즉 우리 국민들의 명예 그리고 나의 자존심을 위해 응원합니다.

세계 대회에서 이북 선수들이 출전하면 그래도 우리 민족이기에 북괴 노동당 집권자들, 그리고 김정일이 증오하도록 밉지만 외국인들과 대결하는 그 출전 선수들은 정치를 떠나서 선수들이 이겼으면 하는 것이지 이북 정권을 좋아해서 응원하는 것이 아닌데, 여기에서 일부 착각 속에 이기기만을 바라는 순수한 심정이 가끔 나오게 되어 있습니다.

사람은 한 치 건너의 가까움을 우선하는 정서를 많이 나타냅니다.

그러나 착각하지 말아야 할 일입니다.

바로 이런 정서에 바탕을 둔 민심을 이북 김정일 무리와 우리 현 좌파 정권이 자기들 이롭자고, 다시 말하여 주도권을 잡고자 정치에 교묘히 이용하는 수단이 되는 것이지요.

누구나 숨길 수 없는 감정이고 당연한 마음의 발로이지요. 그러나 내년의 일은 한나라당에서 우리가 선택하고 응원하는 가운데 결정되는 일이고 나아가서 국가의 운명이 걸린 일입니다.

백성의 재산과 하나뿐인 각자의 생명이 걸린 일국의 국가의 운명을 이래도 되고 저래도 되는 식의 감상적 접근은 참으로 위태하다 저는 보고 있습니다.

이 순간 우리 국민들 모두는 아주 현명하게 그리고 단호하게 결정해야 한다고 생각합니다.

꿩 대신 닭이 되어도 좋다는 바둑에서 꽃놀이패에 해당되는 그런 기류와 입장에 우리 국민들 그리고 이 나라의 운명이 처해있지 않다는 저의 생각입니다.

안일한 생각 속에 국가 운명의 대사를 치를 그런 처지가 절대 아니라고 보는 저의 견해입니다.

아마 님도 그러하시리라 생각됩니다만, 지난 5월 31일 우리 국민들이 구체적으로 서울 시민들은 닭 쫓던 개 지붕 쳐다보는 격이 되었습니다.

야당 운동권 출신이고 아직도 그 집념을 버리지 못하는 이재오의 사주로 이명박, 오세훈 이렇게 이어진 정치행보를 우리 국민들은 매우 염려하는 기류로 변했습니다.

서울 시장에 당선된 오세훈이 성급하게 최열이라든지 박원순이라든지 하는 좌파 운동권 골수들을 그의 일처리 수단 앞에 보란듯이 내세운 사실이었습니다.

한 여성 정치가가 천막 당사에서 덜덜 떨면서 다 소멸할 한나라당을 다시 일으키니 정작 애도 쓰지 않은 운동권 기회주의자들이 한나라당의 탈을 쓰고 겉치장을 한 운동권 정치가들이 다시 찰싹 달라붙어 설치기 시작하였습니다.

그 중 이명박이 밀어준 오세훈이 서울 시청 앞에서 빨치산 기록 사진전을 열겠다느니, 버젓이 허락하는 꼴을 우리 자유민주주의 대한민국 국민들은 보았고 그런 것들을 우리 국민들은 좌파로부터의 수모라 생각하고 있습니다.

그것도 9 . 28 해병대 서울 수복 기념일을 전후해서…

바로 이 사실이 국가 운명의 무서운 교훈인 것입니다.

국민들이 그래도 여당을 견제하는 아니 견제하도록 기원하는 간절한 마음으로 야당이라고 한나라당에 울며 겨자 먹기 식으로 운동권만 뽑을 수밖에 없는 이 풍토를, 좌파(빨갱이)들을 몰아내려 한다고 국민들 앞에서 정치목표로 내세우는 유일야당에서 고치지 않는다면, 한나라당뿐 아니라 이 나라 대한민국은 결국 공산화 되어 김대중이 말했던 '제2 건국' 하겠다고 호언한 그 목표가 달성되는 것입니다.

앞으로 이런 허망한 정치 놀음에 이골이 난 비뚤어진 정치 집단에 우리 국민들이 다시는 현혹되지 말아야 하는 깨달음이 있어야 된다고 생각합니다.

이것이 우리들의 각오이어야 한다고 생각합니다.

사실은 우리나라는 내전의 상태잖습니까?

겉으로 아무렇지도 않은 듯하지만 좌파(빨갱이)들을 이기느냐 이기지 못하느냐의 기로에 처한 우리나라라고 저는 보고 있습니다.

님도 원하시는 평소의 소신이시겠지만 반드시 정치 운동권에 물이 든 좌파(빨갱이)를 발본색원하여 모두 그 사고방식을 이 땅에서 추방해야만 대한민국의 튼튼한 기틀을 후대에 마음 놓고 물려줄 수 있다고 저는 보는 것입니다.

좀 다른 각도의 말씀 한 가지를 님과 더 나누어보겠습니다.

이 시대에서 가장 타락한 야심 정치인 김대중이 들고 나온 정치 전략이 win win 전략인가 무언가입니다.

따지고 보면 그의 수작은 전라도민이 대통령을 냈으니 기분이 좋고 노벨 평화상 탔으니 기분 좋다 여기까지는 괜찮은 정도지요. 그런데 그 영광을 전라도민에게만 돌린다는 악취를 전국적으로 풍겼으니 이것이 문제인 것입니다.

대통령 당선이 어떻게 전라도민 만의 영광이고, 노벨 평화상이 자기가 정치 수단으로 이용해 먹는 집단만의 자랑거리가 된다는 말입니까?

다시 말씀 드리겠습니다만 그는 위의 두 가지 사실에서 그 영광을 그렇게 돌린다 하였습니다. 타지방 사람들은 그저 우리 관습의 말로 '바지저고리'에 지나지 않는다는 망언망동이지요.

그리고 그 자신이 상상도 할 수 없이 지능적으로 부정을 저질러 그 돈으로 자기 자식들을 그가 제일 미워한다고 우리 국민들에게 공개적으로 떠든 그 미국 사회에 보내어 비밀리에 호의호식하는 것 아니겠습니까?

결국 따지고 보면 그의 살기 작전이고 구렁텅이에 빠지고 좌파 공산당 추종 무리들 때문에 좌불안석인 타도민의 전라도민에 대한 조건 없는 협력함이 이 시점에서 보면 그의 정치 요점이었다는 것으로 다 탄로가 난 것 아니겠습니까?

이번 목포의 군중대회 정권 재창출의 신호탄은 전 국민들의 분노를 자아낼 만한 그의 망동인 것입니다. 정치가가 교묘하게 자기의 욕심만을 목표 달성으로 내세운다는 것은 만민의 평화를 위해 통치를 하려는 큰 그릇이 아니기 때문입니다.

그래서 과거 대부분의 왕조시대를 온 백성이 혐오했던 연유도 되겠지요.

다시 돌아와 김대중의 그 통치 행보는 win win의 정책이 아니지요.

이번에 일부 지방을 중심으로 정권 재창출의 기치로 지금까지 그가 흩어놓고 주물렀던 그의 모사꾼들 정치인들을 다시 끌어모으는 그 한 가지 수법을 보아도 알 수 있는 일 아니겠습니까?

결국 그의 통치 결과는 한쪽을 망하게 하고 나만 잘 살자는 바로 이것이지요.

우리 국민들이 그 win win인가 뭔가에 아주 놀아났고 아무 것도 아닌 허풍에 나라 꼴이 지금 이 꼴이 되고 말았다고 저는 생각합니다.

안 선생님께서 제게 마음 터놓으시고 말씀해 주시고 님의 깊은 뜻이 담긴 말씀까지 제게 말씀해 주셔서 참으로 감사합니다.

님과 님의 가정이 항상 평강 하시기를 기원합니다. (2006. 11. 7)

50. 대한민국이 북괴에 승리하는 자세

존경하옵는 東西南北님!

님의 말씀에 신중해야 된다는 우려의 뜻이 있음을 짐작하겠습니다.

운동 경기에서는 상대가 폼을 잡고 대들 때는 맞받아쳐야 오히려 다치지 않습니다. 상대가 힘이 세다고 설설 기기 시작하면 그것으로 시작부터 기가 죽어 그 시합은 패하기 마련 아닙니까?

님의 말씀과는 다른 뜻이겠지만 김대중이 지금 강연회니 뭐니 해서 다급히 돌아치면서 대한민국에서 유엔 결의에 동참하면 다급한 쥐가 고양이를 문다고 오히려 무조건 도와주는 것이 상책이라고도 하였습니다. 대책 없이 그자들을 도와준다면 지금까지 김일성 죽고 난 뒤 다 멸망해가는 듯하던 이북을 기사회생시고 기를 키워주면서 이제 핵무기까지 제조케 한 장본인들이 모두 대한민국 안에 도사리고 있다는 점입니다.

이점이 문제가 되는 것입니다.

자력으로 일어설 수 없는 자들을 이렇게 기를 키워 놓으니 자숙하고 감사하기는커녕 그리고 대한민국 일부 국민들이 기대하듯이 그들이 형제적 우애표시를 하기는커녕 기고만장하여 이제 공갈까지 치는 마당에 이르렀습니다.

아직도 국제사회 제제도 그렇고 우리나라는 도와주는 입장의 우위에 있고 국민들의 반공정신은 기가 꺾이지 않은 이 마당에 설설 기지 않을 수 없다의 상대 부각은 스스로 곧 멸망의 정신을 자초하는 수단이라고 저는 봅니다.

곧 대치 속에 승전을 위해 내 휘두를 깃발을 거꾸로 말고 뒤로 쪼그려 튀어 달아날 기색이고 겨냥한 주먹을 스스로 내리고 대책 없이 사나운 이리 앞에 맥 빠지게 늘어져 있으면, 그런 정신의 소유자들은 모두 늑대 밥이 되듯 이미 나라 지킬 능력이 없는 형국이라 봅니다.

이제 북괴가 우리를 본색을 드러내고 마수를 뻗혀 우리를 짐작 그대로 위협가고 있는 이 시점에서 상대가 세다고 두려워한다면 우리나라 운명은 어떻게 되겠습니까?

멸망지환을 당하게 되는게 틀림없는 결과지요.

다시 말하지만 오늘날 이 시점은 곧 전투 상황이나 마찬가지 입니다. 온 국민들이 똘똘 뭉쳐 이 난관을 헤쳐나가자면 맞받아쳐서 이기는 정신으로 나가야 된다고 저는 강하게 주장하고 싶습니다.

누구는 성질 없고 기운 없습니까?

이 정신이 나라를 지키는 정신이고 우리 대한민국이 6.25에서도 무모하게 일 저지른 김일성을 이겨 우리나라 대한민국을 지키던 올바른 국민정신이라고 저는 생각합니다.

지금까지 사실은 우리나라는 준전시 체제에서 한 번도 변하지 않고 그 상황을 겪어오고 있는 입장입니다. 준전시 체제란 사실상 전시 체제에 버금가는 대비와 대치한 적국에 한 치의 허점도 보여서는 아니 되는 입장이 되어야 합니다.

다시 말씀드리자면 상대방은 화해를 위장하여 핵무기까지 만들어 위협하는데 경제적으로나 국제적으로나 전투 능력면에서나 우위에 있는 우리 대한민국이 머저리 같이 물자나 대주기만 하던 그 우리가 볼 딱지나 매섭게 이리 터지고 저리 쥐질르는 자 앞에 맞대드는 기색이 없다 하면 그때 어떻게 하겠습니까?

맞받아치는 기세가 곧 우리의 승리 태세인 것입니다.

이것이 곧 나라 지키는 당당한 자세가 되는 것이고 적국으로부터 승리하는 길입니다.

우리는 이 정신을 우리들의 2세에게 심어주고 그리고 온 국민들이 하나로 뭉쳐 대처해 나가는 단결력을 가져나갈 때 온 국민들의 국가관은 굳건히 살아난다고 봅니다.

東西南北님! 저는 우리가 우리나라 대한민국을 지켜야 되는 당위성을 이렇게 생각합니다. 그래야 동작동 국립 현충원에 나라 지키다가 아까운 젊은 생명을 바친 그 은공을 갚는 길이라 생각하고 그 영령들을 위로해 드리는 길이라 생각합니다.

대한민국이 되살아나 지금 당당히 세계에서 경제적 규모로 상위에 있고 뻔뻔한 북괴 놈들을 도와주는 입장에 있지 않습니까? 굳게 뭉쳐 우리를 위협하는 자들을 맞대결하여 이겨야 합니다.

위기 때 승리는 이 방법 밖에 없다고 생각합니다.

이는 곧 후손 우리가 우리의 여건을 최대로 활용하고 이렇게 기세가 야무지게 나설 때 동작동 국립 현충원에 묻혀 대한민국의 영원한 발전을 기다리는 그분들이 안심하고 평안히 잠드시는 마음을 갖게 해 드리는 것이고 숭고한 희생에 대한 은공의 보답 자세라고 생각합니다.

그리고 우리 후손들에게 당당한 선대들의 정신을 이어주는 나라 지키는 정신교육의 자세라 저는 이렇게 봅니다.

님께서도 근본적으로는 저와 같은 생각이실 터인데 제가 김익겸님의 블로그에서 님과 대화한 저의 생각을 이렇게 장황하게 써보게 되었습니다. (2006. 10. 27)

51. 순동권과 시국에 관한 나의 단상

영주님 그러셨군요.

세월은 지난 뒤에서야 앞 세월을 평가를 해야 틀림이 없을 때가 많은 듯합니다.

저도 제 나름대로 정의로움을 앞세우는 데는 남이 뒤따르지 못할 정도로 대단했다고들 주변에서 말해주곤 합니다.

당시 박정희 전 대통령의 통치방식에 저는 교육자로서 두 가지 생각을 가지고 있었습니다. 이런 건 잘하는 것이고 저런 건 잘못하는 것이다가 분명했다고 자부합니다. 그런데 세월 속에 저를 보는 시각은 잘못을 지적한다는데 초점이 맞춰져 저에게 공감의 뜻을 표하는 사람도 많이 있었고, 또 한편으로는 그러면 안 된다는 사람도 더러는 있었습니다. 그래서 퇴근시에 동료들과 시장바닥 한 구석에서 연탄불 화덕에 돼지고기 구워 안주하면서 소주병 깨나 비웠는데 그때마다 우리 동료 교육 공무원들끼리 서로 티격태격 한 적도 한두 번이 아니고 아주 많았지요.

당시 박정희 대통령의 통치방식 중 국가 부흥을 염두에 둔 새마을 운동과 치산치수 그리고 야당(김영삼, 김대중)이 길에 드러누워 반대하는 도로망 확충에 굽힘 없이 밀고 나간 점은 아주 잘하는 것이라 내세웠고, 또 해외여행 규제로 허리띠 졸라매는 강행성 통치도 이 허기진 난관을 헤쳐나가는데는 잘하는 것이라 하였습니다.

제가 반대한 것은 두 가지입니다.

하나는 철권 정치에 빌붙어 자기 이익만 도모하는 모리배들이 지금처럼 찰거머리 들러붙듯이 하여 사회 기강을 흐리고 국민들 앞에 군림하려 드는 아니꼬운 사회 풍토였고, 또 한 가지는 기나긴 통치기간 연장으로 순수하게 민주주의 부르짖는 혈기를 물리적인 수단으로 막는 것이었습니다.

국가 발전에 필요한 입장을 보다 참고 설득과 귀 기울임을 병행하여야 하는데 무조건적 이 길이라는 방식을 취했는데, 그렇게 되니 순수한 민주주의 주창자(주로 우리 같은 입장의 국민)들은 안타까운 심정으로 술잔만 비웠는데, 한편으로는 정치야욕이 앞서고 공산좌파 사상에 물든 빨치산 후예들의 무리들이 기승을 부리기 시작하니 뒤죽박죽이 되어 어디다 기준을 정하고 시시비비를 가려야 하는 지가 불분명해졌습니다.

이렇게 되어 결국 자생적 빨갱이가 많이 나타나 '시국이 이러면 김일성이 나쁘다고 말할 근거가 없어진다!' 라는 자생적 빨갱이(대표가 김대중, 알고보니 김영삼도 이제 와서 살펴보니 똑같은 원인 제공자였음을 밝힙니다)들무리 주장에 홰까닥 하고 웬만한 사람은 다 넘어갔습니다.

이렇게 구호 외치는 부류가 많아지도록 하면 결국 먼 훗날 대한민국이 빨갱이들에게 앉아서 당하고 정권를 빼앗기게 된다고 하였습니다.

제 예언이 지금 그대로 되었습니다. 이것이 오늘날 비극의 싹이 된 것입니다.

저는 위정자에게 이렇게 요구했었습니다. 이 자생적 빨갱이들을 중심으로 큰 힘을 쓰기 전에 설득과 관용을 최대한도로 발휘하라,

그리고 민주주의와 국가부흥 병행하여 도모하라…

그 말을 한동안 주장한 어느 날 퇴근하니 파출소에서 호출한다고 제 아내가 말하였습니다. 가서 보니 신원진술서를 작성하라는 것이었습니다.

그로부터 2년 동안 저는 봄가을로 그렇게 했습니다. 따져 보니 경찰 대답 왈, 아무것도 아니라는 것이었습니다. 그러면서도 계속되고…

저는 어처구니없게도 빨갱이 운동권으로 오해되어 감시받는 사람으로 둔갑하였습니다.

참으로 개인적으로 통탄할 일이었습니다.

그러든 말든 꾹 참고 저할 일을 교육에만 전념하고 시국에 대해 하던 말은 일관되게 내세웠습니다. 저는 과거 그런 경험도 하였습니다.

저는 그때나 지금이나 시종여일 똑같은 생각을 가지고 있습니다. 나라를 사랑하는 길은 이 길 뿐이라고. 나를 밉게 본 사람 있다고 제 생각을 죽이고 나를 칭찬한다고 일시적으로 우쭐대고 그런다면 자기주장이 바래지지요. 옳은 길이 아니고 옳은 처신이 아니라 봅니다.

우리 국민들은 우선 정신 차려야 함은 단합하여 공산주의자들을 철저히 막는 길이고, 그리고 국가를 부흥시키는 길 이 두 가지입니다.

그렇다고 저를 오해한 당시 정권에 대하여 좌파들처럼 억하심정으로 어깃장까지 쳐 가면서 적국에 나라 팔아먹는 그런 방식을 취하는 정신 나간 매국노적 행위는 우리 국민들이 모두 경계하듯이 저도 경계하며 그때를 원망 없이 큰 틀에서 잘한 것이라고 이 시점에서 말씀 드릴 수가 있습니다.

오늘 영주님의 말씀에 제가 너무 긴 글을 드렸습니다.

대한민국의 정체성 지키며 행진하는 영원 발전 속에 더군다나 김대중과 노무현의 현실이 과거를 증명하게 된 것으로 자유를 사랑하고 대한민국 정체성을 지키려는 우리 국민들과 마찬가지로 저는 현 좌파(빨갱이) 운동권 무리들이 갈취하여 틀어 앉은 이 형편없는 정권을 대한민국 우리나라를 지키기 위하여 미력하나마 결사적으로 반대하는 것입니다. (2006. 10. 27)

52. 머슴(雇工)

우리말에 농사일을 생업으로 삼는 집에서 고용살이 하는 남자를 일컬어 '머슴'이라 한다.

왕조시대의 종과는 다른 신분이다. 왕조시대 종말에 계급제도가 없어지는 바람에 종의 신분도 자연 철폐 되었는데 일반적인 인식으로 머슴을 대하는 고용주의 태도가 머슴을 종과 같이 인식하는 세월 속의 아픔으로 아직도 구석구석에 남아 있는 경우를 많이 보는 우리 사회이다.

요즈음은 자유 민주주의로 국가 정체성을 이어오는 우리나라이지만 나라 안의 고위층 인사나 정치가들, 그리고 직급의 책임질 자리에 의욕을 가지고 다른 사람들에 의하여 뽑히려 할 때 그 일하자고 나선 사람들이 자칭 머슴이 되겠다 하며 즐겨 쓰는 공언의 말투에서 흔히들 만나는 말에서 오히려 종이라던지 심부름꾼이라던 지 국민의 공복이 되겠다는 말을 여과 없이 쓰는 세상이 되었다.

종의 한(限)으론 고려시대에 무신 정권 때 최충헌(崔忠獻)의 사노(私奴)로 공사(公私)의 노예들을 모아 난을 일으켜 노예 계급이 중심이 되어 집권하려고 일으킨 난이 있었는데, 이후 세상에 널리 알려져 역사적 인물로 기록된 만적(萬積)이란 사람이 있다.

그는 말하길 '왕후장상의 씨가 따로 있는 것이 아니다' 라고 했다. 고려조 정중부(鄭仲夫)에 의한 무신의 난 이후, 그 시대의 억눌린 사람들의 한이 대표적으로 폭발한 사례이다.

억울한 사람들이 집권하는 것이 나쁘다는 것을 말하고자 함이 아니다. 갑자기 급조된 세력이 집권하면 경험과 준비도 없는 상황에서 나라 일을 계획도 없이 경험과 실력도 없이 마구잡이로 농단하면 나라 꼴이 지금의 현 집권층의 행태처럼 잡탕이 되는것이 문제인 것이고 이로 인해 사회가 혼란해져 결국 국민들의 생활이 황폐화되는 것이 커다란 문제가 되는 것이다.

조선시대에도 계급에 억눌린 민중의 한이 최근세까지 여러 차례 표출 되었다. 왕조시대의 폐해가 그대로 백성들의 고통으로 표출된 사례이다.

일제 식민지하에서 우리 민족은 왜놈들로부터 형언할 수 없는 고통과 억압을 당하였다.

8.15 해방이 되고 우리 국민들은 광복의 기쁨으로 새 세상을 만났다. 그러나 그 기쁨 뒤 그늘 속에는 또 다른 고통을 안고 살았다. 일부 극렬한 친일분자들을 미워해야 할 우리 국민들 안에 남의 집 마름 일 해주고 머슴으로 있었던 자들이 제 세상 만났다고 주인 자리 뺏기에 극성을 부렸는데 여기엔 착한 주인 착한 이웃도 덩달아 치어 당해내지를 못하였다.

저들 머슴들과 그 머슴들을 뒤 조종하는 가진 자를 배격한다는 공산주의 무리들에 의하여 저들 말을 듣지 않거나 동조하지 않는 무리들은 모두다 우리 국민들이 일본을 미워하는 감정에 편승시켜 무조건 모두 친일 매국노로 모는 수단으로 둔갑시켜 몰아내고 저들 무식쟁이 무리들이 우격다짐으로 종과 머슴의 신분에서 군림하는 절대적 군왕의 위치로 올라 행세를 하고 있는 꼴이다.

바로 지금의 이북에서 김일성 이후의 북한과 우리나라 대한민국에서 좌파(빨갱이) 열우당 현 정권과 그 추종 무리들을 보면 이해가 될 것이다.

다시 얘기하지만 지금 우리나라는 민주주의를 표방하는, 시장경제의 원리에 의해 나라 부흥을 이어가려 노력하고 있다.

그런데 계급사회의 왕조시대 과거와는 달리 요즈음은 식자들이나 지도자가 되려는 정치가들이나 중책을 꿈꾸는 사람들이 국민들이나 소속된 단체 앞에서 종이나 머슴이 되겠다고 거리낌 없이 자처하고 내세우는 세상이 되었다.

종이나 머슴은 주인의 의도대로 따를 뿐이다.

이것이 주인을 돕는 그 최대의 역할이고 본분을 다할 때의 그들의 미덕인 것이다.

요즈음 자칭하는 머슴들은 입으로는 머슴 머슴 하지만 행실로는 옛 왕조시대에서도 감히 상상할 수 없는 국사전횡을 자행하는 판국이 내달았다.

우선 그들이 뽑혀 그들이 원하는 자리에만 들어서기만 하면 태도가 돌변한다.

'언제 내가 머슴 되겠다고 했으며 종이 되겠다 했는가!

나를 얕잡아보지 마라.' 하고 위세를 부리는 이런 투다. 꼴불견이다.

국민들의 종이 되겠다고 자처했으면 국민들이 요구하는 말을 들어야한다. 가관인 것은 이 머슴들은 주인의 말을 듣기는커녕 숫제 군림하고 안하무인격으로 호통을 치고 나라 살림을 제 개인 집안 살림하듯 한다.

광복 이후에 머슴들이 들고 일어나 은혜 베푼 주인 모함질하여 갑자기 6.25 때 불법으로 기습하여 쳐내려 온 김일성 도당에게 인민 재판을 받게 하여 무수히 많은 무고한 백성들이 비명에 희생된 경우와 흡사하다.

갑자기 고위직에 올라 홀연 올챙이 적 생각을 않고 자신들이 갑자기 무슨 성인군자 도통한 사람처럼 착각하고 나랏일을 제 마음 내키는 대로 지껄이며 실속도 없이 주인인 국민들 살림을 엉망진창으로 만들어 깽판 쳐 망가트려 놓고 이로 인해 죽겠다고 아우성치는 국민들을 향해 '앞으로 더 시끄럽게 할 것이다' 라는 해괴한 입방아로 위협성 발언을 서슴지 않고 헤집고 다니며 실성한 사람 뺄질이 같이 처신을 한다. 수준 이하이다.

우리 국민들이 이런 꼴을 보려고 나라 살림을 책임질 자들을 뽑은 것이 아니다. 국민들의 종이 되고자 했으면 종의 자세로 돌아가라! 국민들의 머슴이 되겠다고 큰소리쳐 외쳐댄 그 소리가 우리 국민들의 귀에서 아직 울리고 있고 맴돌고 있으니 한번 입 밖에 내던져진 말에 책임을 져라!

찌질이 같은 자가 뒤뚱대는 꼴은 천성이니 고칠 수 없다손 쳐도 나라 살림과 정권 초기부터 고용창출 하겠다고 헛소리만 치며 속 시원히 실행하지도 않는 이 행태를 당장 그만하도록 똑똑하다고 자처하는 참모들이 진실이 담긴 고용창출을 시급히 시행토록 조언하라!

지금 서울의 달동네에선 허드레 일할 자리까지 없어서 상심하여 늘어져 있는 이웃들이 수두룩하다.

개혁 한다니까 무언가 얻어질 게 있겠지 하여 현 좌파정권에 한 표 던진 우리 이웃들까지도 망연자실하고 손가락질을 해대면서 입술에 거품을 내물면서 현 집권 위정자들을 저주하는 현실이 되었다.

더 이상 우리 국민들은 사기꾼 식의 거짓말과 깽판까지 치는 망나니 짓을 보기를 원치 않는다.

지금 우리나라 대한민국은 국가 정체성까지 흔들려 다 잃고 점차로 좌파들에 의해 공산 사회주의 김일성 주체사상을 추종하는 무리들로 인해 멸망의 길로 들어서 가고 있음을 우리 국민 모두가 다 인지하고 있는 현 세태가 되었다.

결국 인간은 종이면 종이고 머슴이면 머슴의 범주를 벗어나지 못하는 개념 속에 헤매는 존재란 말인가?

참으로 현 좌파(빨갱이) 열우당 정권 지금은 혼란스런 사회를 앞으로도 계속해서 깽판만 치고 어지럽힐 작정인가? (2006. 9. 11)

53. 멸망을 두려워 하자

전쟁이란 개념은 연극, 영화 보듯이 기분 내킬 때 날짜 골라 가면서 감상하는, 강 건너 불구경 하듯 하는 그런 개념이 아니다.

당장 전쟁이 나면 생사가 급박하게 오간다. 죽고 나면 따질 것이 있어도 자기주장을 어떻게 할 수 있겠다는 말인가?

나라의 운명이 풍전등화에 놓여 있다. 우리 모두가 지금 정신 차리지 못하면 일시에 적국의 침략을 받아 온 국민들이 목숨을 잃거나 나라 잃은 노예 신분으로 전락하게 됨을 명심하여야 하겠다.

춘추시대에 오월동주(吳越同舟)란 사자성어의 말이 생길 정도로 앙숙인 오(吳)와 월(越)이라는 두 나라가 있었다.

오왕(吳王) 합려(闔閭)가 월나라 주인 윤상(允常)의 아들 구천(勾踐)에게 전쟁 중에 죽고 합려의 손자 부차(夫差)가 또 전쟁을 일으켜 월의 구천을 회계산(會稽山)에서 이겨 그를 포로로 하였는데, 구천은 절치부심(切齒腐心)하는 가운데 두 충신 문종(文種)과 범려(范蠡)의 보필을 바르게 받아들여 오의 간신(姦臣) 태재 백비(伯嚭)와 은밀히 내통하여 와신상담(臥薪嘗膽) 끝에 오랜 세월 동안 원수 갚기를 도모하여 결국 부차를 멸하여 오나라를 패망시킨 고사가 있다.

부차가 죽어 오나라가 패망하게 된 사연은 구천의 계략에 휘말려들어 이를 극복하지 못한 연유에서이다.

초나라 망명객 충신 오자서(伍子胥)의 충언을 물리치고 간신 태재 벼슬의 백비(伯嚭)의 말만 듣다가 구천이 계략적으로 보낸 효빈(效嚬)의 성어와 관련된 경국(傾國)의 미인 서시(西施)에 혹하여 정사를 그르치고 구천이 보낸 재목에 취해 토목공사를 벌여 호화로운 오궁(梧宮)을 짓고 부왕 합려가 지은 고소대(枯蘇臺)란 별궁에 올라 시류와 이웃나라 국제 정세를 모르고 서시와 어울려 태평성대만 구가 하더니 급기야 나라 재정이 고갈되고 백성의 삶이 도탄에 빠지게 만들었다.

심지어 적국(敵國) 월왕 구천의 군사조련 사실을 보고받고도 부차는 구천으로부터 받은 뇌물에만 족하여 '어찌 자기 나라 국방에 소홀한 임금이 있겠는가? 구천은 부지런하구나. 족히 신경 쓸 일이 아니로다.' 하고 강 건너 불구경 하듯이 통이 큰 척 무심할 정도로 혼군(昏君)스런 짓을 하였다.

부차가 충신의 말을 멀리하고 코드가 맞는다면서 간신 백비 등의 말에 혹한 틈을 타서 드디어 때를 놓치지 않고 수십 년을 적국 뒤엎기에 호시탐탐 기회만 노리면서 준비하면서 기다린 구천은 오나라의 기강이 무너진 틈을 타서 일시에 다시 공격하여 부차를 자살케 만들고 오를 패망케 하였다.

나라 위한 충언이 귀에 거슬린다고 촉루검(屬鏤劍)을 보내어 충신 오자서를 자결케 하고 영화로움과 오만에 빠져 앞뒤를 분간 못하던 오왕 부차가 죽음에 임박하여 나 죽고 나면 저승에 가서 어찌 충신 오자서를 대하리…!' 하고 통절한 심정으로, 구천이 부하를 시켜 자결하라고 소리치는 와중에서 스스로 꺼낸 단도를 내려다보면서 땅을 치고 흘린 눈물과 적국과 내통한 간신 백비의 말만 들었던 사실을 뒤늦게 탄식하며 후회한들 그 무슨 소용이 있었겠는가!

지금 우리나라 대한민국의 사회상은 좌파(빨갱이) 열우당 정권에 의하여 기존 질서가 은밀히 야금야금 합법을 가장하여 파괴되고 있음을 우리 국민들이 꿰뚫어보아야 한다.

우리 국민들은 당장의 감언이설에 혹하여 목전의 도박판 같은 사행심의 허황한 이익에만 한눈팔고 거기에 머무르지 말고 나라의 내일을 건실한 의식과 표현으로 내다보면서 이 혼탁의 사치 구렁텅이에서 빠져나와야 된다.

지금 우리나라는 좌파(빨갱이) 정권에 의하여 북괴의 사주를 받아 무너지고 있는 중임을 국민 모두가 명심하고 대비해야 할 시급한 때이다. (2006. 8. 24)

54. 건달패 왕국(乾達牌 王國)

건달패(乾達牌)란 건달(乾達) 꾼의 무리를 일컫는 말로 일상 하는 일이 없이 빈둥거리고 돌아다니며 남의 일에 트집 잡기를 잘하는 짓의 패거리들, 또는 그런 사람을 총칭하는, 사회에 악이 되고 국가에는 비생산적인 패거리가 되어 정상적인 평화 유지에 백해무익한 암적 존재들을 지칭하는 용어이다.

예전에는 건달패의 부류가 두 가지로 대별되었다. 그 하나는 파락호(破落戶)들을 말한다. 행세깨나 하던 집안이 몰락하여 그 자제들이 하는 일이 없이 빈둥거리며 돌아다닌다던지 행세하는 집안의 자식이라도 평소 게을러서 배움을 갖추지 못하여 시쳇말로 '무위도식' 하는 부류들을 떠올려볼 수 있겠고,

또 하나는 가진 것이 없이 쪼들리다가 남보다 몇 배 더하는 노력으로 정상적인 방법을 취하여 가난을 극복하려 들 생각은 않고 천성이 게을러 학업은 외면하고 성장기에 못된 무리들과 어울려 시쳇말로 '깡패짓' 이나 일삼는 비정상적인 무리들, 즉 당장에 쉬운 짓이라 택하여 남을 불법으로 위협하는 무리들을 총칭하여 생각해 볼 수 있는 말이다.

깡패 짓이란 비정상적인 방법이나 폭력을 휘둘러 남에게 못된 짓을 일삼는 무리들로 예전 같으면 인적이 없는 으슥한 골목이나 산골에서 길목을 지키다가 행인들을 위협하여 지닌 물건을 강탈하고 심지어 생명까지 건드리는 산적(山賊) 같은 무리들까지 포함하여 모든 질서 파괴범들의 짓을 말하는 것이다.

그저 한번 웃고 짚고 넘어갈 이야기가 한 가지가 있다.

과거 조선조 명종 때 혼탁한 왕조 세상에서 탐관오리들의 학정에 견디지를 못하여 발호한 '임꺽정' 이란 인물을 의적으로 내세워 마치 옳은 일의 장본인인 양 바라보는 시각이 있었는데, 이는 근본적으로 억눌린 백성들이 일시적으로 위안 삼기 위한 인식일 뿐이지 도둑이 아무리 옳더라도 옳다면 또 얼마나 옳겠는가! 그 도둑을 따르는 무리들이나 시류는 정상적인 사회에서는 멸망의 단초가 되는 것일 뿐이라 본다.

요근래 새천년 민주당 이후 한동안 안방 TV 연속극이나 소설에서 그러한 임꺽정이나 현대판 대도라는 명칭까지 붙여가면서 좀도둑 조세형 같은 쓰잘데기 없는 쓰레기들을 은근히 미화하여 부쩍 영웅으로 만들려하는 분위기를 띄우는 때가 있었다.

요즈음은 세상이 밝아 이웃이 하는 일들이나 세계 방방곡곡의 일들이 다 드러나서 소문거리가 될 만한 일이면 당장 이웃에 알려지고 세계 속에 퍼져 얘깃거리가 되는 세상이다.

우리 국민들은 8년 반 전부터 이상한 세상 흐름 속에서 살고 있다. 즉 건달패 부류들의 통치하에서 지배를 받고 있다.

누구처럼 나라의 최고 중책을 맡고도 '구체적인 예를 들어 지적해 달라! 내가 무엇이 잘못 되었는지!' 라는 말을 입버릇처럼 내세우는 자기의 잘못과 본분을 모르는 사람에게 쉽게 예를 들어 설명한다면 바로 김대중과 노태우 꼴이 건달이고 그들을 추종하는 패거리들이 곧 한결같이 건달 패고 지금까지 저지른 짓이 곧 건달패 짓이라고 말해주면 딱 알맞은 설명이 되는 것이다.

민주주의 방식으로 한시적이나마 정권을 잡고 났으면 국민의 생명과 재산을 지키는데 혼신의 힘을 쏟고 나라 국방을 철통같이 지키는 신념을 지녀야 될 자리에서 임기 내내 깽판이나 놓고 해괴한 짓이나 골라 하면서 심지어 대한민국의 정체성까지 뒤 흔들어온 국민들이 염원하는 '통일'이란 용어를 역 이용해 자기들 정권 연장의 수단으로 삼고 정치적으로 이용만 하고 이제는 나라까지 적도들에게 바치려는 국가에 역모를 자행하려 드는 느낌을 온 국민들이 받게 되는 지경이니, 세상에 이런 '건달패'가 또 어디에 있으며 지금은 모두 후회하겠지만 앞으로 또 이런 패거리에게 나라 살림을 맡기려 드는 무리가 또 있다면, 이런 나라 살림을 그저 시험 삼아 장난기 있는 처신으로 기분 내키는 대로 임하는 일부 국민성이라면 이제는 다 같이 도시락을 싸들고 쫓아다니면서 비뚤어진 생각을 지닌 그들을 말려야 될 시점이 아닌가 생각해 보게 된다.

세계 열강 속에서 열강 그들과 선의의 경쟁을 하면서 어깨를 나란히 할 여력을 쌓을 수 있겠는가, 천만번 다시 생각해 보아야 될 시점이 지금이 아닌가 생각해 본다.

정상적 사고방식을 가진 사람들이 그래 체면이 있지 어떻게 맡길 데가 없어 저런 한심한 건달패들에게 나라를 맡겨놓고도 잠이 오는 정도이니 내일의 꿈을 간직하고 희망 속에 성장하는 저 순수한 우리들의 2세 청소년들을 염두에 두더라도 이런 무딘 국민성이 또 어디에 있다는 말인가!

이런 풍토 속의 경기장에서 알찬 계주의 막대기를 저만치서 넘겨 받아 쥐고 힘차게 내 뛰려는 우리 다음의 주자 저 밝은 청소년들 마음에 넘겨주기를 원한다는 말인가!

이것이 지금까지 민주주의를 우리들의 삶의 지상 목표로 삼고 민주주의를 신봉하는 국민들로서 밝고 희망찬 내일을 도모하는 내 나라 기성세대의 현주소란 말인가! (2006. 8. 20)

55. 대한민국 국민을 누가 지켜줄 것인가

대한민국 국민은 자유 민주국가의 시민이다.

8.15 광복의 기쁨과 이어서 분단의 아픔을 뼈저리게 체험하는 국민이다.

그리고 저 천인공노 할 김일성에 의하여 저질러진 1950년 6.25의 무단 남침 사변을 무참히도 겪고 한편으로는 허리띠를 졸라매고 가난을 극복하면서 지금까지 이렇게 이 민족의 온갖 애환을 지니고 살아오는 우리들인 것이다.

우리나라 정치계는 시종일관 혼란의 국면 그 자체이다.

자질이 부족한 정치가들이 사회의 혼란을 틈타 철학도 없이 출세 위주의 욕심만 앞세워 국가를 위한다는 헛구호 속에 우리 국민들을 우롱하기가 해방 이후 어언 61년!

6.25를 극복한 초대와 가난 극복 민족중흥의 깃발을 내세웠던 새마을 정신 속의 양대 뚜렷한 지도자를 제외하고는 지금까지 분노와 좌절과 그리고 허탈만 연속하여 안고 지니며 산 우리 국민들이 되었다.

이런 작금의 현실 속에 우리 국민들에게 희망을 안겨줄 지도자들은 과연 그 누구인가?

정치인의 눈치나 보면서 국민들의 탄핵심판의 마음도 읽지 못하고 나라장래의 옳은 방향을 그럴듯한 미사여구로 포장이나 하여 헌신짝 버리듯 하는 낯간지러운 헌재의 뻔뻔한 탄핵 시 마무리

결정문!

국민 어느 누구보다 법의 준엄하고 존엄성을 지켜야 할 법을 다루는 직업에 종사하는 법조인들이 무조건 강자와 실세의 눈에만 들려고 붙어 다니려 하는 목전의 출세에만 매달리면서 그 과정에서 어처구니없게도 법을 치졸한 행태로 어기며 순박한 국민들에게는 국가 사회 질서를 지키기 위하여 법을 지켜야 한다고 외치는 법조인이들이 우리 국민들이 마음 놓고 따를 수 있는 지도자란 말인가!

'통일 말고는 기분 나쁜 법은 다 깽판 치고 지키지 않아도 된다'는 무질서의 장본인을 지금도 하늘같이 떠받드는 꼴인 저 타락한 법조인들! 통일도 국민들의 정서와 분위기와 순서가 있는 데도 말이다.

그들의 일각은 이미 씻을 수 없는 법을 교묘히 이용하는 지독한 범죄자들로 전락하고 만 현실이 된 지 오래다.

표면상으로는 정치 수단으로 정상적 민주국가가 되기를 바라면서 시종일관 민주주의를 부르짖지만, 뒤로는 가장 극악한 운동권 좌파(빨갱이) 무리들이 진정한 대한민국의 지도자들인가?

이들의 비열하고 저속한 만행은 문민정부 후반부터 본격적으로 기세를 잡고 그 머리를 쳐들기 시작하여 국민의 정부 그리고 참여정부에서 꽃을 피우기는커녕, 광복 후 지금껏 일구어놓는 아름다운 꽃이 자라려는 문전옥답 바탕까지 다 쑥대밭으로 만들어 놓고 말았다.

우리 국민들은 시련 속에서도 원칙을 지키고 고통을 이기려는 인내심을 가지고 대한민국을 빛나게 하려고 허리띠까지 졸라매면서 지금껏 절약하고 산업현장에서 열심히 살아왔다. 거기에서 속이 터지는 정치 테두리의 온갖 추종 무리들의 저질스런 추태를 왜 모르겠는가?

그러면서도 그 꼴사나움을 견제해 가면서 각자 국민들의 본분인 자기 할 일을 충실히 하면서 사회질서 지키기에 동참하면서 가정과 사회와 국가를 지켜오고 왔던 것이다.

지금 가정, 사회, 국가 일각에서 반동의 무리, 즉 좌파(빨갱이)들이 노골적으로 준동한 지 문민정부 중반 이후부터 10여 년이 되었다.

사회의 암적 존재들이 국민들 앞에서 오히려 원칙을 내세우고 보도 듣도 못한 어느 나라 법인지도 모르는 법의 잣대를 함부로 내세워가면서 대한민국의 법을 무시로 위반하며 선량한 국민들을 위협하는 세상이 되었고, 집권한 뒤엔 기고만장의 별의별 꼴사나운 행태를 저지르고 국민들을 윽박지르고 있는 현실이 되었다.

양아치들이나 깡패들도 경우에 따라서는 대한민국 국민이면 대한민국 법의 엄숙함을 알고 두려워하고 경우에 따라서는 지키려 든다. 그런데 이 좌파 무리들은 엉뚱한 구호를 내세우면서 김일성, 김정일 세습체제 소위 그들의 유훈통치를 찬양하면서 대한민국을 지키고자 하는 각종 단체나 언론, 심지어 대한민국 국민들을 우격다짐으로 공갈까지 치며 대한민국 법을 버젓이 어기면서 큰소리나 치니, 도대체 이 가소로운 무리들을 뒤에서 보장하며 밀어주는 세력은 과연 그 정체가 무엇인가!

이 나라의 주인이 대한민국 우리 국민들인데 그 국민들을 편하게 해준다면서 구호는 그럴듯하게 내세워 놓고 그 구호 속에 엉뚱

하게 공산 사회 좌파 방향으로 방향 행로를 내비쳐 이를 불편해
하는 국민들에게 도리어 말을 듣지 않는다고 그들의 하수인들, 즉
노사모, 범민련, 전교조들을 내세워 이제는 국민들 앞에서 '한 놈
만 물고 늘어지겠다'는 저속한 성질만 부리는 악랄하고 교활한
좌파 빨치산식 전투적 언사를 천하게 내뱉는 행태, 그리고 공산주
의 사상을 우리 사랑하는 아이들에게 은밀하게 가르치는 행태를
싫어하는 내 가정 내가 지키겠다는 우리 국민, 즉 학부모들을 모
두 고소하겠다고 공공연하게 위협을 가하는 처지가 되었다.

착한 어린이들이 내 가정 우리들 자녀이지 전교조 그들 좌파 이
념무리들의 인식하는 전유물, 도구 대상이 아닌 데도 말이다.

이제 대한민국 국민인 우리를 지켜줄 진정한 지도자들이 과연
누구인가? 선거철만 되면 그럴듯하게 포장하여 애국한다면서 국
민을 우롱하며 보따리나 싸들고 사방팔방을 어지럽게 휘저으면서
기웃거리는 정상모리배들인가?

출세위주의 권력 테두리로 몰리는 저 처량한, 수양 부족한 인생
철학도 없는 출세 위주의 해바라기식 지식인들인가?

우리 국민들은 이제 스스로 우리를 지킬 때가 되었다.

우리를 지키는 장본인은 최종적으로 순수한 인간성과 이웃사랑
을 체질과 의식 안에 간직한 우리들 자신 뿐들인 것이다.

정의와 진리를 왜곡하는 지금 저 좌파(빨갱이)를 물리치는 데는
이 땅의 모든 국민들이 스스로 우러나오는 나라 지킴의 의연한 마
음과 행동뿐임이 분명해진 현실이 되었다.

이 간절하고 순박하고 이제는 시류 흐름의 앞뒤를 꿰뚫어보고
있는 5.31 때 응집된 좌파(빨갱이)를 싫어하는 우리 국민들 정신

과 같은 거대한 함성과 염원을 지닌 국민들을 더욱 결속시키고 정대하게 이끌어 나갈 대한민국의 진정한 지도자는 과연 누구란 말인가?!(2006. 8. 8)

56. 선정(善政)과 악정(惡政)

모두가 알기로는 선정이란 바르고 좋은 정치를 일컬음이요, 악정이란 국민을 괴롭히고 나라를 그르치는 나쁜 정치를 뜻하는 말로 인식하고 있다.

인류 역사상 정치체제가 군주정치이던지, 전제정치이던지, 독재정치이던지, 민주정치이던지 그 정치의 주된 목표는 국가를 바르게 유지하고 백성의 안위를 최우선으로 도모함을 그 주된 임무로 내세웠었다.

역사상 선정을 베푼 지도자는 그리 많지가 않다.

그러나 선정을 베푼 훌륭한 통치자들이 누구누구라는 것은 우리 모두가 이미 다 알고 있다. 그러나 역사적으로 악정을 베푼 지도자는 수두룩하다. 악정을 베푼 지도자의 대표적 특징을 살펴보면, 자기의 본분을 전혀 모른다던지 임무를 소홀히 하거나 수시로 망각하는 처신을 했거나 국사를 임의대로 해 경박하게 전제한 경우의 사례를 들어볼 수가 있다.

악정과 실정의 대표적인 사례는 고대부터 현금까지 한 국가가 멸망해 나라 문을 닫고 새로운 나라가 들어설 때 마지막 왕의 행적에서 그 사례를 찾아볼 수 있다.

악정과 실정을 넘어서 폭정(暴政)의 경우는 더더욱 그렇다.

조선시대의 중반에도 폭정의 사례는 있다.

연산군과 광해군이 그렇다.

그리고 현대에 와서 이북 땅을 점거하고 있으면서 6.25를 일으킨 김일성과 그 유훈 통치를 내세우는 아들 김정일이 그 대표적 사례다. 이런 경우엔 신하들만 견딜 수 없는 것이 아니라 백성들이 도저히 견디지를 못한다.

1945년 8월 15일 광복 이후 1948년 8월 15일 비로소 우리나라 대한민국이 건국되어 세계만방에 선포되었다.

건국 이후부터 오늘날까지 우리나라 국민들은 대내외적으로 파란만장한 역경을 딛고 지금에 이르렀다.

1998년부터 좌파정부가 들어섰다. 명색은 국민의 정부라 했다. 이 정권의 지도자는 감히 대한민국의 건국이념을 부정하고 대한민국의 정체성을 없애고 다 바꾸자고 했다.

즉 나라를 '제2 건국'이라는 명목으로 지금까지 우리 국민들이 책임과 의무를 다하여 지켜나가는 내 나라 대한민국이 이어오는 정체성을 함부로 바꾸려고 하였다.

악정의 시작이었던 것이다.

2003년부턴 좌파 정부의 연장으로 참여 정부란 이름으로 우리나라 대한민국을 그 정권 시작 초기부터 뒤흔들고 있다.

초기에는 부정부패를 척결한다는 명분으로 개혁이란 기치를 내걸었었다.

그러나 개혁한다던 참여정권의 구성원은 지금 와서 국민들 시각으로 볼 때는 필히 개혁되어야만 되는 그 대상으로 모두가 전락하고 말았다.

원인은 실정을 한 것이다. 그리고 악정으로 치닫고 있는 현실이 되었기 때문이다.

눈을 바로 뜨고 있는 국민들 앞에서 물어보지도 않고 지금까지 이어온 나라 정체성과 국민들의 운명을 위정자들 저들 마음대로 감히 바꾸려고 하는 의도가 가장 큰 대표적 악정이고 폭정의 시발점인 것이다.

그 폭정이라는 근거는 자유민주주의 국가 우리나라 대한민국을 좌파(빨갱이)정권 임의로 공산 사회주의 국가인 대한민국의 적국인 조선 민주주의 인민 공화국이라는 북괴와 분별없이 결탁하는 행위를 나라 안 온 천지에 만연시키려는 기류를 조성함이기 때문이다.

역사적으로 선정의 정치는 그 나라와 국민의 위상을 반석 위에 올려놓는 통치술이다. 그런데 악정을 넘어 폭정으로 치닫는 정치란 나라 운명과 평화를 스스로 깨트리고 종국에는 멸망의 길로 치닫게 하는 정치를 말하는 것이다.

바로 지금 좌파(빨갱이) 정권의 통치방법이 곧 악정을 넘은 폭정인 것이다.

한 가지 분명한 것은 역사적으로 악정, 즉 폭정의 주체들은 그 말로가 아주 비참한 운명으로 마감됐다는 기록뿐이라는 사실을 우리 국민들은 다시 한 번 명심하고 이런 사례를 자손들에게 반드시 깨닫게 해 주어야 할 책무가 있음을 새겨야 할 이 시점이라고 생각해본다. (2006. 8. 5)

57. 친일, 친공 매국노 정신 청산

　요즈음 친일 인명사전 문제로 나라 안 온 천지가 국가 전통 유지 및 가치관의 정립의 혼동 문제로 쑥대밭이 된 현상이다. 우선 친일 문제 접근의 논란은 객관적이어야 한다. 개인의 문제라기보다 나라 전체의 문제이기 때문이다.

　우리 국민은 불행하게도 일본에 관계된 문제만 나오면 너나없이 자랑하며 내놓는 오천 년 전부터 이어오는 동북아 지역의 역사적인 삶을 필연적으로 지체 없이 되 올려 생각하는 습성이 몸속에 유전인자로 박혀 있을 정도라 해도 과언이 아니다.

　또 한 가지 대한민국의 커다란 문제는 우리 국민이 온몸으로 상처받고 지금도 신음하는 6.25 동란(6.25 전쟁)의 후유증이다. 이 후유증 문제는 대한민국 국운의 향배와도 떼어놓을 수 없는 영원한 관계인 것이다.

　지금부터가 아니고 친일 청산문제는 우리 국민들이 이구동성으로 외쳐댄 국가 중심의 이념적 과제인 것이다. 친일 청산은 그때 정치 잘못의 위정자들 때문에 억압받고 살았던 순수 백성 우리 국민들의 한을 푸는 문제일뿐 아니라 내일의 우리 대한민국의 선명성 항로와도 관계되는 문제이다. 그렇다고 지금 좌파들의 논리대로 그때 태어난 어쩔 수 없는 운명까지 단죄하려 드는 모양새가 나타나 좌파들의 마음에 들지 않으면 친일파요, 마음에 들면 친일파가 아니라는 식의 인민재판은 하루빨리 떨쳐버려야 할 우리 민족의 낡고 또 고질적인 사고 개념이다.

이에 못지않게 나타난 커다란 또 하나의 문제는 6.25 동란을 일으켜 대한민국을 멸망시키려 한 우리와 대적하고 있는 좌파 태동의 북괴적 발상이 곧 그것이다. 그런데 더 큰 문제는 대한민국 우리 국민을 멸망으로 이끌 목적으로 조선민주주의 인민공화국이라는 우리나라의 적과 내통하는, 대한민국 국민의 자격으로 감히 김일성이 민주주의 국가라는 명목으로 북괴국을 세워 삼대에 걸쳐 세습 왕조를 이으려는 적국 좌파 세력의 끊임없이 집요하게 입에 침도 안 바르고 나불대는 저 가련한 좌파 꼭두각시들의 찬양 및 동조하는 것이 제일 큰 문제이다.

나라를 지키는데 제일 문제가 되는 것이 안에서 꼴사납게 준동하는 소위 말하는 "바닥 빨갱이" 매국노 문제이다. 나를 낳게 하고 나를 키워주고 가르치고 나의 보금자리를 만들어 놓는 내 나라 우리의 울타리를 개인적인 이로움을 내세워 국가수호의 이념도 모르는 채 마구 허물어버리려 적국을 예찬하는 무리들의 집단. 바로 매국노들의 집단인 것이다.

이완용을 포함한 을사오적의 무리가 바로 그런 무리들이고,

6.25 사변 전후하여 대한민국을 허물어버리려는 남로당, 빨치산, 그리고 공비 등 좌파 세력이 모두 다 매국노들인 것이다.

대한민국 안에서 민주주의 하자고 외쳐대면서 북괴 이념과 만경대 정신, 김일성식 주체사상을 하루도 빠지지 않고 사상무장하여 외쳐대는 저 음흉한 세력들이 모두 다 매국노다. 대한민국의 국민이라면 대한민국 우리나라에 충성하는 자유 민주 정신을 반드시 지켜 나아가야 된다.

올해 2010년이 6.25 발발 60년이 되는 해이다. 우리 국민들이라면 이 한맺힌 사변을 잊어버릴 사람이 어디에 있겠는가? 1950년 이 나라가 멸망지환을 당하고 있을 때 국제사회가 16개국 UN군을 파병하고 적국과의 싸움을 돕고 많은 희생을 내어 대한민국을 위기에서 구했고, 5개국의 의료 지원의 덕택으로 그나마 살아남은 우리 국민 모두는 간신히 다친 상처를 싸매고 치료받으며 대한민국을 이제껏 지켜나간 것이다.

모두가 묵묵히 다시금 피맺힌 한을 다스리며 땀과 피로 일으킨 우리 대한민국의 애국정신의 국민들이 있기에 오늘날 국제 사회에서 그나마 풍요로운 삶을 살아나아가는 것이 아닌가?

데모와 파괴를 일삼고 북괴의 주장을 앵무새처럼 되뇌는 대한민국 내의 운동권 좌파들에 대해 우리의 현 정부가 단호한 결정을 내리기 전에는 대한민국의 발전은 항시 발목을 붙잡힌 엉거주춤의 꼴불견 형상뿐이라고 생각한다.

지난 15년은 악몽의 대한민국이었다. "제2 건국을 하겠다"는 대한민국 건국부정을 일삼는 얼빠진 자가 나타나 목숨을 내던지면서 적군과 싸워 나라를 지킨 우리의 숭고한 장병들, 서해교전의 자랑스러운 용사들을 외면하여 대한민국 국민들의 가슴에 아픈 못을 박아대며 애국정신을 말살 시키려 한 일들, "군대 가서 썩으란 말이냐" 하면서 온 국민 앞에 도깨비같이 나대며 세계인들에게 부끄럽게도 국가 통치 이념도 모르는 망발을 떨던 꼭두각시가 차례로 없어지니, 이젠 그 나라 망친 좌파 잔당들이 요소요소에 또아리를 틀고 앉아 이리 우르르 저리 우르르 작질을 하며 국민들 앞에서 권력을 왜 잡아야 하는 지도 모르고 단순히 모리배적 집념으로 권력만을 잡기 위해 갖은 감언이설로 국민을 이간시키며 선거에 이롭고자 망동을 부리는 현실이 되었으니, 우리 국민들은 나라 지키는 종래의 신념으로 다시 무장해 한 발치의 뒷걸음으로 절대 물러서지 말고 굳게 지키면서 매국노 좌파 세력들을 이 땅에서 영구히 추방하는데 6.25 극복하여 내 나라 지키듯이 모두 다 앞장서서 좌파 매국노 무리들을 모두 쫓아내야 할 것이다.

지금 우리나라는 중도를 부르짖는 해괴한 외 앞에 또 커다란 풍랑을 만나고 있다. 중도란 하나의 이상일 뿐이다. 준전시체제 전중에 갑자기 중도처신이 웬말인가. 잘못 행동하면 기회주의자들의 권모술수와 모리배들의 매국행위의 극치가 되는 것이다. 자기 지위만을 지속하려고 골방 쥐처럼 호시탐탐 국민들의 행방을 갈라놓으며 수작을 부리것 외에는 아무것도 아닌 흔들리는 사회가 되어 결과적으로 이적행위를 하는 매국노들의 발판을 만들어주는 꼴이 될 것이다.

대한민국 우리나라 건국정신을 되살려놓고 정치적 기강을 바로 세우려면 조선 말기 일본을 향한 매국노 이완용을 위시한 을사오적을 청산하듯이 이 자들보다 어떤 면에서는 더 질이 나쁜 6.25

사변을 전후해 나타난 국내의 빨치산식 "바닥 빨갱이" 좌파무리의 준동을 시급히 단호하게 청산해야 할 문제가 대두 되어야 하는 것이다.

지금 나라 지키는 대한민국 이념문제가 자유민주주의 건국정신을 바탕으로 하는 국가유지 모양이 위태롭기가 풍전등화 같은 현상이다.

우리 국민의 반공정신 위상은 곧 대한민국의 국제적 국력, 국격 향상의 목적 위상과 정비례 되는 것임을 우리 국민 모두가 명심해야 할 때이다. (2010. 1. 13)

58. 우리나라 정치(政治)와 역사교육(歷史敎育) 단상(斷想)

일석 이희승 선생의 국어사전에 의하면 역사란 1) 인류사회의 과거에 있어서의 변천과 흥망의 과정, 또는 그 기록. 2) 개인의 경력. 3) 어떤 사물이 오늘날에 이르기까지의 변화의 자취라고 하였다. 또 역사학 박사 유홍렬 선생에 의하면 역사(歷史)란 영어로 History, 불어로 Historie, 독일어로 historia라고 하는데, 이는 라틴말의 historia에서 유래된 말로, 그 뜻은 '찾아서 이를 안다'

라는 것이다.

또 중국어로는 '歷史(역사)' 또는 '감(鑑)' 이라고 하는데, 歷史(역사)란 '지나간 일을 필기한다'는 뜻이며 '鑑(감)'은 '과거의 일을 거울에 비쳐 반성한다'는 뜻으로, 모두 과거의 사실을 연구하여 현재 생활을 정확히 이해하는데 그 목적을 두고 있다. 다시 말해서 역사란 1) 인류가 경험한 과거의 사실 전부를 뜻하는 경우와, 2) 그것들의 사실에 기초하여 스스로 구성하는 인식체계를 뜻하는 경우로 구분된다. 1)은 존재로서의 역사로 관념적으로만 존재할 수 있을 뿐이고, 우리에게 구체적으로 관련을 갖는 것은 항상 2)의 길을 통해서 뿐이다. 역사의 파악 법은 시대나 사람에 따라 다르며, 역사적인 사실의 취사선택도 무한히 변화하고, 역사학도 바뀌어 쓰이지만, 주관이 자의(恣意)에 맡겨져 객관적인 사실에서 멀어진다면 역사로서의 뜻을 상실하고 만다,라고 하였다.

일전에 내가 아는 우리나라의 'K' 라는 경제전문가가 민통선 안의 최전방 철책 선을 방문한 소감을 나에게 말하면서 그때 여럿이 대담한 일을 내게 소개한 일이 있었다.

그때 그는 미국 거주의 80세가 넘는 그의 고모님과 함께 갔었다고 한다. 고모님이 회고하여 말하기를, '나의 어린 학창 시절은 일제하에서 이루어 졌는데 그때 일본이 우리들에게 자의(恣意)적으로 우리나라, 즉 한국의 역사를 전혀 가르치지를 않고 또 왜곡되게 가르치어 지금도 나는 우리 대한민국의 역사관이 뚜렷하지를 않기에 어떤 면에서는 역사를 통한 우리나라 애국의 열정은 다른 사람들에 비해 아주 미약해 바로 이 내 나라를 모른다는 사실이 나는 제일 부끄러운 부분이다' 이렇게 말하였다 한다.

그리고 남북이 대치한 철책선 앞에서 '대한민국 국민들이 김일성의 무모한 해방전쟁이라는 명분으로 1950년 6월 25일 일요일 새벽 4시에 무방비 상태로 전혀 예상치도 못한 기습 남침으로 인해 대한민국 국민과 나아가서는 우리나라 전 국토의 백성들이 3년간의 전쟁 와중에서 처참하게 모두 당한 6.25의 뼈아픈 어제의 일을 지금의 좌파(빨갱이) 정치인들이 모두 뒤집어 김일성 가해자가 피해자가 되고 대한민국 내의 좌파(빨갱이) 무리들이 이웃 우리 국민들을 고의로 밀고하여 수난을 당하게 한 일을 오히려 뒤집어 저들 빨갱이들이 무고하게 고통당한 것으로 묘사하는, 그리고 우리 대한민국 국민들이 가해자가 된 것처럼 의도적이고 자의(恣意)적인 한국의 현대사 왜곡에 심한 분노를 느낀다고 하였다.

이러하므로 자라나는 우리 청소년들이 현재 좌파 의식을 가진 대한민국의 암적 존재인 전교조에 의해 제대로 된 역사관을 가지지 못한 가운데 지금 국방임무에 나서 있지않나 생각하니 참으로 걱정이 태산 같다'고 하였다 한다.

회고 하건대, 지금 우리나라의 역사교육 소홀의 출발은 김영삼 정부에서 찾아야 한다. 그의 임기 도중에 국사 과목을 서울대학교 신입생 입학시험에서 선택 과목으로 그 중요성의 비중을 아주 낮추어버렸다. 교묘한 의도의 옳은 역사 희석시키기의 출발점 통치 방식이었다.

이로 인해 그 이후 김영삼의 뒷그늘 청소를 은근히 그리고 음흉이 하는 김대중, 노무현의 10년 세월이 결국 역사 거꾸로 가기가 되었고, 대한민국 건국 부정을 낳는 산파 역할을 하게 되었던 것이다. 지금 이런 바탕 하에 대한민국의 방방곡곡 요직에는 좌경된 무리들이 판을 치고 있는 것이다. 오죽하면 김영삼 전 대통령이 정치판에 발탁한 노무현이 기세등등하게 김대중 등에 업고 천하에다 대고 한다는 말이

'치열한 삶으로 역사의 진보를 이루었습니다. 치밀한 기록으로 역사를 다시 쓰게 할 것입니다.' 라고 김대중 도서관을 방문해 그 방명록에 이따위 저질의 좌파로 편향된 운동권의 방자한 글을 남겼고, 항간에는 '적화는 됐는데 왜 통일이 안 되는가' 라는 기가 막힌 말이 공공연하게 돌아다니는 오늘의 실정이 된 것이다.

이제 우리 국민들의 기대는 우파의 힘으로 당선된 이명박 정부에 둘 수밖에 없다. 그런데 현재 이명박 현 대통령은 국민 앞에서 대통령의 나라 통치방식이 "중도"라는 표현을 서슴없이 쓰고 있다. 의구심나는 표현이다. 좌파의 표심을 의식해서인지 현재 지금 그의 주변에는 다 알고 있는 좌파들이 윤색한 족적으로 빼곡하게 둘러싸 포진을 하고 있어 못 견디어서인지는 모르지만 그의 대한민국 우리나라를 통치하는 통치자로서의 표현은 너무 국민들을 허탈하게 만들고 있는 것이다.

국민들에게 새 희망을 주고자 한다면 얼마 전 일어났던 적국의 무모한 도발에 단호하게 대처한 서해 대청해전 때처럼 승전고를 매번 울려야 한다. 한방에 좌파(빨갱이)들을 박살내야 하는 것이다. 그때 우리 국민들은 오래간만에 모처럼 10년 묵은 체증이 단숨에 뚫리는 통쾌함을 느꼈다. 이런 통념이 우리 대한민국의 대통령을 중심으로 똘똘 뭉친 정신적 단결력인 것이다.

우선 자유 민주주의 이념적으로 무장하고 한갓 남을 음흉한 술수와 모함으로 남보다 나만 잘 살자고 그리고 빈대처럼 기생하며

얻어먹자고 비열한 수단으로 좌파 이론을 들먹이는 자들을 철저히 퇴치토록 우리 국민들을 중단 없이 독려해야 한다.

공산 빨치산 이론과 그 수법을 이용하기만 하는 어설픈 좌파 경향의 수양 덜 된 정치인들과 이들에 얽매인 일부 국민들은 우리 대한민국에서 그 소행이 용납되지 않는다는 확고한 국가 이념의 철학을 세워놓아야 한다는 것이다.

바로 이런 사례로 6.25 수모를 생명을 걸고 이겨내고 국가를 재건한 세계 속의 우리 선대 국민의 사례를 각자 모두에게 다시 상기시켜 심어주도록 해야 이 나라가 바로서게 되는 것이다.

이런 취지에서 '국사교육'을 대학입시의 필수 과목으로 다시 환원해야 된다고 본다. 왜곡되지 않은 바른 역사교육을 바탕으로 해서만이 진정한 나라 사랑의 의식이 키워지기 때문이다.

원대한 국가 장래를 생각하기보다 목전의 이익만을 앞세운 그때그때의 아전인수 격인 좌파식의 역사교육은 한갓 말장난에 놀아나는 철학 없는 시민의식을 키울 뿐이고 통치철학이 뚜렷하지 못한 가운데 술수나 부리고 눈치나 보는 통치 방식은 요것조것 재어가면서 나라가 망하던 말든 내 배만 불리면 그만이라는 비 애국주의, 기회주의자처럼 수양 덜 된 장사꾼이나 하는 짓으로 비쳐져, 결국 우리나라는 또 가치관 정립의 혼란 천지로 뒤집힐 공산이 커질 지름길로 내달을 뿐이 아닐까 크게 우려될 뿐이다.

(2009. 12. 17)

59. 우리 국군과 함께 나라를 바르게 지킵시다

　지금 우리 국군 장병들은 전 후방에서 국토방위 임무에 충실하고 있습니다. 우리가 각 가정에서 편안히 민주의식을 가진 시민으로 나라를 생각하는 그때그때에도 말입니다.

　사병들은 물론 위수지역에 있는 일선 지휘관들까지도 5개월에 단 한차례 외출 명을 받아 가족과 만나는 실정이지요. 우리 국군의 가족들은 너무 희생이 많고 또 안쓰럽기가 그지없습니다. 나라를 지키는 이분들의 자녀들은 우리 후방의 자녀들과 그 무엇이 달라 부모와 매일 사랑의 대화를 나누지 못하는 벽에 부딪혀 있습니까? 그들은 후방의 다른 집 자녀들과 어떻게 다르다는 말입니까? 그들은 이 어려움을 묵묵히 지켜내고 외로움을 감수하고 있을 뿐입니다.

　그러면서도 우리 국군은 강도 높은 전문 지식 습득의 훈련과 고지를 치달아 오르는 훈련이 지금 이 시간에도 계속됩니다. 이는 우리 국민 모두가 괘씸한 김일성의 망동에 당하고 분노의 함성으로 모두가 반대했던 1953년 7월 27일 휴전 이후에도 한반도 전 국민들이 대책 없이 당했던 김일성의 새벽 불법 남침 6.25 사변 때와 버금가는 긴장된 전시 체제하인 현 상황에서 그들의 본연인 국토방위 임무 수행 자세인 것입니다.

　이제나저제나 우리나라의 주적 북괴군이 무모한 도발을 또 하지 않을까 긴장한 탓에 깊은 잠도 자지 못하고, 그리운 부모, 가정과 떨어져서 말입니다.

이런 가운데 가서 보니 우리 국군의 전우애는 상하가 일치단결하여 아름다운 일화로 꽃 피우기도 합니다. 이제 그들의 충천하는 사기를 더욱 북돋아주는 일은 지금 자제들과 같이 군 복무를 함께 한다고 볼 수 있는 후방의 부모들의 인고 어린 정성을 더욱 기울이는 일이고, 또 이웃 모두들의 적극적인 관심 표현인 국민 된 일이기도 한 것입니다.

그런데 이제 가장 고약한 문제는 다음과 같은 것입니다. 지금까지 우리 모두가 보아왔지만 이 땅 우리나라 안에서 부끄럽게도 설익은 정치인들의 문제가 곧 그것입니다.

자유 민주주의를 수호한 우리 모두가 크게 그리고 열절히 외쳐봅시다. 자기 사리사욕만 일삼는 후방의 의식 잘못된 정치인들이여~! 민주주의라는 명목으로 겉으로는 가장 모범된 척 그러나 뒤로는 공산사회주의자들 선동 문구에 놀아나 소위 말하는 '김일성의 만경대 정신'으로 무장하고 날뛰는 자기중심의 선동성 정치 발언과 거리에서 아무렇게나 나대는 망발을 삼가해주십시오,라고 말입니다. 명목상으로 민주주의 표현 행위를 한다고 또 개혁한답시고 그렇게 해 놓고는 표리부동하게 뒤로는 이적행위를 해도 된단 말입니까?

그리고 또 외칩시다. 당신들은 알게 모르게 적국의 꼭두각시가 되어 공산 사회주의자와 그 추종자들을 이롭게 하자고 대한민국 안에서 의식적으로 후방교란을 하며 이적행위를 밥먹드시 하는 것이라고 꼭 집어 지적해줍시다.

이는 전술학에도 있다 하지만 전쟁 도중 무조건 이기기 위하여 상대방의 후방 교란만을 하루도 빠지지 않고 대남교란을 일삼는 상투적인 북괴 무리들의 망동에 머저리처럼 앞장서 동조하는 어리석은 행위입니다. 나라를 팔아먹은 이완용보다 더 나쁜 망동이지요.

당신들도 대한민국의 국민들 아닙니까? 어찌 이런 일들이 감히 우리 대한민국 안에서 있을 수 있습니까? 대한민국의 건국정신을 부정하고 태극기를 게양하지 않고 애국가를 부르지 않고 김일성을 찬양하는 "님을 향한 행진곡"을 불끈 쥔 주먹으로 팔 휘두르며 일제히 불러대는 저 몸서리쳐지는 망령 들린 모습 앞에서 우리의 자라나는 2세들에게 대한민국 나라 사랑의 올바른 모범을 보인다고 할 수 있겠습니까? 당신들 이롭자고 전교조 앞세워 한총련, 범민련, 민노총 심지어 성직자 탈을 쓴 정의평화구현사제단 대부분 등 해괴한 무리들로 뭉치게 해 놓고 평화스런 남의 가정 자식들의 미래를 망치게 한단 말입니까? 좌편으로 의식된 운동권들의 자기들 자식 망치는 것이야 그 누가 애써 뭐라 하겠습니까? 이웃에서 안쓰러워 할 뿐이지요.

우리 국군 장병들이 그 맡은 임무를 완수하고 제대 후 이 사회에 다시 돌아와 그들이 꿈꾸고 이루려 설계한 아름다운 이상을 꽃 피우도록 그 터전을 마련해 주도록 합시다. 이렇게 말입니다.

자유 민주국가 우리의 대한민국에 사는 우리 모두들의 임무는 아주 큽니다. 우리 자식들이 있는 전방은 혹한으로 무척이나 차갑습니다.

그러나 우리 국군은 우리 모두의 조국 대한민국 자유민주국가를 지키는 일념으로 고통도 의연하게 참아내며 그 사기는 충효정신을 앞세워 하늘을 찌르는 기상을 가지고 주적 북괴와 철통같이 대적하고 있습니다.

우리 모두가 조국을 적국으로부터 불철주야 긴장하며 지키는 그들을 진정으로 사랑하는 내 자식으로 인식한다면 적국을 이롭게 하는 후방 교란의 간첩다운 행위를 부끄럼 없이 자행하는 서적(鼠敵-쥐새끼, 안중근 의사가 이토히로부미를 지칭한 표현) 같은 운동권 무리 전부들의 잘못된 정치행동 풍토를 즉시 색출하여 그들이 그렇게도 오매불망 그리워하는 조선민주주의 인민공화국이라는 노동당 무리들 속으로 하루빨리 추방하도록 모두 다 같이 혼신의 힘을 기울입시다.

지금 전방(우리 국군이 복무하는 곳, 대한민국 전·후방 전 지역)은 남북 대치상황 만큼이나 몹시도 찹니다. 그러나 국군은 우리와 자유민주주의 대한민국 내 나라를 무쇠도 녹일 애국의 열정으로 지키고 있습니다. 고된 훈련과 밤잠도 제대로 못 자며 적군의 이상한 동향을 세밀하게 살피는 이들이 있기에 오늘도 우리는 후방에서 편안하게 잠을 자는 것입니다.

이 귀하고 사랑하는 우리 국군을 맥 빠지게 해서는 아니 되지요. 그들은 소리 없이 되뇌어 외칩니다.

'우리가 생명을 내 놓고 조국을 지키는데, 후방에서는 자칭 어른들이라는 이상한 작자들, 즉 자기 위상과 사리사욕 그리고 우리의 주적 얼빠진 북한 곧 적국 이념으로 치장하고 난동을 부리는 수양 덜 된 정치무리들이 있다 하니…' 하고 말입니다.

우리 모두가 세계 평화의 주역 대한민국 우리나라를 지킨 선대들처럼 지금까지도 6.25 동란 극복 하듯이 이 정신을 이어받아 그들에게 부끄럼 없도록 바르게 지켜 나아가야 하겠습니다.

(2009. 12. 12)

60. 죽창(竹槍)

죽창(竹槍)은 대(竹)로 만든 창을 말한다.

죽장창(竹長槍)의 준말이라 한다.

인류가 지구 상에 존재하면서 자기 방어의 수단으로 여러 가지 도구를 사용하였는데 초기에는 자연에 그대로 존재하는 물건들을 활용하였을 것이다.

자기를 방어하거나 상대를 공격할 때가 있을 때는 돌을 사용한다던가 나무를 몽둥이로 사용한다던가 했을 것이다.

청동기 이후 철기 시대를 거치면서 인간의 삶이 점차 과학적으로 발전해나가면서 사용 도구도 원시시대보다 사용 무기도 따라 발달하였다.

그러나 현세에와서 까지도 상대방에게 공격적으로 쓰여지는 죽창의 소식은 아직도 여기저기에서 들린다.

우리나라에서도 8.15 이후 한반도에서 죽창이라는 무기가 잔인하게 사용되었다. 그리고 중국에서는 모택동의 홍위병들이 기세를 부릴 때 죽창은 세계적으로 널리 알려졌다.

남한에서는 빨치산이 북에서는 항일 운동가라고 자처하는 사람들이 사용하여 소문이 났고, 그 수하의 공산주의에 물든 백성들을 선동하여 앞잡이로 내세워 이용할 때 소위 인민재판을 하여 반대 세력, 즉 양민인 백성의 주리를 틀고 제거하고 무릎 아래 꿇리는 수단으로 주로 사용하여 더욱 유명해졌다.

잔인하기로는 남한에서 왕 대나무가 많이 나는 남녘 고장에서 공산 좌파들의 선동술에 넘어가거나 그 주체인 빨치산들이 첨단 무기 대신에 사용하여 주로 지리산 등지에 많이 운거하여 자유 민주주의 대한민국 정부에 공산주의 이념으로 무장하고 악귀처럼 대들 때 사용한 것이 가장 소문이 났었다.

5월 19일 어저께 서울 사당동에서 오래간만에 옛 교직 동료들 여럿의 모임이 있었다.

이 자리에 서울시 현직 젊은 후배 교사들도 몇 참석하였다.

세상 돌아가는 이야기와 교육 현안의 문제점들에 대해서도 이야기가 오갔다.

한참 뒤 시국에 관하여서도 이야기를 하였는데 마침 평택 안정리가 고향이고 지금도 그곳에 일가친척들이 많이들 사시는 SH 선배께서 말문을 열었다.

'그 죽창 문제 생각보다 아주 심각합디다!' 로 시작한 화두가 온 좌석이 죽창 문제로 모두들 이야기를 쏟아내었다.

대부분 8.15 전부터 산 경험이 있는 노교사들과 요즈음 젊은 교사들의 말의 결론은 '잔인하고 끔찍하다' 는 것이었다.

우리 교사들이 예나 지금이나 일선 학교에서 저렇게 가르치지 않았는데 젊은이들이 어떻게 어디서 배웠길래 상상도 못하는 난폭한 방법으로 저런 끔찍한 무기를 써 가면서 공무수행 중인 군과 경찰에 대항하여 공권력에 대들며 의사 표시를 저렇게 비정상적인 방법으로 하는가? 였다.

그렇다면 저 난동꾼들은 과연 어느 나라에서 파견한 군대(?)란 말인가?

좌중에서 처음 들은 끔찍한 이야기인데, 얼마 전 전교조를 탈퇴한 젊은 교사 한 분이 말하기를, 왕 대나무를 날카로운 칼이나 낫으로 예리하게 창 끝을 만드는 게 일반적인 죽창인데, 요즈음 국가 질서와 사회 안정을 위하여 근무하는 전경들에게 대들 때 사용하는 죽창은 창끝을 일부러 잘게 부수어 빗살 가시처럼 만들어 사용한다는 것이다.

즉 전경이 쓰고 있는 얼굴 보호 마스크의 그물을 예리한 대무 빗살 가시 같은 끝들이 보호막을 뚫고 들어가 안면을 짓이기게 사용하는 것이라 하였다.

그러니 눈이 다치거나 멀지 않을 방도가 없는 것이다. 남의 눈을 들이찌르는 또 다른 우리 젊은이들의 잔악함! 표면적으로 평화를 내세우는 그들의 진정한 이상은 과연 무엇인가?

학교에서는 성실하고 부지런하고 착하고 열심히 공부하여 서로를 존중해 가면서 자신을 드러내고 부모를 공경하고 우애 있게 이웃을 서로 사랑하게 하고, 그리고 나아가서 국가에 이바지하고 평화를 사랑하라고 가르치는데 사회에만 나가면 누가 이 젊은이들에게 상상도 할 수 없는 이런 잔인한 수법을 가르친다는 말인가!

‘……!?’

모두들 할 말을 잃었다. 데모를 부추기는 기성 좌파들이 철없는 젊은이들을 앞세워 표면적으로 정의를 부르짖는다면서 준동 하는 작태로 고안해 낸 수단과 방법이 국가 질서를 위해 근무하는 또 다른 젊은이들에게 해 대는 꼴사나운 모습이 과연 국민들 앞에 호소력이 있겠는가?

더욱 국민들이 분노하는 것은 현 운동권 좌파 정권이다.

뒤로는 좌파 운동권들을 국민들이 낸 혈세 국가 공금으로 뒷돈을 주어가면서 겉으로는 공권력 내세워 막는 척하는 통치방법!

젊은이들은 죽창을 들려 앞에 내세우고 뒤에는 늙수수레한 수염까지 기른 노인들이나 나잇살 먹은 패거리들이 젊은이들을 어떻게 가르쳤기에 저리도 날뛰게 풀어 놔두는가.

이 해괴한 통치 방법이 좌파들의 고정 수법이라는 것을 우리 국민들이 이제는 거의 다 알고 있다지만 통치 방법이 자유 민주주의 정부를 이끌어 나가려는 의지와 낌새는 전혀 보이지 않는다는 사실 때문에 모처럼의 모인 즐거워야 할 자리가 모두들 술 맛도 안주 맛도 밥맛까지도 다 잃고, 그 이야기 후에 서먹서먹하게 있다가 눈살만 찌푸리고 모두 더 할 말도 없이 부스스 일어나 헤어지는 판국이 되고 말았다.

참으로 슬픈 일이다.

어쩌다가 평화를 사랑하는 우리 국민들이 사는 국가와 사회가 현 좌파 운동권 정권에 의하여 이런 판국으로 농락을 당하여야만 하는가!(2006. 5. 20)

61. 국민 삶에 희망을 주는 정치풍토

　북한강 상류의 소양강변엔 노란 개나리꽃이 짙은 봄색으로 세상을 내다본다. 여기저기 들판과 산록에는 온갖 백화가 서로 시샘하듯 다투어 피고 앞뜰의 주먹덩이 같은 목련화의 만개는 온 천지에 하얀 마음으로 소박히 웃는 포근한 빛 되어 자신 있게 이 계절 한가운데에 다가 서 있다. 만물이 소생하는 새봄에 희망을 주는 자연의 조화이다. 과연 세상을 내다보기가 아주 보람됨을 느끼게 하는 봄의 계절이고 희망찬 내일의 결실을 약속하는 출발의 계절이기도 하다.

　올해 4월 9일은 자유 민주주의 우리나라 대한민국에서 국민이 지닌 나라 살림 걱정을 각자 원하는 대로 표현하는 대의정치의 꽃을 피우는 투표 행사가 있는 날이었다. 참여한 모두의 마음과 생각이 똑같을 수는 없지만 다양하게 표현된 민의의 결과를 지금 우리들은 되돌아보고 있다.

　사람들의 행복은 희망을 지닌 마음으로부터 비롯되고 삶의 보람은 밟고 지나온 저 나름대로의 안긴 시간 속에서 함께 뒹굴었던 그때그때가 멀리 멀어져 갈수록 그 멀어져 가는 뿌려진 이야기들을 다시 주워 담으면서 자신의 한때는 그러했노라고 창조주에게 속삭여 드리며 용서와 인정을 받게 되는 대화 속에서 기쁘게 자신을 찾을 수가 있는 것이 되리라.

　정치란 창조질서에 순응하는 이타행위의 대표적인 행위라고 본다. 나를 위하여 정치를 하는 것이 아니요, 어느 일부분만을 완성하기 위하여 정치를 하는 것도 아니요. 만민의 삶을 올바르게 살도록 하는 수만 가지로 잘 조화된 질서의 틀을 짜놓고 온전히 경영하는 것이라고 본다.

아무데서나 방향 없이 뻐기면서 군림하는 모양새로 정치가 그 근본 목적대로 바르지 못하면 그 여파로 세상에 놓인 모든 것은 고통의 몸살을 앓게 되기 마련이다.

이로 인하여 모든 것이 파괴되고 파괴된 벌판 한가운데를 엇박자가 되어 삐거덕거리는 아주 불편하고 벌써 낡아버린 수레가 아슬아슬하게 기우뚱거리면서 감히 천만리 길을 나서며 행복을 추구하려는 꼴이 된다.

세계 인류의 긴 역사 속에서 우리나라는 대의정치를 시작한 지 겨우 60년이 되는 아주 짧은 역사를 가지고 있다. 그러기에 모든 대의 정치가 선진국으로부터 잘된 것이라고 하는 제도를 흉내 내어 우리의 관습은 배어 있지도 않은 여기 저기서 가져다가 엉성하게 조립하여 짜 맞춘 형태의 면모를 보여왔다.

우선 솔선하여 지킬 줄 모르는 그 형태는 지금도 그러하고 어떤 면에서는 우리가 사는 국가 안에서 퇴보되는 모습들만 점점 더 만연하는 한스러운 모양새가 요즈음이다. 국민들 앞에서 누구보다 모범이 되어야 할 정치가들의 자신을 갈고 닦는 소양이 우선 부족했다는 의미이다. 박애의 정신을 바탕으로 옳은 것은 솔선하여 반드시 지킬 줄 알아야 큰 용기의 소유자가 되는 것이고, 또 그 행위가 지도자적 애국함이지 그저 편의 위주로 지키지도 않고 반대만을 위하는 시정잡배의 모양일진대 만인 앞에서 모범을 보이지 않는 그러한 가운데선 금과옥조가 그 무슨 소용과 빛남이 있겠는가!

한 나라의 국민이 원하는 진정한 행복은 각자의 마음 안에서 겸손되이 일어나는 것이다. 그리고 삶의 소박한 보람은 긍지로서 자리 잡게 되는 것이다.

그런데 지금 우리나라 정치가들이 나라 위해 하는 모습은 어떠한가? 누구보다 먼저 자신의 영달만을 꾀하는 울타리 범주를 벗어나지 못하고 있는 초라한 모양새 같다는 느낌이 든다. 자신들의 영달을 위해 다른 사람이 함께 지닌 행복을 부숴버리고 까뭉개는 소행을 감히 정치가들 수법 안에서 자행되고 있음은 엄연한 사실이 되고 말았다.

아마 그들은 그것이 아주 잘하는 정치활동이라고들 알고 있는 모양이다.

이젠 자신만을 위하여 이웃의 행복을 갈라놓고 파괴하는 소행이 정치수법이라고 생각하는 어설픈 정치가들은 이 땅에서 사라져야 한다. 국민 앞에서의 군림하는 듯한 자세가 오늘날 정치 현실에서 국민들은 혐오감을 갖게 됨을 정치가들 스스로 알아야 한다.

이번에도 국민들의 가르침을 모르는 정치인들이라면 그들의 어디가 미덥다고 신뢰할 것이며, 또 어느 곳 적재적소에 신뢰하며 큰일을 맡겨주겠는가?

이른 아침에 일어나서 온 누리에 퍼지는 하늘의 빛을 내다볼 때 비록 자신은 가진 것 없어도 아~! 나는 이 세상에서 이 나라에 태어난 것을 행복하게 생각한다.

우리나라를 위해 저렇게 이웃을 사랑하고 국가를 위해 헌신하며 애쓰는 정치가들을 보더라도 나는 게으를 수가 없지… 하는 각오와 기쁜 마음으로 일터에 나가는 사람들만이 있다면 그들 서로의 오가고 부딪치는 눈빛에서 애국심을 확인할 수 있고, 생의 귀함과 사랑을 느끼게 되고 그리하여 삶의 진정한 보람을 만나게 되며 나아가서 우리가 몸담고 있는 내 나라의 복지를 가늠할 수 있게 마련이다.

혹 질서없는 타국에 가서 행복한 내 나라의 모습을 생각하며 마음속으로 긍지를 느낄 때 그 행복감은 표현할 수도 없이 더 크게 느껴지는 것이다.

자기 유리하자고 멀쩡한 남 사이에 끼어 난데없는 이간질이나 일삼고 좋은 머리 바른데 쓰지를 못하고 엉뚱하게 쥐어 짜 가면서 이웃들을 서로 미운 짓 하도록 없는 것 만들어내면서 눈 흘겨 난도질이나 하면서 나쁘게 부추겨 선동질이나 하는 무리들이 우리나라 정치들인들의 저지르는 일이 능사의 전부라면 우리 대한민국 우리 국민들은 천만년 뒤에라도 행복한 나라에서 살 수가 없고 세계인과 더불어 함께 희망을 지니고 지난 일에 보람을 느끼는 내일을 열 수가 결코 없게 되는 것이다.

겸손한 가운데 모범을 먼저 보여야 할 열쇠를 쥔 우리나라의 정치가들이 어제 오늘이 아닌 허구헌 날 구태의연한 정치행태에 나도 모르게 젖어든 정치가 끼리끼리의 좌파적 패거리의 모습으로, 심지어 타락된 이적행위로 자행했던 일그러진 마음을 다 내던지고 희망과 긍지를 가질 수 있는 마음의 문을 활짝 열고 자유 민주주의 대한민국 우리나라의 건국이념을 되살리는 올곧은 세상 만

나기를 염원하는 국민들 앞에 성큼 앞장서 내달아야 한다는 마음
이 간절하다. (2008. 4. 10)

62. 정치인들의 몰락 현상

작년 경선 이후 박근혜 전 대표에게 이런 날이 올 줄 우리는 이
미 예측했었다.

정치란 온유한 표현도 있어야지만 때로는 놓치지 않고 단호히
주장하며 질타하고 소신껏 이끌어야 큰 지도력인데 뒷북만 치며
한탄하면서 이럴 줄은 몰랐다고 후회하는 지도력은 전쟁터의 용
사들에게 신뢰감을 주지 못하는 바람속으로 사라질 현실성 없는
맥없는 메아리일 뿐이다.

촉망받던 한 정치인이 참으로 안타깝다.

마음속으로 크게 기대했던 정치인이 이런 수모를 겪다니…! 그
러나 아직 박근혜 전 대표의 일념인 나라 구하기 일념의 불은 꺼
지지 않고 있다. 심기일전하여 크게 우리나라 전체 정치계 돌아가
는 모습을 보고 큰 선택을 하여 따르면서 기대했고, 또 성원했던
국민의 뜻에 맞는 과감한 용단도 필요한 이때이다.

박근혜 전 대표의 대한민국 건국정신수호와 김일성 북괴를 지

칭하여 "만경대 정신을 안고 같이 가자는 것이 아니다"라고 분명히 말한 정신을 다시 살려 운동권 좌파 지도부가 장악한 지금의 한나라당을 다시 뒤돌아보고 매번 교활한 정치적 술수에 이용 당하지 말고 냉철히 판단하고 4.9 총선에 임하는 정치적으로 커다란 선택의 행보가 있어야겠다.

대한민국은 운동권 좌파들 수중의 국가가 아님을 우리 국민들에게서 다시 확인하기를 바란다. 작은 체면보다 국가살림이 우선 지상목표이다. 즉 선공후사의 지도력이 요구되는 현 시점이다.

한나라당 밖에도 대한민국 건국이념 살리고 운동권 좌파를 철저히 배격하는 뚜렷한 정당이 있다는 것도 지나치지 말아야 한다.

이번에 마지막으로 박근혜 전 대표가 한나라당 좌파 지도부에 밀리면 그가 지닌 높은 이상의 정치생명은 대한민국에서 끝나게 된다는 사실을 주변 측근들도 명심하여 박근혜를 중심으로 굳게 뭉치고 시급히 현명한 선택을 할 일이다.

취직 한자리하려고 국회의원 되려고 정당을 택하는 것이 아니고 나라를 구하기 위해서 정당을 택하는 것이 진정한 정치인들의 자세일진데, 종래 한나라당에 몸담은 정치인들 중 자기 당이 좌파 운동권에 침식당해 나라 장래가 암담해진 지금의 이 지경인데 박근혜 중심 정치인들이 처량하게도 국회의원 한자리에 연연해 치부를 다 드러내놓으면서 기웃거리면서 나댄다면 그 어느 국민들이 미덥다 할 것인가?

깊이 생각하고 대한민국 건국이념 살리고 우리 국민들이 김일성 불법 기습남침 6.25 극복정신 되살리면서 좌파 척결하는 쪽으로 힘을 모아 정치 노선의 분명함을 모색해야 내일의 대한민국을 굳건히 함에 크게 기여하게 되는 정치집단이 될 것이라 생각한다. (2008. 3. 12)

63. 친북세력 추방 없이는 국가발전 가망 없다

해방 후 남한에서의 친북세력의 발호는 남로당의 출현으로 비롯된다. 일제로부터 해방을 맞고 자유 민주주의 사상을 선호한 우리 국민들에게 세상을 불안하게 살게 하였고, 남북이 정치적 이념 성향으로 두 동강이 날 때 친북세력은 김일성을 지지하여 급기야 김일성의 불법 기습남침 6.25 사변 발발의 무모한 도전에 북과 내통하여 남쪽에서 빨치산으로 암약하는 지경에 이르렀다.

대한민국은 UN의 지원으로 그리고 군관민이 혼연일치가 되어 김일성의 6.25 불법남침 기습을 응징할 수 있었고 6.25 3년 이후 다행히도 승공정신을 유지하여 여러 가지 정치적 시련을 겪으면서도, 결과적으로 자유민주주의를 꽃피우려는 국가가 나아갈 목표를 설정하고 오늘날의 부국강병의 길로 나아갈 수가 있었다.

여기에 역사적으로 우려되었던 문제는 6.25 이후에도 우리나라 대한민국 안에서 친북세력이 정치적 격동기에 교묘히 잠입하고 거기에 기대어 지금까지 줄기차게 암약하고 있다는 사실이다. 이제까지의 친북세력 발호 현상은 정치적으로 뚜렷하게 대두된 몇 가지 양상에서 다시 확인해 볼 수 있다.

첫째, 대한민국이 정당정치를 표방한 민주국가임을 틈타 친북세력은 반공정신을 앞세운 정치집단에 반대되는 당으로 집결하여 표방은 야당의 입장에서 집권당의 견제를 하는 듯했으나, 이 민주주의 발전 야당세력의 정치적 목적과는 아주 다르게 기생하며 자유민주주의를 발전시키려는 정치적 목적과는 다른 친북 활동을 밑바탕에 깔고 호시탐탐 김일성의 불법남침 정신을 계승하는 우리나라 말살의 정치 집단의 앞잡이가 되었고, 그리고 그런 북괴세력에까지 넘어가 밀착되어 공조를 하여 결과적으로 대한민국을 멸망시키려 그 친북세력을 이끌어 유지해 왔다는 사실이다.

둘째, 친북세력은 우리나라 역사적인 정서 속에 소외받았다고 인식되는 지방민에 접근하여 그들의 한을 부추기며 공산 사회주의 정신을 빨치산 수법으로 암약하며 공산 사회주의를 펼쳐나갔다.

셋째, 친북세력은 교육과 노동부문에 적극 잠입하여 청소년들과 노동자 농민들에게 무조건의 반정부 사상을 고취시켜 왔다는 사실이다.

넷째, 친북 세력은 지식사회에 침투하여 전통적인 관습을 계승 발전시키기보다 과거의 역사 속에서 나타난 역사적인 사실을 친북 세력에 유리한 사안만 선별하여 그것만 정치적으로 앵무새 반복하는 소리만 흉내 내는 격으로 다양한 시대의 소리를 차단하고 그들이 선호하여 주창하는 공산 사회주의 김일성 유일사상 쪽으로만 근접시키는 운동을 펼쳐왔다.

바로 이것이 오늘날 그들의 의도적이고 임의적인 역사왜곡의 현상으로 기존의 모든 질서를 말살하려 우리 국민 정신 사유 안으로 침투해 온 현상이다.

다섯째, 그들은 자유 민주주의 대한민국이 수립한 이제까지의 외국과의 국교관계를 모두 친북 흐름의 편향된 그리고 특유한 정치수법으로 깨트려버리는 짓을 자행해왔다.

위와 같이 열거한 사안 말고도 그들의 만행은 부지기수이다. 1945년부터 2007년까지 이어지면서 구태여 조선일보의 오늘 아침 사설에서 지적한 우리나라 현 정치집단 민주노동당에만 그 암적인 문제가 적용되랴!

더욱이 크게 염려스러운 것은 우리 국민들이 2007년 말 대선의 결과에서 보듯이 이념을 떠나 실용주의로 매진하자는 정치집단의 등장이다. 공산사회주의 이념을 버리는 것은 자유민주주의 대한민국 우리 국민의 소망이지만 자유민주주의 이념마저 버리자는 것은 국가경영 철학도 없이 출발하자는 무모한 도전이 되는 것이다.

이념과 실용은 절대로 별개의 개념이 아닌 데도 말이다.

우리가 이제까지 지니고 온 올바른 이념 자유민주주의 즉 그러한 철학을 바탕으로 한 정신적인 발전 없이 물질 만능주의에만 빠진 사회 발전을 한번 상상해 보자. 인성이 무너진 황폐한 세상을 한번 생각이나 해 보았는가?…유물사관과 그 무엇이 다른가! 오늘날의 국제적 거지왕국 북괴집단의 인권을 도외시 한 정치집단을 깊이 염두에나 두고 한 말인가?

"공산주의든 민주주의든 뭐가 그리 중요한가? 거짓말 좀 해가면서라도 남을 딛고 일어서서 잘살면 그것이 장땡이지…!

과연 우리 국민들이 모두 이런 철학 없는 물질만능의 국민성의 정신으로 희망찬 내일을 밝게 열 수가 있겠는가?(2007. 12. 28)

64. 시급히 개혁해야 할 국가 교육문제

가장 시급하게 고쳐야 할 교육문제의 개혁 방향은 우선 전교조들을 대한민국 교육계에서 모두 몰아내는 일이다.

참여 정부는 전교조들을 앞세워 모든 교과서에서 대한민국 건국이념 계승과 관련된 내용들은 모두 다 없앴다. 오늘날의 청소년들은 대한민국의 정체성이 무엇인지를 잘 모른다. 즉 내가 태어났고 자라고 배우는 내 나라의 국가관이 무엇인지 뚜렷하게 말하지를 못하는 지경에 이르렀다. 현재 우리나라 일선 학교의 현주소이다.

가관인 것은 우리나라 육군사관학교 지망생들에게 물어보니 대한민국의 주적이 미국이라 답한 사람들이 상당수 되고, 그리고 김일성 불법남침을 오히려 대한민국이 북침했다고 거꾸로 말하는 지경이고 더욱더 놀랄 일은 대한민국의 건국 초대 대통령이 누군

지도 모르고 김일성이라고 엉뚱하게 답한다든지,

엉뚱한 방향으로 남북 대화를 이끌어낸 김대중을 가장 앞세워 그 김대중을 대한민국의 건국 대통령이라고 하는 억지웃음 자아내는 정도이다.

이것은 김대중, 노무현 공산 사회주의 추종 무리들이 전교조를 도구로 이용하여 사회와 국가기강을 가장 악질적이고 의도적으로 무너트리려는 대표적인 망동이었다. 자유 민주주의를 신봉하는 대한민국 대통령이라면 우선 시급하게 이 중대한 이념 문제부터 가장 우선으로 바로 세워놓아야 한다.

나라 기강부터 바로잡지 못하고 교육문제의 첫 단추를 제대로 끼워놓지 못하면서 무슨 경제 살리기이고 나라 기강 살리기가 되는지 심히 우려하는 바이다.

첫 단추부터 바로 끼워야 한다. 그 첫 단추의 핵심이 대한민국 건국이념과 정신을 되살리려 놓는 것이다. 김대중 이후 10년 동안의 참여정부가 전교조 앞세워 역사 왜곡을 자행한 현행 교과서를 시급하게 다시 원상태로 되돌려놓아야 한다.

인수위원회가 이 문제를 소홀히 한다면 새로 들어서는 정권도 진정한 정권교체가 아닌 좌파 정권 연장이 되는 것이라 본다.(2007. 12. 24)

65. 무서운 민심의 단호한 선택

17대 대선마당에서 우리 국민의 선택은 간절하고 단호하였다. 대한민국에서 좌파 15년의 정권이 더 이상 연장되어서는 아니 된다는 염원이 다른 어떤 지상목표보다 더 앞선 무서운 심판이었다.

우선 우리 국민들은 지독한 운동권 좌파보다 덜 지독한 운동권 좌파지도부의 한나라당을 택하지 않을 수 밖에 없는 운명을 초조한 마음으로 열 수 밖에 없었다.

지난 10여 년 우리 국민들은 좌파 정권이 성숙되지도 않은 통일정서에 무조건식 대 이북 퍼주기를 자행하여 그들로 하여금 핵폭탄을 만들게 하고 이로 인하여 가장 악질의 이북정권에 우리 대한민국 국민이 생각도 못했던 어처구니없는 위협을 받는 수모를 겪게 되었다. 이번 민심의 "정권교체 염원"의 가장 주된 요인이 바로 이런 흐름이었다고 본다.

우리 국민의 애국열정의 선택에 대한민국 국민의 한 사람인 각자 모두가 서로 존경의 마음을 가지지 않을 수 없다. 구국 일념의 위대한 선택이었다.

집권당이 될 한나라당에 바란다.

이번 대선에서의 한나라당과 이명박 후보의 승리를 축하한다. 그러나 앞으로 지나치지 말아야 하는 국민들의 염원을 반드시 헤아리고 구석구석의 민심을 읽을 줄 알아야 한다. 어설픈 운동권 좌파 양아치들 같은 망동의 흉내는 이제 이 땅에서 영원히 그리고 시급하게 없앨 줄 알아야 한다. 무조건 대 이북 퍼주기로 핵무기 위협을 자초하는 우를 범해서는 절대로 아니 된다.

대한민국 우리나라는 평화를 바라는 자유민주주의 반공 국가이다. 선거 이기기에 급급하여 모든 국민들이 저주하는 단순한 끼리끼리의 집권욕만을 음흉하게 뒤에 감추고 공산주의를 싫어하는 국민들을 이용했다는 인식을 불식해야 하는 대 명제가 앞으로 남아있다. 이것이 국민들의 진정한 화해를 이끌어내는 첫 번째 단추 끼우기이다. 이 단추 끼우기가 어긋나면 지난 10여 년처럼 또 국민들에게는 시련만을 남기는 정국이 되고 우리나라 민생의 고통은 연장이 될 것이다.

"무슨 잘잘못 보다 우선 좌파 정권 10여 년을 막고 나라를 구하고 보자!"는 우리 국민들의 마음속의 진정한 애국열정의 표출과 선택을 엄숙하게 받아들여야 한다. 한나라당이 이제껏 국민들의 칭송받을 일만 해서 국민들이 손을 들어준 사실이 분명히 아니다, 라는 것을 알아야 한다.

국민들의 이 마음을 외면하고 한나라당 내의 좌파 지도부의 지난 경선 때부터의 지금까지의 망동을 계속 일삼는다면 그때는 우리 국민들의 더한 철퇴가 내려지는 심판이 기다리고 있음을 명심할 것이다. 외형상으로는 한나라당과 이명박 후보의 승리이지만 내면적으로는 자유를 사랑하고 공산 사회주의를 근본적으로 싫어하는 위대한 대한민국 국민의 진정한 승리인 것이다.

"그리고 '거짓말과 위법한 사실까지 감싸는 듯한 쓰라리고 뼈아픈 선택을 아니할 수 없는' 우리 국민들의 깊은 뜻이 담긴 이번 정국의 다급한 선택 저의가 자유민주주의 내 나라 대한민국을 실정과 미숙, 그리고 무식한 오만의 소행만을 거듭하는 좌파 정권 10여 년으로부터 탈출해야 된다는 국민들의 참된 위기 탈출 의식의 선택이었음을 한나라당과 모든 위정자들은 국사에 임할 때마다 두고두고 거울삼으며 명심할 일이다."

다시 말하지만 한나라당의 손을 들어준 민심이 결코 좌파지도부의 현 한나라당을 선호하고 거기에 도취 된 한 표의 행사가 아니었고, 민심의 깊은 뜻이 좌파들로부터의 만행에 풍전등화에 놓인 나라 수호 일념만이 우선하였음을 느끼고 나는 우리 이웃의 현명한 선택에 옷깃을 여미는 존경의 마음을 갖지 않을 수 없는 이 아침을 맞는다. (2007. 12. 20)

66. 황장엽에 대한 나의 의문점(疑問點)과 이북 돕기

-12월 28일자 조선일보 사설 '황장엽 씨가 이 땅에서 겪은 10년의 수모' 제하의 글을 읽고-

〈이글은 지난번 2006년 12월 29일에 조블에 실렸던 글인데 이번에 몇 가지 생각을 추가한 것입니다.〉

조선일보 사설문에 다음과 같은 내용의 문구가 있다. 즉 '황씨는 1997년 남한의 품에 안기면서 "가짜 주체사상, 가짜 사회주의 충만된 북의 진상을 폭로하겠다"라고 했었다.

이 대목에서 나는 회의한다. 김정일 사회가 진짜 주체사상이 풍미하고 진짜 사회주의면 나아가서 우리 한반도 대한민국에서 괜찮고 다 옳다는 의미인가!

요즈음 황장엽 전 북한 노동당 비서 앞으로 손도끼와 황씨 얼굴에 붉은 페인트를 뿌린 사진이 든 소포가 배달된 사건이 세상에 알려졌다. 그 결과를 예의 주시할 일이다.

황씨는 지금 다음과 같은 점에서 사면초가의 입장에 당면해 있다.

첫째는, 황씨로부터 직접적으로 공격받는 이북의 김정일 세력의 위협이다.

둘째는, 대한민국 우리나라 안에서 독재정권에 저항하며 민주주의를 부르짖는 국민들에 교묘히 편승하여 민주주의 투사 인연하는 가짜 민주주의 운동가, 즉 소위 현 운동권 좌파 정권과 그 태동(胎動)의 원인제공 세력과 그 추종 무리들의 견제이다.

셋째는, 대한민국의 건국이념에 따라 지금껏 내 나라를 사랑하는, 그래서 이 땅의 국가정체성을 확실히 알고 이를 지키고자 자유 민주주의를 건국사상이념으로 정신 무장한 애국하는 대다수 국민들에 의한 외면이다.

즉, 1950년 6월 25일 불법 남침으로 이 땅에 사변을 일으켜 동족을 무참히 살해하고 지금까지의 분단의 아픔을 이렇게 심어놓은 김일성과 그의 통치 이념의 근간인 주체사상 신봉자들과는 근본적으로 대면도 하지 않으려는 우리 대한민국 국민들의 나라 지키려는 애국심을 바탕으로 한 평상심에 근본적으로 어긋나기 때문이다.

황장엽은 지금 이 한 가운데에 서 있다.

그가 가짜 주체사상 추종자들을 경계하고 가짜 사회주의자들을 질타한다 해도 그는 김일성을 치장하고 내세워 그를 위주로 그 옆에 바짝 붙어 주체사상이라는 이론으로 조선민주주의 인민공화국의 인민들을 정신무장을 시켜려했고, 자유 민주국가인 대한민국 우리 국민과 지도자 잘못 만난 이북 헐벗은 동포와 세계 도처에 살고 있는 우리 민족들로 하여금 확고한 황장엽 그의 주체사상 이론 하에 살게 되어야 한다는 신념은 지금까지 변함이 없는 것이다.

28일자 조선일보 사설에서 조선일보는 무엇을 주장하고자 함인지 그 저의가 석연치가 않다.

그의 가족의 생이별 고통까지 들추어 국민들 감성을 부추기면서까지 내세우는 저의가 우리나라 한반도 전역을 지배하려 들었던 그의 진짜(?) 주체사상을 옳다고 부추기려 하는 말인지, 아니면 주체사상의 '주체' 소리만 들으면 마음의 문을 닫아버리는 6.25 체험 국민들로 하여금 황장엽을 감싸 안으라는 말인지 도대체 종잡을 수 없는 사설의 의미이다.

위의 셋째 항에 해당되는 우리 국민들 모두는 표면적으로 황장엽 개인을 자유를 찾아 북한 체제를 버리고 사선을 넘어 자유대한으로 남하한 탈북 주민 자격으로서는 모두 다 사실 그대로 인지하는 바이다.

그러나 대한민국 안에서 우리 국민들이 과거 그가 김일성과 동

일시 될 정도의 그의 사상체계를 주장하여 조선민주주의 인민공화국 노동당 비서라는 이북에서만 통하는 화려한 직함에 주눅이 들어, 김정일을 공격하는 말투에 친근감이 무조건 느껴져 그를 대접하는 것이 아님을 황장엽 그 자신이 먼저 알아야 한다.

그래서 그는 대한민국 모든 국민들에게 죽을 때까지 속죄하는 처신을 해야 마땅하다. 주제에 사명감을 띠고 내려온 양 감히 대한민국 국민들 누구를 가르치겠다고 나서는 모습은 그리 탐탁치가 않은 처신이랄 수 있다.

다시 말하여 그의 민주주의 이론을 우리 국민들과 모든 대한민국 석학들 앞에서 이러쿵 저러쿵 주장하지 말아야 한다. 대한민국의 국민들을 옳게 가르친 지식인들이 나라 안에 꽉 차있다는 현실을 모르는 듯해서는 아니 된다.

그의 사상과 철학보다 더 고매한 석학들 앞에서 김일성을 떠받들던 주체사상 이론이나 은근슬쩍 펴내고 있으니 참으로 한심한 모양이다.

그의 철학사상을 그가 김일성 앞에서 이북 주민들과 선군사상에 빠진 노동당 무리들 앞에서 김일성 주체사상을 내세워 외칠 때 우리 국민들과 지식인들은 대한민국 우리나라에서 이미 어린 시절부터 민주주의 이론으로 이미 다 배워 알고 있는 사실이기 때문이다.

우리 국민들 모두가 다 알고 있는 김일성 주체사상이라는 통치배경 이론을 이북에서 변신하여 넘어온 그 주체사상 산파역을 지닌 그가, 김일성이 갑자기 죽은 뒤 허탈한 그가, 무슨 김정일 체제가 당장 몰락할 선물 보따리를 가지고 온 것도 아니고, 맥 빠지게 하는 집념을 버리지 못하는 향수병 타령이나 하는 이북식 그의 철학 강의나 한가히 듣고 있을 국민들 입장이 결코 아닌 것이다.

황장엽은 그가 잘나서 대한민국 국민들을 계몽시키러 온 위치가 아니기 때문이다. 속죄하러 왔어야 마땅하고 여기저기 무슨 지도자인 양 나서는 행위를 멈춰야 한다.

결과적으로 이런 우리 국민들의 뜻과는 다르게 김영삼 정권 이후 그는 겉으로 아닌 척 하지만 내막 적으로는 좌파 정권의 비호를 깊이 받고 있을 뿐이다.

우리 국민 그 누가 그를 전적으로 두둔하고 그의 신변을 경호하고 보호해 주었다는 말인가?

그가 약간 좌파 배격의 정서와 김정일을 공격하는듯하면서 우리의 분노한 처지에 동승하는 듯해서 약간 색달랐을 정도의 호기심 대상자일 뿐이다.

그가 평안히 살아가려면 대한민국 국민들 앞에서는 쥐죽은 듯이 조용히 있는 것 외에는 아무 다른 방도가 없다. 대 이북 주민 계도 방송 등에서나 탈북 주민 사상이념을 바로잡기 위하여 그들 앞에서만 대한민국은 이런 나라이라고 소개하는 정도면 그 역할은 족한 것이다.

과거 황씨가 김일성에 기대어 대한민국 국민들에게 6.25 때 무얼 잘했다고 새삼스럽게 끈 떨어진 지금 그가 말하는 조국 김일성의 이북주민들을 외면하고 대한민국 국민들 앞에서 주체사상이니 민주주의니 하며 강연들을 하고 다니며 정치활동을 하려 드는가?

그런 모습은 김일성 주체사상이 아무리 옳아도 또 김일성이 북한주민에게 말한 '고깃국에 이밥 말아 먹게 해준다' 고 꼬드김 당하는 이북 주민들에게는 통할지 몰라도, 해방 후 그리고 6.25를 처참하게 일방적으로 당하고 겪은 자유를 사랑하는 우리 민주공화국 대한민국 국민들 앞에서는 호소력이 없는 행보임을 다시 한 번 일깨워 주고 싶다.

우리 국민들이 이것저것 헤아리지 못하고 지금까지 골탕을 먹은 것은, 현 좌파정권과 그 무리들의 정치적 수단 중 가장 교활한, 그리고 능사인 수단에 휘말린 바로 빨치산 수법인 '평지풍파'를 일으키는 배타적 작전이다.

그들은 선량한 이웃을 서로 갈등하게 만들고 그 와중에서 그리고 한참 갈등하며 고조된 쌍방을 밀어치고 외면하며 자기들 주체사상으로 무장된 자들끼리 어부지리를 취하는데 이골이 난 운동권 행동주의자들 무리임을 우리 국민들은 명심할 일이다.

황씨가 음흉한 자들로부터 무슨 공격을 당했다 하는 사실과 외면당하고 있다는 사실은 전적으로 황씨로부터 비롯된 사실이다.

자유를 사랑하는 우리 국민들은 그의 스캔들에 말려들기를 원하지 않는다.

그가 우리 자유 대한민국의 어떤 정신적인 면에서 지도자가 아니기 때문이다.

왜냐하면 그가 우리 국민들의 스승이 아니고 이북 체제의 정치적 변화 과정에서 파생된 그의 삶의 도피 행각이기 때문이다.

그가 김일성을 부추겨가며 억압했던 대한민국 국민들을 구출하기 위해서 사명감을 지니고 남하 했다는 말인가?

그게 아니지 않는가? 그는 살기 위해 아니면, 또 한편으로는 아주 미심쩍은 고도의 정치적 처신(?)으로 탈북한 것이 아니겠는가?

아무리 이북의 김정일을 욕해도 우리 국민들이 저주하는, 우리 국민들 앞에서 우리들의 입장에서 김일성을 만고의 역적이라면서 한 번도 나쁘다고 내세워 욕하는 것을 보지 못하였다.

오히려 그의 이북 돕기나 겉으로의 김정일 타도론은 결과적으로 그가 남하한 이후 북한의 노동당 정권을 그때보다 더 윤기 있게 해준 결과로 나타난 현실이 되었을 뿐이다.

이것이 우리 국민들 입장에서 가장 지루하고 답답한 그리고 분통터지는 일이다.

황장엽이 대한민국 국민이 되고자 그리고 살고자 하면 좌파(빨갱이)를 싫어하는 우리 국민들 앞에서 김정일을 추종하는 김대중, 노무현 등 지금 청와대에 주저앉아 마치 대한민국을 점령했다고 착각하는 좌파(빨갱이) 무리들 앞에서 다시 한 번 그가 정립한 이론 '김일성 주체사상'이 잘못 되었고, 민주공화국 대한민국 건국 이념이 옳다! 그리고 좌파정권 모두는 내 말을 듣고 물러가라,라고 외치면서 할복 자살하는 심정으로 현 좌파 정권을 모두 다 회유시켰다면 또 모를까!

그렇게 취하는 처신만이 민주주의를 사랑하는 대한민국 앞에서 진정으로 속죄하는 길이다.

다시 한 번 말하자면 황장엽은 좌파를 제외한 자유 민주주의를 수호하고자 하는 대한민국 국민들 앞에서 대한민국 앞날이 이래야 된다 저래야 된다 하고 앞에 나서서 일깨우며 말할 자격이 없는 사람이라고 나는 생각한다.

그의 지도로 주체사상 이론에 가장 감화 받고 영향 받은 사람은 참여 정부 하에서 우리 국민들로 하여금 사상적으로 넌덜머리를 앓게 한 그리고 황장엽을 아주 존경한다고 공언한 장본인 '새로 쓴 현대 북한의 이해'라는 책자를 쓴 바로 이종석 전 통일부 장관이었음이 내 마음 안에서 지워지지를 않는다.

2007년 8월 들어 그는 햇볕정책의 장본인 김대중을 사기꾼이라 했다.

말인즉 옳은 말이다. 그렇다고 이 말 한마디에 그가 우리나라 대한민국의 지도자급, 그리고 석학의 말이라고 인식하며 그를 신뢰하고 그의 형식적인 말을 따를 것인가?

그러나 우리 국민들은 그의 말을 액면 그대로 받아들이고 혹하지 아니한다. 그의 말 속엔 햇볕정책이 실패했다는것과 그렇기에 이북 돕기는 또 다른 양상으로 추진되어야 한다는 언질이 내포되어 있다고 보기 때문이다.

그의 이북 주민 돕기는 결과적으로 착한 대한민국 국민의 마음을 충동시켜 감성에 호소한 것일 뿐 결과적으로 여태껏의 금강산 관광을 주축으로 한 이북 돕기 등의 결과는 북한의 정권 지배계급의 물자 자금의 가로채기를 조성하고 핵무기를 제조하는데 크게 이바지한 것 이외에는 또 다른 아무것도 없다는 사실이다.

이제 햇볕정책으로는 우리 대한민국 국민들을 충동시킬 수 없기에 또 다른 이북 돕기의 전주곡의 시작이라는 것을 우리 국민들은 명심할 일이다. 김일성 주체사상 완성자 그가 사랑하는 가족을 버리고 대한민국에 안겨서 지금껏 한 일이 무엇인가? 그는 김일성의 최 측근으로 지금도 아주 무서운 그리고 제일 경계해야 할 인물인 것이다.

그는 지금도 주체사상 이론을 버리지 않고 있고 그의 남하로 혈

벗은 이북 주민돕기 핑계로 다시 말하지만 결과적으로 이북정권 살찌우기에 그리고 대한민국을 불바다로 만들겠다고 위협하는 이북 노동당 정권의 목청 돕기에 일조를 하였을 뿐이다.

우리 국민들은 그의 고등 술수에 현혹되어서는 아니 된다. 김대중이 낡았음을 그는 이미 간파하고 또 다른 주체사상을 공고히 하려는 작업에 들어가는 신호탄 성명서를 내 보낸 것 뿐이라 나는 생각하고 있다.

열린우리당이 실패하니 이를 허물고 다시 새로운 가면을 뒤집어쓰고 정권재 창출을 모색하는 범여권 무리들의 행보와 무관하지가 않음을 명심해야 한다.

그가 대한민국의 국민 중 체질적으로 김대중, 노무현을 싫어하는 국민들에게 비위를 맞추는 말을 하니 모두가 만족한가? 아직도 북괴와는 준전시 체제임을 모두가 명심해야 한다. 돕기도 분별력 있게 도와야 한다. 그는 대한민국의 발전을 위해 국민을 위해 전혀 도움이 되는 일을 한 것이 없다.

선동성 말질만 뒤에 숨어서 그럴싸하게 했을 뿐이다. 나라의 정체성을 지키려는 대한민국 국민 입장에서 보면 정말 경계해야 할 무서운 인물인 것이다.

고사에 이런 사실 기록이 있다. 고대 중국 전국시대의 책사이며 합종책을 주창하여 6국의 정승인을 차고 위세를 부린 소진이라는 사람이 있었다.

그는 원래 낙양 사람인데 연나라에 가서 연왕에게 충성을 바치고 연왕과 밀약하고 다시 제나라로 옮겨가서 오랜 세월 동안 제나라 정승이 되어 충성을 바치는 듯했다. 그러나 자객에 의하여 그가 피격되어 목숨을 잃었다.

후일 소진을 신임했던 제나라 임금이 뒷 조사를 해 보니, 과연 그는 비밀리에 연나라를 위하면서 제나라에서 정승으로 활약한 연나라에서 파견된 고급 간첩이었다. 유념해 볼 사례이다.

(2007. 8. 20)

67. 영광된 국가 장래는 국민만이 설 수 있다

예로부터 우리나라에서 전해오는 말에 '나라님은 하늘이 낸다'라는 말이 있다. 이 말이 고대 왕조로부터 내려왔다고 보는데 그 시대 정신에 부합되는 말인지는 모르겠다.

요즈음도 이 말이 아주 유행하고 있다. 1998년 이후에 좌파 정부를 밀어주고 추종하는 우리나라 일부 남쪽 지역 사람들이 합리화 하여 즐겨 쓰는 말이기도 하다. 그들은 1997년 이전엔 역대로 이어지는 이승만 초기 대통령 이후의 모든 지도자를 국가 발전에 역행하고 민주주의 임무수행에 적이 된다고 하면서 당시의 국가 원수를 대 놓고 '죽일놈' '미친놈' 심지어 '개새끼' 등 육두문자를 써 가면서 들이대 놓고 공개적으로 그 말에 눈살을 찌푸리는 우리 국민 이웃에게 함부로 말하였다.

그러다가 1997년 이후부터는 '임금은 하늘이 낸다'라고 아주 점잖게 상대방을 타이르듯 하는 언사로 쪼를 빼는 꼴을 많이도 보았다. 종전의 험한 언사는 언제 내가 그랬느냐는 듯이 홀연 자취를 감추었다.

그리고 그들은 '아무리 못난 대통령이라도 나라 임금인데 대통령을 빗대어 말을 함부로 해서는 아니 된다'라고 종전의 태도를 확 바꾸어 화를 내며 오히려 대한민국에서 좌파는 아니 된다는 민주주의 수호 국민들을 향해 훈계를 하고 있다.

그들이 저지른 지나간 일은 다 잊어버린 듯 처신하며 스스로를 감싸며 나댄다.

조선조 패륜왕 폭군 연산을 하늘이 내었으며 광해군을 하늘이 내었단 말인가. 이는 하늘을 모독하는 말이다. 한때 반공 민주국가 대한민국에서 민주주의를 발전시켜야 진보이고 개혁이라고 말하는 무리가 있었다.

옳은 말이었다. 국민들은 그 주장에 흔쾌히 동참했다. 그런데 이렇게 주장하는 무리들 전부, 요즈음 소위 말하는 범여권 전부가 이루겠다는 민주주의 발전은 번지수도 없이 사라진 지 오래고 놀랍게도 우리 국민의 철천지원수이고 6.25 동란의 원흉이 내세웠던 공산 사회주의(좌파)를 공개적으로 표방하고 심지어 그 테두리 일각에서 높이 찬양하는 사태가 벌어지는 현실이 되었다.

이제는 그들 즉 '나는 좌파 신자유주의자다'라고 떠벌이는 자를 중심으로 해괴한 작태를 벌여왔던, 지금도 벌이는 모든 무리들을 국민들은 배척하고 있다. 이유는 대한민국은 반공 민주국가이기 때문이다.

아무도 대한민국 우리나라를 희롱하는 이현령비현령 식 사고방식에 휘말리는 국민이 되어서는 아니 될 시점에 와 있다. 우리 국민들이 자신들을 위해서 또 자손들을 위해서 국가장래의 영광을 위해서 냉철해져야겠고 '선거는 국민들을 속이는 게임이다' 하는 철학을 가지고 나대는 천박한 무리들에게 감성만을 가지고 혼동하며 좋게 보고 무작정 따를 계제가 아님을 지금 이시점에서 강조하여 말하고 싶다.

'임금은 하늘이 낸다' 라는 말은 옳은 말이다. 그것은 하늘의 이치를 인간이 순응할 때만 적용되는 말이다. 뽑힌 임금이 성군일 경우만 해당되는 말이다. 일반적으로 무책임하게 폭군을 뽑아놓고 하늘 핑계 대는 것은 비열한 변명에 지나지 않은 것일 뿐 자기 합리화의 짓이고 하늘을 모독하는 무엄한 의식 발로임을 깨달아야 한다.

원칙 없는 이런 말은 무조건적인 전제군주시대에서만 통하는 반민주적 우민통치수단의 극치인 말이다. 주권재민의 위치에 있는 국민들은 국가 앞에서 엄숙해져야 한다.

이는 국가를 이루는 국민들 개개인의 존엄성이 가장 소중하고 우선하기 때문이다. 그리고 모든 책임은 국민들에게 되돌려지기 때문이다.

우리 국민에게 나라들 위하고 건전한 민주주의 의식을 표방하며 대한민국 건국이념을 다시 굳건하게 계승해 가기 위해서라도 자라나는 청소년들에게 모범을 보여야 할 중요한 기로의 2007년 올 한 해가 국민들 앞에 주어졌음을 깊이 명심해야 되겠다.

민주주의 의식을 가진 우리 모두가 일치단결하여 난데없이 나타나서 그간 15년간 나라를 파탄에 빠트린 무도한 좌파무리들을 철저히 응징하는 올 한 해가 되어야겠다. (2007. 8. 20)

68. 형제나라

2007년 3월 2일(오후 2시~4시)에 나는 부산 남구 대연동에 위치한 재한 UN 기념공원을 찾았다.

이곳은 대한민국이 1950년 6.25 김일성 불법 남침으로 공격을 받아 나라 전체가 아수라장이 되었을 때 국제기구 UN에서 대한민국을 구하고자 16개국이 지원하여 파병 되었다가 전사한 병사 중 일부의 영령이 잠들어 있는 엄숙한 곳이다.

6.25 당시 전사자들의 유해가 이미 고국의 품에 안긴 분들이 대부분이었으나 이곳에도 적지 않은 우리나라의 은인들이 모셔진 곳이다.

나라별로 보면 호주 281명, 캐나다 378명, 프랑스 44명, 네덜란드 117명, 뉴질랜드 34명, 노르웨이 1명, 남아공 11명, 한국 36명, 터키 462명, 영국 885명, 미국 36명, 무명 용사 4명, 기타 11명, 계 2,300명의 대한민의 호국 영령들이다.

전사자가 이곳에 모셔지지는 않았으나 참전국으론 필리핀, 콜

롬비아, 에티오피아, 룩셈부르크, 타이, 그리스가 있어서 우리나라를 제외하고 모두 16개국이 된다.

이곳을 찾는 참배객 모두가 숙연할 수밖에 없었고 모셔진 묘소 맨 첫머리에 세워진 대한민국 호국 영령 참전용사 각 나라의 국기들은 아주 엄숙하면서 또 의연하였다.

1990년 8월에 내가 호주 여행 중 시드니에서 골드 코스트로 가는 항공기 승객 중 우리 일행을 반기는 분이 있었다.

67세 정도 된 분이데 한국전에 참전하였다고 자랑스럽게 말하였다.

나는 그분에게 우리 일행을 대신하고, 또 우리 대한민국 국민들을 대신하여 즉시 그 자리에서 벌떡 일어나서 감사의 말을 하였고, 또 위로를 드렸다.

여행 중 먼 타국에서 그 나라 국민들이 우리 대한민국 국민들을 반기며 우정을 표현하는 긍지를 지닌 모습이었다.

2001년 8월에 나는 미국 서부지역을 여행한 일이 있었다.

고산지대의 꼭대기에 호수가 있는 휴양지였는데 호수 위에서 오가는 휴양선을 모는 나이 많은 선장이 여행 중인 나를 보고 국적을 물었다. '사우스 코리아'가 내 나라라고 하니, 머리가 백발인 그 선장이 파안대소 하며 반기면서 나의 손을 잡고 반가워하였다. 한국동란 참전 용사라 하였다.

2005년 3월에 내가 터키에 있는 그리스도교(가톨릭 성지) 성지를 순례할 때에 있었던 일이다. 휴게소에서 물건을 판매하는 청년이 우리 일행에 다가와 자기의 조부가 한국전 참전 용사라면서 물건사기를 권하였다.

접근하는 방법이 어떠하든 청년의 조부가 한국전 참전 용사라고 하는 데는 가만있을 수가 없었다.

가는 곳 마다 터키 국가 그들은 우리들을 보고 형제의 나라 사람들이라고 아주 반가워하였다.

우리 일행 셋은 부산 대연동에 잠들어 계시는 분들과 당시 한국동란에 참전하신 모든 분들과 그 가족들, 유족들, 모든 이들에게 새삼 감사한 마음과 위로하는 마음과 송구한 느낌의 자세로 하느님께 기도를 바치면서 부산 유엔군 묘지를 몇 번씩 뒤돌아 보면서 떠났다.

우리나라의 현실을 보는 나의 느낌을 말해 보고자 한다. 지금 우리나라 위정자들은 모든 국민들에게 우리나라를 위해 희생하신 이들에게 감사하는 마음을 심어주고 은혜 입음을 일깨우며 또 몸소 모범을 보이고 있는가?

정치일각에서는 우리를 돕기 위해 목숨을 바친 은혜에 대하여 고맙다 하기는커녕, 눈에 불을 켜고 삿대질을 해 가며 뻔뻔하게 대들고 있는 모습을 부추기고 있는 흐름이니 참으로 답답하다.

전능하신 주 하느님, 세상을 떠난 모든 이들의 영혼과 한국동란 참전 중 전사하신 모든 이들의 영혼이 하느님의 자비로 평화의 안식을 얻게 하소서.

우리 주 그리스도를 통하여 비나이다. 아멘. (2007. 6. 13)

69. 양두구육(羊頭狗肉)

이 말의 근원은 후한(後漢)의 광무제(光武帝)가 내린 조칙(詔勅) 중 '양두(羊頭)를 걸고 마박(馬膊-말의 건육)을 팔며 도척이 공자어를 행한다' 가 그 출처이다.

'점포에는 염소의 머리를 걸어 놓고 실제로는 말의 건육(乾肉)을 팔고 도척이 공자의 말을 쓴다' 라는 것이다.

도척은 춘추시대 때 맹자나 공자가 성인이라 극찬하는 현인 유하혜(柳下惠)의 친 아우인데, 그는 수천의 부하를 데리고 천하를 횡행한 대도(大盜)였으며 더욱이 천수(天壽)를 다 하여 사마천을 개탄케 한 사나이다.

강도질을 할 때 먼저 들어가는 것은 용(勇)이고 최후에 나오는 것을 의(義)라고 호언장담 할 정도였으니 그의 행각, 즉 안하무인 하는 행태는 가히 가관이라 하겠다.

도척과 같은 시대에 산 제나라 명신 안자(晏子-안영)의 유사(遺事)를 편집한 안자춘추에 같은 뜻의 말이 있다.

즉, '우수(牛首)를 문에 걸고 마육(馬肉)을 판다' 의 말인데, 이 말의 뒤에는 다음과 같은 이야기가 담겨 있다.

제(齊)나라 영공(靈公)은 남장(男裝)의 려인(麗人)을 좋아하여 궁중의 여인들을 남장 시켜 놓고 좋아하였다.

이것이 제나라 당시 대 유행이 되어 일반 여인들까지도 남장을 본뜨게 되었다.

영공은 이것을 보고 엄한 금령(禁令)을 내렸다.

그러나 궁중만은 별도로 여전히 남장의 려인(麗人)을 보고 눈을 즐겼다.

금령의 효과가 없는 것을 본 영공이 까닭을 물으니 안자(晏子)가 아뢰되,

'주상(主上), 이것은 궁중 안으로는 입히고 밖으로만 금함은 마치 우수(牛首)를 문에 걸어 놓고 마육(馬肉)을 안으로 파는 것과 같습니다.'라 하였다.

금령의 간판에 거짓이 있다는 말이다.

또 제나라 선왕(宣王)이 희생(犧牲－祭禮에 씀)의 소가 억지로 도살장에 끌려가는 것을 보다 못해 소를 염소로 바꾸라고 명하였다.

맹자는 이 이야기를 듣고

'선왕의 측은한 마음은 훌륭하나, 소를 염소로 바꾸고 소(小)를 대(大)와 바꾼댔자 백성들은 왕이 인색하다고 말할 뿐이다. 도살당하는 것을 불쌍히 여긴다면 소나 염소나 마찬가지이다.'라고 말하였다.

양두가 우골로 변하고 우수로 변한데 대하여 마박은 마육에서 구육으로 변하여 '양두를 걸고 구육을 판다'라는 말이 되었지만, '간판에 거짓이 있다'라는 의미에는 변함이 없다. (참고 : 노재덕 편저. 해설 중국고사. 창원사 간, 1964년)

'양두구육(羊頭狗肉)!'

요즈음 우리나라 운동권 집권층 고위 관리들의 의식과 청와대를 떠 올려 생각해 본다. 이들의 행각의 도가 지금 땅바닥에 떨어

져 짓뭉개져 백성들이 본받을 바 없다고 한탄들을 하고 있다.

과거 독재와 부정을 그렇게도 싫어하던 우리 국민들 앞에 사뭇 선봉장처럼 나서서 뽐내고 외치던 기회주의자들이 집권을 하더니만, 이 자들이 한 술을 더 떠 진위(眞僞)가 곤두박질 쳐 뒤바뀌어졌고 국민들 앞에서 개혁 소리를 높게 외쳐 대면서 참신을 주장하던 무리들이 무엇이 개혁인지 깽판인지, 도시 구분이 되지를 않는 지금의 이 현실을 만들어 놓았다.

학연, 지연, 혈연 위주의 과거 풍토를 개탄하던 이 자들의 지금 행각이 과연 어떠한가. 소위 코드 맞는 사람 기용을 아전인수 격의 필요성까지 뻔뻔스레 내 세우면서 나랏일이 자기들 사유 일인 것처럼 알고 국가 기본 질서 풍토까지 어지럽히고 있다.

코드 맞는 저들끼리 '끼리끼리' 해 처먹는 것, 그 외의 우리 국민들은 그저 멀거니 그 어처구니없는 꼬라지를 멍청하니 구경만 하고 죽치고 끽 소리도 말고 죽었수다 하고 있으란 낌새다.

그런 마당에 이 '소위 코드 맞는 작자들'은 부끄러운 줄도 모르고 저들끼리만 서로 한통속이 되어 어색한 경우까지도 맹목적으로 두둔하고 백성들이 나랏일 잘 하라고 한, 꼭 필요한 말에 대꾸질나 해 대며 함부로 비아냥거리고 하루도 거르지 않고 아무렇게나 값싸게 떠들어대놓고는 그 말이 무슨 오묘한 철학을 내포한 어려운 말이라고 저질스런 해설 비슷한 변명까지 늘어놓고 둘러대기만 일삼는 것이 그들이 가장 중요한 일과이고, 그들이 그나마 알량하고 초라하게 내세워 놓는 업적이 고작 그 정도인 것이 전부이다.

또 거기에다 요즈음 출세위주의 덜 떨어진 정치인들 특히 과거

정부 잘못을 신랄하게 공격하며 참신한척 하던 현 집권여당 정치인들이 크게 책임질 위치로 지위가 바뀐다든지 하는 경우와 특히 선거철만 되면 어이없게도 정작 개혁의 고뇌와 그 실천에는 마음에도 두지 않으면서 저 한 몸뚱이 잘살려고 표변하여 연극 대본을 앵무새 같이 읽듯이 무슨 연기자인 양 교언영색(巧言令色)까지 서슴지 않고 자행하고 국민들을 우롱하고 있으니 참으로 한심한 생각이 든다.

비뚤어진 마음을 지속적으로 자숙하면서 고치려는 의지 표현은 아주 중요하고 존중해 줄만 하고 또 받을만하다.

그러나 사람의 근본 마음보는 하루아침에 늑대가 양가죽 뒤집어쓰면서 간교하게 급조 윤색하는 듯이 한다고 당장 성인군자 처럼 달라지는 것이 아닌데도 그들의 지금 꼴은 금세 달인이나 된 듯 시대 감각도 없이 곤룡포까지 입혀놓고 어색하게 처신케 하니 꼴불견이다.

외면치레만 그럴싸하게 허장성세하고 겸손하고 성실히 일하라고 맡겨준 자리를 무슨 행세나 하고 큰소리치는 자리로 오인해 거기에 도취하여 국민들이 그들 앞에서 사시나무 떨듯 하면 직성이 풀리게 되는지 도리어 국민들을 대상으로 좌익 저들을 존경하라고 심지어 쌍스런 언어까지 해 대면서 '내가 이런 위치의 사람이다' 라고 스스로 내세우면서 위협하듯 다그치는 지경이니 그 꼴은 손가락질 받을 넌센스에 속하는 얘깃거리인 것이다.

얼치기들이 권력 맛을 보더니 눈에 뵈는 것이 없이 잡술(雜術)이나 저질스레 늘어놓아 사회 윤리 미풍양속에까지 공해를 일으켜 놓은 지경이다.

우리 청소년들이 이 꼴을 보고 나라 장래를 위하여 배울 것이 무엇인가!

남이 하면 스캔들이고 저들이 하면 로맨스인가!(2006. 2. 15)

70. 나는 대한민국 국민이다

나는 대한민국 국민이다. 그러므로 나는 대한민국을 사랑한다.

지금 항간엔 언젠가부터 애국가를 바꾸자고 헛소리를 하는 사람들이 생겼다. 더 나아가서 국기도 바꿔야 된다고 야단들인 세상이다.

국기에 대한 맹세도 어떤지 모르지만 일부 문구를 바꾼다고 한다.

지난 13년간 이후 여기저기서 나타나는 해괴한 양상이다.

올해 들어 대통령이 유럽을 방문할 때 전용기에 태극기를 거꾸로 달고 간 일이 뉴스가 되어 한동안 국민들 간에 말이 많았고, 드디어 대통령 집무실 태극기가 뒤집어져서 게양된 그 앞에서 대통령이 집무를 보는 해괴한 모습을 국민 모두가 보았다. 이 어떻게 된 일인가?

일과성이라고 할지 모르지만 둘러 대는 것도 한두 번으로 그쳐

야 한다.

더 일러 주건대, 국가 통치는 한 치의 오차나 착오가 있어서는 아니된다.

지난날의 이어져 오는 전통도 마음대로 바꾸어도 아무렇지 않은 세상이라는 인식이 팽배할 때 과연 우리나라는 내가 사랑하고 충성하는 대상이고, 그리고 나는 이 나라의 국민이라는 자부심이 온전히 지탱될 것인가?

요즈음 마음이 아주 착잡하다. 나라제도를 마음대로 바꾸려 하는 일부 위정자들과 일부 국민들의 인식 때문이다.

모두 애국이 무엇인지 다시 한 번 가슴에 손을 얹고 깊이 생각할 때이다.

내가 자랐고 나를 끌어안았고 그러기에 내가 사랑하는 이 나라보다 한편에서는 적국을 미화하는 해괴한 꼴이 보이기에 도저히 이해를 할 수가 없는 나이다.

그들도 우리나라 국적을 가진 국민이 틀림없는데 말이다. 일시적인 정치 목적으로 통일을 빙자하여 분별없이 감성적인 것만 앞세우고 경망되어 보이는 한반도기가 대한민국 국기인 양 휘두르며 설치는 꼴은 이젠 보기조차 민망하다.

우선 나를 철저히 지키고 상대를 포용해야 하는데 말이다. 내 한 몸 지키지 못하면서 간까지 빼주려 하는 꼴이다. 진정한 사랑의 태도가 아니다.

내가 태어났고 또 진정으로 사랑하는 내 나라 자유민주주의 국가 대한민국은 흔들리지 않는 나의 가슴에 자랑스런 태극기를 소중하게 품고 충성을 다하여 지켜야 한다.

지키지도 않으면서 자꾸 바꾸는 정신보다 온전히 지키는 응집력의 정신이 더 애국적이다. 곧 내가 진정으로 사랑할 수 밖에 없는 나의 유일한 조국이기 때문이다. (2007. 7. 21)

| 화곡(華谷) 김찬수(金燦洙) 산문집(散文集) |

아름다운 노래

초판 인쇄 : 2010년 4월 1일
초판 발행 : 2010년 4월 5일
저　자 : 김찬수
발행자 : 김동구
발행처 : 명문당(1923. 10. 1 창립)
서울특별시 종로구 안국동 17~8
우체국 010579-01-000682
Tel (영) 733-3039, 734-4798
　　　(편) 733-4748 Fax 734-9209
Homepage : www.myungmundang.net
E-mail : mmdbook1@kornet.net
등록 1977. 11. 19. 제1~148호
　• 낙장 및 파본은 교환해 드립니다.
　• 불허복제
값 12,000원
ISBN 978-89-7270-942-8 03810